SI TU ÉTAIS LÀ

Alafair Burke est l'une des nouvelles voix du thriller psychologique contemporain. Diplômée en droit de Stanford et ancienne procureure adjointe, fille du célèbre auteur James Lee Burke, elle enseigne également le droit pénal à New York. Ses romans, dont une série écrite avec Mary Higgins Clark, sont traduits en une douzaine de langues. *Un couple irréprochable* est en cours d'adaptation au cinéma.

Paru au Livre de Poche :

UN COUPLE IRRÉPROCHABLE

LA FILLE DU QUAI

Avec Mary Higgins Clark

L'AFFAIRE CENDRILLON

À LA VIE, À LA MORT

DE SI BELLES FIANÇAILLES

LA MARIÉE ÉTAIT EN BLANC

LE PIÈGE DE LA BELLE AU BOIS DORMANT

LA REINE DU BAL

ALAFAIR BURKE

Si tu étais là

TRADUIT DE L'ANGLAIS (ÉTATS-UNIS) PAR SÉVERINE GUPTA

LES PRESSES DE LA CITÉ

Titre original :

IF YOU WERE HERE

Publié par HarperCollins Publishers, New York, en 2013.

ISBN : 978-2-253-94027-2 – 1re publication LGF

À la mémoire de la juge Betty Binns Fletcher

I

UN VISAGE FAMILIER

1

Nicky Cervantes esquissa un sourire quand deux types de Wall Street le bousculèrent au passage, l'un excité d'annoncer à l'autre que le cours des actions Apple avait bondi de 6 % depuis la sortie du nouvel iPhone. Il devinait à leur ton qu'un marché en hausse leur rapporterait gros.

Nicky souriait parce que lui aussi spéculait sur cette marque, pour ainsi dire. Ces mecs en costard-cravate pouvaient bien s'extasier devant un gain de 6 %. Le retour sur investissement de Nicky, lui, avait presque triplé ces derniers jours. Lorsqu'il y a une telle demande pour le dernier gadget à la mode, tout le monde se fiche de sa provenance. Ce qui simplifiait la tâche de Nicky. Il se sentait même un petit peu moins coupable. Selon lui, toute personne assez bête pour acheter un téléphone le jour de sa sortie méritait de le perdre.

Pour être honnête, il n'avait jamais beaucoup culpabilisé. La première fois, il s'attendait à se sentir vraiment mal, pensant que la fille se mettrait à pleurer, ou que l'appareil contiendrait des photos de son bébé qu'elle ne récupérerait jamais. Mais quand il avait enfin trouvé le courage de le faire – de lui arracher cette saleté des mains alors qu'elle tapait un SMS –, elle n'avait pas eu l'air de s'en soucier. Il se souvenait encore de sa réaction : une main protégeant son sac à 1 000 balles, l'autre cachant le profond décolleté de sa robe portefeuille. Aux yeux de cette fille, il n'était qu'un minable, et le téléphone n'était pas cher payé pour protéger ce qui comptait vraiment.

Nicky savait qu'il n'était pas un pauvre type. Mais il n'était pas non plus « quelqu'un », pas comme ces mecs de Wall Street. Pas encore, en tout cas.

Il n'était qu'un môme dont la mère joignait les deux bouts grâce aux 600 dollars qu'il rapportait à la maison tous les mois depuis que M. Robinson l'avait embauché dans son magasin de peinture de Flatbush l'an passé. Et puis, il était aussi le lanceur vedette de l'équipe de base-ball du lycée Medgar Evers, avec une moyenne de points mérités de 0,6, une balle rapide à 142 km/h, une moyenne au bâton de 0,450 et une balle courbe et un changement de vitesse grâce auxquels il accumulait les prises. Avec des résultats pareils, Nicky avait finalement dû renoncer aux 9 dollars de l'heure que lui filait M. Robinson, son entraîneur estimant qu'il se dispersait trop. Si tout se déroulait comme prévu, il pouvait espérer être sélectionné en ligue professionnelle dès la fin du lycée. Avec sa première paye, il pourrait faire don d'un millier de téléphones à des associations caritatives, pour se faire pardonner ses agissements actuels.

Nicky avait déjà une cinquantaine de vols à l'arraché à son actif, mais il restait prudent, contrairement à certains gars de sa connaissance qui revendaient aussi du matériel informatique. Ce soir-là, il attendait les métros bondés de 18 h 30 à Times Square, posté sur la rampe d'accès aux lignes N et R. Essentiellement des habitants de Manhattan. Donc faible probabilité de résistance.

C'était comme retirer un jouet des mains d'un bébé. Sauf que le jouet en question était un téléphone à 500 dollars, et le bébé une meuf canon qui s'en ferait offrir un autre par le sugar daddy qui l'entretenait.

La technique était toujours la même : traîner sur le quai, comme s'il attendait de monter dans une voiture, tout en cherchant des yeux une proie debout près des portes, son gadget à la main – de préférence une femme distraite et sans défense. Puis l'attraper, l'arracher et se tirer. Le temps que la fille comprenne que son téléphone avait disparu, Nicky avait déjà monté la moitié des marches. Fastoche.

Il entendit le bruit de ferraille d'un train qui entrait en station. Vit ses phares approcher. Rejoignit les autres moutons qui se massaient tout au bord du quai, espérant fébrilement gagner le gros lot du New-Yorkais à l'heure de pointe : un siège libre.

Six rames étaient arrivées et reparties sans bébé ni jouet.

Cette fois-ci, tandis que les voitures s'arrêtaient dans un cahotement, Nicky vit ce qu'il cherchait à travers les portes vitrées.

Yeux baissés, téléphone à la main. Cheveux blond vénitien tirés en queue-de-cheval basse. Pull blanc à manches longues, sac à dos aux épaules. Malgré les secousses, elle pianotait des deux mains, gainant les muscles de son ventre pour garder l'équilibre.

Il aurait dû se douter que c'était mauvais signe.

Posant un pied dans la voiture, il attrapa le téléphone

et pivota sur ses talons, comme il l'avait déjà fait cinquante fois auparavant. Puis joua des coudes pour traverser la grappe de passagers en colère entrée à sa suite dans l'habitacle, chacun espérant grappiller quelques centimètres carrés de libres dans le train bondé avant que les portes se ferment.

S'il avait su ce qui allait suivre, il aurait peut-être couru plus vite pour rejoindre l'escalier.

Ce ne fut qu'une fois parvenu au sommet des marches qu'il comprit le problème. Ou plutôt, l'entendit. Pas un bruit de chaussures, mais celui des badauds surpris qui assistaient à la scène.

« Eh ! »

« Qu'est-ce qui… »

« Vous avez perdu une chaussure, madame ! »

« Oh mon Dieu, David. Il faut vraiment qu'on quitte cette ville. »

Nicky jeta un rapide coup d'œil derrière lui et vit la femme se débarrasser de sa seconde ballerine tout en montant quatre à quatre l'escalier pour le rattraper. En l'apercevant à travers la vitre, il s'était dit qu'elle n'était plus toute jeune, mais son visage avait maintenant l'air sacrément déterminé. Ses yeux aussi. Tout comme ses bras énergiques qui fouettaient l'air d'avant en arrière.

En haut de l'escalier, il tourna à gauche, puis à droite, et emprunta la passerelle vers le magasin d'électronique situé entre les voies N/R et les voies 1/2. Pourquoi certaines lignes étaient-elles identifiées par des lettres et d'autres par des chiffres ? C'est fou comme des pensées complètement déplacées lui traversaient l'esprit quand il était stressé.

Il discerna les basses d'un vieux morceau de Run-DMC que son père écoutait quand il vivait encore avec eux. Coup de bol ! Les danseurs de breakdance attiraient toujours une foule compacte.

Il bondit par-dessus une poussette rangée à côté du public, suscitant un « oooooh » de l'auditoire, qui s'imaginait que son saut improvisé faisait partie du spectacle. Puis il pressa le pas, les yeux rivés aux marches qui le mèneraient au quai des lignes 1 et 2.

Derrière lui, d'autres cris lui parvinrent. La foule n'avait pas arrêté la femme. Un enfant tomba et se mit à pleurer.

Elle ne plaisantait pas, cette meuf.

Il dévala les escaliers, espérant entendre le cliquetis familier d'un train à l'approche. Pas de chance.

Il songea à lâcher le téléphone, mais le quai était noir de monde. L'appareil tomberait par terre sans que la femme s'en aperçoive et serait ramassé par quelqu'un de plus veinard que Nicky ce jour-là.

Il décida d'utiliser la foule à son avantage. Analysant le quai devant lui à la manière d'une course d'obstacles, il repéra trois ou quatre parcours en zigzag qui lui permettraient de rejoindre la sortie suivante.

Il risqua un nouveau coup d'œil dans son dos. La femme ne tarderait pas à le rattraper. Elle était aussi rapide que lui, peut-être même plus. Et elle était plus petite, plus agile. Elle se faufilait par un chemin plus direct que le sien.

Au loin, il repéra un chanteur ambulant qui reprenait avec des trémolos dans la voix un air de negro spiritual, derrière un panneau en carton que Nicky ne pouvait déchiffrer de là où il se trouvait. La musique était pourrie, mais le message devait avoir quelque chose d'envoûtant, car une masse de gens s'était agglutinée autour de l'étui à guitare ouvert à ses pieds.

Ils occupaient toute la largeur du quai. Ne laissant voir aucune brèche.

La femme continuait à gagner du terrain.

Il entendit enfin un cliquetis dans le lointain. Vit des lumières surgir sur sa gauche. C'était un train de banlieue en direction du nord.

S'il parvenait à contourner cette foule, il serait tiré d'affaire. Il continuerait à courir jusqu'à ce que le train s'arrête. Monterait à bord à la dernière seconde. Puis les portes se refermeraient derrière lui, et adieu la compagnie !

C'était presque fini.

Nicky fit un pas sur la gauche, se tourna de côté pour se glisser le long d'un pilier.

Dans son champ de vision, il aperçut la longue chevelure noire d'une femme se balancer de droite à gauche comme dans une pub pour shampooing. Un « désolé » lui échappa lorsqu'il sentit un grand coup contre sa hanche droite. Tout en tombant en arrière, il vit ce qui venait de le heurter – le sac en toile rose fluo de la brune –, puis le message sur la pancarte du chanteur (Y A PAS QUE LE GOUVERNEMENT QUI A BESOIN D'ARGENT), suivi d'une foule de visages épouvantés quand son corps heurta les rails.

Pendant les quelques secondes où il resta étendu là, il fut traversé par une drôle de pensée. Son bras droit. Est-ce qu'il allait perdre son bras droit ? Tandis que le bruit du train se rapprochait, il se demanda si sa mère découvrirait un jour pourquoi il se trouvait à la station

Times Square après les cours au lieu d'être derrière la caisse du magasin de peinture de M. Robinson.

Ses réflexes lui revinrent d'un coup. Plus que des réflexes : un profond désir de vivre. Instinctivement, il s'aplatit entre les rails. Il entendit des cris.

Il ferma les yeux, espérant ne pas sentir l'impact.

Puis quelque chose d'inattendu eut lieu : son corps quitta le sol. Il ouvrit les yeux mais ne vit que du blanc. C'était ça, le paradis ?

Le blanc fit de nouveau place au spectacle du quai. Les gens le fixaient. Criaient. Lui demandaient s'il allait bien.

Il tourna la tête vers la surface blanche et floue qui disparaissait au loin. C'était le pull de la femme qui l'avait poursuivi, surmonté de sa queue-de-cheval blond vénitien, toujours bien en place. Ses bras se balançaient d'avant en arrière tandis qu'elle montait les escaliers en trombe, sans jamais ralentir l'allure.

Elle avait son iPhone à la main.

Et Nicky ?

Nicky allait s'en sortir.

2

Stationnée devant le lycée Medgar Evers à bord d'une Chevrolet Malibu qui n'était pas la sienne, McKenna Jordan se dit que les gosses avaient beaucoup changé en vingt ans. Vingt-cinq en fait, depuis qu'elle avait eu leur âge. C'est dingue comme ça passait vite.

La dernière sonnerie de la journée avait retenti trois minutes plus tôt. Devant le long bâtiment en brique, la rue s'était remplie de garçons affublés de pantalons taille basse et de casquettes de base-ball, et de filles moulées dans des jeans ultra slim et des crop tops dévoilant leur nombril. Certains allumèrent une cigarette avant même d'atteindre le bas des marches. Les élans amoureux se multiplièrent – séances de roulage de pelles passionnées et mains baladeuses. Même avec les vitres remontées, McKenna entendit à peu près toutes les obscénités et insultes habituelles, plus deux ou trois qu'elle ne connaissait pas. (Quand une fille en traita une autre de « piège à bites », McKenna en déduisit quand même que ce n'était pas très flatteur.)

Ce n'était pas comme si ses copines et elle avaient été des anges : elles fumaient, buvaient, juraient, et certaines étaient même tombées enceintes pendant le lycée, si sa mémoire était bonne. Mais à 15 h 03 ? Juste devant l'établissement ? Sous les yeux des parents, des profs et de l'administration ? Impossible. Elles auraient eu trop peur des conséquences.

Peut-être que les gamins étaient toujours les mêmes, après tout. Peut-être que c'étaient les adultes qui avaient changé.

Elle vérifia de nouveau son téléphone. Pas de message. McKenna détestait devoir compter sur des sources peu fiables. Elle avait un article à rendre au magazine pour le prochain numéro. Soit sur l'ado qu'elle était là pour rencontrer. Soit sur Frederick Knight, un juge notoirement connu pour ses outrages qui aurait dû être chassé de la cour des années plus tôt. Ces deux histoires réclamaient beaucoup de boulot avant qu'elle puisse les envoyer à l'impression – et exigeaient que des gens sur lesquels elle n'avait aucune prise lui filent des tuyaux. Que disait l'adage, déjà – mieux vaut accepter ce qu'on ne peut changer ? Ce n'était pas le genre de McKenna.

Elle sursauta quand on toqua à la vitre côté passager. Elle déverrouilla les portières et Dana Frazier s'assit à côté d'elle. Le tatouage sombre et bigarré qui remontait en spirale le long de son bras gauche contrastait de manière frappante avec le reste de sa personne. Dana, qui mesurait à peine 1,50 m et avait des cheveux blonds coupés à la garçonne, faisait partie de ces gens qui semblent pouvoir tenir dans une poche. Elle était si menue que l'énorme Canon qui pendait sur sa poitrine lui donnait l'air plus minuscule encore.

McKenna donna une pichenette à la sangle de l'appareil.

— T'as pris la ligne F avec ta bécane à 2 000 dollars autour du cou ? Tu sais que c'est pas un mythe, les problèmes de vol dans le métro new-yorkais ?

— T'inquiète pas pour moi.

Dana fléchit son bras tatoué.

— Je suis une pro de l'autodéfense.

McKenna lui tendit les clés de la voiture.

— Ça ne te dérange pas d'attendre ici quand on aura fait les photos ? Je voudrais parler au gamin seule à seul avant qu'on s'en aille.

— Ça marche.

Quand McKenna avait appelé Dana pour lui demander de venir prendre quelques clichés dans le quartier de Fort Greene, celle-ci avait répondu qu'elle était en train de photographier les manifestants d'Occupy Wall Street, qui continuaient à squatter le quartier d'affaires alors que l'attention du pays était retombée depuis des mois. McKenna n'aurait pas pensé que Dana déclinerait sa proposition de passer la chercher dans l'une des voitures du magazine. Elle la soupçonnait de s'être trouvée dans un tout autre endroit, sans doute à retoucher les photos avant-gardistes qu'elle prenait en cachette.

Tant mieux pour elle, songea McKenna.

Dana brandit l'iPad que McKenna avait posé sur le tableau de bord de la voiture.

— En parlant de vol, je mets ça sous le siège. Ces petits voyous seraient capables de faucher tout ce qui traîne.

Le lycée n'avait pas de terrain de base-ball. McKenna et Dana trouvèrent les joueurs en plein entraînement sur une dalle de béton servant à la fois de terrain de base-ball, de terrain de basket, et de cour de récréation pour l'école primaire voisine.

Un type costaud, au crâne rasé et aux biceps moulés dans un polo, regardait son équipe faire un petit footing autour des bases. Du coin de l'œil, il aperçut les deux femmes et se tourna vers elles, les mains toujours posées sur les hanches.

McKenna se chargea des présentations.

— Bonjour. McKenna Jordan, reporter au magazine *NYC*. Et voici Dana Frazier. On aimerait bavarder un peu avec l'un de vos joueurs, Nicky Cervantes.

Le coach soupira.

— Je fais tout ce que je peux pour que ce garçon devienne célèbre pour son bras droit. Et voilà que cet empoté tombe sur les rails du métro et se fait sauver par une gonzesse.

McKenna lança un regard à Dana pour lui signifier qu'elles étaient là pour se faire des amis, pas pour combattre le sexisme.

— Ça vous dérange si on l'éloigne du terrain deux minutes ? demanda-t-elle. On ne sera pas longues. Qui sait, peut-être que toute cette médiatisation l'aidera à être sélectionné lors de la draft de juin.

L'entraîneur daigna détourner les yeux de son équipe pour regarder McKenna. Il sourit sous la visière de sa casquette bleue des Mets.

— Vous vous y connaissez un peu, en base-ball ?

— Absolument pas. J'ai envoyé un SMS à mon mari depuis la voiture pour être sûre d'employer le bon jargon. Oh, et je sais que Jeter est celui qui ressemble à une poupée Patouf.

Cela lui valut un autre sourire.

— Cervantes ! cria le coach en levant la main. Cinq minutes, d'accord, mesdames ? J'ai pas envie que son bras se refroidisse.

Nicky ne parut pas surpris qu'une journaliste et une photographe le sollicitent.

— Y a déjà trois journaux qui sont passés chez ma mère hier soir. Et maintenant, un magazine ?

L'avant-veille, dans la soirée, une histoire avait commencé à circuler sur Internet : un adolescent avait échappé à une mort certaine sous les roues du métro grâce à une femme au comportement héroïque. La veille au matin, une version plus détaillée, évoquant un adolescent à l'avenir prometteur dans le base-ball et une mystérieuse inconnue, avait fait la une de toute la presse locale.

Le prochain numéro du magazine *NYC* ne serait sous presse que dans deux jours. Il fallait que McKenna trouve l'angle qui lui permettrait de faire un long papier sur l'histoire du moment. Jusqu'alors, les journalistes avaient décrit Nicky comme un élève brillant et un athlète vedette qui avait perdu l'équilibre sur le quai. McKenna savait déjà, pour avoir discuté avec la mère de Nicky, qu'il était loin de décrocher le tableau d'honneur. La seule reconnaissance scolaire qu'il avait jamais reçue était un certificat d'assiduité pendant son premier semestre de seconde. Et quand McKenna avait tenté d'interviewer le patron de Nicky, un petit commerçant nommé Arthur Robinson, elle avait appris que le gamin avait démissionné trois mois plus tôt à l'insu de sa mère.

Cette histoire cachait une autre version. Il suffisait que McKenna la découvre.

Elle regarda Nicky poser fièrement devant l'appareil de Dana. Les mains sur les hanches. Le regard grave tourné vers le ciel. Mimant la préparation d'un lancer de balle.

Elle n'avait pas vraiment besoin de ces photos, mais jouer le mannequin le mettait à l'aise, le faisait se sentir important. Elle fit discrètement signe à Dana, qui comprit le message et regagna la voiture, soi-disant pour y chercher un autre objectif. Une fois qu'ils furent seuls, McKenna demanda à Nicky de lui raconter sa chute.

— Qu'est-ce que vous voulez dire ? Je suis tombé, c'est tout.

— Mais comment ? Le quai était glissant ? Tu as eu un malaise, un truc du genre ?

Le gosse haussa les épaules.

— Je sais pas trop. Je suis tombé sur les rails, point barre.

— J'ai vu le rapport d'incident de la MTA. Des témoins ont dit que tu courais comme un fou le long du quai juste avant de tomber. L'un d'eux avait presque l'impression que la femme te poursuivait.

Si la Superwoman du métro connaissait Nicky Cervantes, l'histoire gagnerait en complexité. Pourquoi couraient-ils ? S'étaient-ils disputés ? Pourquoi s'était-elle enfuie ? Et pourquoi Nicky refusait-il d'admettre qu'il la connaissait ?

— C'est quoi votre problème, m'dame ?

Quel était son problème ? Elle savait que c'était le genre d'histoire que tout le monde aurait oublié dans un mois, comme la plupart des âneries qu'elle écrivait. Elle aurait aimé pouvoir dire qu'elle encourageait l'engagement citoyen grâce à ses articles, mais elle se contentait de faire ce qu'on lui demandait : brouiller la frontière entre information, voyeurisme et divertissement. Les meilleures histoires avaient besoin d'un héros. Jusqu'à présent, la couverture médiatique de la « tragédie évitée sur la ligne 1 » s'était concentrée sur la chance qu'avait eue Nicky Cervantes de s'en sortir. McKenna voulait en savoir plus sur la femme qui l'avait sauvé avant de prendre la poudre d'escampette.

L'incident avait échappé à la surveillance des caméras de sécurité de la MTA, mais McKenna avait du temps devant elle. Sa meilleure piste était un commentaire posté en ligne par quelqu'un prétendant que sa petite amie avait une vidéo de la chute de Nicky. McKenna avait envoyé un e-mail à l'auteur du commentaire, laissant entendre qu'elle pourrait les payer en échange de ce petit film. Les témoins semblaient toujours s'attendre à l'être, ou au moins à passer à la télévision. Pour l'instant, pas de réponse. En attendant, maintenant qu'elle avait Nicky sous les yeux, elle était convaincue que son instinct ne l'avait pas trompée.

— Nicky, je sais que tu donnes de l'argent à ta mère, alors que tu n'as plus de boulot.

Elle savait aussi que, malgré un taux de criminalité remarquablement bas à New York, les vols dans le métro étaient en plein essor. L'histoire d'une mystérieuse Superwoman sauvant un jeune ado prometteur valait de l'or pour les médias. Mais celle d'une femme victime d'un délit, qui pourchassait – et sauvait – son voleur ? De l'or massif.

Nicky finit par ouvrir la bouche.

— Vous savez quoi ? Oubliez les photos, d'accord ? J'ai juste envie de vivre tranquille.

— Et moi j'essaie de retrouver la femme qui te l'a permis, Nicky.

— Alors bonne chance. Et si vous la voyez, dites-lui que je la remercie. Et que j'ai changé. Vous n'oublierez pas, hein ?

— Pourquoi est-ce que tu devrais changer, Nicky ? Pourquoi est-ce que vous couriez dans les couloirs du métro ce jour-là ?

Il se massa l'épaule droite pendant quelques secondes.

— Il faut que j'y retourne.

Il regagna le terrain sans un regard de plus.

3

McKenna consulta son portable tout en regagnant la voiture. Aucun appel, mais deux nouveaux e-mails, tous deux provenant de la même adresse inconnue. Elle les parcourut rapidement.

Enfin des nouvelles de l'un de ses contacts au palais de justice. L'intitulé des messages était le même : Gros Porc. C'était l'un des nombreux surnoms dont était affublé le juge Frederick Knight au sein du barreau local – en raison de sa forte corpulence, mais aussi de son sexisme manifeste. Les messages étaient des transferts d'e-mails que le juge Knight avait envoyés depuis son adresse officielle. Ils devaient venir de quelqu'un ayant accès au réseau informatique du tribunal. S'ils étaient authentiques, ils constituaient une preuve tangible permettant de corroborer des rumeurs qui bruissaient dans l'air depuis des années. Elle aurait assez de matière pour révéler quel salopard était ce tire-au-flanc de juge Knight.

En prenant place derrière le volant, elle sentit les yeux de Dana rivés sur elle.

— Qu'est-ce qu'il y a ?

Dana continuait à la regarder d'un air impatient.

— Ça fait deux ans qu'on travaille ensemble, Dana. Si j'ai de la morve au nez, tu peux me le dire.

Elle se frotta le visage de l'index.

— Tes narines sont propres. Je me demandais juste si tu avais envie qu'on en parle.

— De quoi ?

— De l'article.

— On bosse pour un magazine, Dana. Des articles, il y en a plein.

— De ton article. Le fameux.

— Je n'ai vraiment, mais alors vraiment pas du tout envie d'en parler. D'ailleurs, personne ne devrait en parler. Je commence à me dire que j'ai fait une grosse connerie en écrivant ce truc.

— Tammy m'a dit que tu avais reçu un coup de fil d'un agent littéraire. Et de HarperCollins.

Tammy, l'assistante de rédaction, était toujours plus ou moins au courant de tout. Ces appels étaient pourtant arrivés sur la ligne directe de McKenna.

— N'écoute pas Tammy. C'est une *nudnik*[1].

— Ça se dit aussi pour les femmes, *nudnik* ? demanda Dana.

McKenna n'en savait strictement rien. Elle avait grandi à Seattle. Était allée à la fac dans la baie de San Francisco. Cela faisait dix ans qu'elle vivait à New York, et son yiddish était toujours aussi maladroit.

— Peu importe. Tammy n'est pas vraiment une source digne de confiance.

— Eh bien, la source en question raconte que ton projet de livre va partir aux enchères dès la semaine

1. Une casse-pieds.

prochaine et que les maisons d'édition vont se battre pour t'avoir. Ton article avait tout pour lancer le buzz.

Comme d'habitude, Tammy en savait juste assez pour comprendre l'histoire de travers. HarperCollins voulait savoir si elle avait l'intention d'écrire un livre, et l'agent littéraire avait évoqué la possibilité d'une mise aux enchères. Mais un pitch de bouquin proposé aux éditeurs dès la semaine suivante ? On en était loin. Sans compter que l'agent avait été clair : ce devait être plus qu'une version longue de l'article. Il fallait que ce soit personnel. « Intime. » « Peut-être même à la première personne. » « Comme un roman, mais vrai. » « Picoler et draguer toute la nuit, puis tenir tête aux flics et aux procureurs pendant la journée, alors que vous aviez 30 ans à peine. Ça, ça fait un livre ! » Le redoutable mot avait été prononcé : des « mémoires ».

Au départ, quand McKenna croyait encore qu'elle rendrait compte de véritables infos, elle avait vu le journalisme comme une extension de son premier boulot de procureure. Juristes et journalistes enquêtent sur les faits et les tissent pour en faire un récit captivant – et souvent monté en épingle. Dix ans plus tôt, quand elle était procureure de district adjointe, elle avait commis l'erreur de devenir l'un des protagonistes de l'histoire qu'elle racontait. Et rebelote quinze jours plus tôt en tant que journaliste : elle avait écrit un article de fond de 10 pages sur la même affaire. Mais des *mémoires* ? Que disait le dicton, déjà ? La folie, c'est de faire toujours la même chose et de s'attendre à un résultat différent.

Le téléphone de McKenna sonna dans la poche de sa veste. Elle ne reconnut pas le numéro mais répondit quand même, impatiente d'échapper à l'interrogatoire de Dana.

La voix au bout du fil semblait être celle d'une jeune femme. Une certaine Mallory. Elle parlait comme beaucoup de filles s'étaient mises à le faire depuis peu, à un rythme très lent et en baissant la voix jusqu'à faire vibrer ses cordes vocales.

— Saluuut. Mon copain m'a dit d'appeler. J'étais dans le métro l'autre jour quand cette femme a sauvé le gamiiin.

— Quelqu'un d'autre vous a contactée à ce sujet ?

— Non. Quand vous avez envoyé un e-mail à mon mec suite à son commentaire en ligne, je lui ai dit de le supprimer. Ça s'est passé super vite, la vidéo ne montre presque rien.

— Je serais ravie de pouvoir la regarder quand même.

McKenna s'efforça de masquer son excitation. C'était une histoire stupide, mais au moins c'était une histoire. D'abord les e-mails du juge Knight, et maintenant une vidéo de l'incident du métro qui avait fait parler la ville entière. Elle avait peut-être de quoi honorer ses deux prochaines dates butoirs.

— Ouais, d'accord.

— Vous pouvez me l'envoyer par e-mail ?

McKenna épela son adresse, mais Dana fit non de la tête à côté d'elle.

— Notre système de courrier électronique est merdique. Il ne prendra pas de vidéo trop lourde. Qu'elle l'envoie sur ma Skybox.

Les coordonnées qui sortirent de la bouche de Dana étaient du chinois pour McKenna. Ses tentatives pour les répéter à la jeune Mallory rappelaient le jeu du téléphone arabe, quand les mots perdent tout sens à force d'être transmis d'une personne à une autre. Agacée, Dana finit par tendre la main vers le portable pour pouvoir parler directement à Mallory. Ce qui avait paru si compliqué à McKenna était d'une simplicité enfantine pour l'une comme pour l'autre ; Dana lui rendit bientôt le téléphone avec un sourire satisfait.

— Merci pour la vidéo, Mallory. Puis-je vous demander si vous l'avez montrée à quelqu'un d'autre ? Mise sur YouTube, Facebook ou un autre site ?

Désormais, quiconque possédait un smartphone se transformait en journaliste amateur. Cette vidéo n'aurait plus aucune valeur pour McKenna une fois diffusée sur le web.

— Pff, c'est trop ringard. Les réseaux sociaux, c'est pour les asociaux. Je suis plutôt, genre, vie privée, alors citez pas mon nom, OK ? C'était cool à regarder et tout, mais j'arrive pas à croire que les gens en fassent toute une histoire. J'veux dire, vous êtes journaliste quoi. À ma connaissance on est toujours en guerre, non ?

Ce n'était pas la première fois que McKenna eut à s'interroger sur le bien-fondé de ses choix de carrière.

Quand McKenna eut raccroché, Dana récupéra l'iPad qu'elle avait placé en lieu sûr sous son siège.

— Faudrait pas l'oublier dans la voiture quand tu la rendras. Tu as la 3G sur ce truc ? Je peux te connecter à ma Skybox.

McKenna indiqua d'un signe de tête à Dana qu'elle pouvait agiter sa baguette magique, s'émerveillant de la capacité de la jeune femme à se servir du clavier tactile.

— J'ai dit à Mallory d'envoyer la vidéo sur mon dossier public, expliqua Dana.

McKenna jeta un coup d'œil à l'écran et vit deux jumeaux couverts de piercings tenant des lances à incendie. Elle ne comprenait vraiment pas les élans artistiques de Dana.

— Et je crée un signet pour que tu puisses y accéder en ligne sans avoir à la télécharger sur ta tablette.

Quelques secondes plus tard, Dana inclinait l'écran vers elle pour qu'elles puissent regarder la vidéo ensemble. C'était typique d'un film pris par téléphone portable : tremblements, images saccadées, basse définition. Un gros plan sur le dos de quelqu'un. Le quai en ciment. McKenna monta le volume. Des voix, pour la plupart inaudibles. Des cris. Quelqu'un s'égosillant « Oh mon Dieu ! ». Un autre hurlant quelque chose à propos du train.

Le temps que Mallory parvienne à braquer l'objectif vers les rails en contrebas, une femme en pull blanc, sac à dos sur les épaules, remettait sur ses pieds un Nicky Cervantes abasourdi. Quand elle l'attrapa par la taille et le souleva, le corps de Nicky fit écran entre la caméra et son visage. Un homme portant une veste en jean saisit le garçon par les poignets et le fit rouler sur le quai.

Le portable obliqua brusquement vers la femme, juste au moment où elle finissait de remonter elle aussi à l'abri. Elle tourna le dos au téléphone et se mit à courir pieds nus vers l'escalier, sa queue-de-cheval rebondissant sur sa nuque, juste au-dessus de son sac à dos. La vidéo revenait rapidement à Nicky avant que l'écran devienne noir.

Dana laissa échapper un sifflement.

— Cette nana déchire. Nicky pèse probablement pas loin de 80 kilos. Tu as vu comment elle l'a soulevé du sol ?

McKenna se fichait de savoir si cette femme était musclée. Elle revint au début de la vidéo et tenta de s'arrêter sur le bref aperçu de son visage, avant qu'elle se tourne pour s'enfuir. Au bout de trois tentatives, elle parvint à appuyer sur Pause juste au bon moment.

Elle n'en crut pas ses yeux.

Elle appuya sur Replay et regarda une deuxième fois l'intégralité de la séquence.

— On peut dire adieu à l'identification de Superwoman, lança Dana.

L'image était pour le moins pixellisée.

— T'inquiète, ajouta-t-elle. Tu trouveras un autre moyen de captiver les foules. Tu y arrives toujours.

Mais Dana avait mal interprété l'expression de McKenna. Elle n'était pas déçue. Elle était sous le choc.

Elle ne pensait pas revoir ce visage un jour. Susan Hauptmann. Disparue sans laisser de traces dix ans plus tôt.

4

McKenna lança machinalement l'économiseur d'écran de son ordinateur en sentant Bob Vance arriver dans son dos.

Son rédacteur en chef se mit à rire.

— Si tu tiens vraiment à faire ça, choisis au moins autre chose que des photos de bouffe !

L'image d'une pizza garnie d'un œuf au plat s'étalait sur son écran.

— Quand est-ce que tu vas comprendre que l'un des avantages de ce boulot, c'est que tu peux regarder tout ce que tu veux et appeler ça des recherches ? À en croire Walt, ça fait sept ans qu'il prépare un grand reportage sur les coulisses de l'industrie porno.

Diplômée de Stanford. Ancienne élève de la faculté de droit de Berkeley. Ex-assistante juridique dans le système fédéral. Sans compter quatre années passées au bureau du procureur de district. Cela faisait dix ans qu'elle avait quitté ces environnements stressants, mais les vieilles habitudes avaient la vie dure. McKenna était par nature respectueuse des règles. Même enfant, elle faisait la leçon à ses parents quand ils se garaient sur une place réservée à la livraison.

Ce jour-là, cependant, elle avait une bonne raison de ne pas montrer son écran à son supérieur. Elle venait de passer une heure à chercher, en vain, des informations récentes sur Susan Hauptmann. Comme souvent malheureusement, les médias avaient fait leurs choux gras de la disparition de Susan pendant les premières semaines, puis la couverture médiatique avait décliné progressivement. Désormais, quand on cherchait son nom, les résultats ne menaient qu'à des commentaires isolés de la part de blogueurs et d'accros aux histoires criminelles, qui tous demandaient : « Qu'est devenue cette fille ? »

— On m'a parlé d'un projet de livre, lança Bob.

Elle pivota sur sa chaise pour lui faire face.

— Cet article, c'était ton idée, Bob, et tu sais ce que j'en pensais. Je ne crois pas pouvoir en faire tout un bouquin, alors ne m'y oblige pas.

— Je ne suis pas ton père, Jordan. Je ne peux pas t'obliger à faire quoi que ce soit, surtout quand ce n'est pas pour le magazine. Je dis juste que si les rumeurs sont vraies, si des éditeurs s'y intéressent vraiment, ce genre d'occasion ne se présente qu'une fois dans une carrière de journaliste, et encore, quand on a de la chance. Et puis, c'est un vrai sujet, pas le genre de trucs qu'on a l'habitude de traiter ici.

Quand McKenna avait quitté le bureau du procureur, elle s'était juré de ne plus jamais nuire aux gens et aux institutions auxquels elle avait fait du tort. Mais, curieusement, ses choix de carrière ultérieurs avaient réussi à l'éloigner encore plus d'un travail qui était autrefois parfaitement raccord avec sa personnalité.

C'était Bob Vance qui lui avait permis de prendre

un nouveau départ, en la recrutant comme rédactrice à temps plein après la publication d'un thriller qui ne s'était pas très bien vendu et quelques piges sur des questions juridiques locales. Elle rêvait de couvrir les crimes et les procès de la région, mais avait fini par admettre que cela lui serait difficile alors que presque tous les flics de la ville la détestaient. Elle s'était donc spécialisée dans les articles de fond. Mais vu le ton de plus en plus gnangnan du magazine, qui vivotait tant bien que mal, elle avait plutôt l'impression d'être une paparazzi.

Seul point positif: Vance avait l'âme d'un vrai journaliste. C'était lui qui lui avait soufflé le sujet de son dernier article: l'affaire Marcus Jones, un jeune homme abattu par un policier, qui avait mis fin à la carrière de McKenna au bureau du procureur.

— Je ne le sens pas, avait-elle répondu à Vance. Franchement, ça n'intéressera personne, après toutes ces années.

— Dix ans! C'est un anniversaire, il y aura forcément de l'intérêt. Les gens aiment les comptes ronds. Et ils préfèrent se changer les idées avec de vieilles controverses que de se prendre la tête sur les batailles actuelles. À mon humble avis, et j'ai de la bouteille, si quelqu'un doit exploiter ce que tu as à raconter sur le sujet, il faut que ce soit toi. Comme ça, tu restes maîtresse de la chose.

— C'est ce que j'ai essayé de faire il y a dix ans, et regarde où ça m'a menée.

Outre sa carrière de procureure, c'était la crédibilité de McKenna en général qui en avait pris un coup. À la suite de son premier grand reportage pour le magazine, les internautes ne s'étaient pas fait prier pour souligner l'ironie de la situation : après avoir menti dans le bureau du procureur, elle jouait désormais la journaliste. Les critiques étaient si virulentes qu'elle avait cessé de les lire pour ne pas fondre en larmes devant son ordinateur.

Force est de constater que Vance avait eu du flair concernant l'article sur le dixième anniversaire. Celui-ci avait suscité un tel intérêt chez les lecteurs que McKenna était maintenant sollicitée par des agents et des maisons d'édition.

— Écoute, ajouta Vance, frappant le bureau du plat de la main pour appuyer son propos. Entre nous, si j'étais toi, je sauterais sur l'occasion. Puisque je suis ton patron, je suis bien sûr obligé de te rappeler que tout ce que tu écris pour le magazine appartient au magazine. Un livre, c'est sur ton temps libre. Message reçu ?

Il ne lui fit ni clin d'œil ni petit hochement de tête, mais c'était tout comme. Écrire pour un magazine n'était pas un emploi à horaires fixes, et ils savaient tous les deux que son temps était modulable. Tout comme Dana – qui retouchait ses photos artistiques quand elle était censée couvrir le parc Zuccotti –, McKenna pouvait facilement écrire en douce quelques pages d'un bouquin pendant sa journée de travail.

— Affirmatif, chef.

— Alors, tu vas le faire, ce livre ?

Comme elle ne répondait pas, Vance leva les mains au ciel.

— Bon, j'aurai essayé. J'attends toujours tes 4 000 mots pour demain en fin de journée. Tu bosses sur la mystérieuse nana du métro, c'est ça ?

Était-ce du boulot ou de la curiosité personnelle ?

Est-ce qu'elle délirait complètement, concernant cette vidéo pixellisée ? Elle n'était pas encore prête à en parler.

— J'espérais trouver un nouvel angle pour cette histoire, mais il n'y a peut-être plus grand-chose à en tirer.

— Tu m'avais pourtant dit que quelqu'un avait une vidéo.

— Ça ne s'est pas passé comme je l'imaginais.

— Tu as reçu la vidéo, oui ou non ?

Parfois, McKenna se demandait si Bob Vance n'aurait pas dû être procureur plutôt que rédac chef.

— La fille l'a envoyée, mais ça tremble et ça bouge tout le temps.

— C'est mieux que rien. Balançons-la sur le site web et voyons ce que ça donne.

— J'ai promis à ma source de ne pas la mettre en ligne, répliqua-t-elle, détournant la vérité à son avantage. Crois-moi, la vidéo a tellement peu d'intérêt que les gens nous reprocheraient de leur faire perdre leur temps.

Dans un monde où la presse écrite peinait encore à se faire une place dans l'univers numérique, le spectre d'un bad buzz en ligne suffisait à faire reculer Vance.

Elle avait pu faire son premier reportage grâce à la confiance de Bob Vance. Il lui avait offert un salaire et la possibilité de prendre un nouveau départ. Et voilà qu'elle lui mentait en le regardant droit dans les yeux.

— L'histoire du métro est une impasse.

Une fois seule dans son bureau, elle relança la vidéo depuis le début, et cliqua sur Pause pile au bon moment pour figer l'image sur le visage de Susan. Sur ce qui était peut-être le visage de Susan.

Sur ce point au moins, elle n'avait pas menti à Vance : la qualité était merdique.

Mais il y avait quelque chose d'unique dans les traits de ce visage. Susan était l'une de ces femmes naturellement belles, à la peau claire, aux lèvres joliment ourlées et au sourire complice. Ses yeux en amande, d'un vert vif, brillaient toujours de l'éclat enjoué d'une plaisanterie muette. Elle donnait l'impression d'être pétillante et intelligente. Malgré la qualité médiocre de la vidéo, McKenna parvenait tant bien que mal à retrouver ces détails. Et au-dessus de l'œil gauche, juste à la naissance de ses cheveux, n'était-ce pas la même petite cicatrice ?

Ou peut-être qu'il n'y avait rien de tout ça. Que ce n'était qu'une projection de sa part. Était-ce parce que son fameux article avait réveillé le souvenir de l'époque où elle avait quitté le bureau du procureur qu'elle pensait à Susan ? Qu'elle avait envie de la revoir ? Qu'elle se demandait, à nouveau, ce qu'elle était devenue ? Et qu'elle voyait son fantôme derrière de grossiers pixels ?

Elle appuya sur Play et regarda la silhouette tourner le dos à la caméra et monter les marches à toute allure. Même sa façon de cavaler lui était familière. Alors que tant de personnes courent en balançant les bras de gauche à droite, celle-ci faisait battre les siens telle une athlète olympique, les doigts tendus comme des lames de couteau. Combien de fois Susan avait-elle distancé McKenna en sprintant ainsi sans effort ? Après quoi elle attendait patiemment devant l'entrée du métro que McKenna surgisse, essoufflée, de l'obscurité.

Elle appuya de nouveau sur Pause. La femme tenait quelque chose dans sa main droite. Quelque chose de noir et de rectangulaire.

Elle revint au début de la vidéo. Play. Là. Pause. Juste au moment où la femme, encore sur les rails, se hissait sur le quai, les mains fermement rivées au rebord, une jambe levée sur le côté. Tout en poussant sur ses bras pour se redresser, elle faisait glisser sa main droite sur le ciment et attrapait quelque chose.

Après avoir deviné que Nicky Cervantes n'était pas l'élève brillant et sportif décrit par la presse, McKenna pensait maintenant savoir pourquoi cette femme le poursuivait.

Elle composa le numéro de son domicile. Il décrocha.

— Nicky, c'est McKenna Jordan. On s'est parlé pendant ton entraînement.

— Ouais, la fouineuse du magazine.

— J'ai besoin de savoir quelque chose de très important. Je ne répéterai rien à personne, je te le promets.

— J'ai rien d'autre à dire. Je suis tombé.

— Écoute-moi bien, s'il te plaît. J'ai besoin de savoir ce qui s'est vraiment passé, Nicky. Mais je ne le publierai pas.

— Ah ouais, genre. Les journalistes sont des tombes, c'est bien connu.

— Je suis aussi au barreau de New York…

Faux, elle ne l'était plus.

— … ce qui veut dire que je serai radiée si je répète quoi que ce soit de ce que tu me racontes.

— Vous seriez prête à me filer des conseils juridiques gratos ?

McKenna ne voyait pas de raison de refuser.

— J'ai besoin de connaître la vérité. Tu as volé le portable de cette femme, n'est-ce pas ?

— Pourquoi vous me demandez ça ?

— Il faut que je sache.

Sa voix était trop impatiente. Elle tenta de retrouver son calme, mais elle savait que son instinct était le bon. Ce rectangle dans la main de la femme. Ces annonces diffusées dans les rames mettant en garde les passagers sur l'utilisation de leurs appareils électroniques dans le métro.

— Tu lui as pris son téléphone, n'est-ce pas ? Et elle te poursuivait pour le récupérer.

Il garda le silence quelques secondes, et elle sut qu'il allait cracher le morceau.

— Ouais, finit-il par marmonner. Et puis quand je me suis ramassé sur les rails, avec ce train qui me fonçait dessus, elle a bondi comme Jackie Chan. Elle m'a sauvé le cul en me balançant sur le quai.

Rapide. Et forte. Comme Susan.

— Et maintenant ? ajouta-t-il. Vous me conseillez quoi ?

— Garde-le pour toi, Nicky. Ne le dis à personne. Et ne fais plus jamais une connerie pareille. Peut-être que voler le téléphone d'un passager étourdi, ça te semble anodin, mais pour l'État de New York c'est du vol au troisième degré. Ça peut te coûter sept années de taule. Adieu le base-ball, bonjour le parloir.

— C'est fini, tout ça. J'ai prévenu mon entraîneur que je devais retourner bosser au magasin de peinture. Il m'a dit qu'on s'arrangerait pour l'entraînement. Je vous l'ai dit tout à l'heure, j'ai changé. Là, par terre, au milieu des rats, le bruit du métro… J'suis plus le même.

McKenna avait déjà entendu un paquet de prévenus prononcer cette phrase lors d'innombrables audiences, pourtant elle croyait Nicky. Elle lui donna son numéro au cas où il aurait besoin d'un coup de main, puis elle lui souhaita bonne chance pour ses prochains matchs.

Elle regarda une fois de plus la vidéo. Impossible d'en être certaine, mais plus elle revoyait le film, plus la femme sur l'écran ressemblait à Susan. Si elle était en vie, où avait-elle vécu pendant tout ce temps ? Pourquoi était-elle partie ? Pourquoi n'avait-elle rien dit à personne ? Et pourquoi était-elle revenue ?

McKenna songea à la quantité d'informations stockées dans son propre téléphone. SMS. To-do lists. Messages vocaux. Historique des appels. Notes personnelles. E-mails. Cette Superwoman, quel que soit son nom, avait été prête à tout pour récupérer ce petit rectangle noir.

5

Une heure plus tard, McKenna abandonna ses recherches sur Internet concernant la disparition de Susan. Elle n'était pas plus avancée que lorsqu'elle avait commencé.

Autrefois, McKenna pensait à Susan constamment ; puis, le temps aidant, un bref instant par jour seulement. En passant devant le bar d'où Susan s'était fait sortir après avoir cassé plusieurs colliers de perles de Mardi gras sur la piste de danse qu'elle venait d'improviser. Ou en voyant la bande-annonce d'une nouvelle comédie pour ados : *Susan va vouloir qu'on regarde ça ensemble.* Ou encore quand son téléphone sonnait un peu trop tard le soir, et qu'elle s'attendait à entendre la voix de Susan en décrochant. En fait, McKenna ne pouvait même plus dire à quand remontait la dernière fois qu'elle s'était vraiment attardée sur un souvenir précis de son amie.

Si on l'avait obligée à répondre, elle aurait dit que c'était cinq ans plus tôt – un dimanche matin, deux jours après son mariage avec Patrick. Elle s'en souvenait parce qu'elle aurait préféré ne pas penser à Susan ce jour-là. Ne pas pleurer. Cinq ans plus tôt, ses larmes étaient déjà moins liées à la perte de son amie qu'à sa culpabilité d'avoir tourné la page.

La matinée avait commencé sur une note légère. Patrick et elle étaient assis côte à côte sur le canapé, en plein déballage des cadeaux de mariage offerts par leurs amis – ils leur avaient pourtant dit qu'ils n'attendaient rien. Elle voyait encore le rouge monter aux joues de Patrick quand il avait sorti de sa belle boîte un vibromasseur rose vif en forme de lapin.

— Ah ouais, je vois. Celui-ci est clairement destiné à la mariée, avait-il dit en agitant l'appareil en caoutchouc en direction de McKenna.

Mari et femme. Après avoir rempli pendant cinq ans des rôles multiples dans la vie l'un de l'autre tout en clamant que le mariage n'était qu'un vulgaire contrat, McKenna et Patrick avaient sauté le pas. En bonne juriste, elle aurait dû se rendre compte plus tôt de l'importance de tels contrats. Ils donnent des droits et des responsabilités. Ils font les familles.

Ces nouveaux titres avaient nécessité quelques ajustements. Mais à présent, elle ne pouvait plus imaginer un monde dans lequel elle ne serait pas mariée à Patrick Jordan.

Ce matin-là, Patrick et elle commençaient à peine à savourer leur nouveau statut d'époux. Elle avait hoché la tête et pincé les lèvres comme une enfant boudeuse refusant une fleurette de brocoli.

— Mais voyons, je ne délaisserai jamais mon mari, avait-elle lancé d'une voix à la Scarlett O'Hara. Pas même pour un lapin à piles.

Le sextoy rose était un cadeau de Emily et Glenn. McKenna avait du mal à imaginer Emily, si timide et

BCBG, en train d'explorer scrupuleusement les allées clinquantes d'une boutique pour adultes.

McKenna et Patrick n'avaient pas voulu de cérémonie de mariage. Rien que deux alliances, quelques mots gentils et une belle fête. Pas de marche vers l'autel. Pas de robes bouffantes. Pas de tulle blanc qui dégouline. Et surtout, pas de cadeaux.

En voyant une pile de paquets s'accumuler dans un recoin de la salle privatisée du Buddakan, ils avaient dû se rendre à l'évidence : leurs amis n'avaient pas obéi à leur consigne.

— Qu'est-ce qu'ils n'ont pas compris dans « pas de cadeaux » ? avait chuchoté Patrick. J'espère au moins qu'il n'y a pas de mini-four là-dedans. Qu'est-ce qu'on ficherait d'un mini-four ?

Mais s'ils n'avaient pas respecté leur avertissement, ces amis avaient cependant eu assez de jugeote pour ne pas encombrer leur appartement déjà plein à craquer de gadgets tels que des vases en cristal ou des machines à pain. Ils avaient préféré comploter pour trouver des cadeaux plus kitsch et vulgaires les uns que les autres.

Le lapin n'était pas le seul jouet classé X. Il y avait des strings pour elle et lui. De l'huile de massage parfum chewing-gum. Des préservatifs « jeunes mariés ». Plus original encore : des pâtes en forme de pénis.

Ce dimanche matin-là, alors qu'ils fêtaient leurs deux premiers jours de mariage, Patrick et McKenna partageaient la même gratitude, ouvrant leurs cadeaux avec insouciance tout en sirotant du champagne et en rédigeant à tour de rôle des petits mots de remerciement emplis d'ironie.

Très chers Emily et Glenn,

Un grand merci pour le charmant appareil de massage intime. Sa forme de lapin est à la fois fantaisiste et audacieuse. Il serait cependant impoli de notre part de ne pas vous poser la question suivante : où est notre putain de service à thé ? Affectueusement,

McKenna et Patrick

McKenna avait mis de côté un cadeau très spécial qu'elle comptait donner à Patrick à la fin. Elle s'était penchée pour attraper le présent, de la taille d'une boîte à chaussures, posé à même le sol.

— Le dernier.

— Ça a l'air lourd. Si c'est encore un de ces…, avait-il dit en désignant le vibromasseur, tu vas passer la semaine à marcher en canard.

— Celui-ci, c'est pour le mari, de la part de sa femme.

Il avait déchiré l'élégant papier d'emballage, ouvert la boîte et en avait retiré une masse compacte de papier bulle. Sous les couches transparentes, on devinait une chope en verre.

— C'est comme quand Homer Simpson offre une boule de bowling à Marge pour son anniversaire ?

C'était McKenna qui aimait la bière. Patrick ne buvait que du vin et du scotch.

Il avait posé la chope sur la table basse. Une pinte. À anse épaisse. Avec un écusson sur le côté, orné du nom de Westvleteren, le fabricant d'une bière trappiste belge.

— Tu m'expliques ?

Pour la première fois, McKenna avait parlé à Patrick de la soirée pendant laquelle Susan et elle avaient récupéré cette chope. Puis, se sentant coupable de ne pas avoir pensé davantage à Susan au fil des ans, elle avait pleuré. Et s'était excusée d'avoir gâché le dernier jour de leur week-end de mariage en se donnant bêtement en spectacle. Avant de rejeter la faute sur l'abus de champagne.

C'était il y a cinq ans. Comment avait-elle pu passer toutes ces années sans penser à Susan ?

Susan et cette stupide chope. Le soir où McKenna avait rencontré Patrick. L'année où Susan avait foutu le camp. L'année aussi où son boulot était parti en vrille. Cela formait un tout.

Elle avait entendu dire un jour qu'un roman n'était qu'un recueil de 50 à 70 scènes entrelacées les unes aux autres selon le bon vouloir de l'auteur. Or l'agent voulait que son livre se lise comme un roman.

Elle créa un nouveau fichier sur son ordinateur et tapa :

Chapitre 1

6

C'était un jeudi, à l'époque où les citadins célibataires et sans enfants se sont mis à considérer le jeudi comme le « nouveau vendredi », c'est-à-dire le soir où l'on peut sortir, se saouler, et oublier qu'il reste encore une dernière journée de travail – même en tenue décontractée.

Ce n'était cependant pas n'importe quel jeudi mais le premier du mois. Celui des apéros organisés par Susan Hauptmann.

Je suis arrivée en retard, même par rapport aux horaires délirants de l'époque. J'avais travaillé jusqu'à des heures indues toute la semaine. Comme je l'avais expliqué à mes collègues, en plus de mes tâches habituelles, j'avais décidé de préparer des requêtes écrites pour tous mes procès à venir. Leur regard indifférent avait été la traduction silencieuse de « On s'en fout, espèce de bêcheuse ». Mais cela faisait quatre ans que j'étais au bureau du procureur de district, et je m'occupais encore des affaires de drogue. Je m'étais juré que cette année-là on ferait enfin un peu attention à moi.

Je suis donc entrée dans le Telephone Bar bien après 22 heures. La fête battait son plein, avec plus d'une cinquantaine d'invités, et au moins trois fois plus de boissons consommées.

Susan a levé les bras pour une accolade à distance.

— McKenna ! Tu as réussi à venir !

Les points d'exclamation dans sa voix étaient le signe infaillible qu'elle était pompette. Elle travaillait comme une folle dans l'un des plus grands cabinets de conseil de la planète. Elle méritait bien de se défouler de temps en temps. À l'époque, on le méritait tous.

— Y a du monde, on dirait, ai-je crié par-dessus les lourdes basses de la musique.

C'était l'année où « Get the Party Started » de Pink tournait en boucle partout.

Susan était radieuse, ce qui la rendait plus belle encore que d'habitude. Elle était toujours si fière que ses apéros soient des réussites, comme si cela validait, en quelque sorte, toutes les étapes qu'elle avait franchies dans la vie pour se faire une telle bande d'amis. À cette époque, certains partaient s'installer en banlieue. D'autres se mariaient et avaient des enfants. Ils ne pouvaient pas avoir 20 ans toute leur vie. Mais, ce soir-là, tout le monde semblait avoir répondu à l'appel, comme au bon vieux temps.

— McKenna, voici Mark Hunter, a-t-elle dit en me présentant un des deux types à côté de nous que je connaissais déjà de vue. McKenna a été ma coloc pendant un an quand je suis arrivée à New York. Elle a fait sa licence à Stanford, puis du droit à Berkeley. Mark vient de quitter une boîte d'e-business, mais il a fait son master à Stanford. Si ça se trouve, vous vous êtes croisés à un match Stanford-Berkeley.

Puis elle est partie présenter à une autre de ses connaissances quelqu'un venu en solo. C'était son truc, à Susan.

Elle collectionnait les amis – bien avant qu'il soit possible pour deux inconnus de devenir « amis » en ligne après une première rencontre fortuite. Susan savait trouver ce qu'il y avait d'intéressant chez tous ceux qu'elle croisait. Elle sortait alors son téléphone et lançait d'un ton décontracté : « File-moi ton numéro. Je réunis quelques amis dans une semaine ou deux. Tu devrais venir. »

Contrairement à la plupart des gens de ce genre, Susan entretenait vraiment ses amitiés. Ses apéros réunissaient ainsi une foule éclectique, reflétant les diverses facettes de sa vie étonnante : des amis de l'armée, de son école de commerce, de sa salle de sport, des amis du genre « on s'est juste mis à papoter un jour à la librairie », des amis de longue date originaires des quatre coins du pays, grâce à son enfance de fille de militaire. Son talent naturel pour nouer des liens lui avait valu le surnom de Julie l'Hôtesse, du moins parmi ceux qui se souvenaient de *La croisière s'amuse*.

Malheureusement, Susan peinait à concevoir que tout le monde n'était pas aussi doué qu'elle pour nouer des amitiés. Selon elle, mes années passées à Stanford, qui ne recoupaient pourtant pas celle de Mark, étaient un point commun suffisant pour permettre à cet ancien spécialiste du e-business et à moi-même de nous rapprocher. En vérité, notre conversation a buté à plusieurs reprises sur une série de faux départs embarrassants avant que Mark fasse semblant de reconnaître un ami à l'autre bout du bar. Je l'ai libéré avant qu'il se sente obligé de payer la Westvleteren que je venais de commander.

Alors que je prenais la chope que me tendait la barmaid (évidemment) court vêtue, un peu de mousse a débordé et éclaboussé ma main. J'étais en train de lécher la bière renversée – pas d'un coup de langue aguicheur du genre « Je m'occupe de toi juste après », plutôt de celui d'une gamine un peu gourde qui a de la confiture sur les mains – quand une fille m'est rentrée dedans en criant « Youhou ! ». Une seconde giclée de mousse, plus importante, a aspergé l'homme qui se trouvait à côté de moi.

— Désolée. Oh mon Dieu, je suis vraiment désolée.

J'ai frotté son pull en vain. À nouveau, pas de façon aguicheuse en mode « Je tâte la marchandise », mais d'un geste maladroit et empoté, du style « Ça va l'abîmer ».

— Hmm, bière et laine bouillie. Ça va sentir bon demain matin.

Quelqu'un d'autre aurait lancé ce commentaire d'un ton hautain, voire cruel. Mais le sourire chaleureux qui accompagnait ces mots me les a rendus réconfortants. Le mètre 90 de ma victime trempée de bière, ses cheveux bruns ondulés et ses yeux noisette ajoutaient au charme. Je l'ai mieux regardé, et j'ai remarqué à quel point son ventre était ferme sous ce pull en laine.

— Sérieusement, je suis navrée.

— C'est rien, a-t-il répondu en acceptant l'essuie-main que lui tendait la serveuse qui, visiblement, savait anticiper les besoins de ses clients.

Il a essuyé la bière sur mes mains et mes manches de chemisier, ignorant les gouttes maculant ses propres vêtements. Cela peut paraître mièvre, mais le contact de sa peau sur la mienne m'a semblé familier.

— Tu es une amie de Susan, c'est ça ?

— Euh, oui. Toi aussi, je suppose ?

— Patrick Jordan, a-t-il acquiescé en me serrant la main d'une poigne ferme. Susan m'a parlé de toi plusieurs fois lors de soirées de ce genre, mais nous n'avons jamais eu l'occasion de discuter.

— Oh, je vois, tu es le Patrick de West Point.

Eh oui ! Susan avait un parcours impressionnant et extrêmement diversifié, notamment des études supérieures à l'Académie militaire de West Point. Selon elle, les élèves, des garçons pour la plupart, l'auraient certainement traitée avec moins d'égards sans le soutien d'un trio de cadets populaires, mené par Patrick Jordan.

— Rappelle-moi ton nom...

— McKenna Wright. Susan et moi, on a vécu ensemble un petit moment il y a quelques années.

— Attends. C'est toi qui la surnommes Bruno ?

C'était bien moi.

— Quand on s'est rencontrées, elle s'est présentée tout à fait normalement – « Enchantée, je m'appelle Susan Hauptmann » –, et moi, tout ce que j'ai trouvé à dire c'est « Bruno. Bruno Hauptmann ! ». C'est la première chose à laquelle j'ai pensé.

— Bien sûr, tout le monde a en tête le nom de l'assassin du bébé de Charles Lindbergh. C'est évident !

Il a levé le doigt vers la barmaid et une autre Westvleteren a rapidement atterri dans ma main. À vrai dire, je redoutais souvent les soirées de Susan. Je ne suis pas très sociable et je me mêle difficilement aux autres – alors toute une soirée de bavardages sans queue ni tête, hurlés par des gens qui se connaissent à peine, c'est pour moi comme passer trois heures avec une aiguille plantée dans l'œil.

Mais ce soir-là, j'ai échappé aux autres bavardages. C'est à peine si j'ai remarqué que les gens s'en allaient peu à peu et que des visages familiers s'arrêtaient pour me saluer rapidement ou me lancer un « Je regrette qu'on n'ait pas pu discuter davantage ». À ma grande surprise, la barmaid a soudain annoncé la dernière tournée.

Patrick et moi n'avons interrompu notre conversation que lorsque Susan a surgi et s'est glissée entre nous, passant un bras autour de nos épaules.

— Eh, j'carbure au *gin and juice*.

Certes, cette chanson de Snoop Dogg était déjà démodée à l'époque, mais Susan s'en fichait. C'était moins daté que l'autre titre de hip-hop qu'elle dégainait à tout va – « Rapper's Delight » du Sugarhill Gang, en version longue si elle s'était bourré la gueule au mojito. Elle a fait claquer une bise sur la joue de Patrick.

— Pour te remercier d'avoir gardé cette demoiselle ici si tard. C'est pas le genre à faire la fermeture, d'habitude. La prochaine tournée est pour moi.

La barmaid a fait non de la tête, lui signifiant de la main qu'elle fermait. Quand elle s'est éloignée, Susan a grimacé d'un air outrageusement triste :

— Quelle rabat-joie.

Patrick a tapoté les jambes de son pantalon.

— C'est le signe qu'on doit partir, j'imagine. Qui veut partager un taxi ?

La question s'adressait autant à Susan qu'à moi, mais c'était moi qu'il regardait.

Susan a imité le son d'un buzzer.

— Pas ce soir, Patrick. C'est plus bas qu'elle va. Et rien de cochon dans ce que je viens de dire, a-t-elle ajouté d'un ton diabolique, en pointant un doigt accusateur. Tu vas rentrer tout seul dans l'Upper East Side.

— Bon, très bien. Ravi de t'avoir rencontrée, McKenna.

On a fini comme on avait commencé, par une poignée de main. Sauf que cette fois-ci, je ne voulais plus le lâcher.

En sortant du bar, Susan m'a prise dans ses bras.

— Oh là là, t'as l'air d'un chiot abandonné à la SPA. T'inquiète pas, ma vieille. Je viens de te rendre service.

— Comment ça ?

— Tu sors pas assez. Tu connais pas les règles.

— De quelles règles tu parles ?

— Si tu couches le premier soir, le type ne te respectera jamais. Et ne me regarde pas avec ces yeux indignés de jeune vierge. Si t'étais partie avec lui, t'aurais perdu ta petite culotte. Et vu ta traversée du désert actuelle, je suis sûre que tu portes des dessous de mamie, je me trompe ?

Je n'ai pas pu m'empêcher d'éclater de rire.

— Ah, tu vois ? Je t'ai rendu service. Te fais pas de bile. Il sait où me joindre, et moi je sais où te joindre. Il t'appellera.

Susan avait beau être grossière, elle parvenait toujours à le faire d'une manière décalée qui n'était jamais menaçante ni injurieuse. À l'époque où nous vivions ensemble, j'avais nourri l'espoir que sa franchise contagieuse déteindrait sur moi, mais je n'avais pas eu cette chance. Elle m'avait dit un jour que c'était son sens de l'humour qui lui avait permis de supporter la culture militaire. Susan n'était pas la première femme cadet à West Point, mais les filles ne représentaient toujours qu'un dixième de chaque promotion, et les garçons continuaient à parler des couettes que leur fournissait l'armée comme de leurs « petites amies ».

Étant l'une des femmes les plus séduisantes de l'école, Susan aurait pu avoir le garçon qu'elle voulait. Mais c'était la fille d'un général. Tous les yeux étaient rivés sur elle. Elle devait soigneusement choisir ses fréquentations. Elle s'en tenait donc aux « gouines à crampons », comme on appelait les athlètes féminines, mais s'entendait bien aussi avec les garçons, plaisantant avec eux comme le ferait une petite sœur.

Je croyais que Susan s'était endormie dans le taxi, la tête posée sur mon épaule, mais elle a soudain plongé la main dans sa mallette et m'a tendu un objet enveloppé dans une serviette en tissu blanc. C'était une chope Westvleteren.

— T'as piqué un verre ? C'est un délit passible d'un an de prison, tu sais.

— Et toi tu vas prendre combien pour recel ? a-t-elle répliqué d'une voix pâteuse. J'ai vu comment t'étais avec Patrick. Et comment il était avec toi. Et aucun de vous deux n'est jamais comme ça avec personne. Un jour t'épouseras ce mec, et tu seras bien contente d'avoir un souvenir de cette soirée fatidique.

Cinq ans plus tard, alors que je fêtais mon deuxième jour de mariage, j'ai offert ce verre à mon nouvel époux.

J'avais gardé cette chope pendant cinq ans, malgré trois déménagements, deux changements professionnels, et une relation en dents de scie avec Patrick. Je l'avais gardée parce que je voulais plus que tout que Susan ait raison.

Quand le taxi s'est arrêté ce soir-là devant mon appartement de Mott Street, Susan a glissé la chope dans mon sac tandis que je l'embrassais sur le front.

— Bois de l'eau quand tu rentres. Bisous, Bruno.

Avant de descendre, j'ai vérifié que le chauffeur avait l'adresse de Susan et payé le trajet, y ajoutant un généreux pourboire.

J'étais trop occupée à l'époque pour prendre au sérieux la prédiction de Susan concernant Patrick. À ce moment-là, je ne me souciais que d'une chose : que le bureau du procureur m'accorde enfin toute l'attention que j'estimais mériter.

Au bout du compte, Susan et moi avons toutes les deux été exaucées.

McKenna cessa de taper et relut la dernière phrase.

Au bout du compte, Susan et moi avons toutes les deux été exaucées.

En revanche, ni Susan ni elle n'avaient été assez visionnaires pour savoir que 2003 serait aussi l'année où Susan disparaîtrait sans laisser de traces.

Et voilà que McKenna se demandait si elle était revenue, surgie de nulle part pour sauver Nicky Cervantes d'un métro de la ligne 1.

7

McKenna était assise sur un tabouret de l'îlot de la cuisine, penchée sur son ordinateur portable, quand elle entendit une clé tourner dans la serrure. Patrick poussa son vélo dans l'appartement, prenant soin que les pneus ne heurtent pas les murs – une pratique qui lui avait demandé des mois d'entraînement, après que l'immeuble eut sacrifié le local à vélos pour agrandir la laverie.

— Eh, tu es rentrée ! dit-il, surpris de la voir.

Ils faisaient partie de ces ménages de plus en plus nombreux dans lesquels la femme avait tendance à travailler plus tard que son conjoint. Patrick était presque toujours à la maison à temps pour le bulletin de 18 heures de *SportsCenter*. Non seulement la routine lui convenait, mais elle lui plaisait. Si chaque journée pouvait être identique à la précédente jusqu'à la fin de sa vie, il serait comblé.

Mais ce jour-là, c'était elle qui avait fini le boulot plus tôt, impatiente de se retrouver seule avec cette vidéo du métro.

Depuis qu'elle le connaissait, Patrick était toujours allé au travail à vélo. Ça faisait partie de sa routine.

McKenna avait la trouille à la seule idée qu'il fasse du vélo dans Manhattan – les gaz d'échappement, les coups de klaxon, les chauffeurs absorbés dans leurs téléphones. Mais Patrick lui répétait qu'il ne risquait rien. Casque. Rétroviseurs latéraux. Et, bien que le placard de son bureau au Metropolitan Museum of Art fût rempli de costumes standard, il revêtait pour le trajet la tenue d'un coursier agressif, complétée par des manches à motif tatouage. Selon lui, les conducteurs étaient moins enclins à chercher des noises à un cycliste qui semblait capable de leur trancher la gorge pour une collision évitée de justesse.

Transportant son vélo jusqu'au fond de leur loft, Patrick s'arrêta derrière elle pour un rapide baiser sur la joue.

— T'as commencé l'apéro sans moi ?

Elle laissa échapper un « Hein ? » distrait, puis s'aperçut qu'il faisait allusion à la chope posée près de son ordinateur sur le comptoir en granit.

— Non, elle est vide. Je la regardais, c'est tout.

Ce bock lui avait paru un objet très spécial quand elle l'avait offert à Patrick, mais cinq ans plus tard, elle l'avait retrouvé au fond d'un placard de la cuisine, coincé derrière une panoplie de tasses et de verres bon marché qui ne servaient que lorsqu'ils avaient davantage d'invités que de jolis verres à pied. Il ne méritait pas un tel traitement, mais de l'eau avait coulé sous les ponts depuis leur mariage.

— Pourquoi tu…

Une fois sa bicyclette soigneusement appuyée contre la bibliothèque, Patrick porta toute son attention sur McKenna.

— Oh, c'est *la* chope. C'était mignon.

Il lui enlaça la taille et lui posa un baiser dans le cou, effleurant son oreille de son souffle.

Elle fit pivoter son tabouret pour lui faire face.

— À vrai dire, je me suis souvenue de cette chope parce que je pensais à Susan.

Patrick parut interloqué. Il s'attendait visiblement à ce qu'elle lui rende ses témoignages d'affection, et ne semblait pas comprendre de quoi elle parlait. Apparemment, elle n'était pas la seule à ne pas avoir pensé à Susan depuis un bon moment.

— Susan. Susan Hauptmann. C'est elle qui l'avait volée au Telephone Bar ce soir-là.

— Ah oui, c'est vrai, j'avais oublié. J'ai toujours cru que tu l'avais chapardée toi-même.

Il prit place sur le canapé d'angle et allongea les jambes.

— Pourquoi tu pensais à Susan ?

Elle porta son ordinateur ouvert jusqu'au canapé, s'assit à côté de Patrick en le poussant un peu. La vidéo était prête à être lancée.

— Tu as entendu parler de l'histoire de cette femme qui a sauvé un lycéen des rails du métro ?

— Si je me souviens bien, hier matin, tu voulais qu'on parie 20 dollars que le gamin n'était pas franchement un élève modèle. Mais j'ai refusé. De toute façon on est mariés, alors ça ne compte pas. Et puis dans cette ville, avec 20 dollars on pourrait à peine à remplir cette chope.

— Une jeune fille sur le quai a réussi à filmer la scène.

Elle appuya sur Play.

Patrick rit dans sa barbe pendant que la vidéo défilait sur l'écran, son visage se contractant légèrement à chaque fois que le téléphone portable changeait brusquement de direction.

— Tu ne peux rien faire de ça, McKenna. T'as essayé la MTA ? Ils ont des caméras dans chaque station.

Elle leva un doigt pour le faire taire. Concentrée sur la bande-son qu'elle connaissait maintenant par cœur, elle se tenait prête à appuyer sur Pause. Cri suraigu. « Oh mon Dieu ! » « Le train ! », suivi de quelque chose d'incompréhensible. Un bruit sourd, quand un autre usager avait heurté la vidéaste amateur. « N'allez pas sur la voie. » « Attrapez-le. » « Prenez-lui les poignets. » « Je le tiens, je le tiens. » « Il est conscient ? »

Et puis… Pause.

— Regarde. Tu vois ?

— Je comprends pourquoi tout le monde l'appelle Superwoman. Il faut vraiment être balèse pour soulever quelqu'un de ce gabarit. C'est difficile à dire, mais le gamin n'a pas l'air de beaucoup l'aider. Il était sans doute sous le choc.

— Regarde la femme, Patrick. Regarde son visage.

Il se pencha plus près de l'écran et secoua la tête.

— Je sais que les caméras de la MTA ne couvrent pas tout le métro, mais tu as vérifié, au moins ? Tu auras peut-être de la chance.

— Oui, j'ai vérifié. Je te demande juste de regarder son visage.

Le ton sec de McKenna lui fit hausser les sourcils.

— Je ne sais pas trop ce que je suis censé voir, McKenna, et de toute évidence je t'agace. Explique-moi. Tu as parlé de Susan.

Il jeta un nouveau coup d'œil à l'image sur l'écran.

— Oh, non, McKenna. T'es pas sérieuse.

— Son visage. C'est le même.

— On ne le voit même pas.

— La frimousse en forme de cœur. Les lèvres. Et l'arc des sourcils. Et puis, regarde.

Elle lui montra un point juste sous la racine des cheveux de la femme.

— C'est sa cicatrice, quand elle est tombée en courant sur le campus – pendant le Maharathon ou je ne sais quoi.

— Le Mahanathon, la corrigea-t-il.

Les cadets appelaient « Mahanathon » le sprint entre le gymnase de West Point et le Mahan Hall. Malgré la dextérité de Susan, elle avait réussi à trébucher sur un trottoir et basculer tête la première.

— On ne sait pas si c'est une cicatrice. Ça pourrait être une mèche de cheveux, une tache, ou n'importe quoi. Cette femme peut être n'importe qui. Crois-moi, la MTA doit avoir mieux que ça.

— La régie des transports ne possède aucune image, OK ? Le type m'a dit qu'une borne wifi, ou un truc du genre, avait planté. C'est tout ce que j'ai, mais regarde bien. Tu as dit toi-même que cette femme devait être hyper forte pour soulever un gamin comme ça. Et puis rapide en plus. Tu devrais voir comme elle fonce dans l'escalier du métro. Susan est musclée, et elle court vite. La seule femme de ta promo à avoir obtenu le prix de…

— Le prix du Commandant. Susan était rapide. Et elle était musclée. Je dis bien « était ».

Il posa une main sur son genou et le pressa légèrement.

— Et elle a disparu depuis une éternité.

— Les gens ne se volatilisent pas comme ça dans la nature. On n'a jamais retrouvé de corps. Je ne crois même pas qu'elle ait été officiellement déclarée morte.

Il retira sa main et secoua la tête.

— Tu es en train de réfuter ce que tu as toujours dit depuis que Susan a disparu. « Elle ne serait jamais partie comme ça. » C'est ce qu'on a tous dit. C'est ce qu'on a tous expliqué à la police. Que quelque chose de terrible avait dû lui arriver. Et maintenant tu affirmes qu'elle est en pleine forme et qu'elle vit à New York, après toutes ces années ?

— Je n'ai pas dit qu'elle va bien. Peut-être que, je ne sais pas – tu as entendu parler de ces gens qui ont un choc cérébral et qui ne savent même plus qui ils sont. Ils finissent par recommencer leur vie en partant de zéro.

— Susan, amnésique ? McKenna, arrête ton char.

Il se dirigea vers le réfrigérateur pour y prendre une bouteille d'eau. Quand il revint se rasseoir, il laissa un peu de distance entre eux.

— Elle est juste *portée disparue*, ça veut bien dire qu'elle est quelque part. Elle pourrait être de retour à New York. Tu vois bien que la femme de cette vidéo est le portrait craché de Susan.

— Ça fait dix ans qu'on ne l'a pas revue, McKenna. Quant à cette image… elle est complètement floue. Tu as déjà vécu ce calvaire. Tu as pleuré tous les jours pendant un mois. Cessé de manger. Tourné en rond dans Hell's Kitchen des nuits entières pour tenter de la retrouver.

Elle se souvenait parfaitement de ces soirées. Elle aurait tant aimé que Patrick la réconforte à ce moment-là.

Elle ne connaissait pas d'autres proches de Susan – et sans elle, ils ne se seraient jamais rencontrés. Patrick et McKenna avaient suivi des chemins très différents avant d'atterrir à New York. Il avait fait West Point et servi dans l'armée avant d'entrer au Met. Elle avait fréquenté des établissements de la côte Ouest, et travaillait dans le sud de Manhattan comme procureure. Ils avaient joué à identifier les 6 degrés de séparation ; mais la seule et unique trajectoire directe était Susan Hauptmann.

McKenna s'était donc dit que si quelqu'un était capable de l'aider à surmonter le chagrin lié à la disparition de Susan, c'était bien Patrick. Et puis, elle savait qu'il s'était toujours montré loyal envers son ancienne colocataire.

Elle avait entendu les deux versions de l'histoire concernant le début de leur amitié. Susan lui avait raconté avoir usé de la vieille astuce de West Point – rembourrer son lit en fourrant du linge sous la couverture, pour l'inspection du soir – avant de faire le mur et d'aller fêter son vingt-et-unième anniversaire à Chelsea. Les soirées en ville avec les amis qu'elle s'était faits en dehors de l'armée étaient pour elle un moyen de s'évader. Cela lui rappelait qu'elle avait une vie, en dehors de celle qu'elle avait choisie pour faire plaisir à son père. Elle profitait de ces sorties pour se faire belle, relâcher un peu la pression, et entretenir un pan de sa personnalité qu'elle ne pouvait jamais montrer aux autres cadets. Ce soir-là, elle n'était pas la seule élève à avoir mis les voiles. Quand Patrick Jordan, à 1 heure du matin, avait poussé la porte du bar où elle se trouvait, elle s'était dit que sa réputation était fichue.

À en croire Patrick, il était entré dans un club comme

le Limelight uniquement parce qu'il avait une permission de deux jours pour aller au mariage d'un cousin, et que les mariés avaient décidé de faire la tournée des bars après le dîner de répétition. Ses oreilles commençaient à peine à s'habituer au martèlement sourd de la musique quand deux des demoiselles d'honneur s'étaient mises à cancaner au sujet de la fille « qui faisait la pute » sur la piste de danse avec deux hommes à la fois. Lorsqu'il avait regardé la femme qui se trémoussait contre ses partenaires, il avait vaguement eu l'impression de la connaître. Mais il n'avait compris que c'était Susan qu'au moment où elle avait tourné les yeux vers lui.

Il connaissait les rumeurs qui circulaient sur le campus – « Il faut sauter le soldat Susan », ou Suce-an comme on l'appelait ; mais il savait aussi que les cadets exagéraient systématiquement leurs exploits sexuels dès qu'ils impliquaient leurs homologues féminines. Concernant Susan, cependant, les ragots semblaient en deçà de la réalité. Et étant fils d'un simple colonel – mais colonel quand même, avec l'aigle cousu sur l'uniforme –, il ne pouvait qu'imaginer la panique derrière les yeux lourdement maquillés de sa camarade de classe.

À partir de ce moment-là, les deux versions de l'histoire convergeaient : Patrick s'était retourné, avait quitté le club, et n'avait jamais parlé de cette rencontre à qui que ce soit à West Point. Pas même à Susan. Une fois revenu là-bas, le populaire et loyal Patrick avait trouvé un moyen subtil de prendre sous son aile la jeune fille, qui avait tout pour être stigmatisée par ses camarades – c'était une femme, séduisante de surcroît, et dont le nom de famille désignait en allemand un officier subalterne. Susan savait qu'elle avait gagné là un véritable ami.

Ainsi, quand elle avait disparu, McKenna savait que cela ne laisserait pas Patrick indifférent. Or il avait plutôt manifesté de la colère. Pas contre Susan ni contre sa disparition. Mais contre McKenna. Contre sa façon de réagir. Ses crises de larmes, ses sanglots, son manque d'appétit, ses insomnies. Contre ce qu'il interprétait comme l'expression mélodramatique de ses émotions. Contre l'espoir qu'elle avait placé en lui de la consoler.

— Ton attitude en ce moment n'a rien à voir avec Susan, avait-il fini par lui dire. Moi aussi, je m'inquiète pour elle. Tout comme son père. Et tous les gens qui la connaissent. Mais toi, tu en fais une affaire personnelle. C'est la merde à ton boulot, alors tu te sers de ça comme d'un exutoire.

Cette déclaration – et l'engueulade d'une heure qui avait suivi – avait marqué le premier des nombreux ratés de leur relation. Dix ans plus tard, il craignait manifestement qu'elle ne recommence à péter les plombs.

— Je ne suis pas en train de piquer une crise. Je veux juste… Tu sais, même si cette femme dans le métro n'est pas Susan, je m'en fiche. Elle est partie depuis longtemps, et ça fait des années que je n'ai même pas pensé à elle. Je veux juste savoir ce qui lui est arrivé. Elle mérite que quelqu'un se préoccupe encore de son sort.

Il fut tenté de protester, mais se ravisa.

— Qu'est-ce que tu veux qu'on fasse ?

On. Du Patrick tout craché. Il avait beau se faire l'avocat du diable, il avait beau tenter de la convaincre de changer de disque, en un clin d'œil, il était capable de sauter dans le train en marche pour l'aider dans sa mission. C'était sans doute ce qui lui avait permis de tenir quand il était militaire. Et cela expliquait pourquoi il travaillait encore au musée – son premier emploi civil après l'armée – au bout de toutes ces années. Qu'est-ce que tu veux qu'*on* fasse. Elle oubliait parfois sa profonde loyauté.

— Son père a été gravement malade pendant de longues années, or c'était lui qui faisait pression sur la police au début. Pour ce que j'en sais, plus personne ne la recherche. Peut-être que sa camée de sœur sait quelque chose. Comment elle s'appelait, déjà ?

— Gretchen.

— C'est ça. De ton côté, tu pourrais contacter des types de l'armée. Voir s'il y a du nouveau de ce côté-là.

— Je pense que je l'aurais su si…

Il s'arrêta net en voyant son expression.

— Pas de problème, reprit-il. Je passerai quelques coups de fil.

— Moi, je vais commencer par la base. Archives publiques. Historique bancaire. On improvisera au fur et à mesure.

Improviser. Cela semblait si simple. Aucune attente. Aucune règle. Se contenter de suivre ses intuitions. Comme si, lorsque la mélodie n'est pas bonne, il suffit de s'éloigner du piano. Mais lorsqu'on pianote sur un clavier à la recherche de réponse, c'est différent. Une fois qu'on commence à soulever des questions, il devient difficile de s'arrêter. Même quand ce serait préférable, et qu'on le sait.

8

L'homme à l'accueil du Four Seasons était mielleux à souhait. La façon qu'il avait de vous scruter sous ses épais cils noirs sans prendre la peine de relever le menton, alors même qu'il parlait à un homme faisant 15 centimètres de plus que lui ; de vous sourire en gardant les lèvres pincées ; de serrer la mâchoire sans parvenir à masquer le grincement de ses dents, derrière son sourire faux – tout cela puait la douceur hypocrite.

— Vous avez réservé, monsieur ?

— Malheureusement non. Je pensais reprendre le train pour New Canaan dès ce soir – une fois mes affaires conclues –, mais les avocats en ont décidé autrement. C'est sans doute ce qui arrive quand on laisse ces cabinets vous facturer à l'heure. Vous savez à quoi on reconnaît un avocat qui ment ? Quand ses lèvres commencent à bouger.

Il laissa tomber une carte bancaire noire sur le comptoir. Au nom de Michael Carter. Ce serait le sien pendant un petit moment. Jusqu'à ce qu'il ait besoin d'une nouvelle identité.

— Je prendrai la première chambre disponible. Nécessité fait loi, comme on dit.

Le sourire pincé réapparut, comme si cette demande ne dérangeait en rien le réceptionniste. Mais la mâchoire serrée racontait une tout autre histoire tandis qu'il tapait avec frénésie sur son clavier.

— Nos chambres standard sont toutes déjà prises, monsieur. Mais nous avons une suite de luxe avec vue sur la ville. Voici le tarif, sans les taxes, bien sûr.

Il fit discrètement glisser un bout de papier sur le comptoir : 995 dollars la nuit. Sans les taxes. Bien sûr.

Carter acquiesça d'un signe de tête et regarda la carte Infinite passer dans le lecteur. Derrière le nom de Michael Carter se trouvait celui d'une entreprise : Acumen Inc. La société, bien réelle, était une coquille vide qui lui permettait de transférer de l'argent de manière intraçable vers une série de comptes offshore. Le Panama était très prisé ces derniers temps.

— Combien de clés, monsieur ?

— Une seule, merci.

C'était la réponse à donner quand on était un homme d'affaires coincé à l'improviste à New York pour la soirée. Carter songea que les gens devaient généralement en demander deux, vu le nombre de scènes de séduction qu'il avait pu observer dans les salons des hôtels de luxe. Mais un voyageur solitaire demandant deux clés, voilà qui aurait attiré l'attention. Cela aurait piqué la curiosité. Carter était suffisamment payé – dépenses imprévues et inexpliquées comprises – pour avoir l'air parfaitement terne et sans histoire en toutes circonstances.

Il rendit son sourire à l'employé et prit la clé de sa chambre. Pendant toute la transaction, il était resté penché loin de la caméra de sécurité accrochée au mur derrière lui, à droite de la réception. Il pivota à présent sur sa gauche, privant toujours l'objectif de son visage.

Non pas que cela eût de l'importance. C'était juste une habitude.

Le bobard qu'il avait servi au réceptionniste n'était pas si loin de la vérité. En un sens, il était bel et bien un homme d'affaires dont le crochet par New York se révélait plus long que prévu.

Comparé à la mission qui l'avait amené ici, le job du moment de Carter relevait pratiquement du travail de bureau. Son rôle était d'observer. De surveiller. De demeurer hors champ, en s'assurant que tout se passait bien. Il se voyait un peu comme un contrôleur de gestion à qui on aurait demandé de dissimuler qu'il faisait un audit.

Il maîtrisait désormais le langage servant à décrire ses fonctions. On l'engageait « par précaution ». Par « commodité ». Pour retrouver une certaine « tranquillité d'esprit ». On payait Carter très cher pour qu'il repère les « signes avant-coureurs ». Les « alertes rouges ». Les gens usaient de ce genre de termes pour décrire ce qui relevait selon eux du mauvais pressentiment. Carter savait que cela n'existait pas. C'étaient des faits qui déclenchaient la sonnette d'alarme. Des événements qui faisaient se lever le drapeau rouge. Carter savait identifier le subtil mélange de faits et d'événements qui finissait par susciter chez ses employeurs cette « intuition » inexplicable.

D'habitude, il était capable de repérer quand une cible allait poser problème. Sa vie pleine de secrets exigeait qu'il chorégraphie soigneusement ses déplacements, aussi bien dans le temps que dans l'espace. Cela voulait dire s'éclipser pour une soi-disant pause pipi et passer un bref coup de fil depuis les toilettes. Raconter à ses collègues qu'il avait la migraine et devait se coucher tôt, puis rouler jusqu'à une aire de repos à 50 kilomètres de la ville pour le transfert d'un colis clandestin.

Carter n'avait eu aucun mal à localiser la cible de son audit, grâce au traceur GPS qu'elle portait sur elle sans le savoir. Il avait été engagé car ce traceur indiquait qu'elle s'était rendue dans plusieurs zones du Grand New York, et son employeur voulait savoir pourquoi.

Les deux premiers jours, il avait eu l'impression de pointer au bureau. Pas de mauvais pressentiment. Et surtout, aucun « signe avant-coureur » nécessitant de déclencher « l'alerte rouge ». Rien qu'un paquet d'heures passées dans le comté de Suffolk, là où elle était censée se trouver.

Au troisième jour d'observation, la femme – il ne connaissait pas son véritable nom, et l'appelait donc simplement « la femme » – avait sauté à bord d'un train Amtrak direction Penn Station. Il l'avait suivie. Elle n'avait pas semblé remarquer sa présence.

Lui, en revanche, avait fait bien attention à elle. Il avait repéré qu'elle se servait d'un autre téléphone que celui contenant le traceur GPS.

Elle était en train de pianoter dessus à toute vitesse quand un gamin le lui avait arraché des mains. Elle s'était alors volatilisée, parvenant de justesse à franchir les portes du métro qui s'étaient refermées sur Carter, pris au piège d'un wagon bondé. Ignorant où elle était passée. Privé d'yeux et d'oreilles. Parfaitement inutile pendant un bon moment.

Il s'était rué hors du wagon à l'arrêt suivant, Herald Square, puis était reparti vers le nord, en direction de Times Square. Traversant la station en trombe, il avait senti les dernières secousses de l'onde de choc. *T'es au courant ? Un type est tombé sur les rails ! Quelqu'un l'a sauvé.* Il ne lui avait pas fallu longtemps pour repérer les secouristes au pied de l'escalier menant au quai. L'un des deux scrutait les pupilles ébahies d'un gosse à l'aide d'une lampe-stylo.

Le môme n'avait rien. Mais la femme s'était évaporée dans la nature.

Une fois ressorti du métro, Carter avait appelé son patron.

Le lendemain, les journaux avaient qualifié la femme de « héroïne de la ligne 1 » et de « mystérieuse inconnue ». Elle devait à Carter d'être restée anonyme. Il lui avait fallu user d'une certaine persuasion, et de quelques billets, pour que personne ne puisse accéder à l'enregistrement des caméras de surveillance. Ce qui semblait un paquet de pognon aux yeux d'un technicien de la MTA n'était que de la menue monnaie pour qui employait Carter.

Lui savait très bien qui était cette femme mystérieuse. Et où elle était censée se trouver. Mais il ignorait ce qu'elle était venue faire à Manhattan, et pourquoi elle avait remué ciel et terre pour récupérer son second téléphone. Cette fois, il avait un très, très mauvais pressentiment.

Et si Carter avait appris quelque chose en quarante-deux ans d'existence, c'était bien de ne jamais laisser place à l'inconnu.

9

McKenna se rendit de bonne heure au bureau pour travailler discrètement sur son livre. Elle avait beau avoir expliqué à Dana, à Bob Vance, à l'agent et à l'éditeur qu'elle n'avait pas encore pris sa décision, elle y pensait déjà comme à « son livre ».

Les conseils de Vance l'avaient touchée en plein cœur. C'était peut-être l'occasion unique de tirer parti de son passage au bureau du procureur. D'écrire autre chose que ces âneries à l'eau de rose sur les potins de la ville. Pour tout dire, cela lui avait fait du bien de rédiger ces quelques pages la veille, même si elle n'avait aucune idée du rôle que celles-ci joueraient dans le manuscrit définitif. Elle allait coucher sur le papier quelques scènes représentatives choisies au hasard. Juste assez pour savoir si elle avait envie de se lancer à fond dans l'aventure.

Elle avait déjà écrit un roman. Elle était une autrice publiée, après tout. Mais à l'époque, c'était différent. Elle avait commencé à écrire après son départ forcé du bureau du procureur, et y avait consacré deux années. Elle n'avait même pas tenté de le placer chez un éditeur avant qu'il soit parfaitement achevé.

Cette fois-ci, selon l'agent, il était possible de vendre son récit – elle ne pouvait se résoudre à l'appeler ses mémoires – sur la base d'une proposition. Il suffisait d'un aperçu « accrocheur » – quel mot détestable ! –, d'un pitch et d'un résumé de chaque chapitre.

Elle ignorait comment brosser le tableau des événements ayant mis fin à sa carrière juridique. Pour l'instant, elle n'avait travaillé que sur la vue d'ensemble – qui frisait davantage la cacophonie que la virtuosité.

Le problème, c'était l'arme. Pas l'arme en tant que telle – du moins pas au début –, mais l'insistance de Tasha Jones à expliquer que son fils n'en portait pas. Elle n'a jamais prétendu que Marcus était un ange. Moi non plus, d'ailleurs. Cette affaire n'a jamais été une question de morale. Du haut de ses 19 ans, Marcus Jones avait déjà 11 accrochages avec les forces de l'ordre à son actif, et il était en liberté provisoire dans l'attente d'un jugement pour vol quand l'agent Scott Macklin l'avait descendu.

— Mon petit, c'était un voleur, m'a dit Tasha quand elle m'a coincée dans l'escalier du tribunal. Depuis toujours, et ça aurait pas changé. À l'école, ils disaient qu'il avait seulement 78 de QI, mais lui il savait très bien qu'un vol avec des violences c'est plus de prison, et qu'avec une arme c'est encore pire. Il avait pas d'arme. Il avait pas d'arme du tout, parce que comme ça il savait qu'il braquerait jamais personne, et encore moins un policier. Ce soir-là, il avait rendez-vous sur les quais avec sa petite amie. Pourquoi il aurait emmené une arme ?

La police n'a jamais trouvé de trace d'une quelconque jeune fille. En revanche, Marcus avait 80 dollars sur lui, et aucun revenu légal pour l'expliquer. J'étais intimement persuadée que je découvrirais un lien entre Marcus et cette arme.

Je n'ai jamais brillé au tribunal comme procureure adjointe. C'était toujours chez les juristes issus des écoles de la région que l'on repérait un talent inné ou un génie du prétoire. Mais je travaillais dur et j'étais rigoureuse.

J'ai donc remonté la piste de l'arme, espérant prouver que la mère de Marcus avait tort (et certaine d'y parvenir). Espérant renforcer la thèse de la légitime défense de Scott Macklin (et certaine d'y parvenir). Espérant faciliter grandement la tâche du jury (et certaine d'y parvenir).

Mais cette arme avait une autre histoire à raconter.

Ça ne fonctionnait pas. McKenna était censée raconter l'affaire de son propre point de vue. Parler de son exaltation de jeune juriste à pouvoir travailler sur son premier homicide – une fusillade impliquant un agent de police, qui plus est. De sa relation amicale avec ce dernier. Du stress de se retrouver au milieu d'une actualité aux connotations raciales évidentes. De sa suspicion croissante envers la version de Macklin. De sa décision d'aller en parler à la police.

Et de sa stupéfaction quand cette décision avait failli déchirer la ville en deux.

Comment pouvait-elle caser tout ça dans un simple résumé ? Elle ne s'en sortirait jamais.

Elle ferma le fichier. La vérité, c'était qu'elle était incapable de se remémorer cette période de sa vie sans songer à Susan. Et toute pensée liée à Susan la ramenait à cette vidéo exaspérante. Elle la rouvrit à nouveau.

Bob Vance toqua brièvement à la porte de son bureau avant d'entrer.

— Alors, ces 4 000 mots que tu m'as promis hier ?

— J'ai décidé d'écrire sur le juge Knight.

— Le petit gros, c'est ça ?

— C'est surtout un tire-au-flanc injurieux et, en plus de ça, méprisant envers les citoyens qu'il est censé servir. J'en ai la preuve.

Elle lui tendit des copies papier des deux e-mails qu'elle avait reçus la veille.

— Ça fait cinq ans qu'il est en poste. Dès le début, certains se sont demandé si, intellectuellement, il faisait le poids – sans mauvais jeu de mots. La semaine dernière, j'ai reçu un appel anonyme d'une femme affirmant avoir été jurée dans l'un de ses derniers procès. Elle m'a dit qu'il ne cessait de lever les yeux au ciel et coupait la parole aux témoins. À la fin d'une audience, elle l'aurait entendu dire à une victime de violence conjugale qu'elle était « trop jolie » pour qu'on la frappe. Et il aurait passé la majeure partie du procès à jouer sur son téléphone et à pianoter sur son ordinateur. J'avais déjà entendu ce genre de remarques à son sujet, alors j'ai décidé de me renseigner discrètement pour voir si quelqu'un du tribunal accepterait de m'en dire plus.

— Et ?

— J'ai reçu ça hier.

Les e-mails étaient brefs mais accablants. Le premier avait été envoyé par Knight trois jours plus tôt.

Ces gens me tapent sur les nerfs. Des enfoirés qui s'en prennent à d'autres enfoirés. Qu'on les foute tous dans la même cage avec des battes de base-ball et des tronçonneuses. Le monde s'en portera mieux.

Et le second, envoyé la veille au matin.

Je risque gros mais n'ai plus rien à perdre. Ça vous intéresse quelques tuyaux du tribunal ? Je quitte le pénal pour le civil dans quinze jours, et j'aurai des infos qui pourraient vous plaire. Je ne plaisante pas : j'en ai ma claque.

— Tu arriveras à en tirer 4000 mots ?

— Aucun problème. Knight a été nommé juge après seulement deux ans comme associé dans un cabinet d'avocats et neuf ans comme assistant d'Alan Silver, le président du tribunal. Officiellement, les assistants de justice ne sont que de simples employés, mais il est courant que les présidents récompensent leurs collaborateurs les plus fidèles en activant leur réseau pour qu'ils accèdent à la magistrature. Knight a travaillé en correctionnelle pendant deux ans, puis a été promu à la cour d'assises. Je peux ajouter un paragraphe sur d'autres assistants qui ont fini par devenir juges malgré leurs faibles qualifications. Knight suit toujours l'avis des procureurs au détriment des accusés, fait preuve d'un sexisme éhonté et est un farouche opposant aux avocats commis d'office. Et avec ces deux e-mails, il est foutu.

Même si les messages étaient ce qu'il y avait de plus croustillant, l'ensemble de cette affaire était d'intérêt public. C'était le genre d'article auquel elle avait cru pouvoir se consacrer quand elle avait accepté le poste.

— Ils sont réglo, ces messages ?

— C'est de ça que je voulais te parler. Je me doutais qu'il serait difficile de mettre la main sur quelqu'un prêt à dénoncer publiquement un juge en exercice. Alors, hier matin, j'ai contacté plusieurs sources potentielles en leur garantissant l'anonymat. Malheureusement, au lieu de me faire confiance, mon informateur a créé une adresse e-mail pour me transférer ces messages. Et les coordonnées des destinataires de ces e-mails ayant été effacées, je ne peux pas recouper l'info de ce côté-là.

— Il y a des chances pour que ton informateur soit le destinataire initial.

— Ça pourrait aussi être l'un de ses assistants, ou son secrétaire. Vu que Knight est assez con pour avoir utilisé son adresse e-mail officielle, ça peut également être un fonctionnaire habilité à accéder aux messageries internes. Ou quelqu'un qui a piraté son compte.

— OK OK, j'ai compris. Tu me stresses, là.

— J'essaie de remonter la piste. J'ai vérifié dans l'annuaire du tribunal que l'adresse électronique indiquée dans les deux messages était bien celle du juge Knight. J'ai aussi fait quelques recherches : il y a trois jours, quand il a envoyé le message « enfoirés contre enfoirés », Knight présidait le procès d'une fusillade, suite à un trafic de drogue ayant mal tourné. Les avocats des deux parties m'ont affirmé que Knight avait fait pression sur le procureur pour qu'il propose une négociation de peine, parce qu'il s'agissait selon lui – je cite – d'une affaire « dont tout le monde se fout ». J'ai également eu confirmation qu'il sera muté aux affaires civiles dans quinze jours, un poste qui lui permettra de filer un coup de main aux avocats des grosses boîtes.

Vance sourit.

— Bon sang, Jordan. On dirait bien que tu es devenue une vraie journaliste. Les messages s'authentifient d'eux-mêmes quand tu les replaces dans le contexte.

— C'est ce que j'ai pensé. Je me suis dit que j'en avais assez pour téléphoner à Knight. Il s'est contenté d'un « Pas de commentaire ».

— Alors c'est parfait. On publie.

Elle fut soulagée quand Vance quitta la pièce sans lui demander des nouvelles de la vidéo du métro.

10

Quand McKenna était concentrée, elle était capable d'écrire presque aussi vite qu'elle parlait. Deux heures après avoir obtenu le feu vert de Vance, elle avait transformé les notes qu'elle avait prises sur le juge Knight en un article en bonne et due forme. Certes, des extraits des e-mails s'étaleraient en gros caractères, pour appâter des lecteurs avides de scandale ; mais elle s'était servie de Knight comme d'une étude de cas pour parler du favoritisme qui pervertissait le système judiciaire, et d'une culture dans laquelle les magistrats avaient trop peur des représailles pour dénoncer les mauvais juges.

Elle cliqua sur Valider. Le processus de publication moderne était tellement rapide que l'article serait en ligne l'après-midi même.

Puis elle se replongea dans la vidéo. Elle l'avait vue tant de fois qu'elle savait exactement où s'arrêter quand un passage l'intéressait. Malgré tout, elle se demandait toujours comment s'assurer que cette femme était bien Susan Hauptmann.

Elle avait les yeux fatigués à force de plisser les paupières devant l'écran, comme si cela pouvait rendre l'image plus nette. Cette fois-ci, quand elle appuya sur

Pause, ce n'était pas pour scruter le visage flou de la mystérieuse inconnue. Elle se concentra sur les dernières secondes de la séquence où la sauveteuse de Nicky montait les escaliers quatre à quatre.

Quelque chose était attaché au sac à dos de la femme. Un badge. Rond. Environ 10 centimètres de large. Il était orné d'un motif, sous lequel il lui semblait discerner quelques lettres.

Elle prit son téléphone et envoya un SMS à Dana.

Promis, après je laisse tomber, mais dans la vidéo d'hier, on dirait qu'il y a un badge sur le sac à dos de Superwoman. Tu pourrais essayer d'améliorer la qualité de l'image ?

Quelques secondes plus tard, son téléphone émit une petite sonnerie.

C'est pas aussi simple qu'à la télé, t'es au courant ?

McKenna sourit. Patrick et elle venaient de regarder le début d'une série sur une équipe de surveillance ultra pro dans un casino de Las Vegas. Patrick avait zappé très vite au moment où les types de la sécurité, qui soupçonnaient une jeune femme pulpeuse plantée devant les machines à sous, avaient agrandi l'image de la caméra de surveillance, zoomant sur le sac à main de la suspecte. Révélant, bien sûr, une note manuscrite parfaitement lisible. Le tout en cinq secondes chrono.

Patrick détestant les programmes ayant trait à l'armée ou la police, et McKenna refusant de regarder quoi que ce soit en lien avec le monde judiciaire, ils passaient leur temps à chercher des séries qui puissent leur convenir à tous les deux. Quelques jours plus tôt, ils avaient ainsi tenté d'en regarder une sur des zombies, mais Patrick n'avait cessé d'intervenir pour proposer des plans infaillibles pour les combattre. Leçon à retenir, songea McKenna : les faucilles sont apparemment la clé pour survivre à une invasion apocalyptique de zombies.

Elle renvoya un SMS à Dana.

Pigé. Je me contenterai de ce que tu peux faire.

En attendant, McKenna se mit à trier sa boîte de réception, continuellement submergée par une avalanche de messages indésirables. Vance venait de balancer un rappel sur l'importance de tenir les délais. Les ressources humaines exhortaient une fois de plus le personnel à ne pas laisser de nourriture dans les réfrigérateurs. Et puis il y avait tous les mailings sans intérêt du barreau de l'État de New York, qu'elle continuait à recevoir : le rapport de l'American Bar Association sur la collecte de preuves informatiques ; une session de formation continue à la comptabilité destinée aux magistrats ; une offre de la dernière chance pour une plaque personnalisée commémorant ses quinze années dans la profession – ça existait, ce genre de truc ? Effacer, effacer, effacer.

Elle s'était interrompue pour se renseigner sur un ouvrage qu'un ami lui recommandait quand un nouvel e-mail de Dana lui parvint.

C'est tout ce que je peux faire pour l'instant. Essaie de la passer dans Google Images. Et ne me dis pas que tu ne sais pas comment faire. Je te l'ai déjà montré. Je bosserai sur le visage de ta nana ce soir – pour essayer d'en tirer quelque chose, pas pour la relooker. Tu vois ce que je veux dire.

Dana avait prévenu McKenna qu'il ne fallait pas espérer de miracle, mais la photo jointe à son message n'était pas mal du tout. McKenna avait vu juste : c'était bien un badge rond qui était épinglé sur le sac à dos. Sur un fond blanc uni se trouvait un cercle bleu divisé en quartiers. Trois de ces quartiers étaient décorés de demi-cercles.

Ce motif ne lui rappelait rien. C'était là que Google Images entrait en scène, comme l'avait suggéré Dana.

McKenna ouvrit le moteur de recherche sur son ordinateur. Elle cliqua sur la petite icône en forme d'appareil photo qui se trouvait à droite de la barre de recherche habituelle. Elle fut invitée à faire une « Recherche par image », puis à « Importer une image ». Dana lui avait montré toutes ces étapes un mois plus tôt, alors qu'elle tentait de localiser le chauffeur d'un camion de livraison garé devant la demeure d'une actrice, dont la rumeur ne cessait d'annoncer qu'elle avait prévu de se remarier. Le logo imprimé sur l'aile du véhicule les avait conduites à une boulangerie de Brooklyn. Il s'était avéré que le chauffeur livrait des échantillons de dégustation pour un gâteau de mariage. Ce n'était pas le genre de scoop dont McKenna était fière, mais le magazine avait triplé ses ventes en kiosque cette semaine-là.

Elle importa l'image que Dana avait extraite de la vidéo et laissa Google opérer sa magie. Cela marcha du premier coup : Pour la Protection de la Planète. Le logo représentait une ligne de mire visant la planète

Terre. Les trois demi-cercles avaient transformé les lignes droites de la cible en trois P – l'acronyme de l'organisation.

Elle ouvrit un autre onglet pour trouver des informations sur ce groupe. Selon un site web qui lui était favorable, le PPP menait « des actions directes pour défendre la planète en libérant les animaux, en perturbant les activités des pollueurs, et en privant des entreprises prédatrices de leurs gains mal acquis ». Un autre site appelait les membres de l'organisation des « éco-saboteurs ». Un troisième affirmait que le groupe figurait sur la liste de surveillance écoterroriste du gouvernement.

Que les membres de Pour la Protection de la Planète soient des sauveurs ou une menace pour le pays, ils ne ressemblaient pas aux fréquentations de Susan. Elle était issue d'une famille de militaires et avait fait West Point. Même après avoir quitté l'armée pour une école de commerce, elle avait maintenu ce lien en devenant réserviste. Elle avait été déployée pendant presque un an en Afghanistan au sein de la Brigade des affaires civiles, en tant qu'agent de développement économique, chargée d'aider les Afghans à stabiliser leur système bancaire.

Après toutes ces années sous l'uniforme, Susan avait apprécié de pouvoir s'affranchir de ce code vestimentaire. Elle était plus du genre tailleur Armani et pochette Prada que sac à dos orné d'un badge.

Cela rappela à McKenna l'un de ses derniers souvenirs de Susan, vacillant sur des Jimmy Choo aux talons vertigineux. Quelques années plus tôt, ces chaussures lui auraient coûté presque un mois de salaire. Et même avec la paye que lui offrait à l'époque son cabinet de conseil, c'était une pure folie – mais Susan était trop fière de se pavaner dans la boutique pendant que les autres femmes s'émerveillaient de sa capacité à garder l'équilibre.

« Je ramène ces petites coquines à la maison. Et pour le petit coquin, avait-elle ajouté en se déhanchant, je les porterai avec rien d'autre qu'un string. »

Les autres clientes s'étaient mises à rire d'un air complice. Elle était comme ça, Susan.

Ces chaussures – ainsi que le reste de ses affaires – avaient été retrouvées dans son appartement après sa disparition. On ne parvenait toujours pas à se l'expliquer.

McKenna composa un numéro qu'elle avait cherché une heure plus tôt mais n'avait pas eu le courage d'appeler.

— Inspecteur Scanlin à l'appareil.

Dix ans auparavant, McKenna s'était dit que ce type ne devait pas être loin de la retraite. Certains flics étaient incapables de décrocher.

— Inspecteur, c'est McKenna Jor... McKenna Wright. Ne raccrochez pas, s'il vous plaît. C'est important.

— Si je me souviens bien, à chaque fois que vous croyez à quelque chose c'est toujours foutrement... important.

— C'est au sujet de Susan Hauptmann. On peut se voir ?

11

McKenna contempla Collect Pond Park. La bonne nouvelle, c'était cette belle journée d'octobre, chaude et lumineuse. La mauvaise, c'était que les températures anormalement hautes pour la saison avaient fait sortir les foules. Le parc grouillait de monde.

Elle s'assit au bord d'un banc sur lequel quelqu'un occupait déjà presque toute la place. Mais le type était bien trop absorbé dans son journal pour lui accorder plus qu'un rapide coup d'œil.

C'était Scanlin qui avait choisi ce parc pour leur rencontre, au sud de Canal Street, dans ce quartier bouillonnant qui était le cœur du système pénal de Manhattan. Ce territoire avait été un peu son cœur à elle aussi, alimentant son propre système sanguin. Combien de fois avait-elle emporté un yaourt dans ce parc, ou un peu plus au sud dans Foley Square, juste pour respirer un peu d'air frais et profiter d'un bref répit loin des néons du tribunal ?

Autrefois, elle connaissait tous les marchands de hot-dogs du coin – pas leurs noms mais leurs visages, classés selon des critères essentiels. Celui qui avait la meilleure moutarde. Les bretzels les plus moelleux. Les vieilles marques de soda.

Elle savait quels sans-abri étaient des habitués des procédures d'hospitalisation sans consentement et des listes de verbalisation pour infraction, et lesquels étaient suffisamment inoffensifs pour qu'elle puisse papoter avec eux quotidiennement. À l'époque, Reggie était l'un de ses préférés.

— Comment tu vas manger cette salade, ma belle ?

— Avec cette fourchette, Reggie.

— Attention, ta langue va fourcher !

Reggie riait à n'en plus finir, même s'il balançait cette réplique quatre fois par jour.

Elle regarda autour d'elle, se demandant ce qu'il était devenu. Elle ne le vit pas. Elle ne reconnaissait personne.

Elle se sentit comme une étrangère. Elle était devenue une étrangère.

Quand elle avait réussi à joindre Scanlin au téléphone, il quittait le poste de police pour aller témoigner dans le cadre d'une requête en irrecevabilité.

— Si c'est si important que ça, avait-il dit, vous n'avez qu'à me rejoindre au sud de Manhattan.

Il avait d'abord proposé qu'ils se retrouvent devant la salle d'audience où il devait témoigner. Autrefois, McKenna avait l'habitude de passer d'un pas vif devant la sécurité, interrogeant les vigiles sur le dernier match des Giants et saluant d'un geste crâneur les avocats de la défense qui attendaient de pouvoir entrer. Désormais, elle devait faire la queue avec le commun des mortels pour être autorisée à pénétrer dans le bâtiment.

— N'y aurait-il pas un endroit plus commode ?

Elle aurait aimé un café près du commissariat, mais il

avait insisté pour un endroit proche du palais de justice, choisissant finalement le parc.

— Vous avez dit que c'était important. Comme ça, on se verra dès que j'aurai fini de témoigner.

Elle savait qu'il prenait un certain plaisir à l'entraîner sur un territoire hostile où elle s'était auparavant sentie comme chez elle.

Elle ne l'aurait pas reconnu s'il ne l'avait pas repérée depuis les marches du palais de justice avant de se diriger droit vers son banc.

— Tu veux pas te trouver un autre coin, mon vieux ? grogna Scanlin.

Caché derrière les pages de son journal, son voisin lança un regard agacé à McKenna, qui se contenta de hausser les épaules. Mais un seul coup d'œil à Scanlin suffit à ce qu'il se mette en quête d'un nouvel endroit où s'asseoir, de mauvaise grâce.

— Alors, qu'est-ce que vous devenez ? Vous n'avez pas beaucoup changé. Peu de gens peuvent en dire autant après dix ans. Vous pouvez être fière de vous, procureure adjointe Wright.

McKenna ne sut pas quoi répondre. Scanlin savait sans doute qu'elle n'avait aucune raison d'être fière. Elle n'était plus procureure adjointe. Et on ne pouvait même plus l'appeler Wright. Quand Patrick et elle s'étaient mariés, elle avait compris qu'il préférait qu'elle change de nom. Dans son monde à lui, il en allait ainsi. Dans son monde à elle, cela semblait parfaitement ridicule, mais elle avait accepté malgré tout. Peut-être son patronyme n'était-il pas la seule chose dont elle avait envie de se débarrasser à l'époque. Elle signerait dorénavant McKenna Jordan. Et non McKenna Wright, la procureure en disgrâce.

Impossible en tout cas de retourner le compliment à Scanlin. Elle ne l'avait vu qu'à deux reprises, juste après la disparition de Susan. La première fois lorsqu'il l'avait contactée dans le cadre de son interrogatoire préliminaire des amis de Susan ; et, une semaine plus tard, lorsqu'elle s'était présentée sans prévenir au commissariat, l'accusant d'éviter ses appels en raison de ce qu'elle considérait comme un conflit d'intérêts.

L'homme dont elle se souvenait approchait la cinquantaine et arborait une élégante moustache de la même couleur que ses cheveux sombres. Il portait des boutons de manchette, et son eau de Cologne au parfum subtil rappelait un peu l'odeur des pins. Le genre d'homme très soigné.

Il prenait à présent presque autant de place sur le banc que son précédent occupant. Adieu la moustache, rien que le chaume grisonnant d'un homme qui ne s'est pas rasé depuis deux jours. Disparus l'eau de Cologne et les boutons de manchette. Sa cravate était desserrée, et la laine de son blazer bleu marine boulochée par de trop nombreux lavages. Impossible de dire qu'il n'avait pas changé en dix ans.

— Merci d'avoir accepté de me voir, inspecteur.

— Quel policier ne rêve pas d'un tête-à-tête avec un représentant de nos glorieux médias ?

Elle vit à son sourire qu'il était content de pouvoir lui envoyer quelques piques.

— Je ne suis pas ici en tant que journaliste. Ni en tant qu'ancienne procureure, d'ailleurs. L'affaire Susan Hauptmann est-elle toujours en cours ?

— Le cas n'a jamais été résolu, donc il n'a jamais été classé. Et la dernière fois que j'ai vérifié, non classé signifiait en cours.

— Mais quelqu'un travaille dessus en ce moment ? Est-ce qu'on la cherche ?

— Ce n'est plus moi qui m'en occupe. Je suis aux homicides de la 12e circonscription, maintenant.

— Vous n'avez jamais considéré cette affaire comme un homicide, même quand elle relevait de votre compétence.

— Contrairement à vous, je sais. Vous l'avez clairement fait comprendre le jour où vous avez foncé comme une furie sur mon adjoint en m'accusant de ne pas vous répondre.

— Je n'essaie pas de ressusciter le passé, inspecteur. Mais j'aimerais savoir pourquoi vous étiez tellement sûr que Susan était partie du jour au lendemain de son plein gré, alors que tous ceux qui la connaissaient affirmaient le contraire.

— Nous n'avons jamais trouvé le moindre élément pointant l'acte criminel. Ce qui ne vous a pas empêchée de débarquer au commissariat pour vous plaindre.

McKenna passa outre ces critiques vaines et tenta de se concentrer sur Susan. Toutes les frustrations du passé recommençaient à bouillonner en elle.

— Pour les personnes qui connaissaient le mieux Susan, sa disparition soudaine était la preuve la plus solide qui puisse exister. Elle n'aurait jamais laissé ses proches dans une telle incertitude.

McKenna se remémora les quelques faits sommaires qu'elle avait pu glaner auprès du père de son amie, et ceux qu'elle avait obtenus par ses propres investigations : la carte de gym de Susan avait été scannée à l'Equinoxe le samedi matin suivant Thanksgiving. L'un des entraîneurs se souvenait de l'avoir saluée tandis qu'elle se démenait comme un beau diable sur le tapis de course, apparemment plongée dans la musique qui hurlait dans ses écouteurs. Elle avait répondu « peut-être » à l'invitation lancée par un ami à une partie de cartes le dimanche, de sorte que personne ne s'était inquiété de son absence. Ce n'était que le lundi soir que l'un de ses collègues de boulot avait fait un saut chez elle, pensant qu'elle devait être malade comme un chien pour ne pas être venue sans même téléphoner pour prévenir. Le mardi en fin de journée, le concierge de la copropriété avait déverrouillé la porte de l'appartement à la demande du père de Susan. Les flics avaient mis deux heures à débarquer, et seulement après que la procureure adjointe McKenna Wright leur avait passé un coup de fil.

Même s'il était inutile de rabâcher tous ces détails à Scanlin, McKenna souligna les points essentiels.

— Elle a laissé son sac à main, son passeport et son portefeuille.

— Vous n'avez pas besoin de me le rappeler, madame Wright. Je sais que vous ne tenez pas la police en très haute estime – ce qui est un peu ironique, quand on y pense.

— C'est injuste de…

Il balaya l'air de la main, moins pour lui concéder ce point que pour manifester son refus d'en débattre.

— Je me souviens de toutes les affaires dont je me suis occupé. Je peux vous raconter l'histoire de personnes disparues – hommes et femmes – sur lesquelles je m'interroge encore tous les matins en me levant. Et je vous garantis que j'ai le sentiment d'avoir échoué, en poursuivant ma vie comme je le fais sans les avoir retrouvées, sans avoir de réponse pour leurs familles. Mais je n'ai jamais ressenti cela dans le cas de votre amie. Vous savez pourquoi ? Parce que vous et moi regardons les mêmes faits d'une manière différente. Rien ne manquait dans son appartement. Interprétez ce simple indice de la façon que vous voulez. Mais ça fait plus de trente ans que je suis flic, et je sais qu'une femme qui va quelque part prend son sac à main. Et son portefeuille. Au moins ses foutues clés, bon sang. Il n'y avait aucune trace d'affrontement chez elle, alors que tout le monde s'accorde à dire que Susan Hauptmann était une athlète. Un soldat entraîné. Une battante.

McKenna songea à la femme au pull blanc, tirant Nicky Cervantes loin des rails et grimpant à toute vitesse l'escalier du métro. Rapide. Robuste. Une vraie battante. Elle savait où Scanlin voulait en venir.

— Pas de sang. Pas de meuble renversé. Pas même un oreiller déplacé. Aucun signe de lutte, ce qui signifie que personne n'a fait de mal à une fille aussi pugnace que Susan Hauptmann dans cet appartement. Nous n'avons aucune preuve de préjudice dans l'appartement. Et nous n'avons aucune preuve qu'elle a été prise au dépourvu lors d'une banale sortie hors de cet appartement.

— Les gens ne se volatilisent pas comme ça.

— C'est là que vous vous trompez. Pas concrètement, pas en mode « abracadabra ». Mais c'est exactement ce qu'ils font. Du moins, ce qu'ils veulent faire. Se volatiliser. Susan Hauptmann a laissé son passeport, son portefeuille, son sac à main, ses clés. Elle a laissé toute sa vie derrière elle. Elle est tout simplement... partie. Et vous avez refusé de le croire.

— Je refusais d'y croire parce que je n'y croyais pas. Je savais comment elle fonctionnait.

Scanlin garda le silence mais son regard, bien que rivé sur le tribunal de l'autre côté de la rue, se fit plus aiguisé. Pendant quelques secondes McKenna reconnut, derrière la barbe de trois jours, la cravate négligée et les kilos accumulés, la ferveur qu'elle avait perçue chez lui tant d'années plus tôt.

— Pourquoi est-ce qu'on reparle de ça ? demanda-t-il.

— Parce que je crois que vous aviez raison. Je crois que Susan est toujours en vie. Je l'ai vue.

— Content de l'apprendre. Dommage que son père n'ait pas vécu assez longtemps pour le savoir.

Susan et son père avaient toujours eu une relation difficile, mais c'était lui qui avait insisté pour qu'une enquête soit menée et qui avait mobilisé les médias, alors même qu'on venait de lui diagnostiquer un cancer du pancréas. McKenna était tombée sur sa nécrologie dans le *New York Times* deux mois plus tôt.

— Ça ne vous intéresse pas, ce que je vous raconte ? demanda-t-elle.

— Pas besoin que ça m'intéresse. Je sais que si vous l'aviez rencontrée par hasard au cinéma et que vous aviez papoté comme deux vieilles copines, vous ne seriez pas là à m'en parler. Alors poursuivez, et venez-en au fait. Qu'attendez-vous de moi, madame Wright ?

Elle ouvrit son iPad et cliqua sur le lien menant au

dossier partagé de la Skybox de Dana, de manière à lancer la vidéo. Elle espérait que Scanlin avait étudié suffisamment de photos de Susan à l'époque pour être capable de la reconnaître.

Le lien avait expiré. Peut-être que Dana avait modifié les paramètres. Ou que l'iPad n'avait pas assez de réseau pour accéder à Internet. Ou, plus vraisemblablement, que McKenna la technophobe avait réussi à détraquer la machine.

— Excusez-moi. J'ai une vidéo que j'aimerais vous montrer.

— Dites-moi juste ce que j'ai besoin de savoir, d'accord ?

Elle bredouilla quelques mots, mais comprit à quel point cela devait paraître ridicule aux yeux de Scanlin. Il fallait qu'il voie l'image.

— Désolée. Il faut que j'aille vérifier dans mon ordinateur.

La seule photo que Dana lui avait envoyée était celle du badge sur le sac à dos. Elle n'avait pas encore tiré d'image fixe du visage de Susan. Peut-être qu'une fois cela fait, elle pourrait en augmenter la définition.

— Si je vous l'envoie par e-mail, vous voudrez bien y jeter un coup d'œil ?

Le regard de l'inspecteur se perdit au loin avant qu'il reprenne la parole.

— Oui, bien sûr. Envoyez-moi ce que vous voulez.

Il lui donna sa carte de visite, et sans réfléchir elle lui tendit l'une des siennes.

— Merci, inspecteur. Vraiment. Je sais ce que vous pensez de moi, mais j'ai toujours été attachée à Susan, et j'ai besoin de savoir ce qui lui est arrivé.

Il tripota la carte.

— J'ai vu que vous aviez changé de nom quand vous avez commencé à travailler pour ce magazine.

Elle leva sa main gauche pour montrer son alliance.

— Ça fait cinq ans. Il s'appelle Patrick Jordan. Vous vous souvenez peut-être de lui, il était là pendant l'enquête. Lui aussi était ami avec Susan.

— Ça a l'air de bien marcher pour vous en ce moment. Un boulot dans la presse. Un mari. Après tout ce qui s'est passé, je suis étonné que vous n'ayez pas compris que, parfois, il vaut mieux laisser tomber.

Scanlin se leva péniblement. Elle le regarda marcher jusqu'à sa voiture de fonction, garée juste devant le tribunal.

Il lui en voulait. Il était toujours aux prises avec le conflit d'intérêts qu'elle avait évoqué devant son adjoint dix ans plus tôt. En la regardant, il revoyait son ami et collègue Scott Macklin à la une du journal, accompagné de ce gros titre : HÉROS OU MEURTRIER ?

Mais Scanlin était encore en poste, il se souvenait de Susan, et McKenna en avait tiré quelque chose : il regarderait la vidéo. C'était tout ce qui comptait. Et c'était mieux que rien.

Elle était sur le point de rejoindre le métro quand elle tourna les yeux vers le palais de justice. Il fallait qu'elle ait une autre conversation en tête à tête.

12

Le procureur Will Getty se leva de son bureau pour l'accueillir et la prit chaleureusement dans ses bras.

— McKenna Wright.

Tous les membres du bureau du procureur – du moins, ceux qui ne lui battaient pas froid – l'appelaient par son nom de jeune fille.

— Quand on parle du loup.

Elle lui rendit son accolade et s'assit. C'était le même fauteuil que dix ans et quelques plus tôt, quand Getty l'avait convoquée dans son bureau pour lui proposer de travailler avec lui sur une fusillade impliquant un policier. Un flic, Scott Macklin, avait tiré sur un voyou nommé Marcus Jones à l'embarcadère de West Harlem.

— Quelqu'un a parlé de moi ?

— Les bobos sont surexcités. Le bruit court que tu cherches des cancans sur le juge Knight. Tu ne crois quand même pas que je vais t'aider à gérer cette patate chaude, j'espère.

Son sourire complice faisait ressortir des rides qui n'existaient pas à l'époque de leur rencontre, mais il était toujours aussi beau – plus beau qu'il le pensait. Une coupe de cheveux soignée, mais pas dans l'air du temps. Un costume comme il faut, mais pas tape-à-l'œil non plus, et sans doute une taille au-dessus de celle recommandée par le vendeur. Will Getty était le genre de magistrat qui savait que les jurés se méfiaient des hommes trop séduisants.

— C'est un sujet brûlant qui m'amène – mais pas celui-là.

— J'ai lu ton article. Je me demandais si j'allais avoir de tes nouvelles.

McKenna avait songé à lui téléphoner avant que le papier sur Marcus Jones ne sorte dans la presse. Mais cela faisait dix ans qu'il n'était plus son supérieur. Elle n'avait pas besoin de son autorisation pour publier une histoire.

Et pourtant.

— Tu as vu, mais je ne cite pas ton nom.

— Tu n'as pas besoin de te justifier, Wright. Mon opinion n'a guère d'importance, mais il se trouve que tu as géré ça de manière très pro selon moi.

L'article de McKenna s'était concentré sur les manifestations qui avaient suivi la mort de Marcus Jones et la disculpation de l'agent Macklin. Elle n'avait pas caché que c'était elle, l'autrice du papier qui, en tant que procureure adjointe, avait douté de la légitime défense avancée par Macklin. Il n'y avait aucune raison de citer Getty.

Elle le connaissait suffisamment pour savoir qu'il valait mieux aller droit au but.

— On m'a demandé d'écrire un livre. Enfin, pas de l'écrire, mais de soumettre un projet. Je ne sais pas si ça aboutira…

— Un livre sur l'affaire Marcus Jones ?

— Pas sur l'affaire elle-même, mais sur ma place

dans tout ça. Ce serait plus personnel que mon article. Une trentenaire qui, pendant deux ou trois mois, s'est retrouvée au milieu de… On avait fini par appeler ça « un sacré merdier », si mes souvenirs sont bons ?

Le problème était avant tout celui de l'arme. Scott Macklin prétendait que Marcus Jones en avait dégainé une, retrouvée dans la main droite du jeune homme. La mère de Jones accusait Macklin de l'avoir placée là pour l'incriminer. Le pistolet était un Glock compact avec un numéro de série supprimé à la lime. À l'époque, McKenna avait lu un article sur la capacité des labos de la police scientifique à restaurer les numéros de série effacés. Désireuse de faire ses preuves, elle avait déposé une demande auprès de la succursale locale du Bureau des armes et des explosifs, qui était parvenue à retrouver les quatre derniers chiffres. Une recherche dans la base de données du Bureau avait permis de trouver une correspondance, ce qui signifiait que l'arme avait déjà servi pour un crime antérieur.

McKenna se souvenait de la montée d'adrénaline qui avait accompagné cette nouvelle. Elle voulait que la mère de Marcus se trompe et que Scott Macklin ait raison. Un jeune homme était mort, tué par un bon flic. McKenna voulait la preuve que Marcus était le méchant de l'histoire. Elle voulait la preuve qu'il n'avait pas laissé d'autre choix à Macklin. L'arme que Marcus avait dans la main avait déjà servi à tuer. Avec la longue liste de délits qu'il avait déjà derrière lui malgré son jeune âge, elle était sûre qu'elle finirait par trouver un lien.

Mais ce ne fut pas celui qu'elle espérait. Le numéro de série se trouvait dans la base de données du Bureau des armes et des explosifs parce que le pistolet avait été saisi par la police en 1992, après avoir été trouvé dans une poubelle. Il était prévu qu'il soit détruit, conformément à la politique d'élimination des armes de la ville de New York. Dans le cadre d'une campagne de communication intitulée Quartiers Sans Danger, les services de police, sous l'œil d'une caméra, devaient déposer le flingue et des centaines d'autres dans une fonderie où ils seraient exposés à une température de 1 600 degrés jusqu'à se liquéfier. Mais le pistolet n'était jamais arrivé à la fonderie. Il avait fini près du corps de Marcus Jones onze ans plus tard.

Onze ans avant sa mort, Marcus Jones n'avait que 8 ans. Rien ne laissait croire qu'il était entré en possession de cette arme à l'époque, et personne ne comprenait comment ce pistolet avait pu quitter la salle des pièces à conviction de la police de New York pour se retrouver entre ses mains.

Onze ans plus tôt, cependant, Scott Macklin était déjà agent de police, avec deux années de service derrière lui. Et, surtout, il faisait partie de ces jeunes flics enthousiastes et télégéniques qui avaient incarné Quartiers Sans Danger aux yeux du public. Un article du *New York Post* concernant ce programme montrait Macklin en train d'acheminer un camion plein de flingues à la fonderie.

> L'agent Scott Macklin a déclaré que plus de 400 armes seraient détruites.
>
> « À chaque fois que nous parvenons à récupérer des armes qui pourraient servir à des crimes ou des tirs accidentels et à les transformer en plaques d'égout et grillages, c'est une belle journée qui commence pour les New-Yorkais. »

Après toutes ces années, McKenna se souvenait encore de la nausée qui l'avait envahie quand elle avait appris que le pistolet de Marcus – le soi-disant pistolet de Marcus – était directement relié à Scott Macklin.

Dans la famille Macklin, on était policier depuis trois générations. Son grand-père, son père et ses oncles lui avaient sans doute parlé de l'époque où tous les flics gardaient sur eux un flingue non enregistré, à balancer si nécessaire à côté d'un suspect pour justifier une fusillade. Macklin était un policier de la nouvelle espèce, mais les traditions, dans les familles de flics, étaient parfois profondément ancrées, comme héréditaires. Il ne lui aurait pas été très difficile de soustraire discrètement une arme du stock de Quartiers Sans Danger.

McKenna avait apporté les preuves au procureur en charge de l'affaire, le très respecté Will Getty. Ils étaient plus ou moins devenus amis, après qu'il l'eut accompagnée à l'un des apéros de Susan. Elle avait confiance en lui.

Mais tandis qu'elle lui expliquait tout le travail qu'elle avait accompli – retrouver le numéro de série, fouiller dans la base de données du Bureau des armes et des explosifs, dénicher un vieil article de journal reliant Macklin à Quartiers Sans Danger –, elle s'était aperçue qu'elle faisait montre d'un enthousiasme ridicule. Après tout, elle n'était qu'une simple procureure adjointe affectée aux affaires de stup, et si on l'avait chargée de le « seconder » dans cette enquête, ce n'était là qu'un terme flatteur pour indiquer qu'elle était le sous-fifre de Getty. Elle avait espéré être récompensée pour son esprit d'initiative ; mais elle parvenait juste à passer pour une folle finie, en menant une enquête parallèle concernant une affaire sensible sur le plan politique et racial – et ce, sans que le procureur chargé de l'affaire soit au courant.

Elle se souvenait de sa réponse.

— Nous ne souhaitons pas agir de manière imprudente. Mais c'est du bon boulot, Wright. Tu as l'œil pour les détails.

Il lui avait dit qu'il suspendrait l'audience du grand jury pendant quelques jours, le temps d'étudier la question.

Les jours avaient passé. Puis la semaine. Quand elle lui avait demandé où il en était, il lui avait expliqué que tout cela prenait du temps et qu'il y travaillait.

Et puis elle n'avait plus eu de nouvelles. Se contenter de rester dans l'ignorance n'était pas le point fort de McKenna. Chaque jour qui passait, elle était de plus en plus convaincue que Getty tentait d'amener le grand jury à se prononcer en faveur de Macklin, en la tenant à l'écart.

Au bout de quinze jours, elle avait retrouvé Bob Vance dans un petit bar de l'East Village et lui avait déballé tout ce qu'elle savait. Les journaux avaient parlé d'elle comme d'une lanceuse d'alerte. Elle avait refusé d'apparaître dans les JT et lors de manifestations ; mais ceux qui acceptèrent ce genre d'invitations mirent un point d'honneur à lui attribuer le mérite d'avoir révélé la « vérité » concernant la mort de Marcus Jones.

Et Will Getty avait compris comment cette arme était passée des aires de stockage de Quartiers Sans Danger au cadavre de Marcus Jones, et McKenna avait cessé d'être autant appréciée.

De manière ironique (ou peut-être prévisible), Will l'avait toujours soutenue. C'était lui qui avait dit à quiconque voulait l'entendre qu'elle avait toujours essayé de bien faire. Même quand il était devenu de plus en plus évident que McKenna devait quitter le bureau du procureur, il était allé jusqu'à écrire un texte pour le *New York Law Journal*, arguant qu'elle incarnait l'idéal du procureur soucieux de justice. Il l'avait appelée à son domicile, pour admettre que s'il avait davantage communiqué avec elle après qu'elle lui avait parlé du lien avec Quartiers Sans Danger, il aurait pu éviter ce « tragique malentendu ».

— Est-ce que tu t'es déjà dit que, de manière inattendue, cette affaire t'a aidée à trouver ta véritable vocation ? lui demandait-il à présent. Tu étais une bonne professionnelle, Wright. Mais sais-tu combien d'entre nous seraient prêts à tuer pour devenir écrivains ? Je me fiche des saloperies débitées par les gens qui fréquentent ce tribunal. Ils ont tous lu ton roman, ils l'ont tous adoré, et ils auraient tous tué père et mère pour être à ta place.

Quand elle avait quitté le bureau du procureur, sa première reconversion avait eu lieu presque par hasard. Après deux mois passés vautrée sur son canapé, elle avait commencé à ébaucher une nouvelle sur son ordinateur. Tandis que le récit se transformait peu à peu en livre, elle avait vécu sur ses modestes économies, complétant au besoin la somme en faisant des emprunts avec sa carte de crédit.

Ce livre lui avait permis de s'échapper du monde réel – une pure et simple fiction, absolument implacable. Quand *Doute déraisonnable* avait paru, ses anciens collègues avaient néanmoins décidé de le considérer comme une façon de capitaliser sur sa notoriété de procureure adjointe clouée au pilori.

Cela ne s'était pourtant pas révélé une opération très lucrative. Même si tout procureur rêvait d'écrire un roman avant de prendre sa retraite, elle avait gagné à peine assez d'argent grâce à son avance pour rembourser les dettes accumulées pendant sa période d'écriture. Mais elle avait achevé son livre. Il avait reçu de bonnes critiques. Elle se sentait mieux dans sa peau. Et elle s'était autorisée à être heureuse pendant quelque temps, ce qui avait semblé stabiliser sa relation alors compliquée avec Patrick.

Puis elle avait mis deux ans à écrire un deuxième ouvrage, et pendant ce temps l'industrie de l'édition avait changé. Les librairies fermaient. Les ventes étaient en baisse. Apparemment, le thriller juridique était mort. Ce livre-là n'avait pas vu le jour, caché à tout jamais dans son disque dur.

Elle était alors une juriste de 35 ans avec un trou de cinq ans dans son CV ; cultivée, mais n'ayant qu'un seul véritable centre d'intérêt : le crime.

Aucun bureau de procureur ne voulut d'elle. Même les cabinets d'avocats spécialisés dans la défense la rejetèrent, estimant que les procureurs mettraient la jeune femme à l'index au moment des négociations de peine.

Mais elle avait publié un roman, elle savait qu'elle était capable d'écrire. Et de trousser une bonne intrigue. Elle avait donc rédigé quelques articles spontanés, et Bob Vance lui avait donné sa chance en lui offrant un poste à plein temps. Sa seconde reconversion. Elle méprisait les papiers superficiels qui constituaient l'essentiel de son travail, mais au moins, elle avait un salaire, jusqu'à ce qu'elle trouve mieux.

Maintenant qu'elle était de retour dans le bureau de Getty, après toutes ces années, elle agrippait sans le vouloir le cuir usé des accoudoirs du fauteuil. Elle avait eu raison de venir le voir, mais elle était désireuse d'en finir au plus vite. Getty était un bon procureur. Elle le voyait réfléchir aux informations qu'elle lui livrait. Et peser soigneusement ses mots.

— Tu veux le faire ? Ce livre sur Marcus Jones ?

— Je crois, oui. Si je parviens à trouver une façon de l'écrire qui soit respectueuse de ceux qui le méritent.

— Ce que tu es en train de me dire, c'est que mon nom n'était pas dans l'article, mais qu'il sera dans le bouquin.

— En gros, oui, c'est ça. Je voulais que tu l'apprennes par moi. Je te promets d'être juste à ton propos.

— Alors, c'est bon. Je ne peux pas t'en demander plus, de toute façon.

L'accolade qu'il lui donna quand elle partit ne fut pas aussi chaleureuse qu'à son arrivée.

13

Deux heures après son rendez-vous avec McKenna Wright, Joe Scanlin était de retour au commissariat de la 12e circonscription. La femme d'un suspect avait accepté d'être interrogée dans le cadre d'un nouveau meurtre lié à la drogue.

Il connaissait les antécédents familiaux. Six appels passés aux urgences depuis leur domicile, rien qu'au cours des quatre dernières années. Trois arrestations du type pour violence conjugale. Et elle, un séjour à l'hôpital avec la mâchoire cassée. Mais elle n'avait jamais porté plainte.

Elle avait fini par déménager deux mois plus tôt, quand les services de protection de l'enfance avaient menacé de lui retirer ses gosses s'ils continuaient à être témoins de la violence dont elle était victime.

Mais « séparés » ne voulait pas dire « brouillés ».

— Kenny vend pas de drogue, répétait la femme. Il en prend même pas. Il a rien à voir avec ça. Ses tocards d'amis le tirent toujours vers le bas. C'est tout. C'est eux qui ont fait ça. Écoutez pas ce qu'ils racontent.

Scanlin sortit de la salle d'interrogatoire tandis qu'elle continuait à parler. Il n'avait pas besoin d'entendre la suite. Il avait vu ça trop souvent. Elle n'était pas en état d'arrestation, mais il savait qu'elle ne quitterait pas la pièce avant qu'il l'informe qu'elle avait le droit de s'en aller. Personne n'avait jamais essayé d'en partir, et certainement pas une femme habituée à ce qu'on la frappe.

De retour devant son bureau, Scanlin se mit à jouer sans réfléchir avec la carte de visite de McKenna Wright – enfin, Jordan. Depuis son appel matinal, il s'était senti complètement à côté de la plaque. Comme s'il marchait, écoutait et parlait à travers un filtre recouvert par une épaisse couche de poussière. Il tentait d'en comprendre la raison. À la seconde même où elle avait prononcé son nom, il s'était retrouvé plongé dans la brume.

Même quand il avait insisté pour qu'elle le retrouve au sud de Manhattan – au tribunal, près du tribunal, dans n'importe quel endroit qui lui rappellerait sa vie d'autrefois –, il avait eu conscience de se montrer ouvertement revanchard. Mais rappeler à cette femme son passé n'était que justice. Elle n'était qu'un vautour. Une manipulatrice. Un bulldozer en talons hauts. Comme tant d'autres procureurs avant elle, elle avait tenté de faire carrière sur le dos de types honnêtes. Tout le monde savait que la plupart d'entre eux considéraient leur poste comme un tremplin vers celui de juge ou d'élu, et le chemin le plus court pour y parvenir était de poursuivre un flic pourri. S'il fallait imaginer de la corruption là où il n'y en avait pas, eh bien tant pis.

Même concernant la disparition de son amie, elle avait toujours semblé moins intéressée par la vérité que par sa volonté d'expliquer à Scanlin comment il devait faire son job. Mais dans le parc, il avait baissé la garde quelques secondes. La carapace qu'il avait endossée dans l'ascenseur du tribunal avait commencé à se fendiller à la vue de sa carte de visite. Nouveau boulot. Nouveau nom. Une femme qui se souciait de son amie, après toutes ces années.

Il se demandait à présent si son appel avait vraiment un lien avec Susan Hauptmann. Elle était absolument convaincue à l'époque que quelque chose d'horrible lui était arrivé. Et voilà qu'elle retournait complètement sa veste : non seulement Scanlin avait eu raison, mais elle avait un témoin oculaire que cette femme était encore en vie. Aucun détail, cela dit. Juste la promesse d'une vidéo qu'il n'avait pas pu voir.

Il la jugeait tout à fait capable d'agiter cette carotte devant son nez. Elle pouvait très bien faire semblant d'avoir retrouvé Hauptmann et s'en servir comme d'un prétexte pour le flatter. C'était comme ça que fonctionnaient les manipulateurs de son espèce. Ils considéraient les gens comme des jetons de casino à échanger contre un service.

Scanlin savait que Susan Hauptmann se trouvait quelque part dans le monde, et – du moins l'espérait-il – qu'elle était plus heureuse dans sa nouvelle vie. Quoi qu'il en soit, il espérait n'entendre plus jamais parler d'elle ni de McKenna Jordan jusqu'à la fin de son existence.

Il n'avait que trop pris conscience de son âge quand elle l'avait reconnu depuis l'autre bout du parc. Il s'était vu à travers les yeux de la jeune femme. Ce n'était pas simplement que le temps avait passé depuis leur dernière rencontre. Il avait véritablement changé.

À une certaine époque de sa vie, Scanlin se donnait à fond dans son travail, sachant qu'à la fin de la journée

Melissa l'attendait. Elle s'était maquillée, avait fait boucler ses cheveux, et avait mis le dîner sur le feu ou commandé dans l'un de leurs restaurants italiens préférés d'Arthur Avenue. Ils n'étaient pas riches, mais ils savaient mettre un peu de magie dans leur existence. Scanlin n'avait plus la même vie maintenant, et cela avait fini par déteindre sur son apparence.

Il avait vu le fameux article de cette Jordan, bien sûr. L'histoire ne signifiait rien pour les jeunes recrues, mais les gars qui étaient là depuis un moment y avaient été attentifs. Scanlin l'avait lu en ligne gratuitement, refusant de débourser 6 dollars au kiosque à journaux.

Il n'était pas idiot. Si cette femme l'avait appelé, c'était parce qu'elle avait décidé de remuer le passé. Elle pensait sans doute que Scanlin lui permettrait d'entrer en contact avec l'homme qui l'intéressait vraiment – celui dont elle avait ruiné la carrière, et dont elle pourrait se servir pour vendre plus de magazines.

Scott Macklin était un vieil ami dans les deux sens du terme. Plus de dix ans avaient passé depuis qu'il avait choisi de couper les ponts avec ses copains de la police. Et puis, ils avaient tous les deux vieilli.

Scanlin vérifia ses e-mails. McKenna Jordan ne lui avait envoyé aucune photo ni vidéo. Pas même un message. Peut-être avait-elle imaginé voir son amie avant de retrouver ses esprits. Ou, hypothèse plus probable, elle manigançait quelque chose. Le moins il penserait à McKenna Jordan et au mal qu'elle faisait autour d'elle, le mieux il se porterait.

14

McKenna ne l'avouerait jamais, mais elle était convaincue d'exceller dans tout ce qu'elle faisait. Elle n'avait pas besoin de le proclamer publiquement pour savoir à quel point cela pouvait paraître narcissique. Elle ne le pensait pourtant pas de manière fanfaronne ou arrogante.

Si elle était bonne dans tout ce qu'elle faisait, cela ne signifiait pas pour autant qu'elle était bonne en tout. Cette phrase n'en disait pas tant sur ses talents innés que sur son point faible : elle était incapable de prendre des risques. McKenna excellait dans tout ce qu'elle faisait parce qu'elle avait passé sa vie à éviter ce qu'elle ne savait pas faire.

Elle se souvenait du jour où elle avait rapporté sa flûte dans un minuscule magasin de musique vieillot de Seattle. Ses parents y avaient acheté l'instrument d'occasion, en échelonnant le paiement. Ils n'en étaient qu'au quatrième versement lorsque McKenna s'en était désintéressée, décidant qu'elle maîtriserait sans doute mieux le violon. Le sympathique propriétaire de la boutique avait accepté de leur en louer un. Puis un alto. Puis un saxophone et une trompette. Avant que McKenna finisse par jeter son dévolu sur un club d'éloquence.

Elle n'était pas devenue plus opiniâtre une fois adulte. L'une de ses professeures de droit avait donné une série de leçons de golf aux membres de l'Association des femmes juristes, vantant ce sport comme un moyen pour elles de ferrailler contre leurs homologues masculins. Pendant trois semaines, McKenna avait vu ses camarades apprendre, l'une après l'autre, à maîtriser l'arc de swing, l'inclinaison du poignet, le relâchement du club et l'accompagnement du mouvement. Mais quand son tour venait, la balle roulait lamentablement sur 3 mètres, comme fauchée par un swing digne d'un bûcheron coupant du bois. Adieu le golf.

Cette tendance à ne privilégier que ce en quoi elle était douée l'avait presque poussée à se lancer dans des études de maths. Elle ne s'imaginait pas passer sa vie à faire des calculs, mais elle avait de telles facilités dans ce domaine qu'elle s'y accrochait. Par chance, elle avait également de grandes qualités rédactionnelles et argumentatives, et une certaine aisance à l'oral. Une chance redoublée par le fait qu'elle vivait dans un monde où les bons écrivains, les bons débatteurs et les bons orateurs parvenaient généralement à trouver leur place.

Par conséquent, même si sa carrière avait pris des tours inattendus, McKenna avait toujours pensé que tout finirait bien : elle s'était montrée compétente dans suffisamment de domaines pour passer pour une femme naturellement talentueuse. Elle attendait toujours que cette confiance en elle lui serve à quelque chose.

Ses dons innés pour l'analyse des faits et leur mise en récit se heurtaient cependant de plus en plus souvent à sa profonde inaptitude face aux ordinateurs. Pour étudier des faits, il fallait d'abord les réunir. Autrefois, cette collecte demandait d'interroger des témoins, d'assigner (en bonne procureure adjointe) à produire des documents, ou de baratiner (en bonne journaliste) pour pouvoir mettre le nez dans des armoires à dossiers normalement interdites d'accès. Désormais, à chaque fois qu'elle avait besoin d'une information, la technologie se mettait en travers de son chemin. Ayant grandi entre une mère bibliothécaire et un père professeur d'anglais, McKenna, 40 ans à peine, faisait partie de ces rares personnes encore jeunes plus à l'aise avec des microfiches et des calepins poussiéreux qu'avec des fichiers MP4 et des clés USB.

Aujourd'hui c'était Skybox, ce stupide logiciel, ou site web, ou application – *bref, on s'en fout* – qui la rendait folle. Elle avait regardé la vidéo du métro au moins une centaine de fois en cliquant sur le lien que Dana lui avait fourni, mais tout ce qu'elle obtenait à présent, c'était un message d'erreur l'informant qu'il n'était plus valide.

Scanlin s'était montré sceptique quand elle lui avait promis de lui envoyer la vidéo. Les heures passaient, et elle n'avait absolument rien à lui montrer.

Pour la crédibilité, on repassera – de toute façon, ce type ne lui en accordait aucune. Elle avait pris Scanlin à rebrousse-poil dès l'instant où elle s'était introduite dans l'appartement de Susan grâce à son insigne, insistant pour que la police l'informe sur l'avancée de l'enquête. C'était une manœuvre de débutante, mais elle croyait alors fermement que son poste de procureure adjointe lui donnait droit à un certain respect, en tant que représentante de la loi. Elle occupait ce poste depuis trop peu de temps pour savoir que cette maxime ne se vérifiait pas auprès de l'autre moitié de l'équation – à savoir les flics.

Pour ne rien arranger, Scanlin avait travaillé pendant quatre ans dans le même commissariat que Scott Macklin. Il ne lui avait pas fallu longtemps pour faire le lien entre la procureure adjointe trop curieuse qui s'immisçait de force dans son enquête et la garce qui accusait son vieux pote de mentir au sujet d'une fusillade. Elle se souvenait de la façon dont Scanlin avait abordé le sujet : elle lui avait téléphoné le lendemain de son arrivée fracassante dans l'appartement de Susan pour s'excuser de sa maladresse, mais elle n'avait pas pu placer un mot. Il lui avait passé un savon, invoquant l'honneur, l'intégrité et le courage de Scott Macklin, avant de l'avertir qu'elle n'était « personne » dans l'affaire Susan Hauptmann et de lui prédire que le « karma » la rattraperait – et puis clic, plus rien.

Elle se remémorait sa réaction quand elle l'avait entendu raccrocher. Elle s'était ruée aux toilettes, retenant ses cheveux en arrière pour vomir. Susan avait disparu. McKenna avait publiquement accusé un flic d'homicide et de parjure. Et voilà que tout le bordel lié à l'affaire Marcus Jones l'empêchait de venir en aide à Susan.

Elle avait pensé rappeler Scanlin. Lui expliquer à quel point cela avait été difficile pour elle de faire part à la police de ses soupçons concernant la fusillade. Elle voulait qu'il sache qu'elle aimait bien Scott Macklin. Qu'il venait souvent dans son bureau quand elle s'occupait des affaires de stup. Qu'il lui avait montré les photos de sa nouvelle épouse et de son fils de 8 ans, Josefina et Thomas, comme à une amie.

Elle voulait que Scanlin sache qu'elle n'avait pas besoin de son petit sermon sur l'honneur, le courage et le « karma ». Elle n'agissait que dans un souci de justice. Mais, alors qu'elle sanglotait dans une boule de papier hygiénique, enfermée dans les toilettes, elle avait compris que tous les Scott Macklin et Joe Scanlin du monde la considéreraient toujours comme une carriériste qui poignardait les gens dans le dos pour gravir les échelons.

À présent, Scanlin devait croire qu'elle cherchait à se foutre de sa gueule une fois de plus. Toujours ce message d'erreur sur son ordinateur.

McKenna avait appelé Dana à deux reprises et était tombée à chaque fois sur la messagerie vocale. D'habitude, elle acceptait sans problème que la jeune femme quitte le bureau sans rendre de comptes à personne, mais elle commençait à comprendre l'agacement de Bob Vance face à ses absences. Il était 16 heures. Où était Dana ?

Elle appuya sur la touche rappel de son portable. Cette fois-ci, elle entendit sa sonnerie – un extrait de « Call Me » de Blondie – retentir de l'autre côté de la cloison de son bureau.

— Dana ? cria-t-elle.

Elle tenta à nouveau d'actualiser le lien vers la vidéo, en vain.

— Dana est là ?

Elle fut gratifiée pour toute réponse d'un « Merde ! » – beuglé par Dana – suivi d'une explication de Pete, l'assistant junior :

— Tu ne devrais peut-être pas insister. Dana a une sorte de… panne géante, je crois.

McKenna découvrit la jeune femme penchée sur l'ordinateur de son box.

— J'y crois pas. Y a plus rien. Bordel, tout a disparu.

— Ta Skybox ? C'est pour ça que je t'appelais. Je n'arrive pas à accéder à la vidéo du métro.

— Oublie cette putain de vidéo. Mes photos. Ma sauvegarde. Tout a été effacé.

— Ce n'est pas que le lien, alors ?

Dana regarda McKenna comme si elle venait de lui demander d'une voix enfantine pourquoi les chiens ne parlaient pas. Inutile de lui répondre. Elle se remit à fulminer à voix basse.

— Je vais devoir les appeler. Évidemment, j'aurai un robot au bout du fil. Et meeerde !

McKenna voyait bien que ce n'était pas le bon moment pour lui demander de s'occuper de la vidéo. Elle se tourna vers Pete.

— Tu y connais quelque chose, à ce truc ? Pourquoi son compte est inaccessible ?

— Il n'est pas inaccessible, chuchota-t-il. Il a été supprimé. Comme si quelqu'un s'était connecté sous son nom et avait tout effacé. C'était sa seule sauvegarde. Elle est vraiment dans la merde.

15

Carter était confortablement installé dans l'avant-dernière rangée du train de banlieue reliant Manhattan au New Jersey, apparemment plongé dans l'analyse de l'introduction en bourse d'une nouvelle entreprise technologique livrée par le *Wall Street Journal*. Autrefois, il suivait le cours des marchés et épargnait quelques dollars quand il le pouvait, dans l'espoir que des placements judicieux lui assurent, un jour, une retraite confortable. À l'époque, il était persuadé que l'honnêteté, la persévérance et la docilité finissent toujours par payer. À l'époque, il avait foi dans les institutions, la hiérarchie et la loyauté. À l'époque, il croyait en… tout et n'importe quoi.

Carter avait changé. Désormais il préférait le fric, et en liquide.

Il savait que la plupart des sujets traités dans ce journal n'avaient rien à voir avec la façon dont le monde fonctionnait vraiment ; mais en cet instant précis, l'article n'avait qu'un but : l'aider à se fondre dans la masse des banlieusards quittant Penn Station.

Le magazine *People* dans les mains de la femme servait le même objectif. Il était 16 heures et la circulation commençait déjà à se densifier. Elle pouvait très bien avoir fini plus tôt sa journée de travail, après une longue présentation de projet au sein de son service marketing. Ou rentrer chez elle après les cours à temps partiel qu'elle suivait pour obtenir ce diplôme de troisième cycle dont elle parlait sans cesse. Ou après une journée de détente bien méritée en ville, loin des enfants, pour un soin du visage et une visite chez le coiffeur. Elle ressemblait à n'importe quelle autre femme. Personne n'aurait pu deviner que, trois jours plus tôt, elle avait pourchassé un gamin jusque sur les rails du métro avant de le sauver quelques secondes plus tard.

Carter devait bien l'admettre, elle était douée. N'importe qui l'aurait crue réellement captivée par la dernière grossesse d'une star ou le triangle amoureux du moment impliquant une mère adolescente. Mais Carter, lui, voyait ses yeux balayer le wagon, scrutant le quai à chaque arrêt. Jusqu'à présent, elle ne l'avait pas remarqué. Certes, elle était douée ; mais il était meilleur qu'elle.

Que cherchait-elle ?

Il faillit le rater. L'homme monta dans le train in extremis et prit place sur le siège dos à la femme. Ses écouteurs beuglaient du metal, suffisamment fort pour que les autres passagers puissent l'entendre, même à bonne distance, et il mimait de temps à autre les gestes du batteur. Pas vraiment le genre des lectrices de *People*.

Mais Carter vit alors la main gauche de la femme se déplacer tel l'éclair vers son flanc, juste au moment où la main droite du type s'abaissait brusquement, accompagnant le solo de batterie qui jouait dans sa tête. Il lui avait donné quelque chose, comme deux gamins de primaire s'échangeraient un petit mot. Des gamins très habiles.

Quand le batteur amateur descendit du train au niveau de la 13e Rue, Carter lui emboîta le pas. L'un sur les talons de l'autre, ils remontèrent la Sixième Avenue. Le metal continuait à hurler dans les écouteurs.

Carter sortit son téléphone de la poche intérieure de son blazer en cachemire. Tout en faisant semblant d'envoyer un SMS, il zooma et prit discrètement l'homme en photo lorsqu'il tourna la tête sur le côté.

Celui-ci pénétra dans un immeuble résidentiel dont Carter nota l'adresse. Par la vitre, il le vit relever du courrier dans l'une des boîtes aux lettres tapissant le mur.

D'aucuns auraient appelé cela un pressentiment, mais Carter savait qu'il ne s'agissait que de faits. Et ceux qu'il était en train de réunir ne lui plaisaient guère.

Il attendit que l'homme quitte le hall pour y entrer à son tour, s'avançant vers le portier avec un sourire chaleureux.

— Bonjour. Je recherche un appartement. C'est un immeuble locatif ici ou réservé aux propriétaires ?

— Propriétaires seulement.

— Ah bon, d'accord. Merci.

Il se tourna vers les boîtes aux lettres. Quatrième colonne, troisième boîte en partant du bas. C'était celle que l'homme avait ouverte. Appartement 602.

Il était temps qu'il appelle son client.

Il avait compris que celui-ci aimait que ses comptes rendus soient le plus laconiques possible. Train. Homme. Adresse.

— J'ai sa photo.

— Envoyez-la-moi. Vous connaissez le numéro.

Ce numéro de portable – intraçable – était à peu près la seule information que Carter possédait sur ce client.

— Ça marche.

Il envoya un SMS avec la photo en pièce jointe.

Deux minutes plus tard, le téléphone de Carter sonna. Le client était aussi lapidaire que lui – jamais de mots superflus. Une minute plus tard, Carter raccrocha, comprenant que sa mission venait de changer. Fini de se la couler douce.

16

Il était 16 heures et Scanlin avait encore le cerveau brumeux. Son agacement envers McKenna Jordan n'expliquait pas tout, il fallait bien l'avouer. Leur rencontre n'avait pas seulement réveillé son hostilité envers elle et ses souvenirs de Scott Macklin ; elle l'avait aussi poussé à se retourner sur sa vie.

Quand il avait récupéré l'affaire Susan Hauptmann, il n'était déjà plus l'inspecteur qu'il avait été et qui se donnait à fond dans son travail. Mais il en avait encore le physique, les fringues, la montre et la démarche, ce qui lui permettait de faire illusion. Pourtant, au fond de lui, le changement était déjà amorcé – il s'en rendait compte à présent – parce que Melissa aussi avait déjà commencé à changer.

Au début, les problèmes de sa femme avaient été à peine perceptibles – rien que des petits tics langagiers. Dans leur cercle d'amis, des New-Yorkais beaux parleurs, Melissa avait toujours été la plus bavarde ; mais il avait commencé à remarquer, de temps à autre, des silences qui ne lui ressemblaient pas. Des noms propres qui lui étaient autrefois aussi familiers que le sien se voyaient remplacés par des périphrases comme

« ce restaurant que tu aimes bien, qui fait ce risotto à l'encre de seiche », ou « ton coéquipier, à l'époque où tu travaillais dans le Bronx ».

Au début, Melissa avait attribué ses « absences » au manque de sommeil, voire à un verre de Chianti de trop. Ils avaient l'habitude de dire en plaisantant qu'une bonne gueule de bois supprimait temporairement vingt points de QI.

Les médecins lui avaient expliqué par la suite que cela n'aurait rien changé s'il l'avait emmenée consulter plus tôt ; il se demandait parfois s'ils ne lui avaient pas dit cela dans une vaine tentative de lui remonter le moral.

Ses pauses au beau milieu d'une phrase se firent plus longues. Ses périphrases plus vagues : « Cet endroit… Celui où l'on… trouve de la nourriture. » Un restaurant ? « Oui, celui avec… les petits trucs blancs, mais sombres. » Un risotto à l'encre de seiche ? « Oui ! Celui-là. » À cet instant, elle avait déjà oublié pourquoi elle voulait parler de ce restaurant. Se souvenait-elle que leur deuxième soirée en amoureux avait eu lieu là-bas ? Avait-elle envie d'un plat qu'ils servaient ? Était-elle intéressée par la boutique de fringues d'à côté ? C'était trop tard pour le savoir.

Plus vite qu'il ne l'aurait cru, ce fut trop tard pour Melissa aussi. Les amis beaux parleurs s'étaient d'abord montrés polis, faisant mine de ne pas remarquer qu'elle était incapable de suivre une conversation. Puis faisant mine de ne pas s'en soucier. Puis faisant mine de soutenir les efforts de Scanlin pour continuer à mener un semblant de vie normale. Mais ils n'avaient pas à son égard la patience qu'il avait pour Melissa, et un jour, ce fut trop tard pour leur amitié également.

Tout cela lui apparaissait si clairement maintenant. Il voyait le début, le milieu et la fin du virage de leur vie commune. Mais dix ans plus tôt, quand Susan Hauptmann avait disparu, il n'avait aucune idée de ce qui attendait sa femme ni de la façon dont cela l'affecterait – l'affectait déjà à ce moment-là.

Si ses souvenirs étaient bons, Susan avait disparu juste après Thanksgiving. Or Scanlin avait reçu le premier diagnostic de Melissa le 24 octobre. Toutes les semaines, elle avait rendez-vous avec des spécialistes. Les médecins ne cessaient de modifier son traitement, tentant de la sevrer du cocktail antidépresseur/antipsychotique qu'ils lui avaient administré avant de se rendre compte que cet état était dû à des modifications de son lobe frontal.

Et Jenna. Oh mon Dieu. Jenna. Scanlin aimait Melissa plus qu'il n'aimerait jamais une autre femme, mais personne n'aime son épouse comme un enfant aime sa mère. Peut-être que dans certaines familles, la maladie de l'un des parents rapproche l'autre de ses enfants, mais cela n'avait pas été le cas des Scanlin.

Il se remémora son premier entretien avec la sœur de Susan Hauptmann. Comment s'appelait-elle, déjà ? Gertrude ? Gwendolyn ? Guenievre ? Un nom en G, en tout cas. Mais rien à faire, il était incapable de s'en souvenir. À l'époque où il avait toute sa tête, il se rappelait toujours le nom des proches d'une victime. Dans un moment de lucidité entre deux périodes de défonce, cette fille s'était révélée une véritable mine d'informations – parce qu'elle s'inquiétait pour sa sœur, mais sans doute aussi dans l'espoir de se faire bien voir d'un flic.

Alors qu'elle ne cessait de déblatérer sur la pression que leur père exerçait sur Susan – il n'avait pas de fils et une seule « bonne fille » sur laquelle compter –, Scanlin en avait tiré ses propres conclusions. Si sa fille Jenna était capable de le rejeter, on pouvait comprendre qu'une femme comme Susan, avec un connard de père comme le sien, ait eu envie de rompre définitivement avec lui pour repartir de zéro.

Puis certains, comme cette procureure anti-flic, l'avaient incité à suivre d'autres pistes. Sans parler des incessants coups de fil de ce père autoritaire qui, après avoir poussé sa fille à bout, lui avait mis à son tour la pression.

Ce n'était vraiment pas le bon moment pour toute cette tension.

La vérité c'était qu'à l'époque le seul moyen qu'avait trouvé Scanlin pour gérer Melissa, ses diagnostics médicaux et la colère de leur fille, c'était de passer des coups de fil sur ses heures de boulot. Le père de Susan, qui avait promis une récompense et engagé des détectives privés, avait manifestement assez d'argent et de relations pour mettre le paquet. Qu'est-ce que Scanlin aurait pu faire de plus ? Il s'était simplifié la vie en considérant Susan Hauptmann comme une fugueuse majeure et avait laissé tomber l'affaire.

Mais revoir McKenna Jordan l'avait plongé dans le brouillard. Avait-il tiré des conclusions trop hâtives ? Il n'y avait qu'un seul moyen de savoir s'il avait fait ce qu'il fallait à l'époque. Il téléphona au service des archives.

— Joe Scanlin à l'appareil, de la criminelle, 12e circonscription. J'ai besoin de récupérer un vieux dossier. L'affaire Susan Carol Hauptmann.

Il y jetterait un rapide coup d'œil. Juste pour avoir l'esprit tranquille. Juste pour être sûr qu'il n'était pas passé à côté de quelque chose.

17

Dans la salle de rédaction, Dana ne décolérait pas. Elle se mit à pousser des cris perçants, comme un chat dont on écrase la queue, jusqu'à ce que Bob Vance passe la tête hors de son bureau et menace de lui trancher les cordes vocales au coupe-papier si elle ne la fermait pas.

McKenna, affolée par cette panne informatique, ouvrit en pure perte des fenêtres sur son propre ordinateur, espérant que la vidéo s'était glissée quelque part dans la mémoire cache de la machine. Comme si elle savait ce que « mémoire cache » voulait dire.

Cette vidéo était la seule preuve – en supposant qu'elle puisse utiliser ce terme – que Susan était en vie. Elle n'avait guère convaincu Patrick. Et maintenant, elle n'avait plus rien.

Elle commençait à se demander si elle se souvenait réellement du visage de Susan. Elle avait des photos, bien sûr, mais les photos diffèrent toujours de la réalité. C'est parce que c'est une version améliorée du réel que l'on conserve ces images. Les photos ne suffisent pas à saisir les expressions, les réactions et autres particularités qui font l'identité physique de quelqu'un.

McKenna avait rencontré Susan grâce à un transfert

d'e-mail. Susan avait trouvé un trois-pièces dans Hell's Kitchen, mais elle avait besoin d'un colocataire pour partager le loyer. Son e-mail groupé au sujet de cette location avait atterri dans la boîte de réception d'un procureur adjoint qui savait que le bail de McKenna – qui squattait alors le canapé d'une copine de la fac – arrivait à son terme.

Quand McKenna alla voir l'appartement, elle n'en crut pas ses yeux. Il était propre et lumineux, avec des placards du sol au plafond et une toute petite vue sur l'Hudson. Quant à sa nouvelle coloc, elle était intelligente, sympathique et extrêmement drôle. Que rêver de mieux ?

Mais, tout comme les appareils photo ne parviennent pas à saisir la véritable apparence d'une personne, la première impression est généralement trompeuse. Au cours de l'année qui suivit, McKenna changea d'avis concernant Susan. Au début, elle fut séduite par son caractère effronté. Elle était belle, magnétique, et disait toujours ce qu'elle avait sur le cœur. Quand l'homme qui vivait à l'étage du dessus passa une fois de trop son CD de Dave Matthews, Susan parvint à s'introduire en douce dans son appartement et à voler le disque incriminé. Mais elle n'était pas seulement drôle ; c'était quelqu'un de bien. Oh, pas de manière crâneuse et ostentatoire : elle ne cessait de penser aux autres. Se baissant pour aider un usager du métro à monter une poussette dans les escaliers. Apportant une lampe de poche à la veuve du deuxième étage lors d'une panne de courant. Prenant un parapluie supplémentaire les jours pluvieux, au cas où un collègue oublierait le sien. Ouvrant la porte quand sa tarée de sœur passait la voir à l'improviste, quelle que soit l'heure. Elle avait un grand cœur et un solide sens de l'humour. On aurait pu dire, sans trop exagérer, que McKenna la plaçait sur un piédestal.

Et puis un soir, McKenna avait trouvé Susan – toujours si affairée, toujours si pleine d'énergie – assise sur le sol de la cuisine, une bouteille de vin dans une main, le téléphone sans fil dans l'autre. Son père avait appelé. Ils s'étaient disputés. C'était la seule personne qui pouvait lui clouer le bec rien qu'en lui jetant un regard sévère. Cette fois-ci, il était allé beaucoup, beaucoup plus loin. S'asseyant à côté de Susan sur le carrelage froid, McKenna avait compris qu'elle découvrait là une facette de sa colocataire que peu de gens connaissaient.

Quel aspect de sa personnalité lui revenait aujourd'hui en mémoire ? Se souvenait-elle vraiment de Susan ou seulement d'instants épars, figés de manière artificielle dans des recoins de son cerveau ?

Si elle ne pouvait se fier à ses souvenirs, comment pouvait-elle reconnaître le fantôme de la ligne 1, dont elle n'avait vu que des images floues et saccadées ? Il fallait qu'elle retrouve cette vidéo.

Elle appela Patrick pour savoir s'il s'y connaissait en stockage de données sur Skybox. Son portable sonna dans le vide, et sa secrétaire lui annonça qu'il était parti tôt du travail. C'était bien sa chance d'avoir besoin de lui le jour où il se tirait avant 17 heures.

Elle entendit Vance hurler un nouvel avertissement à Dana, cette fois-ci pour qu'elle se taise avant qu'il l'étrangle avec ses propres tatouages. Une fois Dana momentanément réduite au silence, McKenna se souvint que, contrairement à sa collègue photographe, elle avait un plan B. Elle fouilla dans son téléphone, retrouva l'appel entrant de la veille et cliqua sur le numéro.

— Mallory ? C'est McKenna Jordan, du magazine *NYC*. Vous avez eu l'amabilité de m'envoyer une vidéo hier.

— Ouais. J'm'en souviens.

— Je suis navrée de vous déranger, mais il y a des bugs sur les ordinateurs du bureau. Pensez-vous pouvoir me la renvoyer ?

— Pas de problème. Je la remets sur le compte Skybox ?

Apparemment, tout le monde sauf McKenna comprenait le principe du stockage en ligne.

— Non, c'est justement ça qui bugge. J'ai conscience que c'est vraiment abuser de votre gentillesse, mais pourrait-on se retrouver quelque part ? Je la téléchargerai directement sur mon ordinateur, juste pour être sûre de ne pas faire de bêtise.

Il y eut une pause avant que Mallory réponde de sa voix basse et traînante.

— C'est faisable. J'suis au boulot. Y a un Starbucks au coin de la 45e et de la Sixième Avenue. Appelez-moi quand vous y êtes, je descendrai.

— J'y serai dans cinq minutes.

McKenna était en train d'enfiler sa veste quand son téléphone se mit à vibrer sur le bureau. Cette fois-ci, elle reconnut le numéro de Mallory.

— J'allais partir, Mallory. À tout de suite.

— Laissez tomber.

— Comment ça ?

McKenna s'entendit monter dans les aigus et espéra que Bob n'allait pas surgir, coupe-papier à la main.

— La fille dans le box d'à côté a entendu notre

conversation et m'a demandé des détails. J'ai voulu lui montrer la vidéo, mais elle a disparu.

— Comment ça, disparu ?

— Je sais pas. Elle n'est plus là, c'est tout.

— Votre téléphone fonctionne ?

— On est en train de se parler, non ?

McKenna savait que son insistance agaçait la jeune femme, mais elle ne comprenait pas comment Mallory avait pu effacer la vidéo sans s'en rendre compte.

— Pardonnez-moi, mais j'en ai absolument besoin. Est-il possible que vous ne l'ayez pas retrouvée, en fouillant dans votre portable ?

— Non. Je suis sûre de ce que je dis. J'ai pris qu'une seule photo depuis, et elle a disparu elle aussi.

— Vous les avez supprimées ?

— Pas volontairement. Je suppose que l'enfoiré à qui j'ai prêté mon téléphone les a effacées.

— Quel enfoiré ?

— Ma copine Jen et moi, on faisait la queue devant Margon. La file d'attente est toujours super longue à l'heure du déjeuner. Un type m'a dit qu'il devait appeler sa femme et qu'il était parti du bureau sans son portable. Peut-être qu'il l'a effacée sans faire exprès, j'en sais rien.

McKenna était certaine que rien de ce qui concernait cette vidéo ne pouvait être accidentel.

— De quoi il avait l'air ?

Encore un long silence.

— Aucune idée.

— Tout ce dont vous vous souvenez me sera utile, Mallory. N'importe quel détail.

— Jen était en train de me parler de son connard de petit ami et qu'elle avait pris trois kilos en arrêtant de fumer, genre. J'ai pas fait gaffe. Vous savez quoi ? Même si ma vie en dépendait, j'pourrais pas reconnaître ce type derrière une vitre sans tain chez les flics.

L'inconnu qui avait « emprunté » ce téléphone avait sans doute prévu le coup, attendant que Mallory ait la tête ailleurs.

— Attendez. C'est vraiment important, cette vidéo ? demanda Mallory. Genre, un rival d'un autre journal l'a volée pour que vous ne puissiez pas l'avoir ? Ça craint pour vous.

McKenna la remercia pour sa compassion, estimant qu'il valait mieux la laisser croire ce qu'elle voulait. La jeune femme avait déjà aidé sans le vouloir l'homme qui avait effacé la vidéo. Inutile qu'elle comprenne tout ce que cela impliquait.

Non pas que McKenna en eût elle-même la moindre idée. En raccrochant, elle prit conscience que cette histoire la dépassait complètement. Quelqu'un avait effacé la sauvegarde en ligne de Dana. Cherché et retrouvé le téléphone de Mallory. De toute évidence, cet homme ne voulait pas que l'on voie ce film. Elle finit par se demander si le dysfonctionnement des caméras de la MTA n'avait pas un lien avec tout ça – avant de se dire que c'était absurde.

Elle se rua vers son bureau et envoya à ses trois comptes de messagerie un fichier enregistré sur son ordinateur, qu'elle sauvegarda également sur une clé USB, avant de l'imprimer. Elle regarda la photo sortir lentement de l'imprimante.

Un badge épinglé sur un sac à dos. Le logo d'un groupe nommé Pour la Protection de la Planète. C'était tout ce qui lui restait de la femme dans le métro.

II

TOURNER LA PAGE

18

Quand Scanlin rapporta le dossier Hauptmann chez lui, il n'était pas certain de l'ouvrir. Tout en roulant vers Yonkers, le gros carton du service des archives posé sur le siège passager, il se reprocha de laisser McKenna Jordan perturber ainsi le cours de son existence. Suite aux réductions budgétaires, il avait bien assez à faire pour remplir ses heures de service. Il n'avait pas besoin d'alourdir ses journées avec des fichiers poussiéreux détaillant la disparition volontaire d'une adulte parfaitement capable de se débrouiller toute seule.

Je suis un bon flic. Il s'était répété cette phrase en boucle à la manière d'un mantra, tout en remontant la West Side Highway jusqu'au Henry Hudson Bridge. *Je galérais à l'époque, mais j'étais un bon flic. J'ai toujours été un bon flic. Même à ce moment-là.*

La table de la salle à manger du bon flic en question était à présent recouverte de paperasse. Les formulaires rendant compte du moindre interrogatoire. Les rapports du labo scientifique. Les inventaires des biens saisis lors des perquisitions dans l'appartement et le bureau de Susan. Le dossier de l'enquête avait été organisé par type de document. Scanlin avait réagencé les papiers de manière strictement chronologique, rafraîchissant ainsi sa mémoire, du début à la fin de l'histoire.

Quand il avait annoncé à cette ex-procureure qu'il se souvenait de l'affaire, il était sincère. Mais il avait appris au fil des ans, à force de faire ce boulot, que la mémoire était fragile, aussi fragile qu'une scène de crime qu'il faut protéger et préserver de toute dégradation. Généralement, l'évolution des souvenirs d'un témoin venait soutenir l'accusation. Il avait constaté tant de fois le phénomène. La femme venue témoigner, réticente et incertaine au moment d'étudier la feuille montrant les photos de six suspects. Un doigt hésitant pointé vers l'un d'eux. Ses yeux guettant l'approbation de la police.

« Je crois que c'est lui. » « Bravo », répondait habituellement Scanlin.

Ce n'était là qu'une modeste récompense, mais il en voyait immédiatement l'effet sur le témoin soulagé : un hochement de tête, un petit sourire satisfait. Plus tard, quand le procureur demanderait au témoin si elle était sûre de ce qu'elle avançait, elle se montrerait « extrêmement confiante ». Et quand elle pointerait un index accusateur vers le présumé coupable – présent dans la salle en chair et en os, au moment du procès –, ce serait comme si le visage de l'homme était gravé dans son cortex visuel. « J'en suis absolument certaine. »

Répétez-vous quelque chose suffisamment souvent, et non seulement cela vous semblera vrai, mais cela se transformera en souvenir.

Tout ce qu'il avait dit à McKenna Jordan sur la disparition de Susan Hauptmann relevait de ses souvenirs. Tout était vrai. Tout semblait vrai. Et s'il était parvenu à extraire ces faits de sa mémoire sans la moindre difficulté, c'était parce qu'il les avait répétés un nombre incalculable de fois au général Hauptmann, au cours des premières années ayant suivi la disparition de sa fille.

Susan Hauptmann avait été vue pour la dernière fois un samedi, après sa longue séance de sport quotidienne, à laquelle elle s'astreignait même le week-end de Thanksgiving. Personne n'avait soupçonné le moindre problème jusqu'à ce qu'elle manque à l'appel à son travail le lundi matin. Quand on avait demandé à Scanlin de se rendre dans son appartement de Hell's Kitchen le mardi soir, il avait découvert le deux-pièces dans ce que ses amis décrivirent comme son état de propreté habituel. Les voisins ne firent état d'aucune visite, d'aucun bruit, ni d'aucun autre événement notable. C'était comme si – comme le disait d'un ton caustique son amie McKenna – Susan s'était tout simplement volatilisée.

Mais de manière plus discrète, Susan avait laissé derrière elle des indices permettant à Scanlin de conclure qu'elle avait disparu de son plein gré. Selon le directeur de son cabinet de conseil, elle venait d'être informée que ses résultats étaient insuffisants, qu'elle ne se montrait pas à la hauteur de son potentiel, et qu'il était peu probable qu'elle puisse espérer le titre d'associée. Après son « héroïque » séjour au Moyen-Orient dans l'armée, elle n'avait pas réussi, selon son patron, à troquer sa culture militaire pour celle de l'entreprise, où les heures facturables comptaient davantage que l'efficacité, et où les associés les plus performants comprenaient que c'était à eux de se forger leur propre conception de l'ordre hiérarchique.

Au même moment, selon la sœur de Susan, leur père

la poussait à demeurer dans cette culture qui lui était familière. Le « général », ainsi que les filles avaient appris à s'adresser à leur père au grade deux-étoiles, s'était provisoirement calmé en voyant Susan suivre ses traces à West Point, mais il n'avait jamais accepté sa décision de faire une école de commerce. Il avait espéré que l'Afghanistan la convaincrait qu'il valait mieux consacrer sa vie à servir son pays plutôt que le monde de l'entreprise. La déposition de Gretchen était sous ses yeux sur la table de la salle à manger : « Il disait toujours : "Les avocats et consultants ne servent qu'à une chose : faire travailler les avocats et les consultants." »

Au moment de la disparition de sa fille, après toute une carrière passée dans l'armée, George Hauptmann était en train de lancer sa propre société, dont l'activité consistait à effectuer des missions pour le gouvernement. L'un des amis de Susan à West Point l'avait déjà rejoint, et le général poussait sa fille à franchir le pas ou, au moins, à reprendre du service. Scanlin avait son lot de problèmes avec Jenna, mais il ne se voyait pas l'inciter à partir au combat – encore moins dans les deux conflits qui faisaient rage au moment de la disparition de Susan.

Celle-ci avait un million d'amis, mais aucun d'eux n'était vraiment proche d'elle. Elle avait des rencarts, mais pas de petit ami. Deux carrières, mais aucune réussite professionnelle. C'était une femme qui n'avait pas trouvé sa place. Combien de fois Scanlin avait-il répété ces faits, les ancrant de plus en plus dans sa mémoire ? Aucun signe de lutte. Ni d'acte criminel. Une femme en pleine « crise affective et professionnelle » – tel était l'euphémisme qu'il avait gentiment utilisé avec le père, quand il aurait aimé lui dire : « Vous avez repoussé vos filles comme seul un père peut le faire. Et maintenant l'une se drogue et l'autre a foutu le camp. »

Tout cela était vrai. Mais la mémoire était malléable. Sélective. Certains faits s'accrochaient, d'autres s'évaporaient. Se remémorant le déroulement de l'enquête, il s'aperçut que le Scanlin d'aujourd'hui débattait avec le Scanlin d'autrefois. Comment avait-elle quitté New York ? Ses cartes de crédit ne signalaient ni billet d'avion ou de bus ni location de voiture. Pas de gros retraits d'espèces. Elle était partie sans permis de conduire, sans passeport, sans rien. Quand avait-elle quitté son appartement ? Mais surtout : si elle était vraiment partie de son plein gré, pourquoi n'était-elle jamais revenue ? Les fugueurs, quel que soit leur âge, finissaient toujours par réapparaître ; or même après la mort de son père, Susan ne s'était pas manifestée.

DISPARUE.

C'était l'en-tête des tracts qui avaient été placardés sur les poteaux téléphoniques et les parcmètres aux quatre coins de Manhattan : femme, 32 ans, blanche, 1,70 m, 63 kg. Sur la photo, une chevelure blonde et bouclée mi-longue encadrait son large visage, marqué par un grand sourire et des yeux verts pétillants. Elle était très belle. Une jeune femme blanche, avec un passé suscitant le respect, et un père influent. Autant dire que l'affaire n'était pas passée inaperçue.

Il se souvenait des barjots qui avaient inondé la ligne d'appel à témoins : on l'avait vue dans des épiceries de quartier, des librairies, à un match des Knicks. Que des fausses pistes. D'autres informateurs bien intentionnés avaient affirmé que c'était une collègue de travail, une camarade de classe, une partenaire de cours de yoga. En feuilletant ces vieilles notes, il découvrit qu'un type prétendait (de façon anonyme) avoir eu des relations sexuelles avec elle (de façon anonyme) six mois plus tôt dans les toilettes d'un restaurant. Sans livrer aucune info sur le lieu où elle pouvait bien se trouver depuis sa disparition.

Ce tuyau – compte tenu du regard neuf qu'il portait sur l'ensemble du dossier – rappela à Scanlin un autre bout de papier qu'il venait de consulter. Il sortit le rapport d'interrogatoire de l'un des collègues de Susan, Jared Klein. Comme la plupart de ceux qui la connaissaient, il était sidéré par sa disparition. Scanlin se souvenait d'avoir exhorté Klein, comme il le faisait à chaque fois, à penser à tout – « absolument tout » – ce qui avait pu lui paraître inhabituel. Klein avait secoué la tête, mais Scanlin avait senti qu'il cachait quelque chose.

— Ce n'est pas le moment de faire des cachotteries, l'avait-il prévenu.

— Ce n'est pas un secret. C'est juste que… J'ai peut-être mal compris.

— Mal compris quoi ?

— L'année dernière… On travaillait tard, comme d'habitude. On avait pris un ou deux verres de vin au dîner. Tous les autres étaient partis, il ne restait que nous. Elle s'est penchée vers moi et… je ne sais pas, c'était un peu comme si elle allait m'embrasser. Je l'ai arrêtée net. La dernière chose dont j'avais besoin, c'était d'une plainte pour harcèlement sexuel, voire pire. Je m'attendais à ce qu'elle laisse tomber comme si ce n'était qu'un geste stupide de fin de soirée, mais elle est devenue… agressive, je crois que c'est le terme que j'emploierais. En mode, qui j'étais pour la rejeter, elle ? Le lendemain matin, elle avait l'air tout à fait normale, et je me suis toujours dit que c'était sans doute moi qui n'avais plus l'esprit très clair ce soir-là. Mais aujourd'hui, je me demande si je n'ai pas vu un côté caché de sa personnalité. Je m'en veux de parler comme ça d'elle maintenant.

À l'époque, Scanlin avait trouvé cela un peu tiré par les cheveux. Et le tuyau anonyme sur le sexe anonyme parfaitement absurde. Les commentaires du voisinage sur les gens – des hommes, pour la plupart – qui entraient et sortaient de l'appartement de Susan lui avaient paru tout à fait cohérents avec le portrait d'une femme qui voyait souvent ses amis et travaillait dans un environnement essentiellement masculin. Quant à la boîte de préservatifs à moitié vide dans la table de chevet, ce n'était qu'une précaution normale pour une adulte hétérosexuelle.

Mais si l'on reliait tous les points ? Peut-être y avait-il un pan de la personnalité de Susan Hauptmann dont sa famille et ses amis ignoraient tout.

Ses pensées furent interrompues. On frappait à la porte.

19

McKenna regarda sa montre. 17 h 10. Patrick aurait bientôt fini de bosser. Elle lui envoya un SMS.

Devine qui a fait un saut dans l'Upper East Side ? Retrouve-moi dans l'aile de l'art contemporain.

Il répondit immédiatement.

Tu es là ?

Oui. Au contemporain. La chaise électrique.

Avec ou sans casque ?

Il voulait savoir s'il devait enfiler son accoutrement de cycliste ou s'ils allaient dans un endroit exigeant une tenue correcte.

Version beau gosse exigée, por favor.

Le Metropolitan Museum of Art faisait presque 400 mètres de long et occupait plus de 18 hectares de terrain. Quand McKenna avait emménagé à New York, elle avait parcouru ses salles en songeant à la jeune Claudia Kincaid, l'héroïne en fuite de l'un de ses contes pour enfants préférés, *From the Mixed-Up Files of Mrs. Basil E. Frankweiler.* Elle imaginait ce que ce serait de vivre dans les tréfonds de ce musée gigantesque, comme Claudia le fait avec son petit frère, en repêchant de la monnaie dans la fontaine et en dormant dans des lits de collection.

McKenna était désormais l'une de ces New-Yorkaises qui se rendaient au musée deux ou trois fois par an pour voir une expo ou retourner dans l'une de ses salles préférées – dans son cas, l'aile contemporaine. Ce jour-là, elle était absorbée par une œuvre en particulier : une sérigraphie d'Andy Warhol montrant une chaise électrique vide. Un ami à elle avait consacré tout un livre à ce que ce tableau racontait de la fascination des êtres humains pour la mort.

Sa visite, évidemment, n'avait rien à voir avec l'art. Elle était là pour Patrick.

Quand il lui avait annoncé qu'il travaillait pour le musée, elle s'était sentie terriblement jalouse. Mais elle avait fini par comprendre à quel point ce poste, qu'il n'avait jamais quitté, révélait ses valeurs. Environ un quart des diplômés de West Point optait pour une carrière militaire à vie ; quant aux autres, ils n'avaient que l'embarras du choix en termes de professions lucratives. Les chasseurs de tête des entreprises sautaient sur l'occasion de récupérer des employés ayant les compétences managériales propres aux jeunes officiers de l'armée. Et les sociétés de sécurité privées payaient le prix fort pour recueillir d'anciens militaires prêts à assurer la protection de leurs clients dans les zones à risque. L'un des camarades de Patrick ne cessait de répéter qu'il travaillait dans l'import-export de maquillage ; mais McKenna l'avait interrogé sur les avantages du fond de teint minéral et il l'avait regardée comme si elle voulait tremper ses cheveux dans l'essence. Quand elle avait fait remarquer à Patrick son manque d'expertise en matière de cosmétique, il lui avait énuméré ses amis qu'il ne fallait sans doute pas trop interroger sur leur travail. La CIA, peut-être ? Un poste délicat de relations culturelles au bénéfice des Affaires étrangères ? Avec un peu de chance, pas des mercenaires payés à la tâche – mais elle gardait ses distances, au cas où.

Patrick, quant à lui, était passé directement de l'armée à la gestion de la sécurité du musée. Il avait dû justifier ce choix auprès de ses amis à la vie plus aisée et trépidante davantage qu'il ne l'aurait souhaité. Cela lui plaisait de travailler pour une institution à but non lucratif. Il appréciait la diversité des gens qui arpentaient ce bâtiment. Il passait ses journées au milieu d'œuvres d'art parmi les plus remarquables de la planète. Mais ce qui avait le plus frappé McKenna lors de leur rencontre, c'était sa stabilité professionnelle. Il ne faisait pas partie de ces gens qui essayaient toujours de gravir l'échelon suivant et considéraient le présent comme une passerelle vers l'avenir. Il n'était pas comme elle.

En revanche, elle n'avait pas compris à ce moment-là que dix années passeraient sans le moindre changement.

— Ce n'est pas la seule collection de ce musée, tu sais, dit Patrick en s'asseyant à côté d'elle sur le banc face au Warhol.

Elle posa la tête sur son épaule.

— Ta journée s'est bien passée ?

— Oui. On a frôlé la catastrophe cet après-midi avec une fille qui est tombée sur un Matisse, mais plus de peur que de mal, heureusement.

Grâce à des films comme *L'Affaire Thomas Crown*, le grand public s'imaginait que la sécurité des musées se concentrait sur la prévention de braquages ultra rapides et hyper technologiques. Les gens ignoraient que les pertes les plus importantes étaient dues aux dommages causés aux œuvres, non aux vols. Le livreur d'eau qui heurte un Renoir avec un pack de bouteilles. Une peinture à fresque pendue à un crochet trop petit. Ou tout simplement le piédestal d'une sculpture de Rodin qui s'effondre un jour sans prévenir. Et puis chaque année, pas mal de dégâts infligés par des jeunes filles qui buvaient trop, ne mangeaient pas assez, et tenaient à parcourir la ville sur des talons de 13 centimètres. Un léger vacillement et soudain, la Lucrèce de Philippe Bertrand perd un pied.

— Et toi ? J'ai entendu des gens dans le musée parler de ton article sur le Gros Porc.

McKenna avait titré son article sur le juge Knight : « Cet homme mérite-t-il d'être l'arbitre ? À vous de juger. » C'était une référence au nouveau président de la Cour suprême des États-Unis qui, devant le jury chargé de le confirmer à son poste, avait déclaré qu'un bon juge était l'équivalent d'un arbitre neutre. Pour pimenter l'article, le magazine *NYC* l'avait agrémenté d'une photo en gros plan du visage bouffi de Knight, tamponné de l'expression « GROS PORC », comme s'il s'agissait d'une pièce de boucher validée par le département de l'Agriculture.

Les réactions n'avaient pas tardé. Un porte-parole du président du tribunal avait promis une enquête approfondie. Réagissant aux hypothèses concernant sa démission, le juge Knight avait fait paraître une déclaration critiquant les journaux à sensation et promettant qu'il fournirait une justification détaillée de ses actes.

Mais McKenna n'était pas là pour parler de Frederick Knight.

— Pas trop crevé pour une petite sortie ?

— Non, ça me va. Tu penses à quoi ? On va dîner ? Ou trinquer à tout ça ?

Si l'humeur de Patrick était toujours égale, celle de McKenna dépendait, à l'excès, de ce qu'elle parvenait à accomplir aux yeux du monde. Vu l'article sur Knight, il supposait qu'elle voulait fêter dignement sa victoire.

— Un dîner, ce n'est pas vraiment une sortie. Dîner, c'est juste… dîner. Ce soir, on sort vraiment.

Elle s'aperçut qu'elle ne lui avait pas demandé pourquoi il avait quitté le travail plus tôt la veille.

— À propos, t'as fêté quoi hier soir ?

— Comment ça ?

— J'ai essayé de t'appeler quand la Skybox de Dana a explosé en plein vol, et ta secrétaire m'a dit que tu étais parti plus tôt. Il était à peine 16 heures.

Il la regarda d'un air exaspéré et secoua la tête.

— C'est pas croyable. Je sors faire un tour parce que je suis stressé, et tout le monde raconte que j'ai foutu le camp. Un des conservateurs a failli avoir une attaque quand il a cru que je lui avais posé un lapin.

Il se releva et lui tendit la main.

— Qu'est-ce que tu as prévu pour ce soir ?

— Tu ne vas pas aimer, mais je t'annonce officiellement que je rejoue mes gains à la roulette.

Elle ignorait si les jetons de casino avaient une quelconque valeur dans leur ménage ni pour quelle raison elle en aurait en réserve, mais cela lui paraissait être une bonne métaphore pour qu'il cède à sa demande.

— C'est à propos de Bruno.

— Aïe.

Pas fâché. Ni agacé. Juste en train d'assimiler la mauvaise nouvelle.

— Je ne peux pas laisser tomber, Patrick.

— Oui, on dirait.

— Je continue à voir son visage. Enfin, même si je ne peux plus le regarder, à proprement parler. Avoue que c'est quand même étrange que l'original et la copie de la vidéo du métro aient été tous les deux effacés hier.

— Puisque tu me pousses aux aveux…

Elle sourit. Ce genre d'humour faisait partie de leur répertoire.

— Je suis sérieuse quand je parle de relancer les dés, Patrick.

— Et j'étais sérieux quand je t'ai dit que je ferai ce que je peux. J'ai déjà envoyé un e-mail aux gens de West Point. Personne ne sait rien. J'ai même eu l'impression qu'ils étaient un peu flippés que je leur pose la question. Ça leur paraissait sans doute un peu incongru.

— Je sais où vit Gretchen.

La sœur de Susan avait deux ans de plus qu'elle. Une recherche rapide avait permis à McKenna de trouver un certificat de mariage et une adresse.

— Elle est à Long Island. Dans le comté de Nassau, se hâta-t-elle d'ajouter, avant qu'il s'imagine que c'était à l'autre bout de l'île. Juste après le Queens. Ce n'est qu'à une heure de train.

— Gretchen est une junkie, McKenna. Si on va la voir, on ne sait pas dans quoi elle va nous entraîner.

— Je sais. Mais c'est aussi la seule famille qu'il reste à Susan.

Elle avait bien conscience qu'il ne voulait pas y aller. Mais elle savait aussi qu'il finirait par céder. Un quart d'heure plus tard, ils étaient prêts à partir, leurs billets de train pour Long Island en poche.

Quand le chauffeur de taxi eut parcouru le court trajet qui séparait la gare de Roslyn et l'adresse qu'elle lui avait indiquée, McKenna vérifia par deux fois le numéro de la maison.

— Vous êtes sûr que c'est ici ?

— Tout dépend de ce que vous entendez par « ici », mademoiselle. Si vous me demandez si cette maison est l'endroit où vous souhaitiez aller, j'imagine que c'est à vous de le savoir, et à vous de le découvrir.

De toute évidence, la formule de McKenna l'amusait.

— Mais si vous voulez savoir si cette maison est la propriété située à l'adresse que vous m'avez indiquée en montant dans mon taxi, dans ce cas je vous confirme que oui, c'est bien ici. Vous avez l'intention de me payer la course, ou vous avez d'autres questions idiotes ?

Patrick répondit avant que McKenna ait le temps de préparer sa réplique.

— Il va falloir que vous attendiez.

— Tant que le compteur tourne.

McKenna sortit du taxi.

— Quel sale con !

— Ravale ta colère, Mackie, ou on va se retrouver coincés ici. C'est pas évident de trouver un taxi à Long Island.

Il était mécontent d'être là.

Ils regardèrent longuement la maison où la sœur de Susan était censée vivre. Une bâtisse en brique de style Tudor à un étage. Gazon impeccable. Berline Volvo dans l'allée. À moins que Gretchen ne vole le courrier de cette famille pour financer son addiction à la drogue, McKenna ne voyait pas quel lien elle pouvait bien avoir avec cette demeure.

Patrick frappa trois fois à la porte avec le lourd heurtoir en laiton. Ils entendirent une voix d'enfant à l'intérieur.

— Maman. Mamaaan. La pooorte.

— Ce jeu vidéo t'a coupé les jambes, Porter ? Va ouvrir. Et si c'est encore ces fanatiques avec leur Bible, dis-leur que même la patience de Jésus a ses limites.

— Mamaaan. C'est pas marrant de faire des blagues sur Jésus.

Le garçon qui leur ouvrit devait avoir autour de 10 ans. Il eut l'air effrayé de découvrir un homme sur son porche, mais se calma en voyant McKenna. Ce fut elle qui prit la parole.

— Coucou. On vient pas pour la Bible, promis. On cherche une femme avec qui on était amis autrefois. Gretchen Hauptmann ?

— Ma mère s'appelle Gretchen. Et son père s'appelait George Hauptmann. Mais maintenant elle s'appelle Henesy, comme moi.

McKenna était si déroutée par la perfection de ce

pavillon de banlieue qu'elle avait oublié que c'était grâce aux archives municipales indiquant le mariage de Gretchen avec un homme nommé Paul Henesy qu'elle avait atterri à cette adresse.

— Porter, qui est-ce ?

Gretchen était en train de plier une serviette quand elle atteignit le bas de l'escalier. Au bout de dix ans, la plupart des gens ont l'air d'une version moins réussie d'eux-mêmes. Mais pas Gretchen. Gretchen était comme elle aurait dû l'être dix ans plus tôt – quand elle en était incapable. Ses longs cheveux noirs étaient noués en chignon lâche sur sa nuque. Elle était vêtue d'un jean confortable et d'un long tee-shirt violet, mais elle était toujours aussi athlétique et svelte que sa sœur, même si elle avait tenté de se détruire par la drogue.

Ce fut Patrick qui le dit le premier.

— Tu as l'air en forme, Gretchen.

Elle acquiesça de manière à peine perceptible.

— Non mais franchement. J'ai un numéro de téléphone. Une adresse mail. Et même une page Facebook.

— C'est à propos de Susan, lança McKenna.

Gretchen s'écarta et les fit entrer.

20

Gretchen guida McKenna et Patrick vers un salon aux lumières vives, mais ne s'assit pas et n'invita pas ses hôtes à le faire.

— C'est un vrai bazar dans la maison en ce moment. Si j'avais su que vous veniez…

McKenna se mit en quête d'une imperfection quelconque. Quelques jouets traînaient au sol. Des coussins décoratifs s'affaissaient dans les coins du canapé. On distinguait des miettes de pizza sur la table basse en verre. Au pied d'une étagère d'angle, un carton à moitié rempli de CD était ouvert.

Mais le plus flagrant, c'était le soin apporté à la pièce. Le vase posé sur l'étagère d'angle était, par exemple, de la couleur des coussins affaissés. Tapis de soie. Fauteuils en cuir. Bel endroit.

— Je sais ce que vous allez me demander, reprit Gretchen, alors je vais faire bref. Je ne touche plus à la drogue. Depuis un petit moment maintenant – ça fera onze ans en décembre. J'ai rencontré le père de Porter – Paul, mon mari – lors d'une cure de désintox. Lui, c'était plutôt un amateur occasionnel de coke, rien à voir avec l'épave que j'étais.

McKenna fit le calcul dans sa tête, s'interrogeant sur l'âge du fils de Gretchen, sur la période de sa grossesse. Si c'était ce qui lui avait finalement permis de sortir de son addiction.

— J'ai été désolé d'apprendre le décès de ton père, déclara Patrick.

— Merci, mais on n'était plus vraiment en contact. Pas comme vous deux, on dirait. Après toutes ces années ?

— On est mariés, répondit McKenna en montrant l'alliance ornant son doigt. Depuis cinq ans déjà.

— Susan disait toujours que vous étiez faits l'un pour l'autre.

McKenna rêvait-elle, ou y avait-il du sarcasme dans sa voix ?

— J'ai beaucoup pensé à Susan ces derniers temps, répliqua McKenna. J'ai envie de savoir ce qui lui est arrivé, Gretchen. Comme tu sais, beaucoup d'affaires sont résolues des décennies plus tard. Grâce à de nouvelles preuves ADN. D'autres témoins. J'ai envie de savoir.

— Tu n'es pas le FBI, si je ne m'abuse.

— Non, mais j'ai encore quelques contacts. Et j'ai beaucoup appris sur les enquêtes policières quand j'étais au bureau du procureur, et depuis que je suis journaliste. Patrick m'aidera.

— Sammy et Scooby aussi ? Avec leur bus scoubidou ?

OK. C'était bien du sarcasme.

— McKenna ne demande pas grand-chose, intervint Patrick.

Il s'était servi de ce qu'elle appelait sa voix militaire.

Celle dont il usait avec les vigiles en uniforme au travail. Celle qu'il utilisait de temps à autre à la maison, quand elle l'agaçait. Mais là, c'était pour prendre sa défense. Une voix qui instaurait tranquillement l'autorité, dans la culture que Gretchen et lui partageaient. McKenna comprenait ce monde mieux que la plupart des civils, mais elle y resterait à jamais étrangère.

McKenna pencha la tête de côté, s'efforçant de paraître aimable.

— Je me suis dit que c'est toi que la police aurait appelée, si elle avait eu du nouveau.

— Eh bien, on ne m'a pas contactée. Cela dit, je ne suis pas sûre que la police me confierait quoi que ce soit.

— Tu es sa plus proche parente.

— Tu sais très bien ce qu'était ma vie à cette époque. Sans compter que mon père leur a probablement raconté des choses encore pires.

Cette nuit-là, sur le sol de la cuisine, la main toujours agrippée au téléphone après que son père avait raccroché, Susan avait raconté à McKenna comment fonctionnait la famille Hauptmann. Pour plaisanter, le général avait l'habitude de clamer à tout bout de champ qu'il aurait aimé appeler ses filles George et Mercedes. George pour Gretchen, parce qu'il aurait préféré avoir un fils ; et Mercedes pour Susan, parce que, quitte à n'avoir toujours pas de fils, il aurait préféré une nouvelle voiture.

Carol, leur mère, avait fait de son mieux pour les protéger de son venin, du moins au début. De sa petite enfance, Susan se souvenait de regards noirs au-dessus de la table, suivis d'altercations bruyantes derrière la porte close de la chambre parentale. Mais le général n'était pas homme à pouvoir être raisonné. Il écoutait les plaintes, à savoir qu'il pouvait les répéter mot pour mot – généralement pour les tourner en ridicule et railler leur sensiblerie –, mais il était dénué de l'empathie nécessaire pour comprendre un autre point de vue que le sien.

Un été, Susan s'était mise à l'appeler Général OM, refusant d'en livrer la signification. Sa sœur savait que OM signifiait « Oui, mais ». À plusieurs reprises au cours de leur existence, les deux filles s'étaient chacune courageusement préparées à avoir une vraie conversation avec lui. Elles élaboraient toute une stratégie, réfléchissaient aux points à mettre en avant pour exprimer le plus posément possible leurs émotions les plus profondes. Mais aussi efficaces – et diplomatiques – que soient leurs propos, et même si elles se montraient soucieuses de ne rien dire qui puisse donner au général l'impression qu'on le jugeait, leur père répondait toujours d'un cinglant « Oui, mais… ».

Susan avait d'excellentes raisons de vouloir aller en fac de lettres et sciences humaines. « Oui, mais rien ne prépare mieux à être un meneur qu'une éducation militaire. » En classe de seconde, elle avait voulu passer un semestre au Danemark dans le cadre d'un échange scolaire. « Oui, mais c'est exactement le genre de plaisirs que s'accordent les gens privilégiés. Tu ferais mieux de rester à la maison à bûcher tes cours. »

Dans la version de l'histoire familiale racontée par Susan, pendant les douze premières années de sa vie, Gretchen et elle étaient soudées par leurs expériences communes au sein du foyer Hauptmann. Mais quand Gretchen était entrée au lycée, ce lien avait commencé à se distendre. Tout s'était déclenché à la mort de leur mère. Pour une raison ou pour une autre, les filles avaient réagi différemment à l'éducation maintenant inculquée par leur seul père.

Au début, Susan s'était montrée la plus rebelle. Elle était bonne élève mais ne s'intéressait ni à l'histoire, ni à la géopolitique, ni à la théorie de l'exception américaine, ni à tout ce dont son père raffolait. Elle enfreignait le couvre-feu pour traîner avec ses amis, et passait le reste de son temps à feuilleter des magazines de mode et à regarder les rediffusions de sitcoms des années 1970.

Gretchen, quant à elle, tentait de satisfaire leur père. C'était l'une des rares filles inscrites au JROTC de leur lycée, une version pour ados du corps d'entraînement des officiers de réserve. Elle était la meilleure de sa classe, tant sur le plan scolaire que sportif, et saisissait toutes les occasions offertes par le général pour mieux connaître son travail et ses collègues – qu'elle parvenait presque à moucher concernant les détails de la vie militaire et les portes que celle-ci pouvait ouvrir à une jeune fille prometteuse. Elle visait West Point, et personne ne doutait qu'elle l'obtiendrait. C'était elle, l'héritière présumée.

« Ça me rendait folle, avait avoué Susan le soir où McKenna l'avait trouvée en larmes dans leur appartement. La façon dont elle lui léchait les bottes. Quand maman est morte, c'était censé être nous deux contre le général. Il fallait qu'il apprenne à prendre soin de nous. Mais par la suite, elle a choisi son camp. C'était comme si elle m'avait abandonnée. Il n'avait plus besoin de faire d'efforts avec moi puisqu'il l'avait, elle. »

Puis le proviseur du lycée avait trouvé un sac en plastique contenant de l'herbe dans le casier de l'héritière présumée. Le général était tellement convaincu de l'innocence de sa fille qu'il avait insisté pour que le sachet soit soumis à une analyse d'empreintes digitales. Le laboratoire avait non seulement trouvé les empreintes de Gretchen, mais également des traces de cocaïne. Le dépistage que le général imposa à sa fille révéla non seulement qu'elle consommait de l'herbe et de la cocaïne, mais aussi du speed et du LSD.

Un an plus tard, l'ex-petit ami de Gretchen, qui avait bien entendu mouchardé auprès du proviseur, avait vu tous ses dossiers de candidature à l'université mystérieusement disparaître ; et 12 000 dollars de dette avaient été contractés sur une carte de crédit à son nom.

Gretchen avait sans doute apprécié cette vengeance, mais cela ne l'avait pas empêchée de faire un séjour en désintox. Le premier d'une longue série.

« Je passais mon temps à engueuler Gretchen parce qu'elle lui cirait les pompes. Mais regarde où ça l'a menée. Ça l'a brisée. Et dès qu'elle s'est retrouvée sur la touche et qu'il a décidé de faire de moi son enfant chérie, j'ai fait quoi ? »

Elle était allée à West Point.

McKenna avait bien compris que la vie avec le général Hauptmann n'avait pas été facile ; mais si Susan semblait agacée par sa relation avec son père, elle se montrait finalement optimiste, préférant croire que ce vieux croûton coriace, bourru et vieux jeu recelait une douceur que seules ses filles pouvaient connaître. Gretchen ne nourrissait pas de tels fantasmes.

— Susan vous a raconté mon arrestation ?

McKenna était certaine, en voyant le regard perdu de Patrick, qu'il n'était pas plus au courant qu'elle.

— Eh oui ! On m'a chopée dans Alphabet City, avec suffisamment de crack sur moi pour m'accuser de vouloir le revendre. Je me suis servie de mon unique appel téléphonique pour demander à papa de payer ma caution. Vous savez ce qu'il m'a dit ? « Ça fait longtemps que je sais que tu finiras morte ou en prison, et je me suis fait à cette idée. Il est temps pour toi de suivre ta voie, Gretchen. » Et puis il a raccroché, me laissant subir une fouille au corps, sans même parler des regards lubriques et des mains baladeuses des gardiens, ainsi que de l'une de mes nouvelles camarades de chambrée. Je me souviens au mot près de cet appel parce que c'est la dernière fois qu'on s'est parlé. Mais vous savez quoi ? C'est vrai, ce qu'on dit : à un moment donné, il faut toucher le fond. Je m'attendais à passer dix ans en taule, mais j'ai eu de la chance. En attendant le procès, j'ai arrêté la drogue et commencé une cure de désintox. J'ai fini par obtenir une négociation de peine et la liberté conditionnelle, je ne devais pas sortir de l'État. Deux mois avant que Susan… avant qu'elle disparaisse. Je suppose qu'elle ne voulait pas que vous sachiez que sa frangine avait fait de la prison. Les flics qui ont enquêté sur sa disparition étaient au courant, c'est sûr. J'étais clean depuis presque un an à ce moment-là, mais ils m'ont toujours traitée comme une toxico. C'était bien ce que j'étais, j'imagine.

Gretchen se lança alors dans un monologue sur les dysfonctionnements de la famille Hauptmann, et la demi-heure suivante ressembla davantage à une séance de thérapie qu'à la visite surprise de deux vieilles connaissances. Comment son père pouvait être gentil avec tout le monde sauf avec sa femme et ses deux filles, qu'il considérait comme une simple extension de lui-même. Comment son amour – si l'on pouvait appeler ça comme ça – avait toujours été soumis à certaines conditions. Comment ne plus le voir avait finalement été la clé de la guérison de Gretchen.

— Susan faisait tout ce qu'elle pouvait pour devenir l'enfant qu'il avait toujours voulue – et ce n'était jamais assez. Mais au moins, il lui adressait la parole. Contrairement à moi, la mauvaise graine. Elle n'arrivait pourtant jamais à véritablement le satisfaire. Personne ne le pouvait.

— Je suis contente que tu t'en sois sortie, déclara McKenna.

Elle lança à Patrick un regard navré. Ils n'auraient pas dû venir à Long Island. Écouter les détails d'une relation brisée entre un homme aujourd'hui décédé et ses filles était le genre de drame psychologique que Patrick détestait par-dessus tout. Cherchant un moyen de mettre fin à la conversation, elle sortit de son sac une feuille pliée en deux.

— Tu le reconnais ? C'est le logo d'un groupe appelé Pour la Protection de la Planète.

Gretchen fit non de la tête.

— Susan n'était pas franchement écolo. Pourquoi tu me demandes ça ?

— Je ne sais pas trop. C'est juste une piste que j'explore.

Du coin de l'œil, McKenna remarqua que le fils de Gretchen se tordait le cou au coin du couloir pour les écouter en cachette. Il recula brusquement la tête, à la manière d'une tortue qui se rétracte, puis la tendit à nouveau.

— Maman, papa vient nous voir ce soir ou il reste dans sa nouvelle maison ?

— On en parlera plus tard, Porter.

Gretchen sourit d'un air gêné.

— Paul et moi sommes en phase de transition. J'ai bien peur de devoir vous demander de partir. La vérité, c'est que je n'en sais pas plus sur ce qui est arrivé à ma sœur aujourd'hui qu'il y a dix ans.

Elle les accompagna jusqu'à la porte, mais seul Patrick en franchit le seuil.

— Désolée, dit McKenna, mais j'ai encore une question. Que sont devenues les affaires de Susan ?

Elle vit immédiatement l'ironie qu'il y avait à dire « désolée, mais » à une femme qui avait été élevée par le général OM.

— Quelles affaires ? demanda Gretchen.

— Ton père a attendu six mois, je crois, et puis il a vidé son appartement.

— Je n'en sais rien. Demande à Marla, l'infirmière qui s'est occupée de lui à la fin de sa vie. Elle a aussi reçu un énorme héritage, contrairement à… oh, au hasard : sa propre fille. Je te l'ai dit, le vieux savait être gentil avec ceux qui n'étaient pas de sa famille. Si quelqu'un peut te répondre, c'est bien elle.

— Vous étiez brouillés à ce point ? fit McKenna.

— Bon sang, tu n'as rien écouté à ce que j'ai dit ?

McKenna lui demanda le nom et le numéro de téléphone de Marla. Gretchen ne cacha pas son agacement, mais partit dans la cuisine et revint en feuilletant les pages d'un document.

— On m'a envoyé une copie du testament, par pure politesse. Sympa, non ? Tiens, c'est là.

McKenna griffonna les coordonnées – Marla Tompkins, numéro de téléphone à Manhattan – et remercia leur hôtesse une fois de plus.

Patrick attendait McKenna sous le porche. Tout en le rejoignant, elle promit à Gretchen de l'appeler si elle apprenait quoi que ce soit de nouveau concernant la disparition de Susan.

— Non ! s'écria Gretchen. Je veux dire, je préférerais que tu ne le fasses pas. Je n'ai pas envie que tu m'appelles. Et surtout, j'aimerais que tu ne t'en mêles plus. Laisse tomber.

— Tu ne veux pas savoir ce qui est arrivé à ta sœur ?

— Tu es qui pour me parler comme ça, McKenna ? Vous avez partagé un appart pendant quoi, un an, avant que tu décides que même la meilleure des filles Hauptmann était un peu trop déchaînée à ton goût. Tu t'es prise pour une procureure de première classe quand Susan a disparu, et où est-ce que ça nous a menés ? Tu crois que je ne sais pas ce qui t'est arrivé au boulot ? Tu t'imagines que tu peux résoudre ce problème comme toutes les affaires classées qu'on voit à la télé et récupérer ton job ? Quant à toi, Patrick, j'en aurais des choses à dire à ton sujet. Je suis la seule famille de Susan à présent. Et j'affirme que ce n'est pas grave de tourner la page. Ce que j'ai fait, d'ailleurs.

Patrick fut le premier à réagir.

— On a été maladroits, Gretchen. Passe une bonne fin de soirée.

McKenna savait qu'il s'adressait autant à elle qu'à Gretchen. Mais elle ne pouvait pas laisser passer des propos pareils.

— À l'époque, tu as raconté à la police qu'elle voulait

échapper à votre père. Pour recommencer sa vie. Je suis sûre que tu te disais ça parce que tu voulais croire qu'elle allait bien. Mais si c'est effectivement le cas, tu n'as pas envie de le savoir ? Tu n'as pas envie qu'elle voie que tu t'en es bien sortie dans la vie, et qu'elle rencontre son neveu ?

— Tu te goures complètement, McKenna. Si tu connaissais vraiment ma sœur, tu aurais compris que si elle était en vie – si elle était là –, elle saurait très bien où je suis et comment je me porte. Elle saurait, pour son neveu. Bon sang, elle connaîtrait par cœur l'emploi du temps de Porter. Elle saurait que tu es venue me voir. Et pourtant, ça fait dix ans qu'elle ne m'a pas donné de nouvelles. Soit elle est morte, soit elle a une putain de bonne raison de garder ses distances. Tu crois sérieusement qu'après toutes ces années tu seras capable de résoudre un problème que Susan Hauptmann elle-même a été incapable de gérer ? Franchement, laisse tomber.

Alors qu'ils se dirigeaient vers le taxi, ils l'entendirent verrouiller sa porte à double tour.

21

Scanlin aurait dû se douter qu'elle frapperait, mais cela l'énerva tout de même.

— Entre ! cria-t-il, tentant de masquer sa contrariété.

Jenna avait vécu dans cette maison pendant vingt ans. Quand Melissa était encore là, leur fille allait et venait chez eux comme si c'était encore son foyer. À présent, elle insistait pour frapper à la porte, même s'il lui avait dit et redit de s'épargner cette peine.

— Désolée d'être en retard, mais on ferait mieux de se grouiller.

Elle regarda sa montre.

— Ils ne nous laisseront pas entrer après 20 heures.

Le centre de soins leur avait dit quatre mois plus tôt que « ce serait aussi bien » si Scanlin se débrouillait pour venir voir Melissa en compagnie de leur fille. Il avait lu quelque part que les architectes considéraient le triangle comme la fondation la plus solide – la symétrie aidant à la répartition du poids. Il le constatait dans sa propre famille. Ses visites à Melissa dépendaient des trois sommets de leur triangle familial : sa femme ne le reconnaissait plus ; mais elle se souvenait de Jenna et, en les voyant ensemble, elle comprenait que Scanlin était un ami de sa fille. En l'absence de Jenna, elle ne voyait qu'un étranger. Et sans Melissa, Jenna ne voulait rien avoir à faire avec lui.

Mais s'il y avait un triangle, c'était probablement uniquement de son point de vue à lui.

— Papa, tu viens ?

Elle était entrée dans la salle à manger alors qu'il enfilait sa veste.

— Quelle surprise. Encore du boulot. Au moins, cette table sert à quelque chose. Dieu sait que tu n'y as jamais pris un seul repas.

Elle rit, mais sa plaisanterie n'était que la triste réalité, il le savait bien. Il avait été un père merdique. Passant son temps à travailler, ou à tenter de vivre la vie éblouissante dont il rêvait, sans grand succès. Des costumes bien coupés. De l'eau de Cologne. Une belle femme. Des dîners dans ses restaurants préférés.

Il n'avait pas pris le temps de s'occuper de Jenna. Les tâches parentales étaient l'affaire de Melissa – des corvées dont elle avait la charge pendant qu'il était au travail.

Maintenant que sa fille lui en avait fait la remarque, il était gêné par les dossiers éparpillés sur la table. Il rangea rapidement la paperasse, plaçant le compte rendu d'interrogatoire du collègue de Susan en haut de la pile, pour ne pas l'oublier. C'était un bon flic. Il avait toujours été un bon flic. Même à l'époque.

Mais il avait négligé certaines pistes. Étant donné sa situation personnelle dix ans plus tôt, il avait considéré Susan Hauptmann avant tout comme la fille de son père. Une fille qui fuguait, tandis que sa sœur se droguait. Sauf que c'était aussi une adulte qui n'avait pas de petit ami, et qu'une boîte de préservatifs entamée était rangée dans sa table de chevet. Peut-être que Jared Klein – le collègue de boulot auquel Susan aurait fait des avances – avait réellement découvert un autre aspect de sa personnalité. Peut-être était-ce cette part sombre qui l'avait mise en danger. Et peut-être que Scanlin était passé à côté.

À l'époque, il était intimement persuadé que Susan avait quitté la ville pour prendre un nouveau départ loin de son père. Mais même en supposant que c'était vrai, qu'aurait-il pensé si c'était arrivé à Jenna ? Et si Jenna – au lieu de le snober quand elle avait appris la maladie de sa mère – était partie sans laisser de traces, emplie de dégoût envers lui ? Il aurait voulu que quelqu'un découvre la vérité.

Les parents de Susan Hauptmann étaient morts tous les deux. Sa sœur était une ratée. Si quelqu'un devait chercher cette fille, ce ne pouvait être que Scanlin.

22

Marla Tompkins avait un large visage couleur caramel qui commençait à être sillonné de profondes rides. Mais le plus remarquable chez cette infirmière à la retraite, c'étaient les taches de rousseur foncées sur son nez et le sourire chaleureux avec lequel elle accueillit McKenna.

Celle-ci l'avait appelée depuis le train la ramenant à New York pour demander à la rencontrer, et avait griffonné son adresse sans se rendre compte qu'elle la connaissait.

Elle nota l'alliance au doigt de la femme.

— Merci de me recevoir, madame Tompkins. Je suis déjà venue ici une fois avec Susan, la fille du général Hauptmann. J'ai été absolument navrée d'apprendre son décès.

Le père de Susan avait vécu dans la maison familiale, non loin de West Point, mais il avait gardé un deux-pièces à New York, dans l'Upper East Side, en guise de pied-à-terre.

— Le père de votre amie était un homme très généreux. Il savait que la vie n'était pas facile pour moi après le décès de Harold – mon mari. Il m'a toujours dit que je n'avais pas à m'inquiéter, mais je n'aurais jamais cru qu'il me donnerait un appartement. Enfin, ce n'est pas encore le mien. Mais il le sera bientôt, et l'exécuteur testamentaire a jugé inutile de m'expulser en attendant.

— Je me demandais où je pourrais trouver les affaires de Susan, celles que le général Hauptmann a récupérées. La sœur aînée de Susan, Gretchen, m'a laissé entendre que vous pourriez le savoir.

— Quand j'ai commencé à m'occuper du général, il avait déjà emballé la plupart de ses biens, il anticipait son départ. Il était comme ça. Insensible à la mort. Stoïque. Il avait gardé le strict nécessaire – une télé, des casseroles, de la vaisselle. Quelques photos de sa femme sur la table de chevet. Mais ses affaires personnelles étaient déjà dans un garde-meuble.

— Et après sa mort ?

McKenna se remémora la crise de larmes de Susan quand elle avait appris que son père avait un cancer du pancréas. Elles avaient passé presque quatre heures à descendre toutes les variétés de vodka servies sur glace au Pravda. McKenna voyait bien que Susan avait la ferme intention de noyer sa conscience, mais elle n'avait pas compris pourquoi jusqu'à ce que son amie porte un toast : « Au général. C'est un être humain, après tout. »

McKenna avait tenté de consoler Susan avec les clichés habituels sur les progrès de la médecine, mais elle s'était vite rendu compte qu'elle pleurait davantage par colère que par peur ou tristesse. Elle était furieuse que son père ait réussi à se servir de son cancer comme d'un nouveau moyen de faire pression sur elle pour qu'elle le rejoigne dans sa boîte. La nouvelle de sa maladie allait tuer dans l'œuf tous les efforts de Susan, avant même qu'elle ne prenne son envol. L'entreprise tournait bien pour une nouvelle venue sur le marché, mais elle passerait toujours à côté des contrats gouvernementaux les plus juteux sans l'assurance que le général lui-même – ou sa fille – pourrait les honorer jusqu'au bout.

Et puis, elle était fâchée parce qu'elle s'inquiétait pour son père. Malgré tout ce qui s'était passé, elle ne voulait pas le perdre.

Mme Tompkins proposa à McKenna de prendre place dans un fauteuil inclinable en cuir.

— J'ai été très surprise quand il m'a laissé tout ça. Ce n'était pas l'intégralité de son héritage, bien sûr. Il a aussi fait des dons à des œuvres de bienfaisance et autres. Mais j'ai reçu cet appartement et un peu d'argent pour aider à l'entretien.

— Que sont devenus les biens entreposés au garde-meuble ? Est-ce qu'ils sont accessibles ? J'aimerais les passer en revue, pour voir si quelque chose appartenant à Susan…

— Je n'en sais trop rien, mais Adam pourrait vous dire. Adam Bayne. Vous le connaissez ?

— Bien sûr.

Adam était l'un des camarades de classe de Susan et Patrick à West Point ; au milieu de tous ces militaires, il avait été ce qui se rapprochait le plus d'un petit ami pour Susan. Malgré leurs tentatives pour faire durer leur relation, celle-ci était déjà redevenue purement platonique quand McKenna les avait rencontrés. Susan plaisantait toujours en disant que sa liaison avec Adam avait été condamnée à l'échec à la minute même où son père avait décidé de l'appeler « fiston ». « Si c'est le fils du général, ça fait de lui mon frère. Ce qui veut dire adieu les parties de touche-pipi. » Du Susan tout craché.

Si Adam était resté ami avec Susan, il avait trouvé un véritable mentor en George Hauptmann. Contrairement à elle, il s'était engagé dans l'entreprise du général. C'était peut-être Adam qui avait brisé tout espoir qu'elle rejoigne la boîte, quand il lui avait décrit sa mission en Afghanistan : scruter les environs avec une M-60, caché derrière un blindage de fortune ; jouer l'arrière-garde pour un convoi privé, sur le plateau ouvert d'un pick-up. Susan avait trop entendu parler de la dégradation de la situation sur le terrain. Elle n'avait aucune envie de retourner au Moyen-Orient, fût-ce pour aider son père.

McKenna se demandait à présent si la relation spéciale que le général entretenait avec l'ex-petit ami de Susan n'avait pas été l'ultime étape dans sa quête d'un héritier – Gretchen, puis Susan, et enfin Adam.

— Adam est l'exécuteur testamentaire. Il était si proche du général. En plus, ils travaillaient ensemble. C'est lui qui a pris la responsabilité de gérer le contenu du garde-meuble. Je crois qu'il a conservé quelques souvenirs et des archives de leur entreprise, mais qu'il s'est débarrassé du plus gros. Lui seul pourrait vous en dire plus.

McKenna remercia Mme Tompkins pour le temps qu'elle lui avait accordé, ajoutant qu'elle contacterait Adam Bayne. La femme l'arrêta avant qu'elle s'en aille.

— Vous avez vu Gretchen ? Comment va-t-elle ?

— Très bien. Elle est en forme. Heureuse. Et son fils est adorable.

Elle ne voyait aucune raison de lui dire que le mari de Gretchen était en train de quitter le foyer conjugal.

— Elle est venue lui rendre visite. Une seule fois, peu avant sa mort. Il souffrait terriblement à ce moment-là, mais il a été si heureux de la voir. Je lui ai donné le journal intime de son père. Il n'écrivait plus rien dedans, et je me suis dit que c'était normal qu'elle le récupère. J'espérais qu'elle repasserait. Que peut-être ils feraient la paix. Mais elle n'est jamais revenue. Même pas une brève apparition à l'enterrement.

Mme Tompkins secoua la tête. *Quel gâchis.*

Cela ressemblait bien à Gretchen de ne pas vouloir qu'on sache qu'elle avait eu une once d'indulgence envers son père mourant. Malgré leur brouille, elle avait fait une courte trêve pour lui dire au revoir.

Personne n'avait eu cette chance concernant Susan.

23

Carter surveillait la maison depuis sa Chevrolet Malibu de location, garée le long du trottoir. Ce n'était pas la première fois. Il savait que la femme vivait là avec trois autres personnes – deux filles et un homme. L'une d'elles était actuellement à son poste de réceptionniste à la succursale locale d'une entreprise de déménagement, et il avait vu la deuxième partir en scooter un quart d'heure plus tôt. Il restait tout au plus deux personnes à l'intérieur : la femme, et l'homme qui l'avait recrutée. Tout du moins, d'après le client de Carter, l'homme à qui l'on avait fait croire qu'il l'avait recrutée.

Carter ayant fait des recherches de son côté, il en savait davantage sur la maison. D'après les registres de propriété, il s'agissait d'un pavillon style ranch construit en 1954, avec trois chambres à coucher et deux salles de bains. Il appartenait à la grand-mère de Hanna Middleton, la fille au scooter. Hanna avait passé un an à l'université de l'Oregon mais vivait maintenant dans cette demeure de Brentwood avec trois de ses amis. La grand-mère avait été placée en maison de retraite au cours du mois de juillet précédent – le moment idéal pour qu'Hanna puisse abandonner ses études et se consacrer à d'autres passions à Long Island.

Carter étant déjà entré dans le pavillon, il savait que l'endroit était exactement comme la grand-mère l'avait laissé, exception faite de l'engrais, du gasoil et d'un tas de produits chimiques entreposés au grenier, qui n'auraient jamais dû se trouver réunis sous le même toit.

Il avait de la chance. La femme et l'homme apparurent sur le seuil, montèrent dans un vieux monospace Honda et s'en allèrent.

La veille, quand il avait observé la femme dans le train de banlieue, elle était sur ses gardes. Elle faisait semblant de lire son magazine, mais il était sûr qu'elle savait précisément combien de personnes partageaient la rame avec elle, où elles étaient assises, et ce qu'elles portaient. Aujourd'hui, elle s'était dirigée droit vers la voiture, les yeux rivés sur son compagnon. La veille, elle n'avait pas voulu qu'on la voie en compagnie du fan de heavy metal. Aujourd'hui, sur son terrain, elle ne s'était pas méfiée.

Quand le monospace tourna au coin de la rue, il s'empressa d'agir. Il gagna la porte d'entrée, un sac en toile à la main. À l'aide d'un cure-dent, il crocheta sans difficulté la serrure du bas. Elle datait probablement de l'époque de la grand-mère, quand personne ne se souciait trop de sécurité. Le verrou du haut était plus sophistiqué, mais ils étaient partis sans le fermer. Cela lui permit d'entrer sans problème – même si leur négligence était peut-être le signe qu'ils n'allaient pas tarder à revenir.

Grâce aux fabrications artisanales des résidents eux-mêmes, le lieu était relativement simple à préparer pour l'explosion. Il leur manquait quelques ingrédients clés, mais Carter avait tout ce qu'il fallait dans son sac. Le nom technique du détonateur était « dispositif antimanipulation », mais il s'agissait ni plus ni moins d'un objet piégé.

Il jeta un dernier coup d'œil à son chef-d'œuvre en descendant les marches du grenier. Il venait de franchir la ligne rouge. Il n'était plus un simple observateur. Il usait de tactiques apprises dans un autre monde.

Eux aussi avaient franchi la ligne, il l'avait vu de ses propres yeux. S'ils n'allaient pas dans le grenier – s'ils ne touchaient pas au dispositif antimanipulation –, ils n'auraient rien à craindre. Et s'ils le faisaient ? Ce serait leur décision, pas la sienne.

24

Patrick lui avait gardé un siège au bar de l'Union Square Cafe. Leur barman préféré lui demanda si elle voulait la même chose que d'habitude. Elle acquiesça avec enthousiasme. Une minute plus tard, un martini orné d'un zeste d'agrume apparut devant elle.

Pendant que McKenna allait voir l'infirmière du général Hauptmann, Patrick était retourné chez eux pour troquer son costume contre sa tenue habituelle les soirs de semaine – une chemise à col boutonné et un jean. Elle s'aperçut qu'il était déjà en train de manger une salade.

— Excuse-moi, je mourais de faim. Ton rendez-vous s'est bien passé ?

Elle l'informa de ce qu'elle avait appris lors de sa visite chez Marla Tompkins.

— J'ai l'impression d'avoir raté un truc. Comme s'il y avait une question que j'aurais dû lui poser mais à laquelle je n'ai pas pensé. Il n'y a plus qu'à espérer que le père de Susan ait gardé certaines de ses affaires et qu'Adam pourra les récupérer. Tu pourrais l'appeler demain matin pour vérifier ?

— Pas de problème. C'est tout ? Tu as l'air contrariée.

— Désolée. C'est juste que tu sais que ta journée est pourrie quand Gretchen Hauptmann te regarde comme si c'était toi l'égoïste. Venant d'elle, c'est gonflé.

— Elle n'a pas dit que tu étais égoïste.

McKenna n'avait pas voulu parler de leur visite chez Gretchen alors qu'ils se trouvaient serrés comme des sardines dans le wagon du retour. Elle avait espéré que la vue du comté de Nassau défilant au rythme régulier du train la calmerait. C'était tout le contraire : le trajet d'une heure lui avait laissé le temps de rager contre le moindre détail de leur conversation.

— Elle m'a accusée de chercher Susan pour faire avancer ma propre carrière. Elle peut se convaincre qu'elle a tourné la page et qu'elle n'est plus qu'une mère au foyer qui roule en Volvo si ça lui chante, mais moi je n'ai pas oublié son comportement à l'époque. Elle téléphonait à n'importe quelle heure du jour ou de la nuit, et Susan décrochait sans jamais savoir ce qui allait encore lui tomber dessus : Gretchen en train de déblatérer sur leur père, Gretchen shootée et presque incapable d'aligner deux mots, Gretchen tellement surexcitée que Susan pouvait poser le téléphone et aller aux toilettes sans que sa sœur s'en rende compte. Et maintenant, elle ose me juger ?

Au début, McKenna avait culpabilisé de ne pas parler à Gretchen de ce qu'elle avait vu sur la vidéo du métro. Mais elle avait eu raison de suivre son instinct : la sœur de son amie ne l'aurait pas crue. Elle ne s'attendait pas, en revanche, à ce qu'elle la fasse douter de sa propre loyauté envers Susan. Ses accusations n'étaient pas totalement infondées. À vrai dire, McKenna et Susan n'avaient été colocataires que pendant un an, et c'était

McKenna qui avait mis un terme à leur cohabitation. Elle avait expliqué à Susan qu'elle approchait la trentaine et jugeait bon de vivre seule pour la première fois de sa vie. Mais si elle avait claqué un fric fou pour avoir son propre appartement, c'était en réalité pour éviter d'avouer à Susan qu'elle ne supportait plus de vivre avec elle. Elle était trop agitée. Elle avait toujours mille choses à faire. Elle planifiait systématiquement la soirée suivante. Elle errait dehors jusqu'à 3 heures du matin, ou ne rentrait pas de la nuit. Elle était incapable de rester assise à regarder la télé ou lire un livre. Elle ne supportait pas d'être seule. Elle ne pouvait pas se contenter… d'exister, tout simplement.

— D'accord, elle s'est montrée un peu moralisatrice, mais on peut comprendre qu'elle n'ait pas envie de se replonger là-dedans, répondit Patrick.

— Un peu seulement ? Et cette remarque te concernant ?

Patrick garda le silence, mais McKenna se souvenait très bien du ton acerbe de Gretchen.

— « J'en aurais des choses à dire à ton sujet » ? Qu'est-ce qu'elle entendait par là ?

— J'en sais rien. On s'en fout. Gretchen est le genre de fille qui n'est contente que si tout le monde est aussi malheureux qu'elle. Je l'ai compris dès que je l'ai vue. Lors des visites sur le campus, les familles apportaient des colis de provisions, des jeux, des cadeaux, mais Gretchen se contentait de rester plantée là à dénigrer Susan devant ses camarades de promo. C'est une fouteuse de merde. Elle a peut-être arrêté de se droguer, mais elle est encore complètement tarée. C'est peut-être pour ça que son mari l'a plaquée.

Des propos aussi caustiques ne lui ressemblaient pas. Il était agacé par cette quête inutile.

Ils furent interrompus par leur barman adoré qui leur demanda s'ils étaient prêts à commander. McKenna n'avait pas besoin de regarder le menu. Patrick semblait mourir de faim, mais elle était trop stressée pour avaler quoi que ce soit. Une demi-portion de pâtes lui suffirait largement.

Malheureusement, sa commande la trahissait.

— Il faut que tu manges, lui lança Patrick d'un ton menaçant. Et n'essaie pas de me faire croire que tu as déjeuné, parce que je sais que tu oublies de te nourrir quand quelque chose t'obsède.

— Je ne suis pas obsédée.

— Euh, excuse-moi ? Prendre le train ? Jusqu'à Long Island ? Aller voir la sœur de Susan sur un coup de tête ? Et puis l'infirmière de son père ? C'est quoi la suite, McKenna ?

— Ça fait à peine deux jours.

— Trois. Trois jours que tu n'as rien fait d'autre que de lire de vieux articles de journaux sur Susan et de regarder des photos d'elle datant d'il y a dix ans. Tu crois que je ne t'ai pas vue te lever au milieu de la nuit pour sortir des albums de promo de mes malles ? Tu ne dors pas, tu ne manges pas, par contre, ça ne t'empêche visiblement pas de boire.

Elle n'aima pas le soupir exaspéré qui s'échappa de sa bouche, mais elle n'appréciait guère non plus de se faire sermonner.

Patrick posa doucement la main sur son genou.

— La femme du métro était rapide et musclée. Et comme tu es hantée par le passé depuis l'anniversaire de la mort de Marcus Jones, c'est normal que tu aies pensé à Susan. Elle tenait une grande place dans ta vie quand tu étais au bureau du procureur. Mais j'ai vu la vidéo, McKenna. Et je connais Susan depuis bien plus longtemps que toi. Ce n'était pas elle.

— Et tous les fichiers de Dana qui disparaissent d'un coup, c'est quoi alors ?

— Les ordinateurs plantent tout le temps.

— Le jour même où quelqu'un bidouille dans le téléphone de la fille qui a fait la vidéo ?

— Ça, c'est ce qu'elle raconte. Combien de fois as-tu accidentellement effacé quelque chose de ton portable ? Et de ton propre aveu, cette fille a l'air d'une cruche. Essaie d'oublier un peu tout ça, d'accord ? Mange quelque chose. Repose-toi. Et cesse de démonter tous les placards au milieu de la nuit.

Elle lui rendit son sourire.

— Dans quelques jours, tu verras les choses sous un autre angle.

Les propos de Patrick étaient frappés au coin du bon sens. Tout en le regardant finir sa salade, elle mit un point d'honneur à grignoter du pain, juste pour prouver qu'elle en était capable.

Patrick entreprit d'enlever sa cravate alors qu'ils étaient encore dans l'ascenseur.

— Un strip-tease ? Rien que pour moi ?

Elle feignit un ton aguicheur.

— Rien de très sexy. Je suis crevé et j'ai envie de couler un…

Elle leva la main.

— Stop. Je ne veux pas entendre la suite.

Elle connaissait par cœur ses nombreuses expressions pour désigner les besoins qu'il allait assouvir dans l'intimité de leur foyer, et ne cherchait pas à dissimuler son dégoût. Quand ils avaient commencé à se voir, elle s'était sentie extrêmement gênée par l'aisance de Patrick face aux réalités physiologiques. Pisser la porte grande ouverte. Renifler ses aisselles les jours de chaleur. Péter, évidemment. Quand elle l'avait trouvé, après une balade à vélo, en train d'éventer ce qu'il appelait son « train d'atterrissage » devant le climatiseur dont elle se servait, elle n'avait pas pu ne pas réagir.

— Mais bon sang, comment veux-tu que je supporte ça ? Et le romantisme, alors ? Le mystère ? Ne me dis pas que tu me trouverais toujours attirante si tu me voyais faire la même chose !

— Je trouve ça mieux d'être soi-même. Et puis, j'aime bien l'idée de débarquer dans une pièce et de te surprendre en train de faire toutes sortes de choses secrètes.

C'était une bonne repartie, et ça avait marché. Un certain temps. Pendant quelques années, elle avait trouvé sa franchise charmante. À présent, elle levait les yeux au ciel.

Patrick était en effet fatigué et s'endormit dès qu'ils furent couchés. Mais McKenna, après avoir couru toute la soirée, ne tenait pas en place. Elle était aussi plus que grisée par son martini et tout le vin dont elle avait accompagné ses pâtes.

Patrick tendit la main vers elle alors qu'elle se glissait hors du lit.

— Reste. Oublie ça. T'as promis.

Elle n'avait rien promis du tout, et de toute façon ce

n'était pas sur l'affaire Susan qu'elle voulait se pencher. Son projet de livre était au point mort. Peut-être qu'avancer un peu là-dessus lui clarifierait les idées. Elle ne prit pas la peine d'allumer les lampes du salon avant d'ouvrir son ordinateur. C'était ainsi qu'elle travaillait le mieux. Elle avait écrit au moins la moitié de son roman alors qu'elle était ivre, entre deux crises de larmes sur le canapé – en tête à tête avec la faible lueur de l'écran.

Elle relut ce qu'elle avait écrit la veille. *Le problème, c'était l'arme.*

Quel scoop. Bon sang, elle avait été si fière de ses talents d'enquêtrice quand elle avait remonté la trace de ce stupide pistolet. Le numéro de série. Le résultat dans la base de données du Bureau des armes et des explosifs. Certes, en mettant le doigt sur ce lien vieux de onze ans entre Scott Macklin et l'arme, elle avait détesté les conséquences que pourrait avoir sa découverte ; mais cela ne l'empêchait pas d'être convaincue d'avoir exhumé une vérité qui serait restée enfouie sans son zèle.

Le hic, c'est qu'elle avait eu tort. Comment avait-elle pu se fourvoyer à ce point ?

Ses doigts volèrent au-dessus du clavier tandis qu'elle se remémorait l'histoire de ce satané pistolet.

Le numéro de série correspondait. Le Glock à côté du corps de Marcus Jones avait été saisi par la police de New York onze ans plus tôt et devait être détruit dans le cadre du programme Quartiers Sans Danger de la ville. Seuls 4 des 34800 agents de police de New York avaient été affectés à cette tâche cette année-là. Et l'un d'eux s'appelait Scott Macklin.

Simple coïncidence ? Impossible.

J'en ai informé mon responsable, Will Getty. Aucun doute qu'il fallait qu'on montre ça au grand jury.

Ce qui est drôle avec les probabilités, c'est que même s'il n'y a qu'une chance sur un million, cette exception qui se distingue des 999 999 autres existe toujours. C'est le pauvre golfeur à la con qui se fait frapper par la foudre en levant son club. C'est la serveuse qui, un beau jour, gagne le jackpot au loto. C'est Scott Macklin qui, onze ans après avoir participé à Quartiers Sans Danger, se retrouve visé par l'un des flingues censés avoir disparu dans la fonderie.

En l'occurrence, en 1992, les chances pour un flic d'être l'un de ceux qui avaient librement accès aux armes destinées à être détruites n'étaient pas d'une sur un million mais de 4 sur 34 800. Macklin était l'un de ces quatre. Il en restait donc trois autres.

Je n'ai jamais pris le temps de réfléchir à ces trois-là. Will Getty, si.

L'un d'eux s'appelait Don Whitman. Quand Macklin avait tiré sur Marcus Jones, Whitman purgeait déjà une peine de six à huit ans de prison pour avoir filé des tuyaux, rendu des services et soutenu d'une façon ou d'une autre les Crips contre les Latin Kings, deux bandes rivales d'une guerre de territoire meurtrière dans les années 1990.

Un flic à la solde d'un gang avait donc eu accès à des camions remplis d'armes. Le fait qu'au moins l'une d'elles ait disparu n'avait plus rien de choquant. C'était juste inévitable. Elle était passée d'un flic corrompu aux Crips, puis à la rue, et avait atterri dans les mains de Jones dix ans plus tard.

Quand Will Getty a fini par retrouver James Low – un gamin du quartier, qui a avoué avoir vendu l'arme à

Marcus –, la vérité est apparue clairement: j'avais accusé un flic de meurtre et provoqué tensions et manifestations raciales dans toute la ville, pour une simple coïncidence.

McKenna s'était toujours demandé ce qui se serait passé si elle s'était penchée sur ces trois autres flics. Elle aurait pu être celle qui aurait prouvé que Marcus Jones était effectivement armé ce soir-là sur les quais. Elle aurait pu laver Macklin de tout soupçon devant le grand jury, au lieu de courir voir un journaliste pour lui livrer des arguments fallacieux.

Elle avait gâché les deux semaines qui s'étaient écoulées entre le moment où elle était allée voir Getty et celui où elle avait contacté Bob Vance. Au lieu de se renseigner sur les autres policiers de Quartiers Sans Danger, ou au moins d'exhorter Getty à lui filer ses infos, elle avait considéré son silence comme suspect. Elle avait supposé qu'il enterrait des preuves.

À ce moment-là, McKenna connaissait Patrick depuis quelques semaines. Elle avait envisagé de lui demander conseil avant d'aller voir la presse, mais il avait ses propres soucis à gérer à l'époque. Cela faisait six mois qu'une banderole sur le pont d'un porte-avions avait annoncé «mission accomplie», mais Saddam Hussein était toujours en liberté, et un kamikaze avait attaqué le QG des Nations unies en Irak. Le bruit courait que l'armée – qui peinait à mener deux guerres de front au Moyen-Orient – rappelait des officiers à la retraite. Les problèmes de McKenna semblaient négligeables en comparaison.

Elle revint à son projet de livre. Elle connaissait les faits. Et sans doute ne les oublierait-elle jamais. Mais ce bouquin était censé aller au-delà des faits. Il devait montrer le facteur humain derrière des événements objectifs. Elle devait se concentrer sur les gens.

En écrivant son roman, elle avait imaginé ses personnages comme des êtres vivants, qui respiraient, ressentaient, et les avait laissés diriger le récit. Si elle écrivait vraiment un livre sur la mort de Marcus Jones et ses conséquences, elle serait l'un des personnages, quoique pas le seul. Et peut-être même pas le principal.

Il fallait qu'elle en dise plus sur Marcus. D'abord qualifié de voyou à cause de son casier judiciaire, il était connu dans son quartier sous le sobriquet de « La Tache » – un garçon doux mais étrange, dont le visage était marqué par une maladie de peau nommée vitiligo. Il fallait qu'elle parle de la mère de Marcus, qui avait un jour poursuivi des membres du 137th Street Crew dans tout Madison avec un balai après avoir découvert qu'ils faisaient pression sur son fils, alors âgé de 13 ans, pour qu'il rejoigne leur gang. Et puis aussi de Will Getty, dont elle avait pensé pis que pendre, mais qui s'était simplement montré prudent lors de l'enquête, alors que l'affaire s'annonçait sensible sur le plan politique.

Et il fallait qu'elle écrive sur l'homme qu'elle avait accusé de parjure et de meurtre. Elle se remémora le visage de Scott Macklin et se mit à pianoter sur son clavier.

25

Je n'ai jamais voulu être la procureure qui a fait tomber un flic. Au contraire, j'avais plutôt besoin que Scott Macklin soit innocenté. J'étais devenue procureure parce que je croyais à la stricte séparation entre le bien et le mal. Je voulais aider les victimes de crime. Je voulais punir les méchants malhonnêtes. Mais un procureur n'est jamais qu'un magistrat. Même si j'avais les connaissances et la formation juridiques nécessaires pour permettre à la vérité de se frayer un chemin dans les rouages du système judiciaire, toutes mes affaires reposaient sur les faits que me livraient les agents de police. C'étaient eux qui parlaient aux témoins, interrogeaient les suspects et recueillaient des preuves matérielles. Si je ne pouvais pas leur faire confiance, mon travail ne valait rien.

Et dans ce cas précis, ce n'était pas n'importe quel flic. C'était Scott Macklin. À l'époque où je m'occupais des affaires de drogue, il faisait partie de l'unité opérationnelle de la division des stupéfiants. Je le voyais donc plus souvent que d'autres membres des forces de l'ordre. Il s'était retrouvé dans la salle du grand jury en même temps que moi à plus d'une trentaine d'occasions, avait témoigné au cours de cinq de mes procès, et était venu des dizaines de fois frapper à ma porte pour me demander un mandat de perquisition ou des conseils juridiques. Nos interactions n'étaient pas seulement liées au travail. Il avait scruté les cadres ornant les murs de mon bureau – mes diplômes universitaires et juridiques, le certificat commémorant mon travail d'assistante auprès d'un juge fédéral – et remarqué l'absence de toute photographie personnelle. Un jour, il m'avait demandé si j'étais mariée, avant de me dire qu'il s'excusait si je trouvais sa question déplacée. Je lui avais assuré que je n'étais pas fâchée, mais que non, je n'étais pas mariée. Il m'avait avoué que l'amour avait changé sa vie. C'était devenu une blague entre nous. Chaque fois qu'il était au palais de justice, il passait devant la porte de mon bureau et me lançait : « Vous ! Encore là ! Il faut sortir un peu de ce bureau si vous voulez trouver l'amour. »

Il parlait à qui voulait l'entendre de Josefina, sa superbe femme, et du fils de celle-ci, Thomas. Puis, un jour, il est entré dans mon bureau pour me dire qu'il quittait les Stups pour rejoindre une nouvelle équipe, formée par le Département de la sécurité intérieure. Il fréquenterait sans doute beaucoup moins l'unité anti-drogue.

J'ai fait une blague minable sur le fait qu'il avait été promu à un poste de dur à cuire à la Sécurité intérieure et qu'il allait devoir travailler avec les fédéraux. Il avait alors brusquement changé de sujet. Il m'avait demandé, « en parlant du gouvernement fédéral », si j'avais appris quelque chose sur le droit de l'immigration lorsque j'étais assistante du juge. Quand je lui ai répondu que non, mais que j'avais suivi des cours là-dessus à la fac de droit, il a fermé la porte de mon bureau et m'a dit qu'il s'inquiétait de quelques « complications » concernant le statut légal de Josefina aux États-Unis. Complications, ce mot m'a marquée parce que sa voix s'est brisée quand il l'a prononcée. Le fils de Josefina, qui était encore mineur, risquait d'être expulsé. Il a détourné les yeux, tentant de retrouver son calme, mais il était submergé par l'émotion. Il a secoué la tête par frustration et essuyé les larmes qui commençaient à embuer ses yeux. J'ai sorti un Kleenex de mon sac à main. Je lui ai aussi donné le nom et le numéro d'un avocat spécialisé dans les questions d'immigration que je connaissais depuis la fac.

Ni lui ni moi n'avons jamais reparlé de ce jour-là, pas même après que je l'ai accusé d'avoir menti concernant Marcus Jones.

Il me faisait confiance. Il me parlait comme à une amie, et il me faisait confiance. J'avais besoin de croire les flics, mais celui-ci encore plus que les autres.

Bon sang. Voilà que c'était elle qui essuyait une larme. Ce moment passé avec lui dans son bureau l'avait touchée. Elle ne se souvenait plus très bien des détails – Josefina était entrée légalement aux États-Unis, mais elle avait fait venir son fils plus tard. En revanche, elle se souvenait de Macklin en larmes devant elle. Il ne voulait pas perdre la famille qu'il venait juste de trouver. Il ne voulait pas que Josefina ait des ennuis. Il gagnait trop bien sa vie pour bénéficier de l'aide juridictionnelle, mais pas assez pour engager un avocat du secteur privé.

Elle n'avait jamais vu un homme pleurer, encore moins un homme comme Macklin. Il avait au moins quinze ans de plus qu'elle. Haut de 1 mètre 85, et pesant probablement près de 100 kilos, il avait la mâchoire carrée et des mains aussi épaisses que des gants de base-ball. Elle s'était demandé s'il n'allait pas lui en vouloir, plus tard, de l'avoir vu dans cet état. Elle avait un peu l'impression de l'avoir émasculé. Ce soir-là, après le travail, elle en avait parlé à Susan, pensant qu'elle avait déjà dû voir des hommes dans des moments de faiblesse à l'armée.

Susan lui avait répondu que les mecs refoulaient leurs émotions. McKenna avait beau être assise dans ce bar à revivre et interroger chaque seconde de ce bref échange dans son bureau, Macklin était un homme, et les hommes, d'après Susan, ne ruminaient pas la moindre milliseconde des conversations qu'ils avaient pu avoir. Le téléphone de McKenna avait sonné juste à ce moment-là – un avocat qu'elle commençait à fréquenter. Quand elle avait rejeté l'appel, Susan en avait remis une couche.

— Tu comprends mieux, maintenant ? Si les rôles étaient inversés et que c'était toi qui avais appelé ton avocat, tu passerais le reste de la soirée à te demander pourquoi il n'a pas décroché, ce qu'il est en train de fabriquer et ce que tu as fait de mal. Un mec ne fera jamais ça, même pas une mauviette comme Bébé Nature. Bébé Nature se contente de raccrocher et part du principe que tu le rappelleras plus tard. Ça serait pas mal qu'on arrive à fonctionner comme eux.

Bébé Nature. Susan ne semblait approuver aucun des prétendants de McKenna – à l'exception de Patrick, bien sûr. Elle surnommait ce pauvre Jason Eberly « Bébé Nature » parce qu'il travaillait pour une association de défense de l'environnement. Un choix noble à tous points de vue, mais ce sobriquet résumait bien le penchant de Jason à faire sentir à tout le monde qu'il était tellement meilleur qu'eux. Il rappelait sans cesse que ce n'était que grâce à un programme d'exonération de remboursement de prêt qu'il pouvait se permettre de travailler pour une organisation à but non lucratif. Quand des amis avocats dans le privé se plaignaient d'un client déraisonnable ou d'un associé cauchemardesque, il prononçait une phrase comme « C'est pour ça que je suis heureux de travailler pour une bonne cause ». McKenna n'avait rien contre la cause qu'il s'était choisie, mais Susan avait raison : Jason puait le bon Samaritain.

Jason. Ce Bébé Nature charitable, noble, amoureux de la planète. S'il travaillait toujours pour des causes environnementales, il connaîtrait peut-être l'organisation dont le badge ornait le sac de la femme du métro.

Elle lança Google à la recherche de Jason Eberly. En haut de la page, elle vit apparaître une foule d'informations sur un chanteur adolescent au succès grandissant. Mystère. Elle fit un nouvel essai, tapant cette fois « Jason Eberly avocat ». Elle trouva un résultat sur le site web du cabinet Walker Richardson & Jones. L'un des dix plus grands du pays.

Elle cliqua sur le lien. Le bouc et les cheveux hirsutes de Jason avaient disparu. Son crâne rasé de près montrait qu'il était presque chauve. Selon sa bio, c'était un nouvel associé du cabinet, et il avait conseillé ses clients sur des centaines de transactions et de litiges, que ce soit au niveau national ou mondial, dans des secteurs tels que le raffinage de produits chimiques, le pétrole, le gaz, l'exploitation minière, l'industrie lourde et les déchets toxiques. Sauver la planète n'était plus qu'un lointain souvenir.

Elle sursauta en sentant une main se poser sur son épaule.

— Patrick. Désolée, tu m'as fait peur. Je t'ai réveillé ?

— C'est le matin. Tu es restée debout toute la nuit ?

Elle n'avait pas remarqué que la lumière du jour commençait à percer dans le salon.

— J'écrivais.

— On dirait plutôt que tu surfes sur Internet. C'est qui ce Jason Eberly ?

— Un avocat avec qui je…

— Oh, attends. C'est pas le gars avec qui tu sortais quand on s'est rencontrés ?

Elle savait que ça pouvait sembler louche. Combien d'histoires avait-elle entendues sur des liaisons extra-conjugales ayant commencé par une innocente recherche sur Google du genre « je me demande ce qu'est devenu Untel » ? Facebook menait tout droit à l'adultère.

Mais son mari n'avait pas l'air jaloux. Juste fatigué. Et inquiet. Et un peu en colère, voire beaucoup. Elle lisait dans ses yeux qu'il se souvenait de toutes les nuits qu'elle avait passées à trop boire, trop peu manger, et ne pas dormir. Elle ne voulait pas qu'il s'imagine qu'elle était en train de replonger dans ce gouffre de tristesse et d'angoisse qui les avait si longtemps tenus à l'écart l'un de l'autre.

— Je travaillais vraiment sur mon projet de livre. Et puis je me suis rendu compte que je devais pondre un truc pour le magazine. J'ai pensé que je pourrais faire un reportage sur les gens qui tentent de ramener leur empreinte carbone à zéro. Un type a même arrêté le papier toilette pendant un an. Je me suis dit que Jason avait peut-être des infos sur cette nouvelle tendance. Mais il est passé du côté obscur, on dirait.

Elle lui montra son écran, lui faisant clairement comprendre qu'elle n'avait rien à cacher.

Il jeta un rapide coup d'œil à la photo.

— Je suppose que je n'ai rien à craindre de ce côté-là.

— Absolument rien, dit-elle en tendant le cou pour lui donner un léger baiser sur le nombril.

— Tu as la peau froide, grogna-t-il en lui caressant rapidement les cheveux. Je dois aller au musée un peu plus tôt aujourd'hui. La reine de Jordanie est censée venir. Tu ne veux pas aller te reposer un peu avant d'aller travailler ?

Elle acquiesça. Elle était crevée, et le secrétariat de Walker Richardson & Jones ne répondrait pas avant 9 heures.

— Tu penseras à appeler Adam Bayne aujourd'hui ? demanda-t-elle. Pour voir s'il a toujours les affaires du père de Susan ?

— J'aimerais vraiment que tu y réfléchisses. Hier soir, c'était Gretchen à Long Island, puis l'infirmière de son père. Regarde-toi. Tu es déjà au bout du rouleau. Va dormir un peu, d'accord ?

— Je veux juste savoir si Adam a encore des choses qui appartenaient à Susan. S'il n'y a rien de ce côté-là, je laisserai tomber.

Enfin, pendant un moment, songea-t-elle.

Il lui promit de passer ce coup de fil, mais de toute évidence cela lui déplaisait. Elle regagna le lit et se glissa sous les draps encore chauds.

Quand il l'embrassa sur la joue avant de partir, ses lèvres étaient douces et il sentait le dentifrice. Elle garda les yeux clos, feignant d'avoir trouvé le sommeil.

26

Le mug de café de Scanlin heurta son bureau plus fort qu'il ne l'aurait voulu. Une table plus loin, Ricky Munson – qui cherchait toujours à être le petit rigolo de la brigade – ne put s'empêcher de faire un commentaire.

— Eh ! vas-y mollo. Calmos. Tu sais pas que c'est la journée « Soyez gentils avec la vaisselle » ?

Ce n'était pas pour rien que Munson n'avait pas encore atteint le rang de comique de l'équipe.

Scanlin avait fait claquer son mug sur la table pour une bonne raison : les gens étaient de vrais cons. Des cons et des salopards. Parfois les deux en même temps. Il venait d'avoir au bout du fil un type travaillant dans la finance, dont la cuisinière personnelle avait été retrouvée morte la veille dans la demeure familiale. Un homicide était peu probable, mais comme elle avait une bosse suspecte sur la tête, Scanlin était contraint d'attendre le compte rendu du médecin légiste avant de libérer la scène de crime.

Cela faisait moins de vingt-quatre heures que le corps de la victime avait quitté les lieux sur un chariot – une femme qui avait cuisiné pendant seize ans pour la famille de ce gros con. Et l'homme n'était même pas en ville. Il appelait d'East Hampton, évidemment.

Le type se foutait de ce qui s'était passé. Il insistait pour qu'on lui garantisse que ses traiteurs auraient accès à la cuisine le week-end suivant. La cerise sur le gâteau avait été sa tentative de justification, une fois que Scanlin eut insinué que son sens des priorités était quelque peu révoltant. « Sachez que nous considérions Rosalyn comme un membre de la famille, inspecteur. Elle passait même la nuit dans le pool house quand elle cuisinait pour nous l'été. »

Peut-être bien que c'était le crâne du type qu'il visait en reposant violemment son mug sur le bureau.

Heureusement, grâce au carton qu'il venait de recevoir du service des archives, il allait pouvoir se changer les idées. Il avait contacté Jared Klein, l'ex-collègue de Susan ayant évoqué sa tentative de transformer leur travail nocturne en plaisir. Klein n'avait pas beaucoup d'autres souvenirs de cette soirée, mais sur l'insistance de Scanlin, il avait répété qu'une facette complètement différente de la personnalité de Susan s'était sans doute révélée ce soir-là.

— Elle était toujours si…

Il s'était retenu de prononcer le mot auquel il songeait manifestement.

— C'était une dure, vous savez. Une coriace. De toute évidence, elle venait d'un monde d'hommes. Elle avait de l'humour, elle cherchait toujours à s'intégrer. Pas comme une féministe enragée. Mais pas comme une séductrice non plus. Plutôt comme une petite sœur polissonne. Ce soir-là ? Mon Dieu. J'avoue qu'il m'arrive d'y repenser.

Peut-être Klein s'était-il aperçu que c'était franchement douteux de fantasmer sur une morte, parce que c'était tout ce qu'il avait eu à dire concernant Susan.

Les documents posés sur le bureau de Scanlin étaient des copies de tous les incidents signalés dans un rayon de 100 mètres autour de l'immeuble de Susan au cours des trois semaines précédant sa disparition. C'était le genre de démarche qu'il aurait dû effectuer à l'époque, mais il n'était plus certain de l'avoir fait. Sonder le voisinage, OK. Les voisins voyaient parfois des hommes entrer et sortir de l'appartement de Susan. Qui sait, peut-être que l'un d'eux s'était pris une prune ou avait été témoin d'une altercation dans le quartier.

En parcourant les papelards, Scanlin comprit pourquoi il avait sans doute sauté cette étape dix ans plus tôt. Dans un coin aussi densément peuplé que Manhattan, on consignait un tas d'âneries sans intérêt en l'espace de trois semaines. Une bousculade au Taco Bell quand deux clients avaient simultanément posé la main sur la même fontaine à soda. Quelques nettoyages de graffitis, après que les plaignants avaient prononcé la formule magique : « tags associés à des gangs ». La météo avait dû être particulièrement clémente pendant l'une de ces trois semaines, car les signalements de clochards vociférants étaient montés en flèche. Une flopée de plaintes pour tapage, mais étonnamment peu d'infractions de stationnement. Les contractuelles avaient-elles négligé leur boulot, ou les gens avaient-ils compris que même le coût exorbitant d'un garage valait mieux que les 265 dollars d'amende infligés par la ville pour stationnement interdit ?

Scanlin revint sur deux plaintes pour tapage provenant

de l'immeuble de Susan. Toutes deux avaient été déposées par la même résidente – Vera Hadley, appartement 402. Le même étage que Susan, qui vivait au 406. La première plainte concernait une chaîne hi-fi trop bruyante dans l'appartement du dessous, à 22 h 40. Vingt minutes plus tard, Mme Hadley avait rappelé pour dire que la musique s'était arrêtée, « mais pas grâce à vous ». La seconde plainte avait eu lieu deux jours avant que Susan soit vue pour la dernière fois à la salle de sport. Selon Mme Hadley, un homme et une femme étaient en train de hurler dans l'appartement 404. L'appel avait été enregistré comme un possible cas de violence conjugale, déclenchant la réaction des agents en patrouille. Quand la police était arrivée, le couloir était calme, personne n'avait répondu à la porte du 404, et la voisine n'avait aucune autre information à leur fournir. Affaire classée.

Scanlin porta son attention vers une autre pile de documents : les résumés de l'enquête de voisinage menée après la disparition de Susan. Aucune réponse au 404 pendant quatre jours, et ce à quatre moments différents de la journée. Le locataire inscrit sur le bail était un homme nommé Paul Roca. Selon le facteur, Roca était parti « la semaine dernière », et la poste devait garder son courrier pendant un mois.

Le crétin de la patrouille qui avait interrogé le facteur avait peut-être pensé à lui demander si Roca était parti avant ou après la disparition de sa voisine, mais il avait oublié de le noter. Une erreur stupide. Et pourtant, Scanlin avait laissé filer.

Il fit une recherche rapide concernant Paul Roca. Toujours à la même adresse. Arrêté six ans plus tôt pour avoir frappé sa petite amie. La plainte avait été retirée, mais cette accusation suffit à piquer la curiosité de Scanlin.

Il était temps de rendre visite à ce M. Roca.

27

La vie amoureuse de McKenna n'avait rien eu de remarquable avant qu'elle rencontre Patrick. Deux petits amis à la fac. Une vie de couple pendant ses deux dernières années de droit, plus pour économiser un loyer que comme un galop d'essai pour le mariage. Elle commençait juste à fréquenter Jason Eberly, alias Bébé Nature, quand Patrick était entré dans sa vie, empêchant quiconque d'autre de voler son cœur. Jusqu'à ce qu'elle le rencontre, ses ruptures étaient de vraies ruptures. Pas de cartes postales polies. Pas de numéro de téléphone conservé dans le portable. Pas de « restons amis ». Patrick et elle avaient passé leur temps à se quitter et à se remettre ensemble avant de parvenir à accorder leurs violons.

Quand elle appela Jason ce matin-là, c'était la première fois qu'elle lui parlait depuis plus de dix ans. Elle eut beau se servir de son nom de jeune fille, il y eut un silence gênant à l'autre bout du fil. D'un naturel trop pondéré pour s'exclamer « Qui ça ? », Jason avait manifestement eu besoin de quelques secondes pour la resituer. Il y eut une nouvelle pause quand elle demanda à le voir.

— McKenna, je suis, euh… je suis très flatté, mais je suis marié. Et j'ai deux enfants. Je ne sais pas ce que ma femme dirait si…

Elle résista à l'envie de lui balancer « Non mais qu'est-ce que tu t'imagines ? ». C'était elle qui avait rompu, mais elle avait à présent besoin de son aide.

— Oh, j'aurais dû t'expliquer. C'est à propos d'un groupe appelé Pour la Protection de la Planète, pour un article sur lequel je bosse. Je suis au magazine *NYC* maintenant.

— Tu m'appelles au cabinet, donc j'imagine que tu sais déjà que je ne suis plus très proche du mouvement écolo. J'ai vendu mon âme au diable, comme on dit.

— Crois-moi, j'ai juste besoin de tes lumières. Un quart d'heure. Tu peux me le facturer si tu veux.

En découvrant le cabinet, elle fut soulagée qu'il ne l'ait pas prise au mot. Le plateau en verre de son bureau aux lignes épurées avait la taille d'un lit double. Des baies vitrées offraient une vue imprenable sur Central Park. Il l'accueillit par une brève accolade – plus une tape dans le dos qu'une véritable étreinte.

— Tu as l'air en pleine forme, McKenna. Quitter l'enfer du monde juridique, voilà le secret de la fontaine de Jouvence.

— Pourtant y rester ne t'a pas fait prendre une ride.

Elle ne mentait pas. S'il avait été un peu timide et pataud dans sa jeunesse, il semblait désormais sûr de lui et épanoui.

— Alors tu t'intéresses aux 3P ?

— C'est comme ça qu'ils s'appellent entre eux ? demanda-t-elle.

— Je suppose que c'est censé leur donner un côté

plus dur à cuire, un peu gang. C'est une ramification du Front de Libération de l'Environnement. Le FLE est déjà considéré comme un groupe écoterroriste, mais on dit que le 3P a été créé par deux types qui trouvaient ses pratiques un peu trop… molles.

Elle ne parvenait pas à imaginer Susan liée à une bande pareille.

— Ils sont nombreux ?

— Je ne sais pas grand-chose sur eux. Avant que je change de camp, les groupes avec lesquels je bossais restaient à l'écart du FLE. On commençait tout juste à entendre parler de l'existence d'une branche plus radicale. Aujourd'hui, je ne m'intéresse à ce genre d'organisations que si elles posent problème à mes clients.

— Quel genre de problème ?

— Rien qui relève du terrorisme en général. Contester la présence d'une centrale nucléaire, entrer par effraction pour récupérer des échantillons d'eau afin d'étayer une théorie conspirationniste sur les toxines. Mais certains de ces groupes pètent les plombs. Ils menacent de déposer une bombe. S'enchaînent à des arbres qui doivent passer à la tronçonneuse. Brûlent des bâtiments tout neufs. Font sortir des animaux des labos de recherche.

— Ils sont présents dans tout le pays, ou seulement dans une région précise ?

— Comme je te l'ai dit, je ne suis pas expert en la matière. Tu t'intéresses exclusivement aux 3P ou tu veux écrire sur l'écoterrorisme en général ?

Elle replaça ses cheveux derrière ses oreilles – un tic que Susan avait un jour appelé son « mouchard » quand elle tentait de lui apprendre le poker.

— L'écoterrorisme en général, mais se concentrer sur un exemple avant de le placer dans un contexte plus large peut s'avérer très efficace.

— Ah oui, je vois, comme ton article sur le juge Knight. Du bon boulot, d'ailleurs. Eh bien, si Pour la Protection de la Planète est ton prochain Gros Porc, je crois que j'ai la personne qu'il te faut. J'ai dû négocier une assignation à comparaître l'année dernière quand l'un de nos clients, une boîte de cosmétiques, a été attaqué par des militants parce qu'il testait du mascara sur des lapins.

McKenna savait que son dégoût se lisait sur son visage.

— Tu ne t'es jamais demandé comment on fabriquait ton maquillage, n'est-ce pas ? Bref, l'agent en question connaissait cette histoire d'écoterrorisme à fond. J'ai eu l'impression qu'elle était vraiment calée dans le domaine. Je pourrais l'appeler et te pistonner un peu. Tu obtiendras peut-être un rendez-vous.

Il composa un numéro et mit son téléphone sur haut-parleur. Quatre sonneries. « Vous êtes bien sur la boîte vocale de l'agent spécial Jamie Mercado. » Au bip, il décrocha le combiné.

— Jason Eberly à l'appareil. On a travaillé ensemble sur…

Il prononça la première syllabe du nom d'une célèbre entreprise de cosmétiques, puis sourit à McKenna.

— … cette histoire de lapins de laboratoire l'année dernière. Je suis en ce moment même avec une amie – McKenna Jordan, du magazine *NYC*. Elle enquête sur un groupe appelé Pour la Protection de la Planète.

Elle souhaitait obtenir des infos plus générales sur le contexte, alors j'ai pensé à vous.

Il laissa son numéro et demanda qu'elle le rappelle.

McKenna était en train de le remercier pour le temps qu'il lui avait consacré quand le téléphone sonna.

— Eh bien, c'est une rapide, dit-il en voyant le nom affiché sur l'écran. Jason à l'appareil. Merci de me rappeler aussi vite, agent Mercado. McKenna est en face de moi. Je vais vous mettre sur haut-parleur, si ça ne vous dérange pas.

— Madame Jordan, ici Jamie Mercado, du FBI. Je vous attends dans mon bureau, 26 Federal Plaza. Vous pouvez vous présenter à la réception du 22e étage.

McKenna comprit, au ton de sa voix, qu'elle ne lui proposait pas une rencontre amicale pour lui livrer des informations et l'aider à rédiger son article.

— Merci pour votre proposition, agent Mercado. Est-ce que demain vous conviendrait ? Je veux être sûre d'être bien prête, pour ne pas vous faire perdre votre temps.

— Vous enquêtez sur Pour la Protection de la Planète, c'est bien ça ? 3P ?

— Je n'appellerais pas ça enquêter. Je fais des recherches pour un article.

— Et pourquoi vous focaliser sur ce groupe ?

— Je ne comprends pas votre question.

— Je peux vous faire réécouter le message de Jason si nécessaire. Il disait que vous étiez tout particulièrement intéressée par les 3P.

— Il y a un problème, agent Mercado ?

— Comme je viens de vous le dire, madame Jordan, je vous attends dans mon bureau. Et pour être tout à fait claire avec vous, j'obtiendrai une citation à comparaître devant le grand jury s'il le faut. Aucune loi ne permet aux journalistes de refuser de témoigner.

McKenna ne voyait absolument pas quelle information cette agent du FBI imaginait qu'elle pourrait lui fournir. Mais apparemment, elle ne tarderait pas à le savoir.

— Je serai là dans un quart d'heure.

28

En approchant de l'appartement 404, Scanlin perçut le bruit sourd et entêtant d'un morceau de dance. Il frappa du poing contre la porte en suivant le tempo, et quelqu'un baissa le volume. Une voix derrière le battant cria :

— Mauvais appart, mec.

— Police. J'ai deux ou trois petites questions à vous poser, monsieur Roca.

L'homme ouvrit la porte tout en nouant la ceinture de sa robe de chambre en soie noire. Scanlin fut suffoqué par les effluves boisés de son eau de Cologne.

— Désolé, lança Roca en se retournant pour faire bouffer ses cheveux devant un miroir en pied. Je suis en retard pour un rendez-vous. L'odeur s'estompe rapidement, c'est promis.

L'homme ne semblait pas s'en soucier mais Scanlin lui montra rapidement son insigne, par habitude. Un bref coup d'œil dans le studio révéla davantage de goût que ce à quoi il s'attendait, étant donné sa première impression. Parquet en bois naturel. Murs blancs. Meubles neutres. Ce que Melissa aurait appelé des « notes » de couleur, apportées par des coussins et des accessoires assortis. Soit la touche personnelle d'une petite amie, soit celle d'un décorateur d'intérieur.

— Vous êtes sûr que vous ne vous êtes pas trompé d'adresse ? demanda Roca. Je ne vois pas ce que la police viendrait faire ici.

— C'est pour une vieille affaire. On réexamine un dossier. Vous vous souvenez de Susan Hauptmann ?

Roca fit non de la tête, puis s'immobilisa quand il comprit de qui il parlait.

— Ah oui. La fille d'à côté. Qu'est-ce qui s'est passé exactement ?

Scanlin haussa les épaules.

— C'est pour ça que je suis ici. On ne vous a pas interrogé, à l'époque.

Roca se mit à rire nerveusement.

— Vous vous foutez de ma gueule ? C'était il y a, quoi, huit ans ?

— Dix.

— Ben dites donc, vous êtes pas pressés, dans la police.

Roca se dirigea vers un immense placard et se mit à passer en revue une rangée d'élégantes chemises suspendues avec soin.

— Que voulez-vous savoir ?

— Vous la connaissiez ?

— Non. Je veux dire, de vue, oui. On échangeait des plaisanteries dans le couloir, ce genre de trucs. Mais je ne connaissais même pas son nom avant que tout le monde se mette à la chercher.

— Vous n'étiez pas en ville quand c'est arrivé.

Roca plissa les yeux, fouillant dans sa mémoire.

— C'est vrai. On m'avait envoyé à Los Angeles pour

un projet client pendant plus d'un mois. Quand je suis revenu, les affiches étaient toujours là. Tous les trucs liés à sa disparition.

— Susan était une jolie fille, déclara Scanlin. Vraiment très jolie. Elle aimait bien les garçons, à ce qu'on m'a dit.

— Ouais, je voyais défiler pas mal de mecs chez elle. Des filles, aussi. Une vie sociale bien remplie. Vous voyez ce que je veux dire.

— Et vous ? Elle n'est jamais rentrée chez elle en votre compagnie ?

— Vous plaisantez ! Sérieusement, c'est une caméra cachée, ou quoi ?

Scanlin sortit une fois de plus son insigne pour que Roca puisse mieux voir.

— Absolument pas. Je peaufine le dossier, c'est tout. Pour être sûr qu'on n'a rien laissé passer. Il se trouve que l'une de vos voisines vous a entendu vous disputer ici même avec une femme deux nuits avant la disparition de Susan. Selon elle, ça ressemblait à de la violence conjugale. Et, ô surprise, voilà que juste après, vous vous barrez pendant un mois. Sans parler de cette fâcheuse arrestation pour avoir agressé une femme il y a quelques années.

— Cette fille était folle. Elle a trouvé du rouge à lèvres sur des mégots dans ma poubelle et s'est mise à saccager tout l'appart. J'ai essayé de la calmer, mais elle a appelé la police pour m'accuser. Vous n'imaginez quand même pas…

— Je veux juste vérifier que celle avec qui vous vous disputiez deux nuits avant la disparition de votre voisine n'était pas Susan Hauptmann. Alors donnez-moi son nom, et je vous laisse tranquille.

— C'était il y a dix ans. J'ai oublié, putain.

— Alors réfléchissez bien, Roca. Et je vais vous faciliter la tâche. C'était le 27 novembre, au moment de Thanksgiving.

— Fait chier. Bon, OK. Euh, attendez. J'étais déjà parti. Mon boulot à L.A. commençait le 1er décembre, alors je me suis dit que je pouvais bien faire un saut par Santa Fe bouffer la dinde avec mes vieux. Je suis parti la veille de Thanksgiving. Eh, une minute ! Qui a appelé la police à propos de cette soi-disant dispute chez moi ?

Scanlin garda le silence.

— La folle du 402 ? J'en suis sûr. Elle est presque sourde maintenant, mais à l'époque elle passait son temps à appeler les flics. Elle confondait toujours les appartements. Pas très douée pour repérer d'où venaient les bruits, on dirait.

Scanlin réfléchit à l'agencement du petit immeuble. Quatre appartements par étage. Cinq étages en tout. Deux voix qui s'insultent dans un appartement. L'écho dans l'escalier courant de bas en haut au centre du bâtiment, à la manière d'un poteau de pompier. Remerciant l'homme pour le temps qu'il lui avait consacré, Scanlin laissa Roca se pomponner et se rendit au 402, de l'autre côté du couloir.

Son voisin avait raison : Vera Hadley était presque sourde. C'était aussi le genre à ne rien jeter. Ce qui avait probablement commencé sous forme de petites piles de magazines, de journaux, d'objets de collection, de cassettes vidéo et de vêtements hors saison – dans l'attente d'un moment propice au tri – s'était mué en couches épaisses tapissant tout l'appartement. De ce que Scanlin pouvait voir, la pauvre femme avait juste assez de place pour se mouvoir depuis l'entrée jusqu'à une place laissée libre sur son canapé, puis à la cuisine et – espérons-le – à la salle de bains.

Ils avaient progressé depuis que Scanlin avait renoncé à faire semblant de s'exprimer d'une voix normale pour se mettre à crier dans son appareil auditif. Oui, elle se souvenait de Susan Hauptmann, la fille au bout du couloir (suivi d'un « tss-tss » attristé et d'un mouvement de tête). Oui, elle se souvenait d'avoir souvent appelé la police au fil des ans. Oui, il n'était pas impossible, en supposant qu'une dispute ait éclaté dans l'appartement de cette « gentille dame », qu'elle ait pu l'imputer au « débauché » d'en face.

Quand Scanlin lui indiqua la date de la plainte pour nuisances sonores en lui demandant si elle se souvenait de l'incident, il s'attendait soit à un regard vide, soit à une longue litanie de toutes les disputes qu'elle avait pu entendre. Mais certainement pas à ce que la femme se lève et lui lance : « Je vais chercher mes notes. »

29

« Trop banal. À retravailler. » McKenna se remémorait le commentaire laissé par l'éditeur au crayon rouge en marge du manuscrit de *Doute déraisonnable*. Il faisait référence à sa description d'un agent du FBI qui se présentait à un poste de police pour faire valoir les compétences du gouvernement fédéral sur une enquête.

McKenna avait rencontré quelques agents du FBI à l'époque où elle travaillait au bureau du procureur – généralement quand ils venaient choisir à leur avantage ses meilleures affaires liées à la drogue –, et tous étaient guindés, propres sur eux et inflexibles. Ils avaient la voix grave, ne riaient jamais, et privilégiaient les costumes milieu de gamme vendus dans des boutiques de fringues sur mesure. Ce n'est pas parce que c'était un cliché que ce n'était pas vrai.

Jamie Mercado ne rentrait pas dans le moule. Elle était petite, avec de longs cheveux noirs ondulés, beaucoup de fond de teint et des lèvres rouge cerise. Tout comme les agents avec lesquels McKenna avait travaillé par le passé, elle voulait des réponses ; mais au lieu de recourir au jargon juridique et à l'autorité propre aux bureaucrates, Mercado se pencha par-dessus la table en direction de McKenna et se mit à élever la voix, manifestement furieuse. C'était une attitude que McKenna associait davantage à la police de New York qu'au FBI ; et elle n'en avait été le témoin que lorsqu'elle se trouvait de l'autre côté d'une vitre sans tain.

— Pour une journaliste à temps plein dans un magazine reconnu, vous ne semblez pas savoir grand-chose du sujet sur lequel vous êtes censée enquêter. Pas l'ombre d'un nom d'un membre du groupe. Aucune information sur sa structure organisationnelle ni sur les zones qu'il cible. Sans parler des actions anti-industrie dont on les suspecte.

— Je vous l'ai dit, répondit McKenna, je commence tout juste à enquêter sur eux.

Elle savait que toute fausse déclaration faite à un agent fédéral – même en dehors d'une salle d'audience, sous serment ou non – était considérée comme un crime. Elle n'était pas tenue de lui livrer des informations, et elle pouvait refuser de répondre ; mais elle devait veiller à ce que tous les propos qui sortent de sa bouche soient vrais – au moins sur le plan technique.

— Oui, c'est ce que vous ne cessez de répéter, on dirait une poupée mécanique. Bon, très bien. Je suis allée à la fac, vous savez. Je me souviens de ce que c'est que de rédiger un article. On pense avoir une idée, alors on creuse un peu pour voir si c'est intéressant, s'il y a assez de matière pour que cela mérite d'approfondir les recherches.

McKenna acquiesça sans mot dire. Aucun mensonge là-dedans.

La fac à laquelle Mercado faisait allusion devait être

l'université de l'Idaho. Grâce aux rapides explications fournies par Jason Eberly, McKenna avait appris que c'était un bon agent, rigoureux, qui prenait cette chasse aux écoterroristes très à cœur. Grâce aux ressources de son grand cabinet d'avocats et avec le soutien de ses clients dans l'industrie, Jason avait fait quelques recherches sur le passé de Mercado pour mieux connaître celle qui s'était montrée sa meilleure alliée face aux détracteurs des éborgneurs de lapins. Après deux années d'études à plein temps, il lui en avait fallu quatre autres pour obtenir son diplôme, car elle avait dû aider sa famille à élever sa jeune sœur. Son père, bûcheron, était devenu infirme quand sa tronçonneuse avait heurté une traverse de chemin de fer que des activistes avaient encastrée dans le tronc d'un cèdre rouge, au cœur de la forêt nationale des Nez-Percés.

— Mais d'après mes souvenirs, poursuivit Mercado, encore faut-il que l'idée vienne de quelque part. Un autre article de journal. Une remarque lancée par un ami. Un reportage à la radio. Comment avez-vous entendu parler des 3P ? C'est l'un des groupes de militants écologistes les moins connus du grand public.

— Je ne me souviens pas toujours d'où viennent mes idées.

C'était techniquement vrai.

— Quand vous expliquez que vous venez de commencer vos recherches, que voulez-vous dire ? Vous en êtes où exactement ?

McKenna pouvait refuser de répondre, mais il n'y aurait pour elle aucun moyen d'éviter de témoigner si Mercado obtenait une citation à comparaître devant le grand jury. Et puis, c'était l'occasion d'en savoir plus sur les 3P, et de comprendre pourquoi une agent du FBI avait tellement envie de parler d'eux.

— Je serais plus à l'aise pour vous faire part du fruit de mon travail si je savais que vous en avez vraiment besoin, agent Mercado. Je croyais que le FBI n'avait pas le droit de se lancer dans la collecte d'informations générales sur les groupes politiques.

McKenna n'avait pas totalement perdu ses qualités de négociatrice. Sa formulation était parfaite. Une proposition de coopération. Une allusion au travail fourni, laissant entendre qu'elle avait quelque chose de précieux à monnayer. Une menace à peine voilée de révéler les agissements du FBI s'ils allaient à l'encontre des réglementations fédérales s'opposant à l'espionnage sur le territoire national.

— Rassurez-vous, conformément au Premier Amendement, nous ne recueillons pas de renseignements contre des citoyens américains. Peut-être que si c'était le cas, je n'aurais pas besoin d'interroger une journaliste pour obtenir des informations cruciales alors qu'une bombe a failli anéantir tout un pâté de maisons.

McKenna en eut le souffle coupé. Elle ne pouvait littéralement plus respirer. Une bombe ? Quand elle finit par ouvrir la bouche, elle eut envie de tout déballer. La vidéo du métro. Le badge 3P sur le sac à dos. Son intuition que la propriétaire dudit sac était Susan Hauptmann. Dans quoi Susan s'était-elle embarquée ? Et dans quoi McKenna s'était-elle également embarquée ?

Puis elle se souvint de tous les interrogatoires qu'elle avait observés derrière une vitre sans tain. Tout comme McKenna avait choisi ses mots pour pousser Mercado à lui livrer ses motivations, un bon agent était capable de dire n'importe quoi pour mettre à l'épreuve la détermination de son interlocuteur. Combien de fois avait-elle vu des inspecteurs mentir pour obtenir des aveux ?

— Quelle bombe ? demanda-t-elle.

— Une explosion à Brentwood, près d'Islip, la nuit dernière. On a réussi à ne pas l'ébruiter pour l'instant. Les journaux de Long Island parlent d'une fuite de gaz suspecte.

Mercado sortit une photo d'un dossier et la fit glisser sur la table en direction de McKenna. Le haut de la maison avait disparu, laissant place à des débris de bois et des plaques de plâtre.

— La climatisation du voisin a volé en éclats, reprit Mercado. L'expert dit que quiconque se trouvait à moins de 2 mètres de l'épicentre s'est transformé en « joli nuage rose ». Ce sont ses mots exacts. Le genre d'expression croustillante que vous aimeriez reprendre dans un article, hein ? Il va falloir un certain temps avant qu'on puisse identifier les corps et connaître le nombre de victimes.

McKenna n'avait aucun moyen de vérifier les dires de Mercado. Est-ce qu'elle acceptait d'échanger des infos, ou s'attardait-elle sur les détails pour rendre son mensonge plus crédible ?

— Et les voisins ?

— Ils ont eu de la chance. Nous avons trouvé d'autres matériaux explosifs sur le site, mais ils ne se sont pas enflammés. On dirait que ces sales types fabriquaient quelque chose et l'ont déclenché accidentellement. L'une des habitants ayant survécu est une petite idiote de 21 ans à peine, un peu paumée dans la vie. Il y a trente ans, elle aurait peut-être fini chez les Krishna.

Aujourd'hui, c'est une soi-disant « activiste environnementale » qui fricote avec une bande de 3P plus âgés. Elle prétend ne rien savoir sur ces matériaux explosifs, mais bon…

Elle laissa sa phrase en suspens, comme si tout le monde savait que les dénégations étaient prévisibles, mensongères, et vouées à changer.

— Ils avaient assez d'engrais pour détruire un entrepôt entier, une fois mélangé aux bons ingrédients. Nous ne savons rien de leur cible, ni de la date prévue pour l'attaque, ni de l'identité de leurs complices. Je suppose que pour une journaliste éthique – une ancienne procureure adjointe, qui plus est –, c'est peut-être une raison suffisante pour répondre à quelques questions.

McKenna sortit son iPad de son sac.

— Vous vous souvenez que le week-end dernier, une femme a sauvé un ado coincé sur les rails du métro à Times Square ?

Mercado acquiesça en silence.

— Une fille sur le quai a essayé de filmer la scène avec son portable. La vidéo a été supprimée, mais j'ai réussi à obtenir cette image du sac à dos de la femme.

— C'est l'emblème des 3P ! s'exclama Mercado.

— Je l'ignorais au début, mais c'est bien le cas. J'ai lu quelques articles en ligne sur ce groupe, et puis je suis allée rendre visite à Jason ce matin, pour voir s'il pouvait m'indiquer la direction à suivre.

— Ce n'est donc que la femme du métro qui vous intéresse ?

Mercado était manifestement déçue que McKenna ne se soit pas lancée dans des recherches plus ambitieuses.

— En effet. Je suis allée voir le gamin qu'elle a

sauvé. J'ai tenté ma chance du côté des caméras de sécurité de la MTA. Ce badge n'était qu'un élément parmi d'autres d'une quête vaine. Si ça peut vous rassurer, je n'écrirai pas sur cette explosion. À moins que quelque chose n'ait lieu à New York même, ça n'intéressera pas notre magazine.

McKenna ne connaissait pas bien la région mais Brentwood se trouvait dans le Suffolk, à plus de 60 kilomètres de Manhattan.

— Et vous ne savez toujours pas qui est la femme au sac à dos ?

— Non.

Cette dénégation était admissible sur le plan juridique, puisque McKenna ne savait pas s'il s'agissait bien de Susan ; mais juste après avoir répondu, elle se demanda si elle n'avait pas eu tort de réagir ainsi.

Visiblement, Mercado la croyait à présent.

— Au cours de vos recherches, avez-vous vu passer l'un de ces noms ?

L'agent fit glisser une autre feuille dans sa direction.

Trois femmes et un homme. McKenna ne connaissait aucun des quatre.

— Qui sont-ils ?

Mercado entendit sa question mais ne pipa mot.

— Je vous l'ai dit, agent Mercado, mon magazine ne s'intéressera pas à cette histoire. Pour être franche avec vous, la plupart des articles que nous publions ces derniers temps relèvent de la catégorie « vie quotidienne ». Ce que vous appelleriez probablement des ragots. Aucun de mes papiers ne parlera de cette explosion.

— Ça ne veut pas dire que je dois vous filer des infos.

Je vous laisse retrouver le chemin de l'accueil, si cela ne vous dérange pas.

McKenna savait qu'il était inutile d'argumenter. Elle souhaita à l'agent bonne chance pour son enquête et regagna la réception.

Elle savait, depuis son passage au bureau du procureur, que le bâtiment des fédéraux était étroitement surveillé. Sa descente en ascenseur, sa traversée du hall, ses déambulations jusqu'au prochain pâté de maisons seraient visibles à l'écran de sorte que Mercado et ses petits camarades puissent la suivre des yeux s'ils le souhaitaient.

McKenna ne leur donna donc aucune raison de s'y intéresser. Elle fit de son mieux pour paraître calme. Indifférente, même. Mais en son for intérieur, elle ne cessait de répéter les quatre noms sur lesquels Mercado l'avait interrogée, encore et encore, jusqu'à les graver dans sa mémoire.

30

McKenna s'engouffra dans une épicerie à quelques centaines de mètres du bâtiment fédéral et nota à la hâte les noms qu'elle avait lus sur la feuille de Mercado. Elle avait à peine terminé quand son téléphone sonna. C'était son rédac chef.

— Salut, Bob. J'suis en chemin. Je devrais être là dans un quart d'…

— T'es où là ?

— Pas très loin. Au sud de Manhattan. J'arrive tout de…

— Ne viens pas.

— T'as une mission pour moi ?

— Non, c'est juste qu'on a un tas d'emmerdes ici.

Il avait l'air bizarre. Paniqué. Ce n'était pourtant pas son genre.

— Écoute, je peux pas t'en dire plus, reprit-il.

— Pourquoi, Bob ? Les extraterrestres t'espionnent ?

— C'est pas drôle, McKenna.

D'habitude, Bob Vance était plutôt bon public. Et ce n'était pas lui qui s'était fait cuisiner toute la matinée par une agent du FBI.

— Je ne peux pas t'en dire plus parce que le conseiller juridique du magazine me l'interdit.

— Tu veux dire l'avocat ?

— Les avocats. Il y en a plusieurs. On a… des soucis.

— Des soucis ?

— Bon sang, cesse de répéter tout ce que je dis, s'il te plaît. Tu sais très bien que ce n'est pas comme ça que je m'exprime d'habitude. Nos avocats ont reçu ce matin une déclaration sous serment des techniciens du tribunal. Ils ont inspecté la base de données brutes de la messagerie électronique du tribunal, ainsi que les e-mails de Gros Porc… Les messages qu'on a publiés dans ton article sur le juge Knight ne provenaient pas de son compte.

— Je ne comprends pas. Je croyais qu'il s'était refusé à tout commentaire.

— Eh bien, après avoir refusé de te parler, il a appelé son avocat qui, lui, a pu faire ce dont nous avons été incapables. La justice garde trace de tous les e-mails envoyés via son système. Ils ont vérifié les dates et heures auxquelles Knight était censé avoir envoyé ces messages, et ils n'ont rien trouvé. Puis ils ont fait une recherche par mot-clé, en s'appuyant sur le contenu des messages. Nada.

— Mais pourquoi quelqu'un…

— C'est pas tout, McKenna. Il y a pire…

— J'ai publié des faux. Le tribunal de New York annonce que j'ai raconté n'importe quoi. Je ne vois pas comment ça pourrait être pire, Bob.

— L'avocat de Knight s'est servi de cette déclaration sous serment des techniciens pour contacter le service de messagerie électronique gratuite utilisé pour t'envoyer ces messages. Ils ont les adresses IP. Ce genre de trucs.

— OK. Et alors ?

— Bon sang, McKenna. Si tu as quelque chose à me dire, c'est maintenant. Je peux encore me battre pour toi. Si j'ai un coup d'avance, je serai capable de limiter les dégâts. Est-ce que je t'ai trop mis la pression ? Est-ce que tu t'es trop éparpillée, avec ce projet de livre ?

— Bob, je te jure que je ne sais pas de quoi tu parles.

— Je n'arrive pas à croire que je te dis ça. L'adresse IP. La connexion 3G, ou je ne sais quel moyen utilisé pour accéder au compte e-mail qui t'a envoyé ces messages au sujet de Knight. Ta soi-disant source anonyme t'a écrit depuis ton propre iPad, McKenna.

— Non. C'est pas possible. Je veux passer immédiatement au détecteur de mensonges, Bob. Dis-leur.

— Leurs arguments sont béton. C'est ton adresse IP. Ton iPad.

— Je vais trouver un petit génie de l'informatique pour résoudre ce mystère. C'est impossible que…

— Ça ne sera pas aussi simple. Je viens d'avoir nos avocats au téléphone, on a envisagé diverses possibilités. Je pensais pouvoir les tenir à distance, mais c'est la vraie merde ici. Un agent du FBI est à l'instant même en train de fouiller ton bureau, McKenna. Ils disent qu'ouvrir un compte de ce genre pour falsifier des e-mails pourrait être considéré comme un crime…

— Une seconde, Bob. Qui dit ça ? Est-ce une certaine Mercado ? Une agent aux cheveux noirs ?

Il fallait que Mercado soit Wonder Woman pour être déjà arrivée au magazine munie d'un mandat. Elle avait dû le demander à la seconde même où elle avait reçu le coup de fil de Jason Eberly.

— Non, c'est un homme, et il n'ouvre pas la bouche.

— Écoute-moi bien, Bob. La venue du FBI n'a rien à voir avec Knight. C'est à cause d'un article sur lequel je travaillais, concernant le terrorisme environnemental. Il y a eu un attentat à la bombe ou quelque chose comme ça hier soir.

En lui racontant son coup de fil à un vieil ami avocat spécialisé dans les questions écologiques, et comment cela l'avait menée à être interrogée par Mercado, elle s'aperçut que cette histoire était complètement dingue. Et dire que Mercado avait fait semblant de la croire, quand elle lui avait dit n'avoir aucune info à lui livrer.

— J'ai les mains liées, McKenna. Nos avocats sont sur les dents, au cas où Knight nous attaquerait en justice. Ils m'ont dit que c'était pire que l'affaire Jayson Blair ou Stephen Glass.

Étant donné les sujets superficiels que le magazine l'avait obligée à traiter, elle n'aurait jamais cru être comparée à deux des plus célèbres faussaires du journalisme.

— Donc ?

— Ton contrat de travail prend fin immédiatement, et ce jusqu'à nouvel ordre. Ton badge d'accès à nos bureaux a été désactivé. On te retire ta carte de presse. Et tu ne pourras plus accéder à nos bases de données.

— Bob, mon travail. Mes e-mails. Toutes mes données…

— J'suis désolé, McKenna.

Elle savait bien qu'il était désolé, parce qu'il lui avait fait confiance, et qu'elle le décevait. Bob Vance ne la croyait pas.

31

Tout le monde ment.

Aux yeux de Carter, les exemples ne manquaient pas. Les hommes politiques qui arpentent les terres les plus religieuses du pays en clamant leur amour de Dieu, et se font prendre avec des prostitués des deux sexes. Les femmes au foyer dodues qui jurent manger équilibré et faire régulièrement de l'exercice, mais filent en douce au drive du McDo trois fois par semaine. Les gosses de riches pourris gâtés qui se disent écrivains, artistes ou « entrepreneurs ».

La plupart des gens n'ont pas vraiment l'intention de mentir. Mais l'histoire qu'ils se racontent à eux-mêmes et qu'ils servent au reste du monde est une version améliorée de la réalité. Ou plutôt, en imaginant que les autres sont pires qu'eux, ils peuvent s'estimer au-dessus de la moyenne.

Carter savait donc que ce que les gens croient être vrai les concernant est rarement la vérité absolue. C'est une vérité relative. La propre identité de Carter – tout du moins, ces derniers temps – était en grande partie liée à des choses qu'il avait apprises dans les postes qu'on lui avait confiés. Les explosifs, par exemple.

Carter se considérait comme l'un des meilleurs dans son domaine. Il en savait certainement plus que les autres. Il était intelligent. Ambitieux. Et prêt à vendre ses compétences au plus offrant.

Son vrai talent ? Comprendre les gens. Notamment ceux qui avaient commencé à louer ses services. Bon, dans le domaine des explosifs, il s'était peut-être surestimé. Certes, il s'y connaissait plus que la moyenne ; mais la moyenne des gens était à peine capable de gratter une allumette. Et il n'avait pas installé d'explosifs depuis 2007.

Après sa nuit au Four Seasons, il avait déménagé au Marriott. L'hôtel était minable, mais pas regardant sur les clients. Vu la tournure qu'avait prise sa mission, il avait vraiment besoin qu'on l'oublie.

Il était à présent assis devant le bureau encastré dans l'angle de sa chambre. Il vérifia à nouveau le traqueur sur son ordinateur portable, espérant obtenir une mise à jour de la localisation de la femme. Rien.

Il regarda aussi, une fois de plus, les bulletins d'information. L'explosion avait bien eu lieu. Deux femmes étaient en garde à vue. Rien concernant les deux autres occupants de la maison, notamment sa cible.

Il n'aurait pas dû partir. Il aurait dû rester dans les parages et attendre. Assister à l'explosion. S'assurer que personne n'en était sorti vivant.

Mais la réaction normale des services de secours en cas de déflagration ne pouvait être que massive et rapide. Et s'ils avaient arrêté sa voiture ? Il aurait été cuit.

L'heure de l'explosion variait selon les reportages. 22 h 30 ? 22 h 40 ? 23 heures ?

Il n'avait pas provoqué une explosion assez forte. Il avait voulu s'assurer que les enquêteurs trouveraient des preuves que les gens vivant là stockaient de quoi fabriquer des bombes – que c'étaient eux qui avaient fait cela.

Elle avait dû repérer le détonateur. Elle avait très bien pu sauter d'une fenêtre à la dernière minute et échapper à l'explosion.

Tout ce dont Carter était sûr, c'était que son téléphone, d'une façon ou d'une autre, n'était plus sur les lieux. La femme l'ignorait, mais le client de Carter avait installé un traceur GPS dans l'appareil.

Carter avait compris qu'il avait un problème quand le téléphone de la femme avait quitté la maison et parcouru quelques centaines de mètres avant de tourner à gauche, puis à droite. C'était le chemin vers l'autoroute de Long Island, à 2 ou 3 kilomètres de là. Cela lui avait pris une dizaine de minutes. Elle était sans doute en train de courir. Et vite. Puis elle s'était figée. Et elle avait éteint le téléphone. Vingt-deux secondes plus tard, elle avait compris que ce n'était pas suffisant.

Le traceur avait alors cessé de fonctionner. Peut-être avait-elle jeté le portable sous le pneu d'un semi-remorque. Ou retiré la carte SIM avant de la brûler. Peu importait, le traceur était désormais mort.

Contrairement à la femme. Bien vivante. Et qui savait qu'on la poursuivait.

L'opération avait vraiment mal tourné.

Carter balaya tous les doutes qu'il avait laissés s'immiscer dans son esprit, se raccrochant à l'assurance issue de ses quinze années d'expérience. Ce n'était pas pour rien qu'il avait obtenu ce boulot.

Il savait que grâce au traceur, son client pouvait également surveiller où la femme se trouvait. Et qu'il en saurait donc bientôt tout autant que Carter.

Il composa le numéro spécial.

— On a un problème, annonça-t-il. Elle est toujours en vie.

III

DANS LA PEAU D'UNE INCONNUE

32

McKenna ne l'avait avoué qu'à ses amis les plus proches, mais elle avait créé une alerte Google à son nom. Un million d'années plus tôt, alors que « Google » faisait encore penser à l'injure « gogole » ou à un nouvel euphémisme pour désigner la masturbation, elle avait publié son premier roman. Impressionnée à l'idée que les journaux, les magazines et les revues spécialisées donneraient leur avis sur la qualité de son petit bouquin, elle avait fait en sorte de ne rien manquer. Encore maintenant, chaque fois que son nom apparaissait sur le Net, elle recevait une alerte.

Et aujourd'hui, cela n'arrêtait pas. Si seulement son roman avait fait autant de bruit. Depuis que le magazine *NYC* avait démenti en ligne la véracité de son article sur Knight, son nom était devenu viral. La presse écrite. La télé. Les blogs. Twitter. C'était un drôle de sentiment que d'être assise à sa place habituelle dans le canapé et de découvrir de la manière la plus abstraite qui soit que son nom imprégnait l'air du temps. Le premier coup de fil avait été de l'agent littéraire si enthousiaste, il y a peu, à l'idée qu'elle écrive sur la mort de Marcus Jones. « Inutile de vous dire que le moment n'est sans doute pas très propice. Si le vent tourne, je ne manquerai pas de vous rappeler. En attendant… Eh bien, bon courage. »

Ça ne sentait pas bon, tout ça.

Elle finit par fermer sa messagerie électronique pour éviter les nouvelles alertes. C'était une tout autre info qui l'intéressait. La nouvelle de l'explosion à Brentwood avait fuité, comme l'avait prédit l'agent Mercado. Les détails étaient encore mal connus, mais de nombreux organes de presse rapportaient que le FBI avait placé en garde à vue deux personnes soupçonnées d'être en possession d'armes de destruction massive.

Quand son portable se mit à sonner, elle fut tentée de l'ignorer mais consulta l'écran pour voir si un nom s'affichait. C'était Patrick. Elle avait tout fait pour rester calme quand elle lui avait laissé un message un peu plus tôt, mais il avait sans doute entendu parler de son licenciement.

— Salut, dit-elle.

— Donc c'est vrai.

Apparemment, ils étaient ensemble depuis assez longtemps pour que son « salut » soit suffisant.

— Qu'est-ce qu'on t'a dit exactement ? demanda-t-elle.

— Quelqu'un s'est foutu de ta gueule avec les e-mails de Knight, et le magazine te jette aux lions.

— C'est… En fait, non. C'est pire. Tout a commencé quand je suis allée voir Jason ce matin…

— Ton amant ?

Il tentait de lui remonter le moral, mais il ignorait à quel point le monde de sa femme avait basculé ce jour-là. Par sa faute à elle.

— Il a appelé un agent du FBI pour obtenir des infos sur le groupe écolo.

Elle ne prit pas la peine de préciser « le groupe dont je pensais que Susan faisait partie. » Elle connaissait son opinion sur le sujet.

— L'agent m'a immédiatement convoquée pour m'interroger, parce que ce sont des écoterroristes. Il y a eu une explosion dans une maison où ils stockaient du matériel pour fabriquer des bombes. Ensuite le FBI a débarqué dans mon bureau avec un mandat de perquisition, pile au moment où Knight a décidé de me rendre la monnaie de ma pièce concernant ces e-mails. Et ça ne s'arrête pas là : selon le magazine, il y aurait des preuves que c'est moi qui ai fabriqué ces messages. Bob m'a même demandé si je subissais trop de pression. Ils pensent que je deviens folle.

— Je rentre.

— Tu es sûr ?

— Évidemment. J'arrive tout de suite. Je sais que ç'a l'air mal barré, McKenna, mais tout va bien se passer. Je te le promets. On va s'en sortir.

Ces mots réconfortèrent McKenna davantage qu'elle ne l'aurait cru. Sans le vouloir, elle se mit à scruter l'horloge de son ordinateur, comptant les minutes qu'il lui restait à passer assise toute seule dans le salon. Elle avait vraiment besoin de quelqu'un à ses côtés. Et pas n'importe qui. Patrick.

Au bout du compte, elle se força à ramener son attention sur le monde réel. C'était le *New York Times* qui semblait livrer le compte rendu le plus détaillé de l'explosion de la veille. McKenna reconnut les noms des deux femmes placées en garde à vue – Carolyn Maroney et Andrea Sanderson. Ils figuraient sur la liste que lui avait montrée l'agent Mercado.

Restaient deux autres noms, ceux d'un homme et d'une femme. Elle tapa dans Google celui de l'homme, Greg Larson, mais elle obtint trop de réponses pour que cela puisse lui être utile. Elle réduisit la recherche à « Greg Larson Pour la Protection de la Planète ». Elle trouva quelques résultats évoquant la présence de Larson lors de diverses manifestations écolos. Selon plusieurs comptes rendus, il était de facto le chef du groupe, même si celui-ci refusait toute structure hiérarchique.

Le dernier nom de la liste de Mercado, Pamela Morris, s'avéra également trop banal pour lui servir à quelque chose. Même quand McKenna l'associa au groupe écologiste, elle ne trouva rien.

Elle téléphona à un inspecteur de la criminelle qu'elle connaissait, au commissariat de la 13e circonscription. Une femme. Assez jeune. Mais le plus important, c'était que l'inspecteur Forbus lui devait une faveur, depuis que McKenna avait publié trois mois plus tôt un article sur un meurtre commis par un gang, dont personne ne s'était soucié jusqu'à ce qu'il occupe quatre pleines pages d'un magazine à gros tirage.

Elle décrocha à la seconde sonnerie.

— Forbus à l'appareil.

McKenna commença à lui rappeler qui elle était, mais Forbus se souvenait d'elle, ainsi que des noms de l'accusé et de la victime, de la date des faits ayant été instruits, et de celle de l'arrestation de l'accusé, survenue après que l'article de McKenna avait convaincu un informateur de se rapprocher de la police.

— Vous devez en baver au magazine, lança Forbus. Si ça peut vous aider, tout ce que vous avez dit sur Knight est on ne peut plus vrai. Même s'il n'a pas écrit ces messages, je vous garantis qu'il en pense chaque mot.

— Je formulerais plutôt les choses ainsi : quand un coupable tombe dans un piège, est-ce que ça le rend moins coupable ? Ce qui m'aiderait, ce serait que vous fassiez une petite recherche. Greg Larson. 46 ans. Arrêté au moins une fois, pour intrusion illégale dans l'université de la santé et des sciences de l'Oregon, à Portland, en 2007.

— Ouaip, je le tiens. Et c'est loin d'être le seul incident. Des délits mineurs, rien de grave. Intrusion. Vandalisme. Trouble à l'ordre public. Refus d'obéir à un agent des forces de l'ordre. Oregon. Californie. Arizona. Montana. Illinois. Washington. Washington. Washington. Encore Washington. Il ne chôme pas, ce garçon.

Si Larson dirigeait le mouvement et s'était montré si souvent prêt à être arrêté pour défendre ses convictions, il était peu probable qu'il daigne filer des infos à McKenna. Elle n'avait plus qu'à espérer que la dernière personne sur la liste de Mercado serait au courant de quelque chose – et avait survécu à l'explosion.

— Je peux vous donner un autre nom ? demanda-t-elle. Pamela Morris.

— Et ?

— C'est tout ce que j'ai.

— Date de naissance ? Lieu ? Quelque chose ?

— Rien.

Elle songea à l'âge des autres habitants de la maison.

La plus jeune était Carolyn Maroney, 22 ans. Greg Larson était le plus vieux.

— Entre 20 et 50 ans, lança-t-elle. Et vivant sans doute à New York, au moins jusqu'à récemment.

— Voilà qui m'aide beaucoup, répliqua Forbus d'un ton pince-sans-rire.

McKenna patienta tandis que les doigts de son interlocutrice pianotaient sur le clavier.

— Et voilà, c'est bien ce que je pensais. J'ai 14 permis de conduire à ce nom, rien qu'à New York. Et pour que tout soit bien clair, je considère cela comme un service – un vrai service. On est quittes désormais, que cela vous soit utile ou non.

— C'est noté. Euh... Réduisez la recherche aux femmes ayant des antécédents criminels.

Tap tap tap.

— Bon, OK. Il n'en reste plus qu'une, mais ça remonte à loin. Pamela Morris. 39 ans. Deux arrestations pour racolage à la fin des années 1990. Rien depuis. Peut-être qu'elle a changé de vie. Ça n'arrive pas que dans les romances hollywoodiennes.

— Pouvez-vous entrer son nom et sa date de naissance dans les bases de données générales ? Voir ce que ça donne ?

— À vos ordres, Miss Marple.

Tap tap tap tap.

— Oui, je l'ai. Bizarre...

— Bizarre ?

C'était rarement bon signe.

— Eh bien, ça peut vouloir dire beaucoup de choses. Mais cette fille n'aime pas se faire remarquer. Pas de permis de conduire. Pas d'immatriculation de véhicule.

Rien dans le fichier national des crimes. Presque aucune trace. Comme si elle vivait coupée du monde.

— Est-ce qu'elle a des contacts dans la région ?

Pamela Morris pourrait peut-être confirmer que Susan Hauptmann était bien la femme sur le quai du métro.

— Laissez-moi regarder.

Tap tap tap tap.

— J'ai sa mère. L'agent qui a appréhendé Pamela lui a téléphoné, après l'une des deux arrestations pour prostitution. Loretta Morris.

Elle lui donna une adresse à Jersey City puis pianota à nouveau sur son clavier.

— Pour ce que j'en sais, elle y vit toujours. C'est tout ce que j'ai, Jordan.

— Une photo d'identité judiciaire, quand on l'a arrêtée pour racolage, peut-être ?

— Racolage. Voilà que vous parlez comme les flics, maintenant.

Tap tap tap tap.

— On dirait bien qu'elle a été convoquée devant la justice puis relâchée lors de sa première arrestation, mais en effet, on l'a prise en photo lors du second racolage, comme vous dites. Je vous envoie la photo tout de suite. Par e-mail, ça vous va ?

— Parfait.

McKenna, par habitude, se mit à réciter son adresse professionnelle, puis se reprit et lui donna son compte Gmail.

— C'est noté. Bonne chance à vous. Parce que si vous voulez mon avis… Je ne sais pas qui est Pamela Morris, mais elle n'a aucune envie qu'on la retrouve.

33

Scanlin n'était généralement pas du côté des magistrats. Ces juges assis derrière leur estrade, trônant littéralement au-dessus de la salle d'audience, vêtus d'une toge désuète les distinguant encore davantage du commun des mortels. Ignorant pourtant tout du monde réel affecté par leurs jugements. (Même le terme faisait le jeu du mythe de leur supériorité : il n'y avait que les juges et Dieu capables de juger.) Combien de fois Scanlin avait-il vu de banales fouilles avec consentement être rejetées parce qu'un quelconque juge de gauche, qui n'avait jamais mis les pieds au-delà de la 86e Rue, s'imaginait que personne ne serait assez stupide pour laisser un flic palper ses poches alors qu'il trimballait de la drogue ? Les juges n'étaient que des hommes de loi à la réputation surestimée, qui ne connaissaient pas les règles tacites de la rue. Même ceux, comme Frederick Knight, enclins à statuer en faveur de l'État, le faisaient plus par intérêt politique ou par mépris des accusés que par respect envers le travail de la police.

Que disait le proverbe ? Les ennemis de mes ennemis sont mes amis ?

Le matin même, le magazine *NYC* avait mis en ligne le démenti d'un papier publié la veille qui tirait à boulets rouges sur Knight. Dans un style compassé mais contrit, il expliquait que les e-mails méprisants censés avoir été rédigés par Knight étaient apparemment fabriqués de toutes pièces ; offrait ses sincères regrets concernant cet article ; et promettait une enquête approfondie et la transparence la plus complète, à mesure que des informations complémentaires seraient recueillies sur le sujet. Scanlin savourait particulièrement la dernière phrase du texte : « *NYC* a mis fin à sa collaboration avec l'autrice de cet article, McKenna Jordan. »

Dans le monde impitoyable des médias new-yorkais, les requins ne se privent pas de sang frais. Plusieurs autres organes de presse – le *Daily News*, *New York Magazine*, Gawker, Mediabistro – comparaient cette nouvelle histoire à d'autres scandales journalistiques ; mais c'était le *New York Post* qui se montrait le plus cruel, remuant le couteau dans la plaie d'un geste vengeur.

> Bien que le magazine *NYC* promette à ses lecteurs une enquête approfondie sur les événements ayant conduit à l'article inventé de toutes pièces, certains détracteurs diront que ce scandale est tout sauf une surprise. Il y a dix ans, la journaliste en question, McKenna Jordan, née Wright, défraie la chronique, alors qu'elle est encore procureure adjointe du district. C'est elle qui livre à la presse des éléments contrecarrant, selon ses dires, la thèse

de la légitime défense dans l'affaire Marcus Jones, un criminel de 19 ans tué par balle par un policier chevronné, en service depuis douze ans. Ses allégations mettent de l'huile sur le feu qui couve déjà entre les militants des droits civiques et les soutiens de la police de New York. Elle démissionne du bureau du procureur quand l'enquête met au jour d'autres éléments venant corroborer la légitime défense du policier, et publie par la suite un roman décrivant de manière à peine voilée son ancienne vie de procureure adjointe. Et qui la soutient depuis toutes ces années ? Bob Vance. Vous avez bien lu. L'actuel rédacteur en chef du magazine *NYC*.

Scanlin se demanda si la chute de McKenna Wright Jordan procurerait une quelconque justice karmique à son vieil ami Scott Macklin.

Scanlin ne se souvenait pas de la dernière fois qu'il avait vu Macklin. Cela devait être six ans plus tôt, quand Mac avait appris que Melissa avait été placée dans une institution spécialisée. Il était passé le voir avec un ragoût concocté par sa femme. Scanlin ne lui avait pas avoué qu'il avait déjà un congélateur rempli de plats en Pyrex. Apparemment, on traitait Scanlin comme le veuf du quartier, même si Melissa était encore bien vivante – du moins pour lui, à l'époque.

Même six ans plus tôt, le déclin de Mac était déjà évident. Cela lui était tombé dessus brusquement. La vieillesse s'était emparée de lui encore plus vite que de Scanlin. Quand Mac avait annoncé qu'il épousait

Josefina, on aurait dit Benjamin Button, rajeunissant à vue d'œil et sifflotant comme un jeune homme grisé par le mariage. Il répétait que la vie avec le fils de Josefina, qu'il considérait comme le sien, lui redonnait du tonus. Les flics qui avaient des poches sous les yeux à force de tenter de suivre le rythme de leur progéniture n'étaient pas du même avis, mais personne n'en voulait à Mac de son bonheur. Comment penser du mal d'un homme qui aurait fait n'importe quoi pour sa famille et ses collègues de la police, qu'il traitait comme des frères ?

Mais c'est alors que Marcus Jones avait sorti son flingue, et Mac était devenu le flic blanc qui avait tué un adolescent noir. Ajoutez à cela les pitreries absurdes de McKenna Wright pour épater la galerie, et le rajeunissement miraculeux de Mac fit machine arrière. Quand il était passé voir Scanlin avec son ragoût, il avait juste l'air vieux et triste.

Scanlin ouvrit le deuxième tiroir de son bureau et en sortit un Rolodex que les bases de données avaient rendu obsolète. Diverses cartes de visite étaient rangées au hasard au milieu des fiches jaunies. Il passa directement à l'onglet « M » et en parcourut les entrées. MAC. C'était le seul nom dont il avait besoin.

Ce fut Josefina qui décrocha. Elle avait l'air distraite, mais heureuse. Stressée mais pas fâchée, comme si elle tenait le combiné coincé sur l'épaule tout en sortant les courses du sac de l'épicerie. Il aurait aimé que Melissa soit encore à la maison pour répondre au téléphone à la manière d'une femme trop affairée. Avant que les diagnostics des médecins tombent, son épouse était devenue grincheuse et réagissait agressivement à la moindre contrariété. Il préférait se dire que c'était dû à la démence qui s'emparait d'elle, plutôt qu'à un changement dans leur relation ; mais il n'avait pas vraiment moyen de le savoir.

Mac n'était pas chez lui. Josefina lui demanda si elle pouvait prendre un message.

— J'avais envie de lui parler. Pour, je ne sais pas… prendre des nouvelles.

— Il est en train d'aider Tommy à installer un petit frigo dans la chambre de sa résidence universitaire. Il devrait être rentré dans une heure.

— Il est déjà à la fac, ce mioche ?

— En première année, à Hofstra. Il veut qu'on l'appelle Thomas maintenant, mais je ne m'y fais pas. Pour sa maman, ce sera toujours Tommy.

— Je rappellerai Mac tout à l'heure, dans ce cas. C'est à propos de cette procureure qui a tenté de le piéger à l'époque où… tu sais, quand il était encore en service.

Le silence se fit à l'autre bout du fil. Il se représenta Josefina soudain figée, abandonnant provisoirement ses courses. Sa voix se fit plus grave quand elle reprit la parole.

— Je ne sais pas de qui tu parles. Scott… Tu le connais. Il nous a épargné les détails. On n'aime pas parler de ça.

Scanlin regretta d'en avoir trop dit. Il aurait dû conclure par quelques phrases de bavardage poli et une petite formule banale.

— Bien sûr, je comprends tout à fait. Crois-moi, c'est mieux comme ça. Et le karma est en train de retomber sur la gueule de quelqu'un qui l'a bien cherché.

Il fut gêné de s'être montré vulgaire avec elle.

— Je te laisse retourner à tes occupations. Je rappellerai plus tard.

Il lança l'impression du savoureux massacre, par le *New York Post*, de la journaliste et ancienne procureure en question. Il l'apporterait à Mac en personne. C'était encore mieux qu'un ragoût.

34

Peut-être que si Patrick était rentré à ce moment-là – à l'instant même où McKenna mettait fin à son coup de fil avec l'inspecteur Forbus –, tout se serait passé différemment. Mais ce ne fut pas le cas. Elle se retrouva livrée à elle-même dans l'appartement, seule avec ses pensées.

Et quand McKenna était seule, avec du temps et de l'énergie à revendre, il fallait qu'elle agisse. Elle s'occupa en ouvrant le carton qu'Adam Bayne avait eu la gentillesse de lui faire livrer par coursier le matin même pendant qu'elle discutait avec l'agent Mercado. D'après ce qu'Adam avait raconté à Patrick, George Hauptmann n'en possédait qu'un dans son garde-meuble sur lequel était écrit SUSAN. Adam n'avait jamais pu se résoudre à s'en débarrasser.

Il n'était pas grand. Si le père de Susan était encore en vie, McKenna lui aurait demandé pourquoi il avait choisi de conserver ces quelques affaires en particulier. Des photos, des certificats de mérite scolaire, son diplôme de West Point – tout cela était logique. Mais en ouvrant le carton, McKenna découvrit aussi une assiette commémorative du domaine de Mount Vernon, la résidence de George Washington, un tire-bouchon de Napa Valley, et un jouet en forme de ressort en plastique rose. Ces objets étaient-ils liés à des moments particuliers que Susan et lui avaient vécus ensemble ? Ou la volonté du général de préserver des souvenirs précieux s'était-elle heurtée à l'urgence de devoir vider l'appartement ?

McKenna mit de côté les objets les plus volumineux et empila les photographies – certaines encadrées, d'autres rangées dans des albums, la plupart jetées n'importe comment dans le carton. Passer en revue cette pile lui permit de s'évader un peu de la réalité, tandis qu'elle attendait. Attendait quoi, elle l'ignorait. Que Patrick revienne à la maison et lui remonte le moral ? Que quelqu'un s'aperçoive que les messages de Knight étaient bien de lui ? Que la mystérieuse femme du métro réapparaisse et n'ait qu'un vague air de ressemblance avec Susan Hauptmann ? Que le FBI, d'une façon ou d'une autre, « déperquisitionne » son bureau ? L'attente pouvait se révéler infinie.

Elle faillit rater la photo. Il y en avait tant montrant des gens qu'elle ne connaissait pas. Ou alors, c'étaient de très, très vieilles photos des Hauptmann – George, Carol, Gretchen et Susan, semblables à n'importe quelle autre famille des années 1970, en chemise de polyester et pantalon pattes d'eph. Mais McKenna accorda un petit peu plus d'attention aux clichés des années universitaires. West Point. De belles collines ondoyantes près de l'Hudson. Des hommes bronzés, au corps ferme et au crâne rasé, en débardeur et short. Bras dessus bras dessous, en train de se bagarrer, de se plaquer au sol. Combien de fois avait-elle taquiné Patrick en lui disant que l'Académie militaire des États-Unis était l'endroit le plus gay du monde ?

Bien sûr, le campus n'était pas réservé aux mâles. Certains des cadets étaient de jeunes femmes à la peau hâlée et au corps galbé. Des femmes comme Susan, bien moins nombreuses que leurs collègues masculins.

Cela n'aurait pas dû la faire tiquer. La photo avait été prise vingt ans plus tôt. Mais le regard de Patrick. Ce sourire. Ce pétillement dans les yeux. Cette joie. Elle adorait ce regard, qu'elle avait toujours cru réservé à elle seule.

La façon dont ses mains se posaient naturellement sur le ventre de Susan tandis qu'il l'enlaçait par-derrière. Les lèvres de Susan sur son cou. Le cerveau de McKenna fut inondé d'autres images d'eux deux ensemble. En train de rire. De s'embrasser. De se déshabiller. Ses propres souvenirs intimes de son mari, mais en compagnie de Susan.

Ses doigts se mirent à trembler tandis qu'elle faisait défiler sa liste de contacts, en quête du numéro d'Adam Bayne.

Il répondit d'un ton enjoué.

— McKenna, je suis content que tu m'appelles. Tu as bien reçu le carton qu'on t'a envoyé ? Je ne sais pas trop ce que tu cherchais, mais c'est tout ce que George a gardé des affaires de Susan.

— Oui, je l'ai reçu. Je te remercie.

— Dis-moi, McKenna. J'ai… j'ai entendu parler de tes problèmes avec le magazine.

Elle se demanda si quelqu'un aux États-Unis n'était pas au courant.

— Notre entreprise a des enquêteurs, des experts en informatique et tout ça. Tu me diras si on peut faire quoi que ce soit pour t'aider.

Il n'était guère étonnant que le père de Susan ait

proposé à Adam de travailler pour lui. Il avait été l'un des « Star Men » de West Point – les cadets autorisés à porter une petite étoile sur le col de leur uniforme, indiquant qu'ils figuraient parmi les 5 % d'élèves les plus brillants de leur promotion. Certains de leurs camarades les traitaient de « star geeks », supposant qu'ils passaient leur temps à potasser. Mais les compétences d'Adam dépassaient le cadre de l'intelligence scolaire. Il était intrépide et décidé – des qualités qui lui avaient été fort utiles par la suite, au sein des forces spéciales.

La boîte de sous-traitance du général Hauptmann n'avait jamais été à la hauteur des ambitions d'Adam, mais il était parvenu à retomber sur ses pieds. Après avoir peu à peu réduit l'activité de l'entreprise au Moyen-Orient, il était revenu à New York pour lancer sa propre société de sécurité privée. Ses clients étaient généralement des équipes sportives, des célébrités, et autres personnalités « premium ».

— Merci, Adam. C'est gentil de ta part. À vrai dire, j'ai une question à te poser. Je suis un peu mal à l'aise de te demander ça, mais est-ce que Susan et Patrick ont un jour été… ensemble ? J'ai trouvé une photo d'eux…

— Je croyais que tu voulais écrire sur ce qui est arrivé à Susan. Je ne vois pas trop le rapport avec d'anciennes amourettes.

— Ils étaient donc en couple ?

McKenna tenta de chasser les images qui lui traversaient l'esprit.

— Si on peut appeler ça comme ça. Je croyais que tu savais. Je veux dire, moi je le savais.

— Eh bien, pas moi. Ça a duré combien de temps ? Je croyais qu'elle était avec toi pendant vos études.

— En effet. La plupart du temps. Mais on allait et venait. On était jeunes. Tu sais ce que c'est. Patrick et toi, vous avez traversé la même phase, non ? Parfois, être en couple n'est pas aussi simple qu'on aimerait le croire. Ça s'est bien fini, pour vous deux. Je ne suis personne pour te donner des conseils – on ne se connaît pas très bien, et Dieu sait si j'ai mis du temps à me caser –, mais ça ne sert jamais à rien de penser aux ex de son conjoint. C'est tout l'intérêt du mariage, non ? On est là l'un pour l'autre, et le passé n'a plus d'importance.

— J'ai été avec Patrick pendant cinq ans avant qu'on se marie. Est-ce qu'ils ont continué à être ensemble, même après notre rencontre ?

Elle songea à toutes ces semaines qui défilaient quand ils faisaient une pause. Elle se sentait alors stupide de rester assise chez elle, à se demander s'il allait l'appeler. À se demander si elle devait l'appeler. Où était donc Susan toutes ces nuits-là ? Elle se souvenait de la remarque de Gretchen quand ils étaient allés la voir : « Quant à toi, Patrick, j'en aurais des choses à dire à ton sujet. »

Adam poussa un long soupir.

— Écoute, McKenna. Tu sais bien comment était Susan. J'étais amoureux d'elle, mais elle avait des problèmes, notamment son besoin compulsif d'attirer l'attention des hommes. C'est en grande partie pour cela que ça n'a pas marché entre nous. Elle était incapable d'être avec un seul type, alors oui, parfois, elle était avec Patrick. Elle était avec plein de mecs qu'on connaissait. Mais ce n'était jamais sérieux. C'était juste… Tu sais bien.

— Si leurs coucheries ne comptaient pas, pourquoi aucun des deux ne me l'a jamais dit ?

— J'aurais dû vérifier le contenu de ce stupide carton avant de te l'envoyer. Ne le prends pas mal, McKenna, mais si tu veux mon avis, tu as des problèmes bien plus graves en ce moment. Je te le répète, dis-moi si on peut faire quelque chose pour t'aider. Prends soin de toi, d'accord ?

35

McKenna avait perçu le ton compatissant d'Adam avant qu'il raccroche. Elle l'imaginait en train de se dire : « Pauvre fille. Qu'est-ce qu'elle fait pitié. »

Et, oui, elle était pathétique, assise seule sur le sol du salon, à trier frénétiquement de vieilles photos en se demandant combien de temps avait duré la relation de Patrick et Susan. S'ils avaient été heureux ensemble. Quels voyages ils avaient bien pu faire.

Elle regarda l'horloge. Elle pouvait encore s'accorder une petite balade avant que Patrick revienne. Elle avait besoin de reprendre ses esprits avant de le voir.

Elle prit la direction de Madison Square Park. Ce tronçon de Broadway, entre la 14e et la 23e Rue, était autrefois si encombré qu'il fallait littéralement se coller au mur pour doubler quelqu'un sur le trottoir. Quelques années plus tôt, la ville avait fermé la majeure partie de la chaussée à la circulation automobile, créant une allée piétonne ornée de tables et de parasols pour se mettre à l'ombre. Tout cela faisait partie d'une campagne en cours visant à rendre la ville plus vivable.

Sa mère lui disait toujours : « J'adore venir te voir, mais combien de temps vas-tu continuer à vivre dans un endroit pareil ? La foule, les voitures qui klaxonnent. Tout ce bruit. C'est tellement stressant. » Mais les trottoirs bondés de Manhattan avaient toujours réconforté McKenna. Se perdre dans la foule lui permettait de laisser libre cours à ses pensées. Certaines de ses meilleures idées – que ce soit pour un plaidoyer final, son roman ou des ébauches d'article – lui étaient venues tandis qu'elle flânait, anonyme parmi les milliers d'autres petits grains de poussière humains qui vivaient sur cet îlot.

Elle se sentait encore honteuse de s'être fait remonter les bretelles par Adam. Il avait raison, bien sûr. Tout le monde avait un passé. Elle n'était certainement pas vierge au moment de sa rencontre avec Patrick. Quand ils avaient commencé à se voir, elle avait lancé la longue conversation « Parle-moi de toi ». Elle l'avait interrogé sur sa dernière petite amie en date (prénom Ally, nom de famille inconnu), et il l'avait décrite comme « une fille robuste. Mais pas massive non plus. Douce. Moelleuse, on pourrait dire. Avec des cheveux roux et frisés. Plein de taches de rousseur. Des grains de beauté, aussi. Des gros, sur le nez et le menton. C'était pas une lumière. Et elle avait la voix rauque. Une vraie poupée. »

Elle avait compris le message. Il n'y avait rien à gagner à entendre parler d'anciennes amours. Personne d'autre ne comptait maintenant qu'ils s'étaient rencontrés. À l'époque, cela lui avait paru une solution fort simple et agréable pour éviter toute jalousie mesquine. Aujourd'hui, elle se demandait si, d'une certaine façon, il n'avait pas esquivé la vérité sur son passé (son présent ?) avec Susan. Mais qu'est-ce que cela pouvait bien faire ? Comme l'avait dit Adam, elle avait des problèmes plus importants à régler.

Ce n'était pourtant pas pour rien que la photo de Patrick et Susan l'avait ébranlée. Dès l'instant où elle lui avait montré la vidéo du métro, Patrick avait tenté de l'empêcher d'enquêter sur la mort de Susan. Il lui avait répété que cette femme ne lui ressemblait en rien, alors que cela sautait aux yeux.

Si Susan et lui avaient été si proches, ils étaient peut-être encore en contact. Patrick s'assurait peut-être que McKenna cesse de vouloir la retrouver – et ne publie pas la vidéo du métro.

Il l'avait vue se connecter au compte Skybox de Dana, ce qui signifiait qu'il avait pu y accéder lui aussi pour l'effacer. Une fois qu'elle eut envisagé cette possibilité, elle prit conscience qu'il avait également accès à son iPad. Il pouvait très bien être l'inconnu lui ayant envoyé les faux messages du juge Knight. Sans la vidéo, personne ne croirait qu'elle avait vu une femme disparue depuis dix ans ; et les e-mails de Knight portaient un coup fatal à sa crédibilité.

OK, elle pétait complètement les plombs. Si elle racontait tout cela à quelqu'un, on ne tarderait pas à téléphoner aux gentils messieurs avec les filets à papillons et la camionnette blanche.

Elle était arrivée au parc. Elle sourit en voyant la longue file sinueuse de gens patientant devant Shake Shack. Celle-ci commençait au stand de hamburgers, longeait tout le côté sud du parc, puis obliquait vers le nord en direction de l'aire d'exercices pour chiens. Si Patrick avait été là, il aurait fait une blague sur les New-Yorkais qui se comportaient comme du bétail, à rejoindre une queue seulement parce qu'elle existait. Deux ans plus tôt, pendant l'été, il avait presque jeté une femme hors de la file interminable de gens qui attendaient de voir l'exposition Alexander McQueen quand, au bout de deux heures, elle s'était exclamée : « Quoi ? Tu veux dire que ce sont des robes ? »

Elle se prépara mentalement avant de rentrer chez elle. Elle aimait dire qu'elle était avec Patrick depuis dix ans, mais devenir un couple n'était jamais aussi simple qu'on voulait bien s'en souvenir. Ils n'étaient pas les mêmes dix ans plus tôt. Aucun des deux n'était prêt à fournir les efforts nécessaires à une véritable relation. Ils faisaient des pauses. Souvent. Elle avait passé des nuits avec d'autres hommes. Il avait été avec d'autres femmes, dont Susan, peut-être. Cela n'avait pas d'importance.

Mais elle avait au moins appris quelque chose grâce à cette photo : elle ne connaissait pas Susan si bien que ça. Elles étaient amies. Elles picolaient ensemble. Se marraient. Faisaient la fête. Se plaignaient de leurs boulots. McKenna savait que Susan n'avait aucun problème avec les coups d'un soir et les relations « sans engagement » ; mais elle avait toujours cru que son histoire avec Adam était stable et exclusive avant qu'ils se séparent. De la même façon, elle était au courant des problèmes de drogue de Gretchen ; mais Susan ne lui avait jamais dit qu'elle avait été arrêtée par les flics, alors même que McKenna était procureure adjointe à ce moment-là. Quelles autres informations son amie avait-elle gardées pour elle ?

McKenna se rendit compte tout à coup qu'elle ne serait peut-être pas dans un pareil pétrin si elle n'avait pas elle-même refusé de dévoiler ses cartes. Elle aurait dû immédiatement poster la vidéo du métro sur Internet, en demandant aux gens d'identifier la femme mystérieuse. Elle aurait dû parler à Scanlin, Vance et Gretchen de cette apparition. Et le matin même, elle aurait dû informer Mercado du lien entre Susan et les 3P.

Mais elle avait gardé ces infos pour elle. Et où tous ces secrets l'avaient-ils menée ? Il était temps de changer de cap.

Elle sortit son iPad, ouvrit Twitter, et pianota sur l'écran aussi vite que possible, de peur de flancher :

Contactez-moi pour TOUTE info sur la disparition de Susan Hauptmann (2003). Un fil relie le passé au présent. Aidez-moi à le trouver.

Elle conclut en indiquant son adresse e-mail. Grâce à ses efforts soutenus, près de 10 000 personnes suivaient son compte Twitter personnel. Malgré tout, il y avait peu de chance que l'une d'elles sache quelque chose d'utile concernant Susan. Elle avait besoin d'une audience plus large. Elle prit conscience alors qu'elle l'avait probablement déjà.

Elle changea de compte et se connecta au fil d'actualité officiel du magazine *NYC*. Elle regarda la petite roue tourner en haut de son iPad, signe que la demande était en cours.

C'était bon. Ils n'avaient pas pensé à changer le mot de passe.

Mag NYC a changé verrou mais pas MDP Twitter. Merci de RT tous mes messages avant qu'ils effacent & changent MDP. – McKenna Jordan (virée)

Elle ajouta son adresse e-mail, appuya sur « Tweeter » et commença à taper un second message.

Mag NYC ne dit pas tout. Aidez-moi à le faire. Cherche TOUTE info sur disparition Susan Hauptmann (2003). RT av. qu'ils suppriment ! McK J

Dans le monde en abrégé de Twitter, limité à 140 caractères, elle venait de demander aux followers de *NYC* sur le réseau social de « retweeter » ses messages, c'est-à-dire de les faire suivre à leurs propres abonnés, avant que le magazine les supprime. Elle aurait aimé être une petite souris dans le bureau de Bob Vance quand il annoncerait la nouvelle aux avocats du magazine.

Elle rebroussa chemin en passant par Broadway, convaincue d'avoir de nouveau les idées claires. Elle ignorait pourquoi quelqu'un s'était donné tant de mal pour effacer la vidéo du métro. Elle ne savait pas en quoi ce petit film était lié à l'explosion de Long Island. Et elle était de nouveau au chômage et discréditée, grâce aux efforts d'une personne inconnue qui faisait tout pour s'assurer qu'elle allait passer pour une dingue aux yeux du monde.

Mais au moins, elle se battait pour y remédier. Elle ne renoncerait pas avant d'avoir répondu à toutes les questions encore en suspens. Et Patrick l'aiderait.

Elle était sur le point de déverrouiller la porte quand elle entendit la voix de son mari à l'intérieur. Il était rentré avant elle.

Les encouragements qu'elle s'était adressés pour réprimer ses élans paranoïaques n'avaient finalement pas si bien fonctionné, parce qu'elle n'enfonça pas sa clé dans la serrure. Elle interrompit son geste, se figeant pour écouter en douce son propre mari dans leur propre foyer.

— Je ne sais pas où elle est, disait Patrick. Je lui ai pourtant annoncé que je rentrais.

Silence.

— Je vais l'appeler. Je viens juste d'arriver. Elle n'est pas là. Et je ne vois pas son sac à main.

Silence.

— Je sais que ce n'est sans doute rien de grave. Mais elle a éparpillé un tas de tes vieilles affaires sur le sol du salon. Est-ce qu'il y aurait quelque chose là-dedans qui pourrait poser problème ?

Silence.

— Bien. Je te dirai quand je l'aurai retrouvée. Mais ne t'inquiète pas. Je gère. Problème réglé. Prends soin de toi, c'est tout ce que je demande.

Silence. Silence. Silence.

36

McKenna était figée dans le couloir, la clé de l'appartement dans la main, à 2 centimètres de la serrure.

Il fallait qu'elle foute le camp d'ici. Elle descendit d'un étage par l'escalier, pour être sûre que Patrick n'entende pas le *ding* de l'ascenseur, puis fila vers la station de métro d'Union Square pour se perdre dans la foule la plus proche.

« Je gère. Problème réglé. »

Il ne pouvait s'agir que d'une seule personne au monde. Toutes ces voix paranoïaques dans sa tête paraissaient moins absurdes, soudain.

« Je gère. »

Elle joua des coudes au milieu de badauds massés juste de l'autre côté des tourniquets pour regarder un type jouer du violon électrique sur une scène improvisée, à l'angle sud-ouest de la station. McKenna avait déjà vu ce musicien. Il privilégiait les hymnes rock connus de tous, et ponctuait les notes aiguës de gestes farfelus, comme fléchir la jambe de côté ou envoyer des coups de pied de karaté. Elle savait qu'il attirerait une foule suffisamment nombreuse pour lui permettre de s'y fondre. Et qu'elle aurait du réseau, si elle restait aussi près de l'entrée de la station.

Elle vérifia sur Twitter. Ses attaques portaient leurs fruits. Le magazine avait supprimé ses posts de son flux officiel, mais il y avait déjà près d'une centaine de retweets. Les amis de ces gens continueraient à tendre sa toile, puis les amis de ces amis, et ainsi de suite. Elle avait aussi 800 nouveaux followers sur son compte personnel. Si la tendance se poursuivait, elle disposerait d'une solide tribune pour communiquer directement avec le public, à mesure que de nouvelles informations lui parviendraient.

Elle vérifia aussi sa boîte mail, au cas où elle aurait reçu des tuyaux. Il y avait un message de l'inspecteur Forbus. La pièce jointe était une photo de Pamela Morris au moment de son arrestation pour prostitution en 1996. Morris devait avoir 24 ans à l'époque, mais on lui en donnait facilement 30. Huit centimètres de racines révélaient qu'elle était naturellement brune ; le reste de sa chevelure était décoloré et sec comme de la paille. Elle avait à la fois les traits tirés et le visage affaissé. De toute évidence, elle s'était efforcée d'avoir l'air d'une dure à cuire devant l'appareil, mais les taches sombres autour de ses yeux rougis montraient qu'elle avait pleuré. Ses lèvres semblaient avoir éclaté sous les coups.

La photo datait d'au moins quinze ans. Aucune arrestation depuis lors, même si, le matin même, un agent du FBI avait mentionné son nom à la suite d'une explosion au domicile présumé de terroristes intérieurs. McKenna n'avait cependant aucun moyen de savoir si cette Pamela Morris était bien la bonne.

Celle-ci – selon les termes de Forbus – n'aimait pas se faire remarquer. Qui plus est, Mercado avait dit que l'étudiante possédant la maison vivait avec un groupe de 3P « plus âgés » ; et cette Pamela Morris était plus proche de l'âge de Greg Larson que de celui d'une étudiante.

Le portable de McKenna se mit à sonner. C'était le numéro de son domicile. Elle faillit répondre. Peut-être que Patrick aurait une explication à lui fournir.

Mais elle était sûre de ce qu'elle avait entendu. Et voilà que ces voix tournaient de nouveau dans sa tête. La photo de Susan et lui. Toutes les tentatives de Patrick pour la dissuader d'enquêter sur sa disparition. L'après-midi où il avait quitté le travail plus tôt, avant de le nier. Les pires scénarios.

Elle attendit que l'icône de la messagerie vocale s'affiche sur l'écran, puis écouta le message.

« Salut, chérie. Je suis rentré aussi vite que j'ai pu, mais tu es partie. Dis-moi où tu es, d'accord ? On va trouver une solution. Essaie de ne pas trop t'inquiéter. »

Comment sa voix pouvait-elle être si différente de celle qu'il avait employée quelques minutes plus tôt ? Quand elle l'avait entendu parler dans leur appartement, il était précis et cassant. Dur. Comme quand on est inquiet, furieux ou encore affolé, mais qu'on tente de garder le contrôle. Sa voix de militaire.

Et à présent ? En s'adressant à elle ? « Salut, chérie. » En mode : Eh ! si on allait s'enfiler des enchiladas et des margaritas pour se consoler de tout ça ? Il mentait même dans le ton de sa voix.

Elle songea à rappeler Adam Bayne. Il travaillait dans la sécurité privée. Et il lui avait proposé son aide.

Mais il pensait déjà qu'elle était folle de s'interroger sur la liaison de Patrick et Susan. Si elle commençait à lui parler de comptes Skybox supprimés et d'e-mails falsifiés sur son propre iPad, il se dirait qu'elle était bonne pour l'asile. Et puis, il connaissait Patrick depuis beaucoup plus longtemps qu'il ne la connaissait.

Elle ne pouvait compter que sur elle-même.

37

L'adresse de la mère de Pamela Morris que McKenna avait soutirée à l'inspecteur Forbus se révéla être une maison jumelée en brique au sud du centre-ville de Jersey City. Deux moitiés symétriques. Une chance sur deux de tomber juste.

Le côté est du porche était orné d'une collection de plantes en pot bien entretenues. Une grenouille en plâtre était campée à côté d'un rocking-chair en teck. Le paillasson de bienvenue annonçait : BONJOUR. JE M'APPELLE TAPIS. Le côté ouest du porche était… un porche.

McKenna cherchait la mère d'une ancienne prostituée quadragénaire. Elle tenta sa chance côté ouest et sonna.

La femme qui surgit sur le pas de la porte correspondait au profil. Sans doute 65 ans à peine, mais marquée par la vie. Elle portait un pantalon de jogging et un tee-shirt des New York Jets, et dégageait une odeur de tabac froid. Malgré la différence d'âge, elle ressemblait beaucoup à la photo de Pamela Morris prise par la police. Des yeux pâles, des paupières lourdes. Un nez trop large.

À son regard, McKenna eut l'impression que la femme attendait d'elle quelque chose.

— Je cherche Loretta Morris, annonça McKenna.

— Vous pouvez arrêter de chercher, parce qu'elle se tient devant vous.

— Je m'appelle McKenna Jordan. J'essaie de retrouver une vieille amie, et je crois qu'elle pourrait être liée à Pamela, votre fille. Navrée, madame, mais c'est une longue histoire.

— J'ai tout mon temps, et vous n'avez pas l'air méchante.

Elle s'écarta pour laisser entrer McKenna.

La maison était vieillotte et encombrée, mais bien entretenue. Du lino dans l'entrée. Une cheminée en fausse brique. Une moquette brune dans le salon. Sans doute caractéristique des maisons construites dans le quartier au cours des années 1970.

Loretta poussa un petit gémissement en se laissant tomber dans le canapé. McKenna prit place à côté d'elle.

— Y a-t-il moyen de contacter Pamela ? C'est peut-être la façon la plus simple pour moi de retrouver mon amie.

— Qu'est-ce que votre amie a à voir avec ma fille ? Elles fréquentent la même église ?

McKenna ne se voyait pas répondre : *en fait, je crois avoir reconnu une amie perdue de vue depuis longtemps, mais la seule piste que j'ai est le badge d'une bande d'écolos complètement tarés qui ont fait sauter leur propre maison ce matin même. Et quelqu'un du nom de Pamela Morris – qui pourrait ou non être votre fille – a quelque chose à voir avec cette explosion. Sauf que la maison est en ruine, et que les gens à l'intérieur – y compris votre fille et mon amie, peut-être – se sont mués en nuage rose.*

Elle préféra mentir.

— Mon amie a disparu, et j'essaie de la retrouver. Elle m'avait dit qu'elle travaillait avec une certaine Pamela Morris. Ce n'est peut-être pas votre fille, mais je me suis dit que si je trouvais toutes les Pamela Morris de la région, je finirais bien par tomber sur celle qui connaissait mon amie.

— Ça semble assez logique, mais ma Pamela n'est pas dans le coin en ce moment.

— Ah bon ? Où est-elle ?

— En voyage. Elle s'est trouvé un type bien il y a quelques années. Un pasteur. Ils vivent un peu comme des missionnaires – ils parcourent le pays, ils convertissent des gens, que sais-je. La religion, ça n'a jamais été trop mon truc, mais je suppose que ça leur convient.

Si Pamela était liée au chef des 3P, elle pouvait avoir édulcoré la situation à l'intention de sa mère. Dans la version imaginaire de la vie de Pamela, le principal organisateur d'un groupe écoterroriste se muait en pasteur. Les attaques menées contre les labos de recherche et les raffineries de pétrole se transformaient en travail de missionnaire. Les manifs devenaient du prosélytisme.

— Vous savez où elle se trouve, en ce moment ? Ça m'aiderait de pouvoir la contacter.

— Non. On se donne rarement des nouvelles. D'habitude, elle m'envoie une carte à Noël. Ou pour la fête des Mères. Juste pour me faire savoir qu'elle va bien.

— Je pourrais peut-être lui téléphoner ?

Loretta fit non de la tête, comme si elle s'apercevait soudain qu'une mère est censée connaître le numéro de sa fille.

— J'ai jamais beaucoup aimé le téléphone.

Elle balaya l'air de la main pour souligner son propos.

— Je vois. La Pamela Morris que je cherche a été en contact à plusieurs reprises avec la police dans les années 1990. Pour…

Elle se creusa la tête pour trouver un euphémisme.

— Parce que c'était une belle-de-nuit.

McKenna grimaça en prononçant le mot.

Le regard de Loretta alla se poser sur la fausse cheminée en brique.

— C'était il y a longtemps. Pamela va mieux maintenant. Sa vie est très différente aujourd'hui. Cette ville a eu une mauvaise influence sur elle. Quand elle l'a quittée, tout a changé. Elle a un homme. Elle a son église. C'est fini, la police. Adieu la… belle-de-nuit.

Elle tourna la tête vers McKenna et lui adressa un clin d'œil. Le côté mièvre de l'expression ne lui avait pas échappé.

— Dans ce cas, excusez-moi, mais… quand l'avez-vous vue pour la dernière fois ?

— Ça fait un bail.

La femme ne voulait pas qu'une inconnue sache qu'elle ne voyait plus sa fille et qu'elle n'avait pas son numéro de téléphone.

— Je suis désolée d'insister, madame, mais mon amie a disparu. C'est important.

— Je ne l'ai pas vue depuis… l'automne 2003, je crois. J'ai l'impression que c'était hier.

— Ça fait, euh, un sacré bout de temps.

La voix enjouée de Loretta se fit dure et son visage s'assombrit.

— Dans certaines familles, peut-être. Pas la nôtre.

Pam s'est mise à fuguer quand elle avait 14 ans. Elle a jamais fini sa terminale. Elle a quitté la maison juste après. Les seules fois où je la voyais, c'est quand elle avait besoin de fric. Et puis une fois pour payer sa caution. Je crois que je me doutais du genre de vie qu'elle menait, mais au moins, quand elle se faisait choper, elle me disait la vérité. Je la laissais revenir vivre ici pendant qu'elle essayait de se reprendre en main – elle allait voir un psy pour les filles qui tentent de renoncer à… ce mode de vie. Ça durait quelques semaines, et puis elle foutait le camp et c'était reparti pour un tour.

— Ça devait être difficile pour une mère d'assister à tout ça.

McKenna ne savait pas quoi dire d'autre.

— Vous n'imaginez même pas. À chaque fois que le téléphone sonnait, je me disais que c'était la police pour m'annoncer la mort de ma petite. À un moment, je l'ai laissée habiter ici alors même qu'elle menait la mauvaise vie. C'était horrible pour moi d'accepter ce compromis, mais au moins tous les soirs je savais qu'elle était vivante et en un seul morceau. Et comme elle avait moins besoin d'argent, elle m'a promis qu'elle ne verrait que ses clients réguliers, pas le genre de mecs qui lui foutraient une torgnole. Elle m'a dit que plusieurs de ces types étaient mariés à des femmes malades et qu'ils cherchaient à se convaincre qu'être avec elle, ce n'était pas comme tromper leur épouse, puisqu'il n'y avait rien d'affectif. L'un d'eux avait un physique un peu bizarre – et il était un peu ralenti –, mais elle m'a dit qu'il lui apportait des fleurs, des petits mots doux et tout le tralala. Un autre la payait juste pour pouvoir lui parler et regarder des films avec elle. Ce genre de types.

— Comment êtes-vous passé de cet… arrangement à son départ de la maison ?

— Elle commençait à me parler un peu trop ouvertement de son boulot. Un soir, j'ai pété un câble et j'ai dit que ça restait de la… Non, ce n'est pas ce que j'ai dit. Je lui ai dit qu'elle restait une pute. J'aurais mieux fait de juste lui filer une baffe. Elle est partie, et ça a été la fin de… notre arrangement, comme vous dites. Honnêtement, j'ai presque autant de nouvelles d'elle grâce aux cartes qu'elle m'envoie deux fois par an que lorsqu'elle vivait à 3 kilomètres d'ici.

— L'avez-vous déjà entendue parler d'une certaine Susan Hauptmann ?

McKenna afficha une photo de Susan sur l'écran de son iPad – celle que son père avait utilisée pour les avis de recherche avec récompense.

Loretta secoua la tête.

— Non. Pam n'a jamais eu beaucoup d'amies femmes. Ni hommes, d'ailleurs – enfin, j'appellerais pas ça des amis.

— Même pas des gens de Pour la Protection de la Planète ?

Loretta gloussa, puis se couvrit la bouche de la main.

— Excusez-moi, mais c'est sacrément difficile à prononcer, vous trouvez pas ? Non, jamais entendu parler de ça non plus.

— Est-ce que Pamela était écolo, selon vous ? Ou passionnée par les droits des animaux ?

— Elle avait un hamster en CM1. Elle l'a fourgué au petit voisin contre une glace à l'eau. Vous êtes sûre que c'est la bonne Pamela Morris ? Vous devriez essayer les autres.

McKenna quitta pourtant Jersey City avec l'intuition d'avoir fait mouche. Si des cartes de vœux enjouées pouvaient tenir une mère à distance, il n'en restait pas moins que Loretta n'avait pas vu sa fille depuis 2003 – l'année même de la disparition de Susan. Il s'était passé quelque chose. Quelque chose qui expliquait leur départ à toutes les deux. Quelque chose qui expliquait leur lien avec les 3P. Quelque chose qui avait bouleversé leur vie.

38

Carter craqua une autre allumette. Bon sang. C'était le problème avec ces hôtels gigantesques comme le Marriott. Les fenêtres ne s'ouvraient pas. Ils avaient trop peur d'avoir des ennuis.

Qui dit fenêtres fermées dit absence d'air frais. Résultat, la chambre de Carter puait le vomi.

À trois reprises, il s'était retrouvé à genoux devant la cuvette des toilettes. La dernière fois, ce n'était que des haut-le-cœur, mais quand même.

Il s'était même repassé son petit discours dans sa tête, celui d'il y a deux ans, quand il avait pris la décision de se mettre à son compte. Il voyait bien ce qui se passait. D'autres faisaient le même job que lui pour dix fois plus de fric et dix fois moins d'emmerdes.

Passer du gouvernement aux services privés avait modifié quelques paramètres. Il pouvait maintenant s'autoriser certaines pratiques qui lui étaient auparavant interdites ; d'autres à l'inverse étaient désormais exclues. Les lieux avaient changé, mais les compétences restaient les mêmes. Les acteurs aussi, pour la plupart. Finalement, il travaillait toujours pour le même genre de personnes, et avec le même genre d'approche.

L'explosion de Brentwood en était un parfait exemple. Ce n'était pas la première fois qu'il tuait des gens. À Kandahar, il avait fini par se croire dans un jeu vidéo. Tout le monde avait accepté de rejoindre la partie. Certains avaient gagné, d'autres… non.

Mais à Brentwood, il avait merdé. C'était la femme qui l'avait emporté. Elle avait réussi à quitter la maison avant l'explosion, à courir 2,5 kilomètres en dix minutes, et à s'évaporer dans la nature.

Par conséquent, le client avait une fois de plus modifié sa mission et lui avait fourni de nouvelles infos confidentielles. Il y avait une troisième personne dans l'équation. Une potentielle menace.

Cette fois, Carter avait beau tenter de se motiver, cela n'était pas suffisant. Il n'était pourtant pas non plus en zone de guerre.

Il ne savait pas trop pourquoi il avait vomi. Était-ce la prise de conscience de ce qu'il avait déjà fait ? La pression liée à ce qu'on attendait de lui ? Le fait que, malgré ses efforts pour changer, malgré tout ce qu'il avait accompli ces deux dernières années, il s'était vu confier une mission qu'il ne pouvait se résoudre à remplir ? Si ce travail dépassait les bornes, où plaçait-il les bornes ? Et combien de fois les avait-il déjà franchies sans se retourner ?

Il avait vécu ces deux dernières années dans le mensonge. Mentant aux clients. Se mentant à lui-même. Non, il n'était pas ce type qui avait gagné tout ce fric. Non, il n'était pas ce tueur à gages capable de mener à bien cette nouvelle mission. Non, il n'était pas… comme ça. Et il n'avait plus aucune idée de ce qu'il était censé faire maintenant.

Il quitta l'hôtel sans régler sa note, se rendit à un distributeur automatique et retira le montant maximal autorisé – 400 dollars. Il possédait un compte à l'étranger sous un nom impossible à tracer, dans lequel il pourrait piocher plus tard. Il avait environ 400 000 dollars de côté. Ce n'était pas suffisant pour toute une vie. Mais assez pour se tirer d'ici.

Dans une dizaine de minutes, son client s'apercevrait qu'un homme censé être mort était encore en vie.

Il passa devant une friperie et se souvint d'un livre qu'il avait lu sur un ancien militaire devenu vagabond, parcourant le monde avec sa brosse à dents pour tout bagage. Cinq minutes plus tard, il achetait pour 28 dollars un Levi's élimé, une chemise de travail en toile blanche et une paire de bottes Timberland. Il fourra ses propres vêtements dans une poubelle de la 44e Rue. Il savait que les appareils GPS pouvaient se cacher n'importe où. Il ne voulait pas prendre de risque.

Un bus approcha sur la Septième Avenue. La publicité placardée sur son flanc promettait aux gens que perdre du poids changerait leur vie à jamais.

Il jeta son téléphone sous le pneu avant du bus quand il passa devant lui. Entendit le craquement. Baissa les yeux vers la chaussée pour s'assurer qu'il était bien détruit.

Un gamin sortit d'un tex-mex et brandit sous son nez un burrito de la taille d'un ballon de foot.

— Eh, mec !

Il parlait la bouche pleine.

— Ton matos est foutu. Pas cool.

Quand Carter tomba sur une cabine téléphonique, il songea à passer un coup de fil anonyme pour filer des infos sur son client et l'homme qu'il avait reçu l'ordre de tuer. Mais on ne le croirait pas. Et on retrouverait l'origine de l'appel. Au cœur de Manhattan, la police était capable de réagir au quart de tour.

Il était temps pour lui de foutre le camp. Enfin libre.

39

Le temps que McKenna revienne à New York, il était 21 heures passées. Elle avait l'impression de n'avoir pas dormi depuis quatre jours. Était-ce bien le matin même que l'agent Mercado l'avait convoquée au FBI ?

Patrick l'avait appelée 11 fois, et avait laissé trois nouveaux messages vocaux.

« Eh, c'est encore moi. T'es où ? Appelle-moi à la maison, d'accord ? »

« McKenna. Je commence à m'inquiéter. Tu as eu une journée de merde. Je sais. Laisse-moi t'aider. Rappelle-moi, OK ? »

« Bon, j'essaie de ne pas péter un câble. Mais tu m'appelles au boulot, tu me dis que tu as été interrogée par le FBI au sujet d'un groupe d'écoterroristes, que ton bureau a été perquisitionné, que quelqu'un a monté un coup contre toi, et puis tu fous le camp ? Pendant des heures ? Peut-être que tu bosses sur un truc. Je sais pas. Mais rappelle-moi, c'est tout ce que je te demande. Même un SMS. Juste un signe. Je suis toujours à la maison. Bon. À toute. »

Il allait bien falloir qu'elle lui parle, à un moment ou

à un autre. Elle sortit de la gare pour l'appeler. Pas de réponse sur leur ligne fixe. Elle tenta son portable. Biiip. Biiip. Ligne occupée.

S'il était à la maison en train de téléphoner, il aurait décroché le fixe en l'entendant sonner. À cette heure tardive, ce ne pouvait être que McKenna. Il aurait voulu savoir où elle se trouvait.

Il était donc sorti. Parti à sa recherche ? Ça ne tenait pas debout. S'il était si inquiet, ne serait-il pas resté dans l'appartement, à attendre près du téléphone ? Or ce n'était pas le cas. Il était donc occupé à autre chose, en plus d'attendre son retour. Quelque chose au sujet duquel il lui mentirait plus tard.

Sans doute était-il encore en pleine conversation avec Susan. Elle tenta de se convaincre qu'il y avait forcément une explication. Peut-être que Susan avait eu une bonne raison de disparaître, et que Patrick était bien inspiré de lui venir en aide. Que Susan ait sauté devant un train en marche pour sauver Nicky Cervantes laissait supposer que, dans le fond, elle n'avait pas changé. L'instinct qui la poussait à secourir les autres était gravé en elle.

Mais s'en aller comme ça ? Laisser des avis de recherche fleurir dans toute la ville ? Regarder sans rien dire ses amis et sa famille pleurer son absence ? Et garder ce secret pendant dix ans ?

McKenna entendait encore la voix cassante de Patrick. « Je gère. Problème réglé. » Avant de l'appeler quelques instants plus tard pour lui lancer « Salut, chérie ».

Peut-être que Susan et lui étaient des espions. Peut-être que Patrick était secrètement un héros national, avec un garde-meuble bourré à craquer de médailles militaires pour service rendu à la Nation contre plusieurs invasions extraterrestres. Mais scinder ainsi sa vie en deux ? Être son compagnon depuis dix ans – et son mari depuis cinq –, et lui montrer un visage à elle puis un autre à Susan, ainsi qu'à tous ceux qui partageaient leurs fichus secrets ?

Peu importait la raison de ses mensonges. Elle avait peur de lui. Elle avait peur de son propre mari.

Elle était épuisée. Elle ne parvenait plus à réfléchir correctement. Elle avait besoin de dormir. Mais où pouvait-elle bien dormir ?

Elle était en train de consulter sur son iPad les offres de dernière minute des hôtels, quand elle se demanda comment payer la chambre. Toutes ses cartes de crédit étaient à leurs deux noms. Patrick allait évidemment surveiller ses dépenses.

Elle avait bien des amis, mais ce n'était que des « amis communs » désormais. Elle allait devoir inventer une histoire pour expliquer pourquoi elle avait besoin d'un endroit où crécher – puis pour expliquer pourquoi elle avait menti, une fois que Patrick aurait commencé à passer des coups de fil pour savoir où elle était.

Et merde !

Elle fit défiler les contacts de son téléphone. Qui diable pouvait-elle bien appeler ? Et puis elle trouva.

Dana décrocha à la seconde sonnerie.

— Putain, ma vieille, c'est toi. Bonjour bonjour, la rebelle ! Qui aurait cru que tu virerais hors-la-loi ?

— M'en parle pas, c'est complètement dingue.

— Une idée de génie, ta manip sur le Twitter du magazine !

McKenna n'avait pas vérifié l'évolution du tweet en question depuis son départ pour Jersey City.

— Est-ce que les gens le retweetent ?

— Tu plaisantes, t'es carrément devenue virale ! Le Huff Post l'a même mis tout en haut de sa section Médias. Je t'en supplie, dis-moi que ta vengeance est sur les rails et prête à péter. Est-ce que ça va être comme dans cette émission à la télé où la foldingue attaque un ennemi différent toutes les semaines ? Tu vas foutre le feu à la baraque ou quoi ?

McKenna avait toujours soupçonné que le magazine était loin de susciter l'enthousiasme de Dana, mais elle n'aurait jamais cru que cette hipster d'habitude impassible serait aussi exaltée par un scandale sur son lieu de travail.

— Pas d'incendie en vue. Mais j'ai un grand service à te demander.

— Vas-y.

— Je peux venir squatter chez toi ? Je sais que c'est beaucoup demander, mais Patrick est en voyage, et un journaliste vient de débarquer à la maison pour me parler des e-mails de Knight. J'ai juste besoin de faire une pause, et vu que je n'ai plus vraiment de salaire, un hôtel serait…

— Ferme-la, tu veux ? Bien sûr que tu peux venir. C'est pas vraiment le Taj Mahal, mais j'ai un adorable petit clic-clac Ikea qui devrait te convenir. T'arrives à quelle heure ?

— Tout de suite. Si ça te va.

— Aucun problème. Et j'ai une surprise pour toi.

— Oh. Euh, c'est où exactement ?

Elle s'invitait de force pour une soirée pyjama alors qu'elle n'était jamais allée chez cette femme.

— Ah oui, j'suis conne.

Dana lui donna une adresse à Brooklyn.

— Appelle-moi quand t'es devant la porte.

40

Dana vivait dans une maison mitoyenne sur trois niveaux à Prospect Heights. McKenna l'appela depuis la rue, et elle ne tarda pas à apparaître à l'une des fenêtres ouvertes sous les toits.

— Attrape !

McKenna fit un pas sur la gauche avant que le porte-clés la frappe aux genoux. Plus haut, Dana était tordue de rire.

— T'es vraiment trop nulle ! C'est au deuxième. J'espère que tu sais mieux monter un escalier qu'attraper un truc au vol.

Devant la porte de l'appartement, Dana lança :

— Entre. Je vais te faire visiter. Voici… Eh bien, mon appart. Voilà, c'est fini !

Elle avait déjà déplié le canapé et fait le lit, laissant à peine assez de place pour circuler entre le bord du matelas et le petit meuble de télévision installé juste devant. Sous la fenêtre se trouvait un grand bureau avec deux ordinateurs portables, une gigantesque imprimante et des piles de tirages. Une kitchenette était aménagée sur le côté.

— Oh, non. Je te pique ton lit ?

— Dans tes rêves, McKenna. Tes rêves lesbiens refoulés. Regarde par ici.

Elle longea le bureau et ouvrit deux portes coulissantes que McKenna avait pensées être celles d'un placard. À l'intérieur, il y avait assez de place pour un lit de taille normale et une commode. Compact mais efficace, exactement comme devait l'être un appartement de jeune New-Yorkais.

— Merci encore de me laisser pieuter chez toi. Je te promets que c'est juste pour la nuit.

Dana prit un verre de vin bien rempli posé sur le plan de travail de la cuisine et le lui tendit.

— Je me suis dit que ça te ferait pas de mal, après une telle journée.

McKenna accepta son offre avec joie. Dana fit tinter leurs verres.

— Au chômage !

Le vin était infect, mais McKenna murmura :

— Hmmm, délicieux.

Elle non plus ne connaissait rien au vin quand elle avait 25 ans.

— Un conseil, cependant, ajouta-t-elle. Ne plaisante pas avec le chômage, surtout dans la situation économique actuelle. Crois-moi.

— T'es pas la seule dans ce cas. Moi aussi. J'ai démissionné aujourd'hui.

— Quoi ?

— Sororité, ma vieille.

Dana leva le poing en signe de lutte.

— Les mecs, on les emmerde. T'as vu la façon dont ils t'ont foutue dehors sans préavis ?

— Oh, non, non, non, non. S'il te plaît, dis-moi que tu plaisantes.

— Pas du tout. Je me suis tirée.

— Tu ne peux pas faire ça. Appelle Vance demain matin et explique-lui que tu étais en colère et que tu as fait une connerie. Il te reprendra. C'est un type bien.

— Ouais, c'est ça. C'était vraiment sympa le coup de poignard dans le dos.

— Ne fais surtout pas ça pour moi.

Dana n'était qu'une petite écervelée diplômée de la New School dans un domaine artistique dont McKenna n'avait jamais entendu parler. Une photographe couverte de tatouages ne risquait guère de faire fureur sur le marché du travail, et – vu ses remarques désobligeantes à ce sujet – elle n'était pas du genre à avoir des économies planquées quelque part.

— Moi, ça va aller, reprit McKenna. Je peux toujours redevenir juriste. À ma connaissance, les gens ont encore besoin d'avocats pour les faire sortir de prison, entre autres.

— Je l'ai pas fait pour toi. Je veux dire, ouais, aujourd'hui c'était l'occasion. Mais je déteste ce boulot. Je le fais uniquement pour le salaire, et il n'est même pas si bon que ça. Je veux juste prendre mes photos bizarres et créer des trucs sympas que les gens un peu tordus comme moi auront envie d'accrocher sur leurs murs.

— Je comprends, mais tu le faisais déjà sur tes heures de travail pour le magazine, de toute façon.

— Touchée, coulée. Mais je t'assure, c'est mieux comme ça. Le père d'une copine a un gigantesque studio photo – l'une de ces grosses boîtes qui font des tonnes de mariages et de barmitsvah. Il a dit qu'il me ferait bosser en tant qu'assistante pour m'aider à payer mes factures. Ça rapporte plus que le magazine, alors j'y songeais depuis un moment. Mais dire à Vance que c'était parce qu'ils t'avaient mal traitée, ça faisait beaucoup plus rock star.

McKenna voyait bien ce qu'il y avait là de plaisant.

— Alors, dans ce cas, sororité, ma vieille !

Elle but une nouvelle gorgée de vin, réprimant une grimace devant son goût de white spirit.

Dana prit place sur le lit déplié.

— Désolée, c'est le seul endroit où s'asseoir à part dans la chambre, mais t'inquiète, t'es pas trop mon genre.

McKenna se mit à rire et la rejoignit.

— Maintenant, j't'en supplie, s'il te plaît, raconte-moi ce qui se passe. Je sais que c'est im-po-ssible que tu aies trafiqué les messages du juge Knight. Au début, je me suis dit que c'était peut-être Knight lui-même qui t'avait piégé. Genre, il a entendu dire que tu préparais un article qui révélerait sa grossièreté au monde entier, et il a décidé de discréditer la porteuse de mauvaise nouvelle.

— C'est un peu plus compliqué que ça.

Au vu des remarques de Dana, McKenna supposait que Vance n'avait pas informé les employés du magazine que le tuyau bidon était censé provenir du propre iPad de McKenna.

— C'est ce que je me suis dit quand tu as détourné le flux Twitter du magazine. Je n'avais jamais entendu parler de cette Susan Hauptmann, mais j'ai fait des recherches tout à l'heure. Un genre de vieille affaire classée, c'est ça ?

Grâce à la prolifération des séries TV sur les affaires judiciaires, tous ceux qui avaient le câble connaissaient le jargon des forces de l'ordre.

— Qu'est-ce que l'article sur Knight a à voir avec cette fille ?

— Je ne sais pas. Je cherche encore à comprendre.

Dana saisit un ordinateur posé à même le sol et l'ouvrit.

— En tout cas, tu as su te faire remarquer. Jette un coup d'œil là-dessus.

Elle avait ouvert quatre fenêtres différentes sur son navigateur Internet. Le *Huffington Post*. Le *Daily Beast*. Gawker. Gothamist. C'était un feuilleton calibré pour un monde médiatique réagissant au quart de tour, se nourrissant d'hypothèses et régi par les réseaux sociaux. Le renvoi brutal de McKenna d'un organe de presse traditionnel. Son passé bien connu. Son virage vers Twitter pour communiquer avec un public curieux. Une « affaire classée » en suspens, et la promesse d'informations à venir.

L'histoire était tellement étrange que certains commentateurs commençaient à se demander si tout cela n'était pas qu'un canular médiatique racoleur destiné à faire du buzz pour le magazine *NYC*.

Si seulement c'était vrai.

Quand leurs verres furent vides, Dana proposa de la resservir.

McKenna déclina.

— Excuse-moi. Je suis complètement claquée.

— Oui, bien sûr. Moi aussi, je vais pioncer. On se voit demain matin.

Une fois seule dans le salon, McKenna vérifia sa

boîte mail. Elle avait plus d'une centaine de nouveaux messages, presque tous du type :

Magnifique coup de com'. J'ai hâte de voir de quoi vous êtes capable. Vous avez gagné un lecteur à vie. Qui a besoin de journaux à l'ancienne de toute façon ?

Trois sollicitations de la part de médias. Un nombre inquiétant de commentaires sur le sex-appeal de ses portraits disponibles sur le web, et sur tout ce qu'elle aurait le temps de faire avec des inconnus maintenant qu'elle était au chômage.

Parfois c'était vraiment de la merde, Internet.

Elle prit son téléphone et songea à appeler Patrick, se demandant ce qu'elle pourrait bien lui raconter. Et surtout, ce qu'il pourrait bien lui raconter, lui. Elle n'était pas encore prête à entendre la vérité. À savoir qu'il lui mentait depuis le premier instant de leur rencontre. Qu'il en savait plus sur la disparition de Susan qu'il ne voulait bien le dire. Qu'il avait fait quelque chose de terrible que McKenna et lui ne pourraient surmonter.

Tant qu'elle parvenait à se dire qu'elle était encore en train d'enquêter, elle pouvait à peu près se convaincre que tout se passerait bien.

Elle tapa un nouveau SMS.

Désolée, je suis sortie, des journalistes se sont pointés à l'appart pour me faire parler.

Dana avait gobé l'histoire sans problème. Avec un peu de chance, Patrick aussi. Au moins ce soir.

Un peu déprimée, alors j'ai bu quelques verres avec une copine et je me suis endormie.

Une copine ? Non, ça ne passerait pas. Elle effaça le message.

Ai bu quelques verres avec les gens du magazine, ils essayaient de me consoler. Me suis endormie sur le canapé.

Le canapé de qui ? C'était le genre de détail passé sous silence dans l'écriture simplifiée des SMS, surtout si elle était ivre.

Désolée. Veux pas te réveiller et trop bourrée de toute façon pour rentrer. Je dors ici, on se voit demain après le travail. Je vais bien. Tu avais raison. Tout va bien se passer.

Elle éteignit son téléphone avant qu'il puisse sonner à nouveau.

41

Elle sentit l'acier froid des barreaux sous ses paumes. Entendit le cliquetis de menottes qui se refermaient sur le prisonnier de la cellule voisine. Au loin, le bruit de clés qui s'entrechoquaient. Puis une alarme envahit le bloc. Des détenus se mirent à crier et à frapper les barreaux avec des objets. Il se passait quelque chose. Mais elle n'était pas prisonnière. Elle était gardienne. Elle ouvrit la porte de la cellule et vit Patrick.

McKenna ouvrit les yeux, le bruit de l'alarme de son rêve toujours dans la tête. Il s'agissait en fait du signal d'un camion de chantier qui faisait marche arrière devant chez Dana. Elle ne s'était pas rendu compte qu'elle s'était endormie, et c'était déjà le matin.

Les portes coulissantes de la chambre de Dana étaient fermées. McKenna se dirigea à pas de loup vers la salle de bains et tira la porte derrière elle sans faire de bruit. Elle avait le visage bouffi, les yeux rouges, la bouche pâteuse. Elle trouva du dentifrice dans l'armoire à pharmacie et se frotta les dents avec l'index.

Debout devant le bureau de Dana, elle griffonna un petit mot.

Mille mercis de m'avoir accueillie. Je suis de nouveau prête à affronter le monde. Je te revaudrai ça !

McK

Dana lui avait filé un sacré coup de main, mais elle se montrait un peu trop curieuse. McKenna n'avait aucune envie de commencer la journée par une nouvelle salve de questions. Elle plia soigneusement les draps dans un coin et se faufila dehors.

Elle trouva un café sur Atlantic Avenue avec le wifi gratuit et commanda un grand café et un sandwich œuf-bacon-fromage. L'appétit était revenu. C'était sans doute bon signe.

Il était 8 h 45. À moins que Patrick ne sèche le boulot, il devait être sur son vélo. Elle prit donc le risque de l'appeler sur son portable.

« Salut, c'est moi, dit-elle après le bip. Encore désolée pour hier soir. On dit que boire ne résout pas les problèmes, mais quatre ginger martini atténuent bien la douleur. Je dois être alcoolique, tu crois pas ? Bref, j'ai dormi chez Dana et je suis de nouveau prête à affronter le monde. Je vais aller voir au tribunal ce que je peux trouver sur les soutiens du juge Knight. À mon avis, il a eu vent de mes questions et il a lui-même falsifié les messages pour tenter de faire croire que toute l'histoire était fausse. »

Aucune allusion à Susan. Elle n'était qu'une journaliste au chômage qui tentait de prouver son innocence.

« J'espère que tout va bien au boulot. Désolée d'être une telle poivrote. On se voit ce soir. »

Cela lui laissait environ neuf heures pour infirmer ou confirmer ses pires soupçons.

Elle commença par appeler Mallory.

— C'est encore McKenna Jordan. On s'est parlé au sujet de votre vidéo du sauvetage dans le métro, vous vous souvenez ?

— Oui, bien sûr. Je viens de voir passer un article vous concernant sur Gawker.

Le ton neutre de la fille ne permettait pas de savoir si elle considérait la nouvelle célébrité de McKenna comme une bonne chose ou une humiliation absolue.

— Navrée de vous déranger à nouveau, mais auriez-vous un peu de temps à m'accorder ce matin pour un bref rendez-vous ?

— Un rendez-vous ? Je suis assise dans un box toute la journée à relire des textes pour des ventes aux enchères de mode sur Internet. Je n'ai pas vraiment de secrétaire pour gérer mon agenda.

— Je voulais dire, quelques minutes pour discuter en tête à tête. Je voudrais vous montrer une photo pour voir si vous la reconnaissez.

— Vous ne pouvez pas simplement me l'envoyer par e-mail ?

McKenna voulait être sûre que la jeune femme la regarderait de près. C'était crucial.

— Ce sera l'affaire de quelques minutes. Je peux venir vous voir. Vous aviez parlé d'un Starbucks près de votre bureau ?

— Mouais. Au croisement de la 45e Rue et de la Sixième Avenue. Appelez-moi quand vous êtes dans le coin, je vous rejoindrai.

McKenna raccrocha et passa un autre appel. Elle avait de la chance. Nicky Cervantes était chez lui et se souvenait d'elle.

— Tu as cours à quelle heure ? demanda-t-elle.

— J'ai pas cours. C'est journée pédagogique pour les profs. Mais j'ai entraînement à 13 heures.

— Pour 20 dollars, tu pourrais me rejoindre près de Times Square ? Tu ne perdras pas ton temps, crois-moi.

Elle était sûre qu'il hésitait à demander plus.

— OK, ça marche. Vous payez aussi le métro ?

— Bien sûr. Rendez-vous au Starbucks à l'angle de la 45e Rue et de la Sixième Avenue.

— Y a quelque chose qui cloche sur ces photos, déclara Nicky. Elles ont l'air vieilles, genre. Ses cheveux, ses fringues, tout ça.

Aux yeux de McKenna, dix ans plus tôt, c'était à peu près comme la veille. Les photos des années 1980, à la limite, d'accord. Les sarouels resserrés sur les chevilles, les bracelets de Madonna et les coiffures de Cyndi Lauper avaient pris un coup de vieux. Mais 2003 ? McKenna était certaine qu'elle portait encore des vêtements de cette époque. Pour un adolescent comme Nicky, 2003 avait probablement l'air aussi rétro que Woodstock quand McKenna avait son âge.

— Elle aurait dix ans de plus maintenant, dit-elle en pointant le doigt vers la photo de Susan.

Dix ans, pour un adolescent, c'était impossible à concevoir.

— Elle aurait mon âge. Est-ce que ça pourrait être la femme du métro ?

— Je sais pas. Elle était… Bah, elle me courait après la plupart du temps, quoi.

— Tu as bien dû la regarder, au début. La scruter pendant au moins quelques secondes.

— Remontrez-moi la photo. Ouais, OK, je vois l'genre. Ses cheveux sont plus aussi blonds maintenant, j'dirais qu'il y a plus de roux dedans, ou quelque chose comme ça. Mais le visage ? Ouais, ça pourrait carrément être elle.

— Ça veut dire que ça pourrait être elle, ou que c'est carrément elle ?

Il la regarda comme si la question lui filait la migraine.

— Qu'est-ce que vous voulez dire par là ? La femme de vos photos ressemble beaucoup plus à celle dans le métro que vous, ou que ma mère, ou que cette femme là-bas, ou cette femme-ci, ou celle-là. Donc, oui, ça pourrait carrément être elle.

Elle se contenterait de cette réponse. Au moins, il n'avait pas exclu la possibilité. Il prit les 25 dollars comme s'il n'avait jamais obtenu de l'argent aussi facilement de sa vie, quand bien même McKenna savait que c'était faux.

Elle appela Mallory et lui annonça qu'elle l'attendait au café. Quelques minutes plus tard, une femme d'environ 25 ans entra dans la salle, qu'elle parcourut des yeux d'un air hésitant.

— Vous êtes Mallory ?

McKenna n'aurait jamais cru, à en juger par sa voix, que cette fille serait si jolie. Elle avait la peau d'une blancheur d'albâtre, des cheveux blond vénitien et de grands yeux bleu lagon.

— Oui. Je ne me suis pas rendu compte avant d'ouvrir la porte que je n'avais aucune idée de qui je cherchais.

Mallory s'assit à la petite table, face à McKenna.

— J'ai fait l'erreur de dire à ma copine que vous aviez rappelé. Elle veut que je vous demande si votre campagne sur Twitter est une opération de com' pour le magazine. Elle envisage de faire pareil pour le groupe de musique de son petit ami. Comme si ça pouvait intéresser quelqu'un, une engueulade entre les membres d'un groupe dont personne n'a jamais entendu parler.

— Ce n'est pas un coup de pub, répondit McKenna. Quelqu'un m'a filé un tuyau bidon pour un article et a tenté de faire croire que j'avais tout inventé. C'est compliqué à expliquer, mais je commence à me demander si ces mêmes personnes n'ont pas voulu m'empêcher de suivre une piste grâce à votre vidéo du métro.

— Waouh. Un journaliste rival qui tenterait de vous faire tomber, par exemple ? C'est chaud.

McKenna sortit la photo de Susan qu'elle avait montrée à Nicky Cervantes.

— Le cliché a plus de dix ans, il faut l'imaginer plus vieille. Mais est-ce la femme du métro ?

— Purée, je crois bien que c'est elle. Vraiment, je pense que c'est elle.

McKenna remarqua alors que la carnation de Mallory était proche de celle de Susan. Il était logique qu'elle soit plus douée que Nicky pour faire la distinction entre des femmes de son genre. Elles se ressemblaient toutes quand « elles » n'étaient pas comme « vous ».

Nicky et Mallory avaient tous deux vu la femme du métro en personne, et ni l'un ni l'autre n'excluait que ce puisse être Susan. Ils corroboraient ce que McKenna pensait depuis le début.

Mais si elle avait voulu voir Mallory en chair et en os, c'était pour lui montrer une tout autre photo. Elle fit défiler les images sur l'écran jusqu'à trouver un portrait de Patrick.

— Vous m'avez dit que vous aviez prêté votre téléphone à un type en faisant la queue pour déjeuner, le jour où la vidéo du métro a été effacée. Est-ce que c'était lui ?

Mallory jeta un rapide coup d'œil, beaucoup plus bref que pour la photo de Susan.

— Non. Pas du tout.

— Vous êtes sûre ? Vous m'aviez dit que vous seriez incapable de le reconnaître lors d'une séance d'identification chez les flics.

— Absolument. C'est pour ça que je sais que ce n'est pas lui. Ce type est plutôt sexy. Je m'en souviendrais. Et ma copine Jen aurait trouvé le moyen de lui filer son numéro, croyez-moi.

McKenna n'avait jamais été aussi soulagée d'obtenir une réponse négative. L'homme qui avait supprimé la vidéo était vraisemblablement le même que celui qui avait effacé le compte Skybox de Dana et fabriqué de toutes pièces les e-mails de Knight envoyés à McKenna. Certes, Patrick avait directement accès à l'iPad de McKenna ; mais quelqu'un d'un tant soit peu doué en informatique avait très bien pu agir à distance.

Il fallait qu'elle retrouve l'homme ayant fouillé dans le téléphone de Mallory.

— Vous m'avez dit que ce type vous avait emprunté votre portable alors que vous faisiez la queue quelque part ? Mercredi dernier, c'est bien ça ? Vous vous souvenez de l'heure ?

— C'était devant chez Margon. L'un des meilleurs cubains de la ville, niché dans ce gros merdier qu'est

Times Square. Les files d'attente sont interminables, mais c'est pas cher. On y était au début de la pause déjeuner. Entre 13 heures et 13 h 15, je dirais.

L'homme avait peut-être effacé la vidéo qui intéressait McKenna au plus haut point, mais il y avait d'autres caméras dans la ville. Elle allait s'en servir à son avantage. Et inverser les rôles.

42

Seuls les non-New-Yorkais pouvaient être surpris d'entendre Mallory parler de Times Square comme d'un « gros merdier ». Pour ceux-là – qui, comme la mère de McKenna, surnommaient la ville la « Grosse Pomme », la trouvaient stressante et n'y voyaient qu'un lieu à visiter mais surtout pas où habiter –, New York c'était Times Square. Mais pour les New-Yorkais, ce quartier donnait une mauvaise image de leur ville. C'était comme un parc d'attractions, un hypermarché, ou le bureau d'enregistrement du permis de conduire : un lieu où ils se rendaient en traînant les pieds et seulement dans un but bien précis.

Deux ou trois fois par an, comme toute bonne New-Yorkaise, McKenna s'aventurait sur ce territoire hostile pour une représentation théâtrale particulièrement applaudie, ou pour retrouver un ami non-new-yorkais dans quelque horrible bar d'hôtel. Ce jour-là, elle avait une tout autre raison de s'y rendre.

Il n'était que 11 h 30 et des gens attendaient déjà devant Margon. Tandis que McKenna longeait la file pour rejoindre l'entrée, les réactions fusèrent, du passif-agressif « Je ne savais pas qu'ils prenaient des réservations » à l'agressif-agressif « Vous vous prenez pour qui, madame ? Faites la queue comme tout le monde ! ».

McKenna avait supposé, étant donné le succès de Margon, qu'il s'agissait du dernier lieu à la mode de Manhattan. Devant sa façade, elle s'aperçut que c'était à peine un restaurant. La salle longue et étroite était principalement occupée par un comptoir avec un service de type cafétéria, complétée par un panneau indiquant DÉBUT DE LA FILE D'ATTENTE. Les premiers arrivés s'étaient emparés des rares tables disponibles pour les clients.

Le caissier semblait autant aux commandes du restaurant que les autres employés. McKenna dut s'y reprendre à plusieurs fois avant qu'il comprenne sa question. Quand il finit par piger, il eut un petit rire et secoua la tête.

— Non. Pas de caméras.

Il agita les bras comme pour dire : *C'est juste une cantine, ici.*

Quand McKenna ressortit les mains vides, certaines personnes patientant devant l'entrée y virent une forme de justice divine.

— C'est ça, retournez faire la queue !

Elle longea la file d'attente, repérant des entreprises dont les caméras de surveillance auraient pu filmer la rencontre entre Mallory et l'inconnu. Une onglerie. Un restaurant indien. Un salon de tatouage. Rien, nothing, nada.

Elle tenta ensuite un parking à étages. Pour l'instant, il se trouvait bien au-delà du bout de la queue, mais Mallory était venue à l'heure de pointe. Ça valait le coup d'essayer.

L'entrée du garage souterrain était une rampe étroite et raide. Une file de voitures à l'arrêt attendaient de pouvoir s'insérer au milieu des véhicules emboîtés façon Tetris dans cet espace exigu. Elle grimaça par avance à l'idée du choc quand le gardien du parking braqua brusquement pour sortir une Porsche Carrera de la file. Avec autorité. D'un geste sûr et fluide. Il aurait fallu un quart d'heure de contorsions à McKenna pour libérer la voiture de cet agglomérat.

Elle patienta tandis qu'il allait chercher les véhicules de quatre autres clients qui attendaient non loin de là, leur ticket de stationnement à la main. Quand on a besoin d'un service, on veille à ne pas se montrer trop pressant. Elle parvint enfin à attirer son attention, et il se montra très content de bavarder. Dans ce boulot, il n'avait probablement pas beaucoup l'occasion de voir du monde.

— Ben oui, on a des caméras. Un sacré paquet, même. Il y a deux ans, un taré a traîné une femme depuis la rue et l'a violée juste là, sur la rampe. Mon employé était présent, mais il était en train de laver des voitures en écoutant la radio. Il n'a rien entendu. Moi, si j'avais surpris des bruits pareils, le type serait pas sorti vivant d'ici. Maintenant, on a une sonnerie qui se déclenche dès que quelqu'un franchit la rampe – vous êtes descendue à pied, n'est-ce pas ? Ouais. J'ai entendu la sonnerie. Je savais que quelqu'un allait venir, mais j'ai pas vu de voiture. Ça fonctionne bien. Et en plus, on a les caméras. Un sacré dispositif. Elles voient tout.

— Vous en avez en haut de la rampe ? Sur le trottoir ?

— Bien sûr. Je veux dire, on n'en a pas placé dans

tout Manhattan. Mais oui, au niveau du trottoir, des deux côtés du garage.

— Et vous gardez les enregistrements ?

— Pendant quatorze jours. Après, on les efface. Je ne suis pas sûr d'avoir le droit de les montrer à quelqu'un. Personne me l'a jamais demandé.

Elle avait perçu la colère dans sa voix quand il avait parlé du taré ayant agressé la femme deux ans plus tôt.

— Je me suis lancée dans une sorte de mission de détective amateur. Ma petite sœur faisait la queue devant Margon…

— Oh bon sang, leur riz aux haricots !

— Eh bien, un type a emprunté son téléphone en lui disant que c'était une urgence. Et quand elle l'a récupéré, il y avait ajouté des photos cochonnes de lui.

— Ah, vous voyez ? Mais qu'est-ce qui cloche chez ces mecs ? Qui fait des choses pareilles ?

— C'est ce que j'essaie de savoir. La police dit qu'elle ne peut rien faire, car les photos qu'il a laissées… ne montrent pas vraiment son visage, vous voyez ce que je veux dire ? Mais peut-être que vos caméras ont filmé ce mec.

— C'est bon. J'ai compris. On va choper ce connard.

Le nombre de chauffeurs attendant de lui laisser leur clé ne cessa de croître tandis que le gardien parcourait rapidement des fichiers numériques dans son bureau.

— Une seconde, les gars. J'ai une urgence à gérer. Je reviens tout de suite, promis !

Il était remonté dans le flux vidéo de la caméra installée du côté ouest du garage : mercredi, 13 heures, début de la pause déjeuner de Mallory. Les gens faisaient la queue sur le trottoir. Il passa le film en accéléré.

— Là !

McKenna vit Mallory en pleine conversation avec son amie.

— C'est ma sœur, ajouta-t-elle. Ralentissez.

Ils virent un homme leur adresser quelques mots. Mallory lui jeta un rapide coup d'œil avant de lui prêter son téléphone.

— Et voilà.

Le gardien du parking était désormais à fond dans son enquête.

— C'est bien le taré. Ouais, il trafique quelque chose. Il ne prend pas de photos, mais il tripote les commandes. Il avait sans doute stocké des images toutes prêtes sur un site web pour les télécharger sur le téléphone, une bidouille de ce genre.

Sur l'écran, le type rendait le téléphone à Mallory et s'éloignait.

— Stop ! s'exclama McKenna.

— On le tient, lança son complice en mettant la vidéo sur pause.

McKenna n'avait jamais vu cet homme.

43

Avant même que Scanlin pousse la porte vitrée, les deux femmes à l'accueil de Comfort Park échangèrent un regard. Il lut dans leurs yeux leur dialogue silencieux.

Le voilà qui revient.

On n'arrête pas de lui dire…

Mais il n'écoute pas.

C'était vrai. Elles n'avaient cessé de le lui répéter. Que Melissa ne se souvenait pas de lui. Que, vraiment, elle était très heureuse ici, il n'avait pas à s'inquiéter. Qu'il ferait mieux de venir avec Jenna.

C'était plus facile à dire qu'à faire. Même si Jenna en voulait à son père de faire passer son travail avant sa famille, elle n'était pas – selon ses propres termes – « quelqu'un du matin ». Elle ne pouvait pas « faire plus » que de se lever à temps pour être à l'heure dans la boîte où elle était comptable. Elle ne pouvait rendre visite à Melissa qu'en début de soirée, point final.

Scanlin, à l'inverse, était un flic qui avait des jours de repos à prendre, au risque sinon de les perdre. Et c'était lui qui s'était occupé de Melissa, même quand tout le monde disait qu'il fallait la placer dans une « institution ». Personne ne le croyait quand il le racontait, mais il y avait des moments, quand elle était encore à la maison, où elle était presque normale – parfois pendant plus d'une heure –, et c'était toujours le matin. Elle se réveillait avant lui, le découvrait en train de dormir dans la chambre de Jenna, et lui demandait s'il voulait des pancakes. Il fallait bien qu'elle se souvienne de lui pour savoir que les pancakes étaient son petit déjeuner préféré, non ?

— Bonjour, dit-il. Je viens voir Melissa Scanlin.

Comfort Park. Il détestait ce nom. On aurait dit un mélange entre une marque de couches pour adultes et le nom d'un zoo pour animaux séniles. Et il avait détesté l'endroit quand Melissa y avait emménagé. Les efforts excessifs pour l'égayer – le tissu fleuri des fauteuils, les motifs floraux des rideaux, les bouquets de fleurs en plastique sur les tables du réfectoire. Le mobilier daté. L'odeur bizarre.

Il avait fini par comprendre que lui seul était mal à l'aise, pas Melissa. Il aurait voulu qu'elle soit le genre de femme à détester un lieu pareil. Mais ce n'était pas le cas. La maladie faisait d'elle une enfant. Et comme tout enfant, elle se fichait de la déco, du tissu des fauteuils, et même des gens qui l'entouraient. Elle aimait les séances de travaux manuels, les journées consacrées à la musique, et les chapeaux que les dames de Comfort Park ne cessaient de lui apporter, pour qu'elle les mette à tour de rôle.

— Bien sûr, inspecteur Scanlin. Je crois qu'elle est dans la salle commune en ce moment.

La salle commune était une grande pièce lumineuse pleine de chaises disparates, de petites tables, et de zones réservées au dessin, aux puzzles, à la pâte à modeler et à la lecture. La femme le conduisit jusqu'à son épouse, assise seule devant une table d'appoint à jouer au solitaire. Ce n'était pas vraiment un solitaire ; mais pour une raison quelconque, le fait d'empiler des cartes sur sept colonnes et de retourner les autres trois par trois, avant de se débarrasser des cartes inutiles, était demeuré un geste familier.

— On fait comme on a dit, inspecteur, chuchota la femme tandis qu'ils approchaient.

— Je sais. Juste lui tenir compagnie. Ne pas évoquer de souvenirs. Pas de pression.

— Excellent, répondit-elle, comme à un écolier qui viendrait de réciter l'alphabet correctement pour la première fois.

— Ne vous inquiétez pas. Je me comporterai comme un parfait inconnu.

C'était plus fort que lui. Il voulait bien admettre que les personnes qui travaillaient ici – du moins, la plupart d'entre elles – se souciaient vraiment des patients. Mais leur travail serait plus facile si les maris, les parents et les frères et sœurs ne traînaient pas trop dans leurs pattes. Elles pourraient alors gérer Comfort Park comme une garderie pleine de géants bambins et oublier que les gens présents dans cette pièce avaient été des adultes. Une femme comme Melissa avait été une mère, une épouse et une cuisinière hors pair. Jusqu'à ce qu'elle accepte d'épouser un flic, elle aimait bien tirer sur un joint de temps en temps. Et même si Scanlin était le seul à le savoir, dans le secret de leur chambre, elle était plus sexy que n'importe quelle star du porno.

— Bonjour, dit-il. Il est bien, ce jeu ?

— Oh, oui. Je l'aime beaucoup. Et puis je gagne toujours.

Elle ne gagnait jamais, même à l'époque où elle savait jouer.

— Vous savez comment… Vous voyez ce que je veux dire.

Elle désigna les cartes.

— J'y jouais, autrefois. Mais je ne gagnais jamais. Trop difficile.

— Je ne trouve pas ça si difficile.

— Vous devez être très douée. Je m'appelle Joe. Je suis né à Pittsburgh. Je suis policier, et j'ai une fille qui s'appelle Jenna.

Il avait découvert qu'il pouvait réciter des faits biographiques de base sans déclencher une succession d'événements interrompus par un membre du personnel lui demandant de « revenir plus tard » avec Jenna. Tant qu'il se comportait comme un étranger aimant discuter, Melissa était calme, voire passablement amusée. Tandis que des déclarations comme « Je suis ton mari » ou « Nous avons vécu ensemble pendant vingt-trois ans » ou « Comment peux-tu avoir oublié ? » étaient rapidement suivies de déambulations stressantes dans la pièce, de larmes, et – le pire – d'accusations qu'il essayait de la « prendre ».

— Quand Jenna était petite, poursuivit-il, son appendice a failli éclater, et on est presque passés à côté. D'autres gamins se mettent à beugler dès qu'ils ont mal au ventre, mais Jenna nous a juste dit qu'elle avait dû manger trop de pizza. Elle a répété ça pendant plus d'une journée…

Vingt-quatre heures ne signifieraient rien pour Melissa.

— Et même quand la douleur a augmenté, elle n'a pas crié, pas poussé un seul gémissement. Elle a dit : « Papa, la pizza s'est déplacée sur le côté droit de mon ventre. Je crois que ça veut dire qu'il faut m'emmener à l'hôpital. »

L'amitié que le personnel du Comfort Park témoignait à Jenna avait quelque chose d'assez ironique. Quand il avait décidé de placer Melissa à temps plein dans une institution, leurs proches avaient eu du mal à contenir leur soulagement. « C'est mieux pour vous deux. Ça faisait longtemps qu'il fallait le faire. C'était la seule solution. »

Tout le monde avait dit ça, sauf Jenna. Si une lobotomie pouvait lui permettre d'oublier les propos haineux crachés par sa fille ce soir-là, il serait prêt à administrer lui-même le premier coup de bistouri.

— Et elle a une maman, Jenna ? demanda Melissa.

Il le savait. Melissa allait toujours mieux le matin. Sans doute parce que le sommeil la requinquait. S'il était vrai que la plupart des gens n'utilisaient que 10 % de leurs neurones, peut-être Melissa se servait-elle davantage de ses capacités cérébrales quand elle était bien reposée.

— Oui, elle a une maman. Qui s'appelle Melissa, d'ailleurs. Comme vous, je crois ?

Melissa fronça les sourcils, et il se demanda si elle n'allait pas avoir une crise.

— C'est bien d'avoir…

Elle agita la main, comme elle le faisait quand elle ne trouvait pas le mot approprié.

— J'en avais un avant. Mais il est parti maintenant.

Melissa ne se souvenait pas de Scanlin, mais elle semblait se rappeler qu'elle avait eu un petit ami à Comfort Park, jusqu'à ce qu'il meure quatre mois plus tôt. Scanlin espérait, pour son bien, qu'elle l'oublierait. Et qu'elle oublierait ceux qui suivraient probablement. Melissa avait dépassé depuis longtemps l'espérance de vie moyenne des patients souffrant de sa pathologie.

— C'était sympa de bavarder avec vous, Melissa. Amusez-vous bien avec votre jeu.

— Je gagne toujours.

Il remercia les femmes de l'accueil en sortant. Celles-ci lui lancèrent le regard compatissant mais impatient qu'elles semblaient n'accorder qu'à lui.

Il avait tout un après-midi à tuer. Il n'était pas très doué pour profiter de ses journées de congé. Pas de travail. Pas de famille. Pas de loisirs.

Il avait cru un moment que l'affaire Hauptmann lui servirait de passe-temps, mais le carnet de notes de Vera Hadley l'avait mené dans l'impasse. Cette voisine trop curieuse avait peut-être bien entendu Susan se disputer avec l'un de ses petits amis. Mais il ne savait toujours pas qui était ce type. Et il ignorait si Susan était morte ou vivante.

Quant à l'opération de com' de McKenna Jordan, c'était la goutte d'eau qui avait fait déborder le vase. N'importe qui, pris en flagrant délit de publication de propos diffamatoires concernant un juge, ferait profil bas et laisserait passer l'orage. Mais balancer sur Twitter le nom de sa copine disparue pour essayer de sauver sa peau ? Cette femme ferait n'importe quoi pour attirer l'attention.

Songer à McKenna Jordan lui rappela qu'il voulait passer voir son vieil ami Scott Macklin. Vérifier qu'il savait qu'elle avait à nouveau explosé en plein vol.

La maison de Mac ressemblait à peu près au souvenir qu'en avait gardé Scanlin. Il n'était pas du genre à se fier à sa mémoire, mais les lucarnes du premier étage étaient peut-être un ajout. La clôture en cèdre bordant la cour latérale était sans doute neuve, elle aussi.

La porte du petit garage attenant était fermée. L'allée était déserte.

Il sonna, s'attendant à ce que Josefina vienne lui ouvrir, de son air enjoué mais débordé. Pas de réponse. Un autre dingdong. Toujours rien.

Le trajet de vingt-cinq minutes lui avait semblé dérisoire quand il avait quitté Comfort Park. Mais vingt-cinq minutes fois deux, cela faisait presque une heure. Une heure gâchée à rouler pour rien.

Il marcha vers le côté de la maison et jeta un coup d'œil par la fenêtre. Si la télévision était allumée, il saurait au moins qu'ils n'allaient pas tarder à revenir. Il pourrait passer au McDo et être rapidement de retour.

Il tenta le téléphone fixe et l'entendit sonner à l'intérieur. Personne ne répondit.

Il regagna sa voiture et dénicha un vieux ticket de caisse pour une vidange dans la boîte à gants, ainsi qu'un stylo dans le vide-poche.

Salut, Scott.

Ici un fantôme du passé. Je t'ai appelé hier, suis passé aujourd'hui. D'ici une semaine, il faudra prévenir les flics que je te harcèle. Passe-moi un coup de fil quand tu as un moment, qu'on discute.

Il griffonna son nom et son numéro de portable et se dirigea vers le porche pour y déposer le mot.

Il n'y avait pas d'endroit propice où le laisser. Pas de moustiquaire pour le maintenir en place. Le bas de la porte était étanchéisé contre les intempéries, si bien qu'il était impossible d'y glisser un bout de papier. La boîte aux lettres était verrouillée, pour éviter l'usurpation d'identité.

Il appuya sur la poignée de l'entrée. Si elle n'était pas fermée, il laisserait le mot dans le couloir et se remettrait en route.

La porte s'ouvrit.

La maison sentait le bacon croustillant. Scanlin ne connaissait pas de meilleure odeur.

Il se pencha pour poser la note sur le parquet. C'est alors qu'il vit les pieds nus qui dépassaient de l'embrasure du salon.

44

McKenna sut que ses soupçons étaient fondés à la seconde où l'agent de la régie des transports posa les yeux sur elle. Il la reconnaissait. Et le fait qu'elle revienne faire un tour au centre de vidéosurveillance du métro le rendait extrêmement nerveux.

— Bonjour, Frank. Vous vous souvenez de moi ? Je suis passée le week-end dernier, je cherchais des images de ce gamin qui est tombé sur les rails à Times Square.

— Bien sûr que je me souviens. Désolé pour le bug. Les gens veulent payer moins d'impôts. Ils veulent que le prix du ticket reste bas. Et quand cette merde commence à déconner, ils font semblant d'être étonnés.

— Ça marche de nouveau ?

— Aux dernières nouvelles, oui. Prêt à filmer.

— Parfait. Donc si quelqu'un me file un pot-de-vin sur le quai aujourd'hui, tout sera enregistré ?

— Euh… oui, bien sûr, je suppose. En quoi puis-je vous aider ?

— Si j'évoque la possibilité qu'un pot-de-vin soit filmé, Frank, c'est parce que c'est en gros ce qui vous est arrivé.

— Je crois que vous feriez mieux de partir, madame. J'ai du travail, et vous faites manifestement err…

— Taisez-vous. Taisez-vous, OK, Frank ? L'homme qui vous a payé pour effacer les images de cette journée était un journaliste sous couverture.

— Je ne sais pas de quoi vous parlez…

— C'est un genre de voyou qui se prend pour un journaliste d'investigation. Un amateur qui se la joue reporter à sensation. Il n'a pas la déontologie d'un vrai journaliste. Vous voyez, s'ils veulent écrire un article sur la corruption des employés municipaux de votre genre, la plupart des rédacteurs de presse doivent d'abord se renseigner sur la corruption. Pas comme Hank le Tank.

Elle ne savait absolument pas d'où elle sortait ce sobriquet, mais après tout pourquoi pas.

— C'est comme ça qu'il se fait appeler. Parce que c'est une sorte de bulldozer. Quoi qu'il en soit, Frank, les journalistes comme moi en ont carrément marre des bulldozers comme Hank qui se baladent partout en inventant des histoires. Sans même parler du fait que, cette fois-ci, il m'a baisée en effaçant les images du métro dont j'avais besoin pour mon article sur la Superwoman.

— Quel genre d'histoire il invente ?

— Eh bien, ce n'était pas vraiment de la fiction, n'est-ce pas ? Mais il vous a bel et bien piégé. Vous étiez assis là sans rien demander à personne quand il est venu vous faire une offre qu'il faudrait être fou pour refuser. Vous l'avez dit, les gens veulent des baisses d'impôts. Des tickets de métro pas trop chers. Ce qui laisse les travailleurs assidus comme vous payer les pots cassés, en bossant davantage pour un salaire moindre. Il vous a roulé dans la farine, Frank. Il a profité de vous, vous a acheté, et bientôt il vous utilisera comme pièce maîtresse de son article – comme si c'était vous le principal problème de cette ville.

— Mais c'est… Il ne peut pas faire ça. Je vais me faire virer.

— C'est bien pour ça que je suis ici, Frank. J'ai toujours soupçonné ce plumitif de créer de toutes pièces ses histoires. Et cette fois-ci, je le tiens. Il se vante déjà d'avoir poussé un employé municipal à effacer les images des caméras de surveillance de l'une des plus grandes cibles terroristes du monde, « et tout cela enregistré », qu'il dit. J'ai fait le rapprochement, et je souhaite retourner ça contre lui. Je vais montrer qu'il vous a piégé. Qu'il a vaincu votre résistance en ne cessant d'augmenter la somme, jusqu'à ce que vous cédiez. C'est bien ce qui s'est passé, n'est-ce pas ?

— En supposant que ce soit vrai, oui. Mais, euh, avez-vous vraiment besoin de citer mon nom ?

— Non, pas du tout, Frank. Si tout se passe comme prévu, mon reportage – sans citer de nom – signera la fin de Hank, et cela tuera son article vous concernant.

— Entendu, alors. Il m'a piégé. Comme vous l'avez dit. Il est venu m'annoncer qu'il était marié à la femme sur l'enregistrement. Que tout ce qu'elle voulait, c'était venir en aide à son prochain, mais qu'après coup elle s'était aperçue que les journalistes allaient en faire des tonnes, et ça ne l'intéressait pas du tout. J'ai expliqué à l'homme que je ne pouvais pas lui être utile, mais comme vous l'avez dit, il n'a cessé de me harceler. J'ai pensé que cette femme était une héroïne. Qu'il n'y avait rien de mal à protéger sa vie privée.

— D'accord. Et pour que tout soit clair, Frank, c'est bien de lui qu'on parle ?

Elle lui montra l'image prise par la caméra de sécurité du parking souterrain. En son for intérieur, elle appelait cet homme le Nettoyeur.

— Oui, c'est bien lui. Je n'arrive pas à croire qu'il m'ait dupé comme ça.

— Et il vous a donné quoi…

Elle tenta un chiffre.

— 5 000 dollars ?

— Non. Seulement 1 000. Il raconte qu'il m'en a donné 5 000 ?

Frank était moins exigeant qu'elle ne l'aurait cru. Il faudrait que quelqu'un lui explique un jour l'intérêt d'avoir un emploi défendu par les syndicats.

Elle n'avait pas plus d'éléments pour identifier le Nettoyeur, mais elle était sûre de deux choses à présent : l'homme était minutieux, et il ne voulait pas qu'on sache que Susan Hauptmann était en vie.

45

Vingt-deux minutes.

Scanlin le savait, parce qu'après avoir appelé le 911, il avait attendu seul sous le porche de Scott Macklin pendant ce qui lui avait semblé une éternité avant de vérifier ses appels récents pour savoir combien de temps s'était écoulé depuis son coup de fil. Puis il avait entendu les sirènes. Et l'ambulance avait tourné au coin de la rue.

Vingt-deux minutes pour que quelqu'un vienne s'occuper d'un flic mort.

Ce n'était pas la première fois que Scanlin voyait quelqu'un tué d'une balle à bout portant dans la tête. Il aurait préféré le contraire, mais c'était comme ça. Il y avait même été confronté dans le cadre d'un suicide – un autre flic, pour tout dire. C'était peut-être cette image qui l'avait sauvé, quand la situation avait vraiment mal tourné avec Melissa. Il n'avait pas supporté l'idée que quelqu'un le trouve dans cet état.

Et c'était ainsi qu'il avait découvert Scott Macklin. Au moment du passage à l'acte, son ami était assis dans le fauteuil inclinable. Les taches de sang sur le siège et le mur derrière l'indiquaient clairement. Ses bras étaient probablement retombés sur ses genoux. L'arme était placée dans sa main droite. Sa tête était partie vers l'arrière, ce qui avait poussé le poids de son corps en avant sur le fauteuil. Il avait fini par glisser sur le sol, où Scanlin l'avait découvert.

Quand Josefina se gara devant la maison, l'ambulance avait été rejointe par un camion de pompiers et deux véhicules de police banalisés.

Elle reconnut Scanlin planté sur le trottoir et le salua d'un sourire. Elle portait ce qui ressemblait à une tenue de yoga.

— Eh bien. Tu ne plaisantais pas en disant que tu voulais voir Scott. C'est quoi, tout ce boucan ?

— C'est pour Scott. Je suis vraiment désolé, Josefina.

Elle tomba à genoux en entendant ces mots.

Scanlin resta à ses côtés pendant toute la procédure. L'enlèvement du corps. Les questions des agents de police et des inspecteurs arrivés sur les lieux. Le coup de fil à Tommy, qui voulait qu'on l'appelle Thomas. Le nettoyage de la maison pour la rendre habitable, même quand Josefina prit conscience que jamais elle ne pourrait y passer la nuit.

Ils échouèrent dans un diner, où ils attendirent l'arrivée d'une amie de la paroisse de Josefina, chez qui elle allait se réfugier.

— Je ne comprends pas pourquoi il a fait ça.

De sa fourchette, elle poussa sur le bord de l'assiette les œufs brouillés de ses pancakes au bacon.

— Je ne savais même pas qu'il avait encore une arme. Il avait l'air si heureux que Tommy aille à la fac. Peut-être que c'était parce qu'il avait quitté la maison ? Peut-être que l'idée qu'on se retrouve en tête à tête…

— Oh, je t'en prie, ne dis pas ça. Mac était fou de toi.

Scanlin n'avait aucun moyen de savoir si c'était toujours le cas. Les couples les plus aigris et les plus malheureux n'avaient-ils pas été très amoureux autrefois ? Mais il ne parvenait pas à imaginer Mac se détourner de la femme qui lui avait permis de reprendre goût à la vie. Scanlin ne voyait qu'une seule raison pour expliquer un tel désespoir chez Macklin, et il se demandait comment aborder le sujet avec Josefina.

— Je sais que Scott a essayé de t'épargner les détails, mais je suppose que tu es au courant de la fusillade dans laquelle il s'est retrouvé impliqué, avant de prendre sa retraite anticipée.

— Voyons, Joe. Cela faisait peu de temps que j'étais aux États-Unis, mais je savais lire. Évidemment que je connaissais l'histoire dans les grandes lignes. Ce jeune homme a sorti son arme, et Scott a été obligé de riposter. Mais le garçon était noir, et Scott un flic blanc, alors… C'est toujours comme ça que ça se passe dans ce pays. Et ça ne changera peut-être jamais.

— Le bureau du procureur a porté l'affaire devant le tribunal. Le procureur en chef était prêt à orienter le grand jury pour qu'il confirme que ces coups de feu étaient justifiés, mais une procureure plus jeune a alors affirmé que Scott avait maquillé la scène avec une arme non enregistrée. C'est ce qu'on dit quand un policier a un second pistolet qu'il dépose…

— Oui, je sais tout ça, c'est de l'histoire ancienne. Ils ont innocenté Scott, mais toutes ces enquêtes sur son passé ont révélé d'autres problèmes. Des gens qu'il avait arrêtés des années plus tôt sont sortis de l'ombre.

Il a fini par passer un accord pour quitter le service en conservant sa retraite.

Sa réputation était définitivement ternie.

— Tu as raison, déclara Scanlin, c'est une vieille histoire. Tout du moins, ça l'était. Je t'ai appelée hier parce que cette même procureure – celle qui a déclenché tout ce scandale – relance cette histoire pour le dixième anniversaire. Elle est journaliste maintenant. Elle a écrit un grand article là-dessus dans un magazine, pour tenter d'attirer l'attention sur elle.

— Oh là là. La journaliste. Elle est venue hier. Je venais de faire la vidange de la voiture et je l'ai trouvée là, dans mon salon.

Le débit de Josefina était devenu plus rapide, et son accent espagnol plus marqué.

— J'ai dit à Scott : « Pourquoi tu parles à une journaliste ? » Il s'imaginait qu'en étant sympa et charmant, en lui montrant qu'on mène une vie normale et qu'il a élevé un gentil petit garçon, elle le laisserait tranquille. Oh, mon Dieu, tu crois que c'est ça qui l'a bouleversé ? Est-ce que c'est la faute de cette soi-disant journaliste s'il a fait ça ?

Il vit l'attention de Josefina se porter sur le son des cloches tintinnabulant à la porte du diner et ne répondit rien. Une femme replète d'âge mûr franchit le seuil et repéra immédiatement Josefina. Des larmes embuèrent les yeux des deux femmes.

— Voici mon amie. Elle va m'emmener chez elle. J'ai besoin de me reposer un petit moment.

— Je comprends.

Il accompagna Josefina quand elle se leva pour rejoindre son amie et patienta tandis qu'elles tombaient dans les bras l'une de l'autre.

— Appelle-moi si je peux faire quoi que ce soit pour t'aider. Vraiment quoi que ce soit.

Elle acquiesça, mais il voyait bien qu'elle aurait préféré pouvoir compter sur des gens ayant fait partie de leur vie actuelle. Tandis que l'amie manœuvrait sa Mini Cooper pour sortir de la place de parking, il vit Josefina plonger son visage entre ses mains et éclater en sanglots.

Il laissa tomber un billet de 20 dollars sur la table et se dirigea vers sa voiture. Il s'étonna lui-même de la violence avec laquelle il claqua la portière du véhicule. Et de la façon dont il agrippa le volant. Il entendait presque le sang pulser dans ses veines.

Un type bien était mort. Quelle injustice.

Il retrouva la carte de visite toute froissée au fond de la poche de sa veste. McKenna Jordan. Numéro de portable griffonné au dos. Tout en écoutant les sonneries – une, deux, trois –, il sentit une boule se former dans sa gorge. Il tenta de déglutir, mais il avait le souffle coupé. Bon sang. Il n'allait pas pleurer. Hors de question que cette femme entende sa douleur.

46

McKenna était surprise de constater à quel point une douche chaude avait pu l'apaiser. Le fait de se trouver dans son propre appartement entourée de tous ces petits rappels de sa vie quotidienne – sa vie avec Patrick – lui était d'un grand secours également. Patrick était absent, sans doute au travail, ce qui voulait dire qu'il avait été rassuré par ses coups de fil lui expliquant qu'elle allait bien.

Le contenu du carton qu'Adam Bayne lui avait envoyé semblait être exactement tel qu'elle l'avait laissé. D'accord, elle n'avait pas mémorisé l'emplacement exact du moindre objet, et elle en avait retiré la photo de Patrick et Susan qui l'avait tellement mise sur les nerfs. Si Patrick avait vraiment été aussi anxieux qu'elle le croyait la veille au soir – « Est-ce qu'il y aurait quelque chose là-dedans qui pourrait poser problème ? » –, il aurait frénétiquement fouillé dans ces affaires en quête de ce qui pourrait l'incriminer, quoi que ce pût être.

Avec le recul, c'était ce coup de fil qui l'avait fait douter de son mari. Et quand elle s'était aperçue qu'il avait accès à son iPad, son imagination s'était emballée.

Qu'avait-elle entendu, en vérité ? Elle rejoua dans sa tête la part du dialogue de Patrick.

« Elle a éparpillé un tas de tes vieilles affaires sur le sol du salon. »

« Tes affaires. » Elle avait supposé que ce tutoiement s'adressait à Susan, mais peut-être avait-il appelé Adam, en voyant le nom de l'expéditeur sur le carton.

« Est-ce qu'il y aurait quelque chose là-dedans qui pourrait poser problème ? »

OK, donc il ne voulait pas qu'elle sache qu'il avait eu une vague amourette avec Susan. McKenna était furieuse – vraiment furax – qu'il ne lui ait rien dit, mais elle comprenait mieux ce qui s'était passé. Patrick et elle s'étaient rencontrés. Ils s'étaient plu. Ce n'était pas comme si « Eh ! je couchais avec ta copine autrefois » était la meilleure phrase d'accroche pour séduire. Mentir concernant une ex était une broutille, comparé aux scénarios qu'elle avait tournés et retournés dans sa tête.

Et puis, il y avait la dernière partie de l'appel : « Je gère. Problème réglé. Prends soin de toi, c'est tout ce que je demande. »

Cela pouvait signifier : « OK, si elle a découvert que je suis sorti avec Susan, on assume. » Et « Prends soin de toi » pouvait être sarcastique, une façon de dire : « Occupe-toi de ta famille et mêle-toi de tes affaires. »

Ses pensées furent interrompues par les notes aiguës de son téléphone portable.

Numéro inconnu. Elle hésita. Au cours des deux derniers jours, elle n'avait reçu que des mauvaises nouvelles, plus éprouvantes les unes que les autres. Elle ne pensait pas pouvoir en supporter davantage. D'un autre côté, elle vérifiait tous les tuyaux qu'elle recevait concernant Susan. Peut-être que quelqu'un avait obtenu son numéro grâce au magazine.

Troisième sonnerie. Il fallait qu'elle se décide.

— Allô ?

— Vous avez du sang sur les mains, Jordan.

Il y avait quelque chose de familier dans la voix, mais elle ne parvenait pas à la situer.

— Pardon ?

— Vous n'êtes qu'un bulldozer en talons hauts. Vous devriez vous balader avec une étiquette disant « Attention, danger de mort ». Est-ce que vous réfléchissez de temps en temps aux conséquences que vos choix peuvent avoir sur les autres ? Ruiner sa carrière ne vous suffisait pas, c'est ça ? À vos yeux, ce n'est que de la pub, mais un type bien en est mort. Mort, bordel.

Elle aurait dû savoir que demander publiquement des infos sur un décès vieux de dix ans ferait ressortir les cinglés.

— Qui est à l'appareil ?

— Joe Scanlin. Ce coup de com' que vous avez manigancé en vous pointant chez Macklin ? J'espère que ça vous a bien servi pour votre prochain article, parce que vous l'avez poussé complètement à bout. Je viens juste de trouver son corps. Il s'est fait sauter le caisson.

Elle eut un haut-le-cœur en imaginant la scène.

— Oh mon Dieu. Scott Macklin ?

— Il est mort. Par votre faute. Vous êtes contente ?

— Bien sûr que non. Il était… Je le connaissais, quoi que vous pensiez de moi. Et je ne sais pas ce que vous voulez dire par « coup de com' ». Je ne suis pas allée chez lui. Depuis que j'ai quitté le bureau du procureur, je ne l'ai jamais revu.

Elle se représenta Macklin, le visage radieux, en train de lui décrire la stratégie qu'il avait choisie pour apprendre à son beau-fils à faire une passe parfaite au foot. Cet homme si gentil s'était suicidé ?

— Sa femme m'a tout raconté. Elle vous a vue hier dans son salon. Il voulait juste qu'on lui foute la paix. Pourquoi a-t-il fallu que vous…

— Elle vous a dit que c'était moi ? C'est faux. Je vous le jure, Scanlin.

— Je ne vous crois pas.

— Oui, comme d'habitude, hein ? A-t-elle cité mon nom ? C'était peut-être une autre journaliste. Après tout, cela fait pile dix ans que cette histoire a eu lieu.

— Elle a dit qu'elle était rentrée chez elle, qu'elle avait vu une femme dans le salon et que c'était une journaliste. Évidemment que c'était vous. Quelles autres femmes travaillant dans la presse iraient emmerder un flic qui a démissionné il y a dix ans ?

Une femme. Une femme anonyme posant des questions sur des événements ayant eu lieu dix ans plus tôt. C'était absurde, mais elle ne voyait qu'une seule personne possible.

— Vous êtes là ? Cette salope a raccroch…

— Non, je suis là, répliqua-t-elle. Et ce n'était pas moi chez Scott Macklin hier. Mais je ne suis pas sûre que sa mort soit un suicide. Il faut que je vous voie. Tout de suite. Je vous promets que je vous dirai tout.

47

On dit qu'il y a certains moments de l'histoire dont tout le monde se souvient. Les premiers pas de l'homme sur la lune. L'assassinat de Kennedy. La nuit où les États-Unis ont élu leur premier président afro-américain. Le jour où les tours sont tombées.

Le 11 septembre, les premières infos étaient arrivées vers 9 heures du matin. McKenna était en route pour aller consulter la liste matinale des affaires en instance. Quittant son bureau pour gagner l'ascenseur, elle avait longé la salle d'attente des témoins civils – la zone la plus luxueuse de l'étage, équipée d'un téléviseur –, et elle avait vu les premiers reportages annonçant qu'un avion s'était écrasé sur le World Trade Center. Les présentateurs tentaient de calmer les téléspectateurs du monde entier : « Le scénario le plus probable est celui d'un avion de transport régional privé ayant dévié de sa trajectoire. Les responsables de la ville incitent la population à garder son calme. »

De là, McKenna s'était rendue dans la salle d'audience du juge John DeWitt Gregory, pour accepter les plaider coupable habituels des prévenus habituels concernant les accusations habituelles. Trois quarts d'heure s'écoulèrent sans nouvelles. Le monde n'était pas le même, à l'époque. Le flux d'information n'était pas aussi présent, à défiler constamment en arrière-plan via les téléphones et autres appareils. C'était aussi un monde où la date qu'elle avait inscrite sur ces négociations de peine, le 11 septembre 2001, n'était encore qu'une date comme les autres. Le temps qu'elle finisse de s'occuper de ces requêtes matinales, le monde et la place des États-Unis dans celui-ci avaient changé.

Elle avait senti que quelque chose clochait dès qu'elle était arrivée dans le couloir. D'habitude, tout le monde s'entassait devant les ascenseurs poussifs sans se soucier de devoir attendre – parce que les gens, soyons francs, sont toujours partisans du moindre effort. Ce matin-là, tout le monde montait et descendait les escaliers quatre à quatre. Elle se souvenait de l'effroi sur le visage d'un ancien collègue devenu avocat de la défense qu'elle avait croisé dans le couloir :

— Il faut qu'on se barre d'ici. Qu'on quitte Manhattan. Qu'on foute le camp de New York. C'est horrible, vraiment horrible. Ils disent qu'il y a huit autres avions introuvables.

Ce n'est qu'en arrivant à son bureau que McKenna avait fait le lien entre l'effervescence du tribunal et le reportage télévisé. Sa mère lui avait laissé un message vocal paniqué : « Kenny, on vient d'écouter les infos. Tu travailles bien près des tours ? Il me semble que oui, mais ton père dit le contraire. Dis-nous que tu vas bien, d'accord ? »

À ce moment-là, le téléphone de McKenna n'avait déjà plus de tonalité. Elle parvint malgré tout à trouver un chauffeur de taxi qui faisait le plein d'essence dans le Lower East Side.

— C'est vraiment pas le jour d'avoir son réservoir à sec, grommelait-il.

Il ne voulait pas prendre de passager mais elle l'avait supplié, puis avait proposé de lui payer le plein, en plus de la course pour aller n'importe où hors de Manhattan. Le chauffeur et elle avaient réussi à se disputer concernant la route à prendre. Certaines habitudes de la vie new-yorkaise avaient la vie dure.

Et voilà que ça recommençait. Ce n'était pas le 11-Septembre, loin s'en faut, mais elle avait vraiment l'impression que sa vie avait changé à jamais. Elle avait perdu son boulot. Susan était de retour, et peut-être en lien avec un attentat à la bombe à Long Island. Le FBI avait perquisitionné son bureau au magazine, quand elle en avait encore un. Et une fois de plus, elle se chamaillait avec un foutu chauffeur de taxi qui refusait d'admettre que le meilleur moyen de se rendre à Forest Hills était l'autoroute de Long Island et non le pont de la 59e Rue.

Elle avait bien ramé, ne serait-ce que pour que Scanlin accepte de la rencontrer. Et après qu'il avait cédé, leur conversation s'était transformée en une sorte de marchandage géographique concernant le Grand New York. Évidemment, il était plus facile pour Scanlin, qui possédait sa propre voiture, de la retrouver à Manhattan que pour elle de quitter l'île. Mais il était à Forest Hills, après avoir passé la journée à consoler la veuve de Scott Macklin. Alors, oui, c'était lui qui gagnait sur le plan moral. Scanlin avait fini par lui donner l'adresse. Et elle se traînait dans le Queens.

Rétrospectivement, elle fut contente d'être arrivée après lui. Quand elle le rejoignit dans le pub irlandais qu'il avait choisi, il avait déjà bu deux scotchs et ne semblait plus vouloir lui fracasser le crâne contre le béton. Elle s'assit dans le box face à lui sans prendre la peine de le saluer, ni même de lancer quelques mots de réconfort concernant la mort de Macklin.

Elle commença par lui raconter sa quête absurde pour trouver qui était la Superwoman du métro, et récapitula tous les détails jusqu'à son coup de fil lui annonçant la mort de Mac. Le visage semblable à celui de Susan. La vidéo qui avait disparu. Le badge reliant cette femme à Pour la Protection de la Planète. L'explosion de Brentwood. Le fait qu'au même moment, comme par hasard, on lui refilait un tuyau bidon sur Frederick Knight. Même ses stupides soupçons concernant Patrick. Tout.

— Qu'est-ce que tout ça a à voir avec Mac ? demanda Scanlin.

— J'en sais strictement rien.

— Génial.

— Écoutez-moi. Si j'ai raison, si Susan n'est pas morte, ça veut dire que pendant toutes ces années elle a tranquillement vécu sa vie en faisant Dieu sait quoi. Sauf que maintenant, une décennie plus tard, elle est de retour à New York. Et regardez tout ce qui s'est passé depuis.

Elle énuméra les différents points sur ses doigts. Petit un.

— L'homme que j'appelle le Nettoyeur ne voulait pas qu'elle soit vue.

Petit deux.

— Effacer la vidéo qui la montre est une chose, mais

quelqu'un m'a aussi piégée avec ces faux messages du juge Knight.

Petit trois.

— Ce qui veut dire que je n'ai plus de projet de livre sur la mort de Marcus Jones, et que tout ce que je dirai à partir d'aujourd'hui sera considéré comme faux.

Petit quatre.

— Et maintenant Scott Macklin est mort, et une femme prétendant être journaliste a débarqué chez lui hier.

Il n'y avait qu'une seule conclusion à tirer.

— Le retour de Susan est lié au fait que dix ans se sont écoulés depuis que Jones s'est fait tirer dessus. Mon article a peut-être déclenché quelque chose.

L'expression de Scanlin montrait qu'il ne croyait pas à sa théorie. Elle enfonça le clou.

— Chronologiquement, ça fonctionne. Susan a disparu peu après la mort de Jones. Écoutez, je ne pensais vraiment pas dire ça un jour. J'étais certaine que quelqu'un l'avait tuée. On a tous dit que jamais elle ne serait partie comme ça…

— Tout le monde n'a pas dit ça.

— Pas vous, évidemment.

— Ni sa sœur, répliqua Scanlin. Ni votre mari.

— Patrick n'a jamais cru que Susan était partie. Il a toujours dit qu'elle ne pouvait qu'être morte.

— Vous êtes persuadée que je suis un incapable, mais…

— Je n'ai jamais dit que vous étiez un incapable.

— Plus ou moins. En tout cas, je suis sûr que c'est Patrick qui m'a confié que Susan avait de gros problèmes avec sa famille, qu'elle haïssait son travail, et qu'elle détestait la pression que lui mettait son père pour qu'elle le rejoigne dans sa boîte. Au fond de lui, il pensait qu'elle avait juste choisi de tourner la page.

McKenna avait réussi à chasser ses doutes concernant Patrick, et voilà qu'ils étaient de retour.

Que lui avait-il expliqué l'autre jour ? « Elle ne serait jamais partie comme ça. C'est ce qu'on a tous dit. C'est ce qu'on a tous expliqué à la police. » Encore un mensonge qu'elle venait de découvrir.

Quand elle leva les yeux vers Scanlin, il la prenait en photo avec son téléphone.

— Mais qu'est-ce que vous…

Il avait déjà plaqué son portable contre son oreille.

— Vous avez une photo de Susan Hauptmann dans votre machine ? demanda-t-il en désignant l'iPad qui pointait hors de son sac.

— Oui, mais…

Il leva l'index pour lui imposer le silence.

— Josefina, c'est Joe Scanlin. Navré de te déranger, mais c'est très important. La journaliste qui est venue te voir hier, tu te souviens de quoi elle avait l'air ? OK, j'ai besoin que tu regardes deux ou trois photos pour moi. Je ne te demanderais pas ça si je ne pensais pas que c'est urgent. Tu as une adresse e-mail ?

Ils restèrent assis sans rien dire une fois qu'il eut envoyé les photos. Il n'y avait rien d'autre à ajouter jusqu'à ce qu'ils obtiennent une réponse.

Il prit l'appel à la seconde où son portable se mit à sonner.

— Tu as reçu les photos ? Tu es sûre ? OK, laisse-moi voir ce que je peux trouver d'autre. Essaie de dormir un peu.

Il posa son téléphone sur la table.

— Reprenez tout. Depuis le début.

— Qu'est-ce qu'elle a dit ?

— Qu'elle est absolument certaine que la femme qu'elle a vue chez elle hier en compagnie de Scott était Susan Hauptmann.

48

Carter aurait dû quitter la ville. Il aurait dû se rendre à son coffre-fort, y prendre son passeport, et monter dans le premier vol depuis New York en partance pour la Suisse.

Mais une partie de lui – celle qui avait vomi toutes ses tripes au Marriott, celle qui avait commencé à se diriger vers la cabine téléphonique la veille, avant qu'il ne soit trop tard – l'avait retenu à New York. Et c'était cette même partie de lui qui l'avait mené jusqu'à l'Apple Store de SoHo pour y chercher les dernières nouvelles locales.

— Bonjour, monsieur.

Le gamin qui l'accueillit portait un tee-shirt noir et un énorme badge indiquant son nom. Il avait l'air extraordinairement trop serviable.

— En quoi puis-je vous aider?

— Je vais être honnête avec vous. Je ne veux rien acheter. Mon téléphone est presque mort, et j'aimerais bien pouvoir vérifier les résultats de certains matchs.

— Pas de problème, j'ai compris. Toutes nos démos sont connectées au web, alors installez-vous où vous voulez. Et prenez votre temps.

Carter choisit un ordinateur portable à l'autre bout de la table d'exposition. Scott Macklin. Touche Entrée.

Cela avait déjà eu lieu. Le suicide d'un flic à la retraite n'était pas forcément d'un grand intérêt pour la presse, mais certains journaux avaient repéré qu'il s'agissait de l'agent dont les tirs controversés sur Marcus Jones avaient provoqué des manifestations et des tensions raciales un peu partout dans la ville, ainsi que son départ anticipé des forces de police. L'ex-équipier de Macklin, cité dans un article, soupçonnait un lien entre ce suicide et le dixième anniversaire de la fusillade.

Carter s'en gardait bien. C'était lui qui était censé avoir tué Scott Macklin.

L'article était illustré par deux photos de Macklin en compagnie de sa famille – l'une au moment de son mariage, l'autre à la remise des diplômes au lycée du fiston en mai dernier. Sur l'une comme sur l'autre, le garçon regardait son père comme si c'était un héros.

Était-il trop tard pour que Carter s'améliore ?

Quand il avait commencé à envisager de bosser dans le privé, tout se passait à l'international. Ce qui lui convenait parfaitement. Au bout de trois déploiements à l'étranger, il s'y était fait. Il accomplirait les mêmes tâches dans les mêmes trous à rats mais gagnerait beaucoup plus de pognon.

Et puis, de plus en plus de gens s'étaient mis à accepter des missions sur le territoire national. À présent, on n'appelait même plus ça comme ça, c'était juste « le terrain ».

Selon l'estimation de la police, l'agent Macklin s'était suicidé vers 9 heures du matin. Carter avait détruit son téléphone la veille à 20 heures. Même si le client avait immédiatement compris que Carter partait en vrille, cela ne lui avait laissé que treize heures pour trouver un remplaçant. Impossible.

Cela confirmait ce que Carter soupçonnait depuis que le client avait commencé à modifier sa mission. Son boulot de surveillance s'était mué en ordre de faire sauter une maison de banlieue. Il était prêt à le faire. La femme méritait d'y passer. Et les autres, pour ce qu'il en savait, étaient des terroristes menaçant la sécurité intérieure.

Mais le ton ne lui avait pas plu. Carter travaillait mieux quand les donneurs d'ordres étaient aussi calmes, rationnels et froids que lui. L'explosion de la maison était motivée par l'affect. L'ordre de tuer Scott Macklin aussi.

Que Macklin soit mort le matin même sans que Carter eût appuyé sur la détente signifiait que le client avait agi en personne. En sachant que Carter le saurait.

Il avait pu voir de ses propres yeux quelle était la stratégie du client concernant les gens qui en savaient trop. La femme. Le flic à la retraite. Il fallait faire le ménage.

Il était le suivant sur la liste, évidemment. Et il n'avait aucune envie de passer le reste de sa vie à se planquer.

Carter était fermement convaincu que toute mission exigeait une connaissance parfaite de l'ensemble des faits disponibles. En général, sa tâche était assez limitée – surveiller un homme ou une femme, déjouer une alarme de sécurité, découvrir la véritable identité de quelqu'un. Mais cette mission-ci n'avait cessé de s'alourdir, de la poursuite de la femme à la pose de la bombe, jusqu'à l'élimination de Scott Macklin. Ce n'était pas son boulot de connaître le « pourquoi » de ces missions.

Mais maintenant qu'il avait laissé tomber son job, le « pourquoi » était précisément ce qu'il avait besoin de découvrir. Sauf que les deux seules personnes qui auraient pu l'aider avaient disparu.

Il aurait dû appeler Macklin la veille, avant qu'il soit trop tard. Il aurait pu le prévenir. Cela ne l'aurait peut-être pas sauvé, mais cela lui aurait laissé une chance de se protéger. Et Carter aurait pu lui demander pourquoi quelqu'un voulait sa mort.

La femme le savait peut-être, mais Carter ignorait comment la retrouver.

Il ne voyait plus qu'un homme capable de l'aider : celui qu'il avait vu dans le train avec la femme. Carter se souvenait de son adresse.

Il chercha sur le web l'historique des ventes de l'appartement en question. Bingo. Acheté il y a cinq ans par Patrick Jordan et McKenna Wright.

Il fit une recherche sur Google pour les deux noms. Oh, très joli faire-part de mariage dans la section Sunday Styles du *New York Times*. Lui : West Point, l'armée, la sécurité des musées. Elle : Stanford, droit à Berkeley, procureure, écrivaine.

Procureure. Carter cliqua sur l'un des articles concernant le suicide de Scott Macklin.

> La semaine dernière, le magazine *NYC* a publié un reportage de six pages sur la mort de Marcus Jones, signé par McKenna Jordan (née Wright). Cette ancienne procureure avait été la première à émettre des doutes quant aux allégations de légitime défense de M. Macklin.

Intéressant.

Était-il trop tard pour que Carter se rachète ? Il n'allait pas tarder à le savoir.

Leur numéro de téléphone était enregistré sous « P. Jordan », à la même adresse.

— Allô ?

Carter appelait d'une cabine téléphonique. Même si Patrick Jordan voyait s'afficher le numéro, il ne signifierait rien pour lui.

— Ce que j'ai à vous dire va beaucoup vous intéresser.

— Si c'est ça votre argument de vente, va falloir trouver mieux.

— Votre nana est en danger, lâcha Carter.

Il voulait que ce type l'écoute. Patrick Jordan devait croire qu'il avait besoin de son aide.

— Qui est à l'appareil ? Qu'avez-vous fait d'elle ?

Quoi ? Carter avait espéré que Patrick le mènerait à la femme. La cherchait-il, lui aussi ?

— Je ne veux de mal à personne. Mais il faut qu'on parle, vous et moi.

— C'est pas ce qu'on fait déjà ?

— Les yeux dans les yeux, répliqua Carter.

Il ignorait quel était le rôle de Patrick dans cette histoire. Il ne savait pas dans quel camp il se trouvait. Il avait besoin de le rencontrer – seul. De déchiffrer son langage corporel. De voir l'expression de son visage. De savoir s'ils pouvaient se faire confiance.

— Laissez McKenna en dehors de tout ça. Elle ne sait rien.

La voix de Patrick Jordan se brisa. Il n'était pas inquiet pour la femme. Pour une raison ou pour une autre, il se souciait de son épouse.

— Si vous tenez à elle, vous viendrez, répondit Carter. Faites-moi confiance.

— Ces deux phrases ne vont pas très bien ensemble, mon vieux.

Depuis la cabine téléphonique, Carter distinguait le croisement de la 42e Rue et de Lexington Avenue. Des flots de manifestants d'Occupy Wall Street commençaient à jaillir de la sortie de métro de la ligne 6. D'autres descendaient Park Avenue pour se déverser dans Grand Central Station. Il avait choisi la gare pour cette rencontre parce qu'une mobilisation éclair non autorisée d'Occupy Wall Street devait commencer une heure plus tard. Foule immense. Grosse présence policière. Énorme pagaille. S'il devait se perdre au milieu de la cohue pour se débarrasser de Patrick, les manifestants lui fourniraient une couverture.

— Grand Central Station. Côté nord, à côté des escalators des assurances MetLife. Je vous trouverai. Dans une heure.

Il raccrocha, espérant que ça marcherait.

Il aurait dû comprendre qu'il n'était pas le seul à vouloir mettre la main sur Patrick Jordan. Et que, suite à leur conversation, celui-ci serait trop inquiet au sujet de sa femme pour remarquer qu'on le suivait.

49

Trois verres plus tard, McKenna et Scanlin élaboraient des scénarios délirants, tentant de relier la disparition de Susan à son retour et, plus délicat, au meurtre de Marcus Jones par Scott Macklin.

Le téléphone de McKenna vibra sur la table. C'était Patrick. Elle laissa sa messagerie vocale prendre le relais.

— Susan a disparu peu après la mort de Jones, fit-elle remarquer.

— Je m'en souviens, répondit-il. C'est en partie pour ça que je vous détestais.

— J'aime croire que j'agirais différemment aujourd'hui.

La réponse de Scanlin l'étonna.

— Moi aussi.

C'était la première fois depuis deux jours qu'elle s'autorisait à réfléchir à voix haute.

— La grande question à l'époque, c'était de savoir si elle était partie de son propre chef ou si quelque chose de grave lui était arrivé. Mais si l'on part du principe qu'elle est encore en vie ? Et qu'elle est liée, d'une manière ou d'une autre, à Scott Macklin ? Vous étiez l'enquêteur principal. Qu'en pensez-vous ?

Il secoua la tête.

Elle baissa les yeux vers son gin, ressentant la fatigue des deux journées précédentes. Elle ne voulait plus rien garder pour elle désormais.

— Écoutez, si nous en sommes là aujourd'hui, c'est parce que j'ai bien voulu vous dire que, en gros, j'avais vu un fantôme. Vous ne pouvez pas savoir à quel point ça me fait du bien de pouvoir tout lâcher sur la folie de ces dernières quarante-huit heures. Et je ne suis pas en train de dire que je suis venue ici comme en thérapie ou à confesse, ou un truc du genre.

Elle se pencha en avant d'un air résolu, avant de s'apercevoir à quel point ce geste était un vrai cliché des conversations d'ivrognes.

— Mais vous et moi, on est les seuls à avoir des infos à ce sujet. Vous savez pour Susan. Et pour Scott. On doit tout se dire. Parce que vous avez des éléments que j'ignore. Et inversement.

Elle était consciente que le couple à côté d'eux tendait l'oreille. Elle reconnut le regard qu'ils échangèrent – eh oui, elle était bourrée.

Scanlin était dans le même état qu'elle. Il avait besoin de parler. De tout déballer. Il inclina son verre de scotch et le fit tourner sur la table.

— Après votre coup de fil la semaine dernière, j'ai demandé les dossiers classés de l'affaire Hauptmann.

Elle posa son gin et saisit son verre d'eau.

— Vraiment ?

— Pour tout vous dire, je n'étais pas au mieux de ma forme à l'époque. Problèmes familiaux.

Il balaya l'air de la main, comme si elle savait parfaitement de quoi il parlait.

— Avec le recul, il y a des trucs qui m'ont échappé.

— Vous voyez ? C'est exactement ce que je voulais dire. Il faut qu'on bosse ensemble.

— Je me suis planté.

— Pourquoi faire compliqué quand on pourrait faire simple ? C'est bien comme ça qu'on dit ? Depuis que j'ai quitté le bureau du procureur, j'ai vécu dans un monde où chaque journée se terminait exactement comme elle avait commencé. Et voilà qu'il s'effondre au moment même où Susan Hauptmann cavale dans le métro de New York en arborant la propagande d'un groupe qui fabrique des bombes, et où Scott Macklin décide de se suicider. Il y a forcément un lien.

Elle repensa à Patrick. Il savait qu'elle envisageait d'écrire un livre sur le meurtre commis par Macklin. Et il avait été plus proche de Susan qu'elle n'avait jamais voulu se l'avouer. Mais pourquoi Susan s'intéresserait-elle à cette affaire ? Elle n'avait plus l'esprit très clair. Trop de spéculations. Trop de gin.

Scanlin retourna son verre et le posa d'un coup sec sur la table.

— Je sèche.

Le portable de McKenna se mit à sonner. Encore Patrick. Elle l'éteignit. Elle était sur le point de rentrer, enfin prête à une discussion en tête à tête pour clarifier la situation.

— Je vais aller dormir, ajouta Scanlin. Laissez-moi retourner encore tout ça dans ma tête, et on fera le point demain si vous voulez.

— Oui, j'aimerais bien, inspecteur. Merci. Et je suis sincèrement désolée pour Mac.

Il jeta quelques billets sur la table, mais elle insista pour payer.

Si seulement elle avait répondu aux appels de Patrick, ou simplement écouté ses messages une fois seule dans le bar. Elle l'aurait rappelé, et il aurait su qu'elle allait bien – qu'elle rentrait, prête à lui parler. Prête à lui dire qu'il pouvait lui faire confiance. Prête à entendre sa version des faits, et à tenter de comprendre le rôle qu'il avait joué dans un mensonge qui durait depuis dix ans.

Mais elle n'avait pas répondu.

Il avait donc laissé un message, avant de partir dans la nuit retrouver un inconnu.

Ce ne fut qu'une fois de retour dans leur appartement vide qu'elle consulta sa boîte vocale.

« Appelle-moi dès que tu peux, si tu peux… si tu vas bien. Et merde. » Sa voix s'était brisée. « J'ai eu ton message tout à l'heure, et je me suis dit que tu ne risquais rien. Mais… j'aurais dû savoir. J'aurais dû te le dire. J'aurais dû… Je m'en veux tellement. Merde. Je suis… Et merde ! »

Elle réécouta le message, mais ne le comprit pas davantage.

Elle lança le suivant, pensant qu'il était aussi de Patrick. Mais c'était Bob Vance. « McKenna, salut, c'est Bob. Euh, je sais que c'est pas terrible entre nous en ce moment, mais j'ai pensé qu'il fallait que tu le saches… Patrick vient de m'appeler. Je crois qu'il avait essayé de joindre Dana juste avant – en tout cas il voulait savoir si tu étais encore sortie boire un verre avec les gens de la boîte comme hier soir. Je lui ai dit que je ne savais pas de quoi il parlait. Dana a démissionné et… désolé, mais les avocats du magazine exigent que tous les employés les informent du moindre contact avec toi. Bref, je ne sais pas ce que tu lui as raconté, mais je me suis dit que je devais te prévenir. J'espère que tout va s'arranger pour toi. Excuse-moi, je radote. Et maintenant je vais devoir dire à nos avocats que je t'ai laissé ce stupide message. Allez, salut. »

Patrick, lui aussi, l'avait surprise en plein mensonge. Qu'arrivait-il à leur couple ?

Elle tenta son portable. Tomba directement sur sa messagerie vocale. Soit il l'avait éteint, soit il se trouvait dans un endroit dépourvu de réseau.

Elle fit rapidement le tour de l'appartement. Le carton de Susan était toujours ouvert dans le salon. Et les couvertures tirées en hâte sur le matelas, comme le faisait Patrick les jours où il travaillait. Pas franchement un lit au carré. Mais pas vraiment défait non plus.

Puis elle vit le petit mot sur le plan de travail de la cuisine.

Coup de fil d'un inconnu affirmant qu'il détenait ma femme. Je le rejoins à Grand Central.

Suivaient la signature de Patrick, la date et l'heure. Trente minutes plus tôt.

Il avait laissé cette note au cas où il ne reviendrait pas.

Elle appela Scanlin. Elle ne s'était jamais entendue parler comme ça. Aussi fort. Hurlant. Hystérique.

— C'est Patrick. Il n'est plus là. Quelqu'un lui a dit

qu'on m'avait enlevée. Il est parti – un rendez-vous à Grand Central Station. Il faut qu'on le retrouve.

— D'accord, calmez-vous. Je vais demander des renforts. Ils enverront quelqu'un le chercher.

Elle avait déjà claqué la porte de l'appartement.

50

McKenna poussa un gémissement sur la banquette arrière du taxi quand le feu au croisement de la 34e Rue et de Park Avenue passa une fois de plus au rouge. Elle aurait été plus vite en métro.

— C'est pas possible d'avancer un peu ?

— Vos gémissements ne nous feront pas aller plus vite, répliqua le chauffeur.

— Vous ne comprenez pas. C'est une urgence.

— Tout le monde s'imagine que tout est urgent de nos jours. Allumez la télé, si vous voulez. Certains trouvent que ça fait passer le temps plus vite. Ou alors, prenez de longues inspirations en comptant jusqu'à 10. C'est ce que je fais, moi.

Génial. Elle avait le seul chauffeur de taxi new-yorkais adepte de yoga.

— Je vous en prie. Prenez la voie de droite, c'est plus rapide. Et si vous tournez au prochain croisement, on peut rejoindre Lexington Avenue. Je vous paierai le double.

— Laissez-moi faire mon boulot. Il y a une grosse manif à Grand Central, je l'ai entendu à la radio. Ça bouchonne tout autour.

— OK. Je continue à pied.

Elle glissa un billet de 20 dollars sous la fente de la vitre en plexi.

— Attendez. Vous ne pouvez pas descendre ici. Je dois d'abord me garer.

Elle sortit du véhicule au beau milieu de la rue et se faufila jusqu'au trottoir, entre les voitures coincées dans l'embouteillage, qui klaxonnaient à qui mieux mieux. Si elle se dépêchait, elle pouvait être à Grand Central dans cinq minutes.

Elle repéra les premiers manifestants dans la 36e Rue, grâce à leurs pancartes. L'une d'elles disait : KLAXONNEZ SI VOUS AVEZ DES DETTES. Une autre : NON AUX ACCORDS COMMERCIAUX, OUI AUX EMPLOIS AMÉRICAINS.

Le temps qu'elle atteigne la 41e Rue, le nombre de manifestants avait dépassé celui des employés s'apprêtant à quitter Manhattan pour rentrer chez eux. Dans le cortège, beaucoup étaient vêtus de manière à exprimer leurs revendications. Les gens syndiqués portaient des bleus de travail ou l'uniforme de leur profession. Certains arboraient du rouge, du blanc et du bleu pour souligner leur patriotisme. McKenna en repéra deux en costard-cravate, le visage grimé de blanc, avec des cernes noirs sous les yeux et des bouches ensanglantées. Autour de leur cou, une pancarte manuscrite indiquait ZOMBIES D'ENTREPRISE.

Les accessoires les plus courants étaient de loin les masques. Masques d'Halloween, avec des dollars scotchés sur la bouche. Sacs noirs sur la tête pour imiter les photographies d'Abou Ghraib. Mais surtout, le masque de Guy Fawkes tiré de *V pour Vendetta*, avec son visage pâle, ses joues roses et son petit bouc au menton. Cela n'aurait pas été New York sans un vendeur ambulant au flair de businessman en train de vendre ces mêmes masques au coin de la rue. Apparemment, tout le monde ne percevait pas l'ironie qu'il y avait à participer à une manifestation des « 99 % contre les 1 % » en achetant un masque dont les droits appartenaient à l'un des plus gros conglomérats de médias du monde.

Alors que McKenna jouait des coudes à travers la foule en direction du nord, elle s'aperçut que les manifestants qui tentaient de rejoindre Grand Central étaient aussi nombreux que ceux qui essayaient d'en sortir. À mesure qu'elle approchait de la 42e Rue, les remarques des badauds se firent plus précises.

« Laisse tomber, y a trop de monde. »

« Ils ont bloqué la gare. Ça craint. Ils ont pas le droit d'empêcher les rassemblements dans les lieux publics. »

« C'est en train de dégénérer. »

« Sans doute les flics qui se sont remis à tabasser les gens. »

« Putain. Tout le monde se casse en courant. »

« Paraît qu'il y a eu des coups de feu. Faut qu'on se tire d'ici. »

« Oh mon Dieu, des gens se sont fait tirer dessus. »

« Ils disent que le type portait un masque Vendetta. Ça y est, ils vont encore essayer de nous mettre ça sur le dos. »

Tandis que la rumeur se répandait dans la foule – il y avait eu des tirs, des coups de feu –, les gens décidèrent peu à peu d'obliquer vers le sud. Elle lutta de toutes ses forces, marchant en crabe dès que nécessaire pour passer de force entre les manifestants. Elle distinguait la 42e Rue à présent. Elle y était presque.

Une rangée de policiers campés derrière des barricades l'accueillit au coin de la rue.

— Il faut que je passe, dit-elle à l'agent le plus proche.

— Impossible.

— Mon mari est à l'intérieur…

— Eh bien, pas pour longtemps. On évacue la gare. Il faut partir, madame.

— Il y a eu une fusillade ?

Elle avait prononcé cette phrase sous forme de question, mais elle comprit qu'il n'y avait qu'une seule façon pour elle de franchir cette barrière.

— J'ai reçu un appel disant qu'il y avait eu une fusillade. C'est mon mari, Patrick Jordan. Mon mari a été touché. Il faut que j'entre là-dedans. Tout de suite !

L'agent défit le lien entre deux barrières pour lui permettre de passer. Un policier plus âgé, également en uniforme, n'apprécia guère ce dénouement.

— Mario, qu'est-ce que tu fous ?

— Cette dame dit que son mari est l'un des types qui se sont fait tirer dessus.

Ce qui voulait dire que plus d'une personne avait été blessée. Au moins deux hommes.

Les policiers la guidèrent parmi la foule de gens évacués de la gare. Sans réfléchir, elle se mit à prier. *Par pitié, faites que ce ne soit pas Patrick. Je ferai n'importe quoi. S'il vous plaît, pas lui.*

Des deux policiers, c'était le plus âgé qui semblait savoir où se diriger une fois dans Grand Central : il marcha droit vers les rubans jaunes de la scène de crime qui formaient un grand triangle rectangle, depuis l'escalier menant au balcon côté ouest jusqu'aux escaliers roulants, en passant par le kiosque d'information. Elle vit un petit groupe de trois personnes au centre de la zone. L'une d'elles était accroupie sur le sol.

Elle poussa un cri en voyant la flaque de sang derrière elles.

Le petit groupe se tourna vers elle.

— Je croyais qu'on évacuait les lieux.

L'homme était en civil. Insigne à la ceinture. Étui de pistolet sur l'épaule. Il devait être inspecteur.

— Cette dame dit qu'elle a reçu un coup de fil. Que son mari est l'une des victimes.

L'inspecteur se dirigea vers elle et s'immobilisa devant le ruban jaune.

— Vous espérez quoi, madame ? Vous êtes avec les manifestants, c'est ça ? On n'a prévenu personne.

— C'est mon mari. Il a reçu un appel lui disant de venir ici.

Elle lui tendit le mot laissé par Patrick dans leur appartement.

— Je crois qu'il est en danger.

Le policier qui l'avait laissée franchir les barrières soupira.

— Eh merde ! Je suis désolé, inspecteur. C'est elle qui m'a dit qu'elle avait reçu un coup de fil. Je le jure. J'aurais dû vous demander confirmation avant de la ramener ici.

— Faites-la sortir, répliqua l'inspecteur.

— Mon mari s'appelle Patrick Jordan.

McKenna chercha fébrilement son téléphone et lui montra l'écran de veille – une photo d'eux dans un parc de Manhattan. Elle lui embrassait la joue. Un arc-en-ciel se dessinait au-dessus de l'Hudson.

— Attendez une seconde, répondit le détective.

Il se dirigea vers l'escalier menant au balcon. Elle ne le quitta pas des yeux tandis qu'il passait un coup de fil. Elle ne comprenait pas ce qu'il disait, mais elle imaginait très bien les mots qu'il employait. Parce qu'elle savait. Elle savait déjà. La façon dont il avait regardé la photo. La façon dont il l'avait retenue alors que le policier allait la faire sortir de la gare. Il avait reconnu Patrick.

Quand il se tourna vers elle, l'expression de son visage avait changé. Il était grave. Son exaspération avait fait place à la compassion.

Oh mon Dieu. Pas Patrick. Je vous en supplie, mon Dieu, non.

IV

LES LUMIÈRES DU PASSÉ

51

Les épaules de McKenna se mirent à trembler quand l'inspecteur lui annonça la nouvelle.

— Deux hommes ont été emmenés d'urgence à l'hôpital suite à des blessures par balle. L'un des deux était mort à l'arrivée.

Elle sentit la main du policier en uniforme l'attraper sous l'aisselle tandis que ses jambes se dérobaient sous elle.

— Ils ont été emmenés d'urgence en ambulance, poursuivit l'inspecteur, ce qui fait que nous ne connaissons pas leur identité. Mais je viens de téléphoner à l'hôpital. L'un des deux avait un portefeuille dans la poche arrière de son pantalon. À en croire son permis de conduire, il s'appelle Patrick Jordan.

— Non. Oh mon Dieu, non.

— Il est dans un état critique. On l'opère en ce moment même, mais il est vivant. Votre mari est vivant.

Elle se remit à prier. Pour que l'opération se passe bien. Pour qu'elle le revoie un jour. Pour qu'ils aient l'occasion de résoudre les problèmes dans lesquels ils s'étaient fourrés, quels qu'ils soient.

— On vous emmène à l'hôpital tout de suite.

— Merci.

— Bien sûr, ça nous aiderait si vous pouviez répondre à certaines de nos questions. Vous avez dit qu'il a reçu un appel lui demandant de venir ici ? Il participait à la manif ?

— Je vous en prie, inspecteur, il faut que j'aille à l'hôpital. Il faut que je sois aux côtés de mon mari.

— Madame Jordan. Je compatis, mais l'autre homme est mort. Et nous sommes confrontés à des faits très étranges. La victime décédée avait une arme à la ceinture. Des témoins l'ont vu tenter de la saisir. Laissez-moi vous dire pourquoi votre mari a survécu et pas l'autre. Parce que votre mari s'est pointé avec quatre gros livres de droit attachés autour du torse avec du ruban adhésif, comme un gilet pare-balles improvisé.

En d'autres circonstances, elle aurait ri du ridicule de cette image. Au cours de leurs négociations quotidiennes autour du programme télé, Patrick avait toléré son goût immodéré pour une émission sur un espion qui se faisait prendre. Dans l'un des épisodes, le protagoniste s'enveloppait dans des livres tirés de la bibliothèque juridique pour se protéger d'un couteau. Patrick avait deviné la question qu'elle allait poser avant même qu'elle n'ouvre la bouche. « Oui, ça peut marcher. » Il devait vraiment être désespéré pour avoir tenté quelque chose d'aussi hasardeux.

— Cela n'a rien d'un simple accident. Nous avons besoin de plus d'informations.

Elle savait que Patrick lui avait menti. Susan était toujours en vie, et il le savait peut-être depuis le début. Mais elle savait aussi, grâce à son petit mot, que Patrick était allé à la gare en redoutant que ce soit dangereux. Il s'y était même précipité. Sans prendre le temps de passer au musée chercher l'arme qu'il gardait rangée dans un casier. Ni de trouver un vrai gilet pare-balles. Juste ces fichus livres. Et il ne l'avait pas fait pour Susan, mais pour McKenna.

Dix ans. Si Patrick lui avait menti pendant dix ans, ainsi qu'à la police et à la famille de Susan, il devait avoir ses raisons.

— Rappelez-moi votre nom, inspecteur ?

— Oh, excusez-moi, madame. Tim Compton.

— Sans vouloir vous offenser, inspecteur Compton, il n'y a qu'un seul policier à qui je suis prête à parler pour l'instant. L'inspecteur Joe Scanlin. Je peux vous donner son numéro si nécessaire. Pour l'heure, allez-vous m'emmener à l'hôpital ou dois-je me débrouiller toute seule ?

Elle se réveilla sur une chaise dans un coin de la salle d'attente, devant l'unité de soins intensifs du Lenox Hill Hospital. Quelqu'un l'avait recouverte d'un blazer. Elle reconnut la veste que Joe Scanlin portait plus tôt ce soir-là.

Ou était-ce la veille ? C'était déjà le matin ?

L'horloge au-dessus de la porte à deux battants des soins intensifs indiquait 6 h 20. La lumière filtrait à travers les stores de la salle d'attente. C'était bien le matin.

Elle était devant la salle des infirmières, en train d'essayer d'attirer leur attention, quand Scanlin arriva avec deux gobelets de café. Il lui en tendit un.

— J'espère que vous l'aimez bien noir. Je ne savais pas si vous preniez du sucre.

Elle hocha la tête pour exprimer sa gratitude et trempa ses lèvres dans le breuvage.

— Où est Patrick ? demanda-t-elle. Des nouvelles ?

Elle se souvenait qu'elle était bien éveillée quand le médecin avait franchi les portes battantes à 1 h 30 du matin alors qu'elle était assise sur cette même chaise de la salle d'attente. Patrick avait été touché deux fois. Une balle dans le torse, l'autre dans le cou. L'opération était terminée. Les dégâts étaient importants, mais tout s'était bien passé.

— Qu'est-ce que ça veut dire ? s'était-elle écriée. Il va s'en sortir, hein ? Quand est-ce que je peux le voir ?

La réponse du chirurgien sortait tout droit du guide « Comment s'adresser aux patients ». Il fallait attendre. Voir comment son corps réagissait à l'opération. Il était encore inconscient. Elle avait eu envie de le frapper à la gorge quand il avait prononcé les mots « prudemment optimiste ».

Scanlin fit non de la tête.

— Rien de nouveau. Désolé.

— Depuis quand vous êtes là ?

— Une ou deux heures à peine. Je dormais comme un loir quand Compton m'a appelé. Il m'a dit que vous n'accepteriez de lui parler qu'en ma présence. C'est pas la meilleure façon de vous faire bien voir des flics qui enquêtent sur votre mari.

— Compton m'a dit que Patrick s'était servi de certains de mes livres de droit en guise de gilet pare-balles. Il a une arme de service, mais elle reste dans un casier à son travail. De toute évidence, il s'attendait à ce que ce soit dangereux, mais il n'a pas eu le temps de passer au musée. Et il n'a pas appelé la police. Patrick est l'être le plus courageux que je connaisse.

Le genre de personne qu'on voudrait avoir aux

commandes le jour où la planète est envahie par des extraterrestres. Ce genre de courage-là.

— Il devait avoir de bonnes raisons de ne pas appeler la police, ajouta McKenna.

Sans doute liées à la fausse mort de Susan.

— Oui oui, j'ai compris. Mais Compton exige des réponses. Et même si on a conclu une sorte de trêve, vous et moi, je reste un flic. Je dois lui dire ce que je sais.

Elle acquiesça sans un mot.

— Au fait, reprit-il, les livres de droit dont vous avez parlé ? D'après ce que Compton m'a dit, ils lui ont sauvé la vie. La balle dans la poitrine aurait pu être fatale, mais elle l'a à peine touché après avoir franchi toutes ces pages. S'il n'y avait pas eu celle dans le cou, il s'en serait sorti avec un simple pansement.

Combien de fois Patrick lui avait-il demandé de jeter ses vieux ouvrages de référence ? À chaque déménagement, il se plaignait que c'était comme trimballer six cartons remplis de briques.

Les livres avaient protégé son buste, mais pas son cou. Une balle dans le cou. Ils en parlaient comme si c'était une chose à laquelle il pouvait survivre, mais elle était sûre qu'ils lui cachaient la vérité. Quoi de plus vulnérable que le cou ?

— Compton vous a filé des infos ? demanda-t-elle.

— Il m'a montré une photo de la seconde victime. Ce n'était pas un simple passant. C'est le type qui a effacé votre vidéo de Susan sur le quai du métro.

Le Nettoyeur.

— Alors, comment il s'appelle ?

Il secoua la tête.

— Pas de téléphone sur lui. Pas de papiers d'identité. Jusqu'à présent, ses empreintes n'ont strictement rien donné dans les bases de données.

— C'est lui qui a tiré sur Patrick ?

— Non. D'après ce que Compton sait pour l'instant, Patrick et l'homme mystérieux se trouvaient ensemble dans une zone de la gare pleine de manifestants d'Occupy. Des coups de feu ont retenti. Le tireur était dans la foule, avec un masque et une cape Guy Fawkes. Il s'est volatilisé au milieu de la cohue qui s'est ensuivie. J'ai vu les images des caméras de surveillance. Tenter de suivre ce type sur la vidéo, c'est comme observer une abeille au milieu d'une ruche.

Les tirs avaient été filmés. À un moment ou à un autre, on lui montrerait les images d'un homme masqué en train de s'approcher de son mari pour lui coller une balle dans le cou.

— Je sais que vous êtes obligé de dire à Compton tout ce que vous savez sur cette histoire. Mais il ne parviendra pas davantage que nous à comprendre ce qui se passe. Il y a forcément un lien entre la disparition de Susan et Scott Macklin. C'est obligé. Vous avez enquêté sur la disparition de Susan il y a dix ans. Et c'est moi, pour l'essentiel, qui ai mis fin à la carrière de Macklin. Vous le connaissiez, et je la connaissais. Si quelqu'un peut comprendre le lien entre les deux, c'est nous. Vous m'avez dit hier soir que vous aviez récupéré le dossier de Susan. Où est-il ?

52

Si quelqu'un, une semaine plus tôt, avait dit à McKenna qu'elle se trouverait en cet instant dans le salon de Joe Scanlin, elle lui aurait pris sa température.

La maison était propre mais un peu désuète. Un mur entier était presque entièrement tapissé de photos encadrées. Scanlin jeune en uniforme, sans doute fraîchement diplômé de l'école de police. Scanlin en smoking à côté de sa magnifique épouse sur les marches de l'église. Le jeune couple et sa petite fille devant un fond bleu pâle, sans doute dans un studio photo JCPenney. Elle remarqua que l'album mural semblait s'arrêter brusquement. Sur les photos les plus récentes, Scanlin avait la même allure que dans ses souvenirs, au moment de la disparition de Susan. Comme si la vie de ce foyer s'était figée dix ans plus tôt.

Il la surprit en train de vérifier encore une fois son portable, en quête d'appels manqués.

— Je peux vous ramener à l'hôpital, proposa-t-il. Personne ne vous en voudra si vous ressentez le besoin d'être…

— Non. Ça va. Ils m'ont dit qu'ils appelleraient s'ils avaient du nouveau.

Scanlin avait récupéré tous les dossiers liés à la disparition de Susan. En l'accompagnant jusque chez lui pour l'aider à les éplucher, McKenna leur faisait gagner une heure.

Il étala les dossiers sur la table pour lui livrer un aperçu de chaque rubrique de l'affaire. Elle avait travaillé assez longtemps au bureau du procureur pour connaître la structure générale d'un dossier de police, et il lui souligna les points essentiels à tirer de chaque section. La plupart étaient des informations qu'elle avait déjà pu glaner à l'époque : ni sang, ni sperme, ni autres indices matériels dans l'appartement de Susan. Pas de problèmes financiers. Pas d'ennemis. Aucun mobile évident expliquant que l'on eût voulu nuire à Susan Hauptmann.

— Dites-m'en plus sur les hommes, lança-t-elle.

Il haussa les épaules.

— Eh bien, de ce que j'en sais, elle était plutôt… libérée sur le plan sexuel.

McKenna détourna les yeux. Ce n'était facile ni pour elle ni pour Scanlin d'avoir cette discussion. Cette facette de Susan avait toujours existé, mais McKenna ne l'avait vraiment acceptée qu'après avoir vu la photo avec Patrick.

— C'est un peu sa part d'ombre, murmura-t-elle.

Depuis la disparition de Susan, McKenna n'avait conservé que les plus beaux souvenirs de son amie. Son incroyable générosité. Son courage. Son humour désarmant.

Désormais, c'étaient d'autres aspects de sa personnalité qui lui revenaient en mémoire.

— Elle avait l'air d'une femme forte, indépendante et fière, mais il y avait toujours un moment dans la journée où tout ce qu'elle désirait, en vérité, c'était qu'un homme la regarde. Elle ne me le disait pas, mais il y avait des signes. J'ai refusé de les voir, c'est tout.

Combien de fois une McKenna épuisée avait-elle quitté un bar seule à 2 heures du matin, la boule au ventre parce que Susan insistait pour rester encore un peu, juste pour « un dernier verre », et presque toujours en compagnie d'un type qu'elle venait à peine de rencontrer ? Et que dire de tous ces appels téléphoniques au milieu de la nuit ? Ceux auxquels Susan répondait loin des oreilles indiscrètes, pour annoncer deux minutes plus tard qu'elle devait aller réconforter une vieille copine traversant une phase difficile.

Susan tentait peut-être de cacher sa vie sexuelle trépidante à ses amies, mais McKenna avait flairé quelque chose. Les hommes, après tout, n'étaient pas si discrets. Elle entendait ce qui se racontait pendant ses apéros, et elle savait que Susan avait couché avec au moins deux procureurs rencontrés grâce à McKenna – notamment Will Getty.

— Vous savez, c'est marrant, dit Scanlin. D'habitude, quand on parle de la part d'ombre de quelqu'un, on pense à un homme qui retourne sa colère et son agressivité contre d'autres personnes – sa femme, ses enfants, un inconnu surgi de nulle part. Mais, quand je travaillais à la brigade des mœurs, j'ai pu observer qu'il est rare que les femmes ayant une part obscure agressent les autres. C'est à elles-mêmes qu'elles s'en prennent.

Scanlin sortit un nouveau dossier cartonné, moins jauni que les autres.

— Une voisine de l'immeuble de Susan a appelé pour nuisances sonores deux jours avant sa disparition, mais elle s'est trompée de numéro d'appartement. Je lui ai parlé : il est probable qu'elle ait en fait surpris une dispute entre Susan et un homme. Regardez les mots qu'elle a griffonnés.

Il posa l'index sur « claque ».

— Peut-être que l'un des petits copains de Susan avait commencé à se montrer violent, et qu'ils se disputaient à ce sujet.

Il pointa un autre mot. « Important. »

— On pourrait imaginer quelque chose comme : « Écoute-moi, c'est important : ne me file plus jamais de claques. »

— Je crois qu'on peut dire sans se tromper qu'Hollywood ne vous confiera jamais un boulot de dialoguiste, Scanlin. Et si un type a un jour levé la main sur Susan Hauptmann, il a dû s'acheter un dentier une fois qu'elle en a eu fini avec lui. Mais puisque vous parlez de la brigade des mœurs et de la part d'ombre des prostituées…

Elle s'aperçut qu'en lui récapitulant les événements, elle avait laissé de côté les questions de l'agent Mercado concernant Pamela Morris et Greg Larson. Elle lui expliqua qu'elle était allée à Jersey City discuter avec la mère de Pamela.

— Susan tentait toujours de venir en aide aux âmes perdues. Elle a peut-être croisé la route de Pamela. Elles ont disparu au même moment. Enfin, plus ou moins. La mère de Pamela Morris n'a pas vu sa fille depuis l'automne 2003.

— Alors comment sait-elle qu'elle est vivante ?

— Elle reçoit des lettres deux ou trois fois par an. Pamela lui a raconté avoir épousé un pasteur et voyager aux quatre coins du pays. Je me suis dit que c'était peut-être sa façon de décrire sa vie avec les 3P.

— À quoi ressemble Pamela Morris ?

McKenna haussa les épaules.

— J'ai une photo prise lors de son arrestation en 1994. Elle a une tonne de maquillage sur la tronche et la lèvre éclatée. Cheveux châtain clair. Rien de particulièrement marquant.

— Âge ? Taille ? Poids ?

Elle se creusa la tête pour trouver des détails et comprit où Scanlin voulait en venir.

— Oh mon Dieu.

— Deux ou trois cartes postales par an à la maman, c'est pas cher payé pour une identité volée.

Elle se remémora la lèvre tuméfiée sur la photo de Pamela prise par les flics. Ce n'était pas la première raclée qu'elle se prenait. Elle avait vraiment l'air au fond du gouffre. Et elle aurait réussi à s'en sortir ? Ça n'arrivait qu'à Hollywood. Dans la vraie vie, ça ne finissait jamais bien pour les Pamela Morris.

— Vous êtes en train de me dire que la Pamela Morris qui vivait avec les 3P à Brentwood était en fait Susan.

— Je n'aime pas dire ça, mais il n'y a rien de plus banal que la mort d'une prostituée, répondit Scanlin. Beaucoup d'entre elles ne sont jamais identifiées. Voler le nom d'une morte est l'un des moyens les plus simples au monde pour changer de vie.

Susan avait été chez Scott Macklin la veille de sa mort. Si c'était bien la femme qui vivait avec les 3P sous le nom de Pamela Morris, cela voulait dire qu'elle avait survécu à l'explosion de Long Island.

— Mais pour s'emparer de l'identité de Pamela, Susan devait savoir qu'elle était morte.

— Ce qui nous ramène à sa part d'ombre. Peut-être qu'elle sortait avec un sale type. Un type assez violent pour faire du mal à une prostituée. Supposons que Susan découvre que l'un de ses petits copains a tué Pamela Morris et qu'elle le confronte : cela a très bien pu déclencher la grosse engueulade entendue par la voisine. Elle aura pris peur et décidé de recommencer sa vie sous un autre nom.

McKenna eut un signe de dénégation.

— Il en fallait beaucoup pour faire flipper Susan. Si elle avait découvert quelque chose de ce genre, elle aurait botté le cul du type et l'aurait traîné au commissariat. Et ça n'explique pas sa présence chez Macklin il y a deux jours.

Elle fixait des yeux les documents éparpillés sur la table, espérant qu'une réponse lui saute au visage.

Puis elle la vit.

— La voisine. La voisine de Susan qui a appelé à cause de la dispute. Vous m'avez dit qu'elle s'était trompée d'appartement. Est-il possible qu'elle ait commis d'autres erreurs ? Sur ce qu'elle a réellement entendu ?

— Bien sûr. Elle est sourde comme un pot.

— Regardez, Scanlin. Juste là.

Elle tapota une feuille.

— Claque. Ce n'est pas « claque ». C'est « Mac » ! On sait que Susan est allée chez Mac la veille de sa mort. Mais imaginons qu'elle se soit disputée avec lui – ou à son sujet – deux jours avant de se volatiliser ? Il y a un lien entre la disparition de Susan et ce qui s'est passé sur le quai entre Macklin et Marcus Jones.

— Et vous insinuez que ce lien – quel qu'il soit – expliquerait d'une manière ou d'une autre pourquoi Susan vit maintenant sous le nom de Pamela Morris ?

Il avait voulu se montrer sarcastique, mais en prononçant cette phrase à voix haute, il changea d'avis. Scott Macklin. Pamela Morris. Ensemble. Reliés l'un à l'autre.

— La mère de Pamela m'a dit que vers la fin, avant qu'elle s'en aille au coucher du soleil avec son prince sur un cheval blanc, elle ne voyait plus que ses clients réguliers. Des types mariés inoffensifs et qui se sentaient seuls. Ce genre de gars. Elle a précisé que l'un d'eux avait un physique étrange et qu'il était un peu ralenti, mais qu'il se montrait gentil avec Pamela.

Scanlin semblait ne pas comprendre.

— Marcus Jones, reprit-elle. Il avait des taches sur le visage dues au vitiligo, une décoloration de la peau. Et son QI était autour de 75, c'est à la limite de la déficience mentale. Sa mère a toujours dit qu'il était allé sur les quais voir sa petite amie. On n'a jamais retrouvé la fille, mais il avait 80 dollars sur lui.

— Et les quais sont un lieu de racolage fréquent pour les filles qui font le tapin, ajouta Scanlin.

— Vous avez dit tout à l'heure que si Susan a pris l'identité de Pamela, c'est qu'elle savait que celle-ci n'en aurait plus besoin. Peut-être que Marcus Jones n'est pas le seul à être mort sur la jetée cette nuit-là. Et si c'était bien une bavure policière, et que Pamela Morris avait assisté à la scène ?

— Vous êtes en train de me dire que Mac a volontairement tué cette fille pour étouffer l'affaire ? Vous vous foutez de ma gueule. Ce n'était pas une bavure et vous le savez très bien. J'aurais dû me douter que…

— Eh, on essaie juste de comprendre ce qui s'est passé, Scanlin. Il y a d'autres explications possibles. Peut-être qu'il se tramait un truc louche sur les quais ce soir-là, et que Marcus était impliqué dans l'histoire – recel ou que sais-je. Pamela Morris le rejoint, mais elle découvre quelque chose qu'elle n'est pas censée voir. Marcus, ou quelqu'un d'autre, lui règle son compte. Sur ce, Mac arrive, et Marcus braque son arme sur lui.

— Mac n'a jamais dit que Marcus était avec une fille, encore moins que quelqu'un d'autre se trouvait sur les lieux et voulait la tuer.

— Vous ne voyez pas où je veux en venir ? Si quelque chose que nous ignorons est arrivé ce soir-là sur les quais – quel que soit cet événement –, cela expliquerait la disparition de Pamela à ce moment-là. Ainsi que la fuite de Susan, si elle a tout découvert. Et le fait que quelqu'un compte bien m'empêcher de recommencer à parler de cette fameuse soirée.

Scanlin avait bondi de sa chaise pour faire les cent pas.

— Sauf que – premièrement – vous ne savez même pas en quoi cet « événement » consiste. Et – deuxièmement – il n'y a aucune raison de croire que Susan Hauptmann était reliée à tout ça. Ne le prenez pas mal, mais je commence à me dire qu'on a fait le tour. Compton est un bon flic. Il va chercher celui qui a blessé votre mari, et quand il aura des réponses, peut-être que cela clarifiera un peu l'histoire de Susan et tout le reste.

Il jeta un coup d'œil à sa montre.

— Je dois aller bosser. Je vous ramène en ville. Vous vous sentirez mieux quand vous aurez des nouvelles de Patrick.

Le trajet en voiture se passa dans un silence seulement troublé par la variété qui passait à la radio, que Scanlin avait allumée pour combler le vide. Quand elle le remercia de l'avoir déposée devant Lenox Hill, il se contenta d'un hochement de tête.

Les soins intensifs étaient plus animés que lorsqu'ils en étaient partis. Les couloirs grouillaient d'infirmières et d'internes en blouse blanche. Les gens s'écartaient pour laisser passer les brancards. McKenna parvint à attirer l'attention d'une infirmière. Il n'y avait rien de neuf mais ils avaient installé Patrick dans une chambre individuelle, où elle pouvait s'asseoir à ses côtés si elle le souhaitait.

Depuis qu'elle connaissait Patrick, il n'avait jamais été malade. Il faisait partie de ces gens toujours en forme. Il pouvait se goinfrer pendant quatre jours d'affilée à Thanksgiving sans prendre un gramme. Rester debout jusqu'à 2 heures du matin et se lever à 7 heures, le visage reposé et sans les moindres cernes. S'il avait un rhume, celui-ci disparaissait après quelques éternuements, deux ou trois toussotements et quelques cachets de médicaments en vente libre. Et même s'il avait pris de l'âge depuis qu'ils étaient ensemble – des rides autour de la bouche, des cheveux blancs sur les tempes –, cela ne lui donnait pas l'air fragile ou affaibli ; il avait juste l'allure d'un homme qui passe beaucoup de temps au grand air.

Alors quand elle le vit sur son lit d'hôpital, elle crut s'être trompée de chambre. L'homme raccordé à tous ces tubes et tuyaux ne pouvait être son mari. Juste au-dessus du col de sa blouse d'hôpital bleu layette à pois, un tampon de gaze entourait son cou. Elle savait que la blouse et la gaze recouvraient les blessures par balle et les cicatrices chirurgicales. Ces marques seraient là à jamais – éternel rappel des événements qui l'avaient mené à ce lit.

Elle contempla son visage pâle et mal rasé sous le masque à oxygène. Comment avait-il pu perdre autant de poids en une seule journée ? Ce n'était pas possible. Elle voulait le voir ouvrir les yeux. Sourire quand il la reconnaîtrait. Le voir, lui, tout simplement. Le regarder et savoir qu'ils allaient s'en sortir. Qu'il avait eu les meilleures raisons du monde de garder des secrets, quels qu'ils soient. Il se réveillerait et lui raconterait tout – et la situation s'arrangerait, d'une façon ou d'une autre.

Mais il n'ouvrit pas les yeux.

Elle sentit qu'elle s'éteignait au fond d'elle-même, à la manière d'un jouet dont la pile est morte. Ils retrouveraient son corps, affaissé et insensible, sur cette chaise en plastique orange destinée aux visiteurs.

Elle tendit la main vers le bras de Patrick – la seule partie de son corps qui dépassait des couvertures et de la chemise en coton. Elle tenta de se souvenir de ce que cela faisait de poser sa tête à cet endroit précis pendant qu'il dormait, leurs corps pressés l'un contre l'autre comme deux cuillères.

Elle n'aurait jamais dû aller chez Dana. Elle aurait dû rentrer et l'affronter. Crever l'abcès et découvrir la vérité, aussi atroce soit-elle. Elle ne l'avait pas fait, et il était maintenant allongé sur ce lit d'hôpital ; elle ne saurait peut-être jamais pourquoi.

Elle se pencha et lui embrassa le front. Aucune réaction – pas comme dans ces contes de fées où le prince se réveille. Pas même un bref moment de réconfort lui permettant de deviner comme par magie que tout allait bien se passer. Ce n'était que ses lèvres sèches contre sa peau chaude.

Elle n'allait pas rester là les bras ballants et laisser le désespoir la submerger. Deux semaines plus tôt, elle avait publié un article de six pages pour célébrer le dixième anniversaire de la disparition de Marcus Jones. Depuis, Scott Macklin était mort. Tout comme l'homme qui avait effacé les vidéos de Susan sur le quai du métro. Patrick se trouvait dans un état critique. Et tout cela était lié au soir où Marcus Jones avait trouvé la mort.

Quelque chose lui avait échappé. Dix ans plus tôt, ses soupçons concernant l'arme retrouvée à côté du cadavre avaient brièvement mis en lumière ce qui s'était passé sur les quais cette nuit du 16 octobre. Mais on avait réfuté ses propos, et les projecteurs s'étaient éteints. En publiant son article quinze jours plus tôt, elle avait réussi à perdre son emploi, à détruire sa réputation, et surtout, à mettre son mari en danger. Quelqu'un voulait que les lumières demeurent éteintes. Et elle allait les rallumer.

53

Quand elle sortit de l'ascenseur au sous-sol du palais de justice, McKenna entendit deux femmes chuchoter en passant : « C'est la journaliste du magazine qui a foutu Knight en rogne. » Elle ne comprit pas toute la réponse, mais discerna clairement : « il l'a bien mérité » et « vrai, dans le fond ».

C'était parfois comme ça que fonctionnait la vérité. Un témoin oculaire pouvait se tromper sur la couleur de la chemise du tireur mais désigner malgré tout le bon suspect. Dix ans plus tôt, McKenna s'était peut-être trompée en affirmant que Macklin avait placé une arme près du corps de Marcus pour se disculper ; mais cela n'empêchait pas son allégation d'être potentiellement exacte dans le fond.

La femme à l'accueil de la salle des archives lisait un roman intitulé *Criminel*.

— Ça alors ! s'exclama McKenna. Un vrai livre relié, avec des pages et tout. Contente de voir que je ne suis pas la seule à aimer la lecture à l'ancienne.

Au lieu de laisser le livre ouvert, au risque de casser son dos, la femme y inséra soigneusement un Post-it pour conserver sa page.

— Mon fils m'a acheté une liseuse pour Noël. C'était pratique pour ma croisière de cet été. Sur cette toute petite machine, j'ai pu mettre un livre pour chaque journée de voyage. Mais c'est quand même mieux de tourner les pages d'un gros bouquin.

À l'époque où elle travaillait au bureau du procureur, McKenna savait parfaitement comment parler au personnel administratif. À tel point qu'elle pouvait demander des dossiers à des tribunaux de district et se faire faxer les pages souhaitées dans l'heure suivante. Son collègue, Richard, qui faisait clairement comprendre à chacun de ses coups de fil qu'il était un jeune avocat extrêmement doué au service d'un juge de cour d'appel extrêmement influent, n'avait jamais compris pourquoi il fallait une semaine pour qu'on réponde à ses demandes. Ce n'était pas une question de pouvoir, d'autorité ou d'obligation légale. Il ne s'agissait que du fonctionnement le plus élémentaire de la nature humaine : les gens avaient envie d'aider ceux qui se montraient sympas avec eux et de laisser mariner les gros cons.

— J'espère que vous pourrez m'aider. J'ai besoin du dossier de l'affaire *État de New York* c/ *Scott Macklin*. Elle est ancienne, j'en ai bien peur.

McKenna lui indiqua le mois et l'année de l'ouverture du dossier.

— Oui, je me souviens de cette affaire.

La femme devait être trop absorbée par son roman pour avoir lu les journaux parlant de la mort de Macklin.

— Vous trouvez que ça date, ajouta-t-elle, mais il y a une jeune fille qui est venue me demander un litige propriétaire-locataire vieux de quarante ans. Son immeuble prétendait que sa grand-mère avait été expulsée d'un appartement à loyer encadré dans les années 1970, ce qui signifiait qu'elle n'avait pas le droit d'y habiter. La pauvre petite n'arrêtait pas de pleurer. Mais j'ai retrouvé les documents. Il s'avère que l'expulsion n'a jamais été actée. Ça fait plaisir quand ça finit bien.

— Si vous êtes parvenue à dénicher ce dossier, le mien devrait être un jeu d'enfant.

— Vous cherchez un papier précis, ou vous voulez l'intégralité de l'affaire ? Je vous rappelle que les photocopies coûtent 25 cents la page. Et, non, au cas où vous vous poseriez la question, l'argent ne va pas dans la poche de la gentille dame chargée des photocopies.

— Ce qui est bien dommage. Il me faut tout le dossier, mais croyez-moi, il n'est pas gros.

— Mes préférés, répliqua la femme avec un sourire.

Vingt minutes plus tard, McKenna avait tout ce dont elle avait besoin. Vingt minutes d'attente au palais de justice, c'était l'équivalent de la vitesse de la lumière dans le reste du monde.

Elle trouva un banc tout au bout du couloir du sous-sol et s'installa pour examiner le dossier.

La pile de documents était, comme elle s'y attendait, peu épaisse. Aucune motion visant à supprimer des éléments de preuve, à retirer des témoignages ou à rejeter l'acte d'accusation. Le dossier était mince, car il n'y avait pas eu d'accusation du tout. Il ne contenait qu'une feuille de papier sur laquelle le grand jury avait coché la case indiquant que l'affaire avait été classée sans suite pour manque de preuves – manière sophistiquée de dire « circulez, y a rien à voir ». La mort par balle de Marcus Jones n'avait pourtant rien de normal, surtout depuis qu'une procureure adjointe, jeune mais respectée, avait pris le risque d'affirmer que le grand jury n'avait pas entendu toutes les preuves pertinentes.

En raison de la publicité qui avait été faite à l'affaire et de l'extrême attention portée par la foule à la décision de ne pas inculper Macklin, le procureur du district avait pris soin d'ajouter une note sur son refus de maintenir les poursuites, accompagnée d'une justification détaillée. Elle était signée par le procureur en chef ayant présenté l'affaire devant le grand jury, Will Getty.

McKenna en parcourut les premières lignes. Scott Macklin. Douze ans dans la police de New York. Présent sur le port ce soir-là pour une mission de routine, dans le cadre d'un programme d'inspection des cargaisons cogéré par le gouvernement fédéral et l'État de New York.

Le rapport se poursuivait par la version de Macklin. Il avait remarqué Marcus au bord du quai. Le jeune homme semblait surveiller le transfert de composants informatiques vers un conteneur. Comme les quais étaient encore le théâtre occasionnel de vols à la sauvette, Macklin s'était approché de l'adolescent, par mesure de précaution. Quand Marcus l'avait vu se diriger vers lui, il lui avait tourné le dos pour s'enfuir. Le flic s'était lancé à sa poursuite et, au détour d'un conteneur, il avait vu le jeune homme poser la main sur son arme. Il n'avait pas eu d'autre choix que de tirer.

La suite du rapport récapitulait les antécédents de Marcus Jones, l'insistance de sa mère à dire qu'il ne possédait pas d'arme, et l'enquête de McKenna pour remonter la trace de ce pistolet jusqu'à Quartiers Sans Danger, le programme de destruction des armes saisies parrainé par la police. Était également rappelé le fait que seuls quatre agents avaient été chargés de cette mission, dont Scott Macklin.

Le rapport s'efforçait de présenter les conclusions de McKenna comme raisonnables – ce qui aurait été le cas, s'il n'y avait eu Don Whitman, l'un des trois autres flics affectés à l'opération Quartiers Sans Danger et condamné quelques années plus tard pour association frauduleuse avec les Crips.

Quand Getty avait compris que Whitman aurait pu s'enfuir avec un pistolet de Quartiers Sans Danger tout aussi facilement que Macklin, il avait renvoyé des enquêteurs dans le quartier de Marcus, chargés de trouver quelqu'un capable de relier l'adolescent à un flingue volé huit ans plus tôt aux Crips.

Le témoin était James Low, un jeune homme de 22 ans, qui vivait dans la même cité que Marcus Jones. Il déclara devant le grand jury qu'il avait vendu l'arme à Jones pour 200 dollars après l'avoir trouvée dans la commode de son père, quand celui-ci était mort. Avant son banal décès suite à un infarctus du myocarde, James Low père était considéré comme « la crème de la crème » dans la hiérarchie des Crips de New York.

Quand McKenna avait appris la nouvelle, une seule expression était parvenue à traduire sa surprise : « Pu-tain j'y crois pas. »

Le témoignage de James Low fils devant le grand jury complétait la chaîne allant de la salle des pièces à conviction au tas de ferraille, à l'agent Don Whitman, à James Low père, à son fils, et enfin à Marcus Jones. En comparaison, le lien entre Macklin et cette arme n'était qu'un pur hasard.

Ou pas ? McKenna avait été tellement mortifiée de sa précipitation à émettre un jugement qu'elle n'avait jamais pris le temps de se demander si c'était bien une coïncidence. Elle s'était contentée de supposer que Low disait la vérité.

Elle regagna la salle des archives. La gentille dame férue de lecture était retournée à son roman.

— Vous avez fait vite, s'exclama-t-elle.

— J'ai une autre faveur à vous demander, si vous voulez bien. Pouvez-vous me dire si vous avez des dossiers impliquant un certain James Low ?

La femme tapa quelques mots sur l'ordinateur de l'accueil.

— J'en ai deux ou trois, tous liés à des affaires criminelles. Ça commence en 1972, et le plus récent semble dater de 2005.

— Il y avait un père et un fils. C'est le gamin qui m'intéresse.

— Je l'ai. Oui, le plus jeune a été inculpé sous le nom de James Low Jr. Il a été condamné dans trois affaires : vol à l'étalage en 1999, coups et blessures volontaires en 2001, et encore coups et blessures volontaires en 2004.

Grâce à l'affaire Marcus Jones, McKenna savait qu'au moment où Low avait témoigné devant le grand jury, il avait déjà été condamné pour deux délits – le vol de 1999 et l'agression de 2001 quand un type avait passé trop de temps à reluquer sa petite amie dans un bowling. McKenna demanda à l'aimable lectrice une copie de la condamnation de 2004.

Cette fois-ci, McKenna ne prit pas la peine de

retourner s'installer sur le banc du couloir. Elle feuilleta le dossier à même le comptoir de l'accueil. La gentille dame se replongea dans son roman et ne sembla pas lui en tenir rigueur.

Selon la déclaration sous serment ayant conduit à son arrestation le soir même, Low était l'un des nombreux clients du salon VIP d'un club de hip-hop de Chelsea, où une dispute avait éclaté entre deux groupes rivaux. Comme d'habitude, le point de départ du conflit était idiot – un membre de l'autre bande avait, semblait-il, insulté l'ex-petite amie du frère de l'ami du cousin de Low – mais le clan de Low avait fini par attaquer la bande rivale à coups de bouteilles d'alcool.

L'agent qui avait procédé à l'arrestation avait inculpé Low pour violences aggravées. Une bouteille était une arme et, étant donné le nombre de participants, il s'agissait de violences en réunion.

McKenna savait comment le procureur du district classait les affaires. Les faits auraient dû être qualifiés de crime. Avec une première condamnation pour agression trois ans plus tôt, Low n'avait guère le profil du candidat à même de susciter l'empathie au moment de la négociation de peine et du verdict.

Et pourtant.

Low avait plaidé coupable pour un simple délit et écopé de sept jours d'emprisonnement, ce qui signifiait en réalité une nuit ou deux à l'ombre avant une libération anticipée. Au lieu de purger sa peine dans une prison de l'État de New York, il avait passé quelques heures à se prélasser dans le centre de détention du coin avant d'en ressortir vierge de tout crime. En termes juridiques savants, cela s'appelait un traitement de faveur

– et tout cela un an à peine après que le témoignage de Low devant le grand jury avait épargné aux forces de l'ordre de New York un scandale qui aurait pu les éclabousser pendant vingt ans.

Elle s'en doutait avant même de lire la dernière page de l'ordonnance pénale sur laquelle étaient énumérés les avocats chargés de l'affaire. Représentant du comté de New York : le procureur de district adjoint Will Getty.

54

Susan avait eu son lot d'amourettes, et Will Getty en faisait partie.

Ni l'un ni l'autre ne s'en était vanté, mais McKenna n'était pas aveugle. C'était elle qui les avait présentés, et elle se souvenait très bien de ce soir-là.

McKenna connaissait mal Getty à l'époque. C'était environ quatre mois avant la mort de Marcus Jones. Il avait de longs états de service, et s'occupait déjà de crimes majeurs. Elle-même n'avait que quatre ans d'ancienneté et gérait les affaires liées à la drogue, mais elle commençait à envisager des missions plus sérieuses.

Elle avait travaillé tard, comme d'habitude. Quand elle avait quitté le bureau, Getty était lui aussi sur le départ. Tout avait commencé par une conversation anodine dans l'ascenseur.

— Ne vous imaginez pas que je vous surveille, mais je suis presque sûr que c'est la première fois que je vous vois rentrer chez vous. Je commençais à croire que vous dormiez ici.

— Ce n'est qu'un hologramme pour faire croire aux gens que je travaille.

— Je nierai si vous répétez que vous tenez ça de moi,

mais allez-y mollo. Ce serait dommage de se retrouver en burn-out avant de pouvoir récupérer les affaires les plus sympas.

— Bien noté.

Ils étaient arrivés au rez-de-chaussée.

— Vous allez boire un verre ? avait-il demandé.

— En effet, mais pas avec les collègues.

— Encore un conseil, même si vous ne m'avez rien demandé : passez moins de temps le nez dans vos dossiers et davantage à boire des coups avec vos confrères. C'est un boulot où les amitiés comptent.

— Faites-moi confiance. Si vous saviez comme j'ai picolé pendant mes deux premières années ici, vous m'inscririez sur la liste d'attente pour une greffe de foie.

— Ah, mais ça, c'était quand vous n'étiez qu'un bébé adjoint, vous vous amusiez avec les autres gamins. Nous, les carriéristes, on sait comment ça fonctionne. La plupart des petits nouveaux sont là pendant deux ou trois ans pour améliorer leurs compétences juridiques, puis ils quittent le navire pour aller gagner du pognon. On ne se donne la peine d'apprendre à connaître les gens que lorsqu'ils sont là depuis un certain temps. Il faut vous mêler aux anciens. Rejoindre la bande de ceux qui sont là depuis toujours.

— Sans rire, qu'est-ce que fréquenter la bande des anciens change au cirque habituel qui a cours dans ce bureau ?

— Avez-vous vraiment employé le mot « cirque » pour décrire le bureau du procureur ?

— Vous voyez ce que je veux dire. Tout le monde se vante de ses faits d'armes de la semaine. Qui a écrasé tel avocat de la défense au moment du procès. Qui a balancé la réplique la plus vache pendant la négociation de peine. Chacun passe son temps à essayer d'être l'avocat le plus macho de la bande.

Il avait grimacé et voulu répliquer, mais s'était retenu.

— Oui, ce que vous dites ne m'est pas totalement inconnu.

— Au moins, quand je m'amuse, je le fais avec des gens qui ne parlent pas boulot toute la soirée.

Il avait regardé sa montre.

— Ils sont sans doute déjà rentrés chez eux à l'heure qu'il est. Bon sang, j'aurais pourtant bien besoin d'un verre. Un coaccusé coopératif est revenu sur ses aveux sous mon nez aujourd'hui. Un vrai cauchemar.

— Dans ce cas, mes apéros sont plus intéressants que les vôtres. Ça ne fait que commencer à l'heure qu'il est. Vous devriez venir.

— Mais non, voyons, je ne vais pas me taper l'incruste à votre soirée.

— Au contraire.

Elle lui avait expliqué le concept « plus on est de fous plus on rit » des apéros mensuels de Susan.

— Franchement, vous devriez venir. Ce sera l'occasion de vous convaincre que j'ai une vie en dehors du bureau.

Voyant qu'il hésitait, elle avait insisté.

— Je ne vous le proposerais pas sinon. Vous avez bien dit que vous aviez besoin d'un verre, non ?

— OK, ça marche.

Susan avait été ravie de voir McKenna débarquer flanquée d'un invité – plutôt pas mal, en plus. En dépit de ce qu'elle avait affirmé à Getty, McKenna ne profitait plus beaucoup de la vie en dehors du travail depuis quelque temps. Après une longue traversée du désert, elle avait rencontré Jason Eberly – Bébé Nature pour les intimes – deux semaines plus tôt, lors d'un événement dans un bar de la ville. Mais ce n'était pas sérieux – et ne le serait jamais puisque McKenna allait rencontrer Patrick lors de l'apéro de Bruno du mois suivant.

Comme à son habitude, Susan n'avait pas tardé à devenir graveleuse dès que Getty était parti aux toilettes.

— Je savais que tu voulais accélérer le mouvement pour qu'on te file les homicides, mais coucher avec ton patron ? Ça ne te ressemble pas, ma chère.

— C'est pas marrant, Bruno. C'est comme ça que les ragots commencent.

— Il est célibataire, n'est-ce pas ?

— À ma connaissance, oui.

— Et techniquement parlant, ce n'est pas ton patron.

— Non, mais peut-être un jour.

La conversation aurait pu s'arrêter là, mais Susan s'était entêtée.

— T'es sûre et certaine que t'es pas intéressée ? Vraiment pas du tout ?

— Absolument pas. Les flirts entre collègues, ça ne donne jamais rien de bon.

Quand Getty était revenu à leur table, Susan avait imperceptiblement rapproché sa chaise de la sienne et ri de ses blagues avec davantage d'enthousiasme. Ce n'était pas la première fois que McKenna la voyait faire. Et elle avait remarqué que Getty appréciait.

Quatre mois plus tard, Scott Macklin abattait Marcus Jones, et Getty choisissait McKenna pour l'assister au cours de l'enquête du grand jury. À l'époque, elle s'était demandé si elle avait obtenu cette mission grâce à son travail acharné ou parce qu'elle lui avait offert, sans le vouloir, une partie de jambes en l'air.

En même temps, elle s'en fichait. Elle avait obtenu un homicide – et de la catégorie la plus intéressante qui soit, une fusillade impliquant un policier. Sa carrière était enfin lancée. Et puis elle avait perdu son boulot. Et Susan avait disparu. À présent, McKenna se demandait si tout cela ne découlait pas de sa rencontre fortuite avec Will Getty dans l'ascenseur.

— Merci quand même, lança McKenna à la sympathique lectrice. Merci pour tout.

La femme n'avait trouvé aucune trace d'une condamnation concernant Gretchen Hauptmann, alors même que celle-ci avait dit à McKenna avoir plaidé coupable devant le tribunal d'État pour possession de drogue juste avant la disparition de sa sœur. Si son dossier avait été traité dans le comté de New York, elle avait sans doute été considérée comme primo-délinquante, ce qui signifiait que son casier avait pu être effacé. Il n'y avait qu'un seul moyen de le savoir.

McKenna n'avait pas de réseau dans la salle des archives ; elle prit donc l'ascenseur jusqu'au rez-de-chaussée du tribunal. Gretchen décrocha à la troisième sonnerie.

— Je t'ai déjà dit que je ne voulais pas me mêler de ça.

Ce stupide affichage du nom sur l'écran. Vu la façon dont leur dernière rencontre s'était achevée, il était étonnant que la sœur de Susan eût même daigné répondre.

— Rien qu'une petite question, Gretchen. Promis.

Tu m'as dit que tu as failli être poursuivie au niveau fédéral lors de ton arrestation, mais que tu étais parvenue à un accord pour une simple condamnation par l'État, avec réhabilitation et liberté conditionnelle.

— C'est de l'histoire ancienne, McKenna.

— Tu m'as bien dit que l'affaire traînait en longueur, mais que tu avais obtenu cet accord un mois ou deux avant la disparition de Susan ?

— Tu m'as bien écoutée, bravo !

Quelle garce.

— Est-ce que tu sais si un procureur de New York était impliqué dans l'histoire ?

— Bien sûr. Mon avocat a déployé l'artillerie lourde. Il a fini par trouver un type qui était prêt à passer un coup de fil aux agents fédéraux – quelqu'un que Susan connaissait. Ça m'a étonnée qu'elle ne le demande pas à toi. Elle ne voulait sans doute pas que tu le saches.

McKenna ne bénéficiait pas du genre de réseau qu'un procureur plus expérimenté pouvait avoir. Comme l'avait dit Getty, nouer des amitiés faisait partie du boulot. La question était de savoir à quel point il avait été proche de Susan avant qu'elle disparaisse.

— Le procureur en question, c'était pas un type nommé Will Getty ?

— Mon casier judiciaire est censé avoir été effacé. Comment tu sais ça ?

Le soir où Susan et Getty s'étaient rencontrés n'avait pas pu n'être qu'une aventure sans lendemain si Susan lui avait demandé un service quatre mois plus tard. Peut-être avaient-ils vécu quelque chose ressemblant à une vraie relation. Et si Getty était impliqué dans le maquillage du meurtre de Marcus Jones, il n'était pas impossible que Susan l'eût découvert.

Un bip répété avertit McKenna qu'elle avait un autre appel. Elle promit à Gretchen qu'il n'y avait aucune trace de son affaire de drogue dans son casier et raccrocha.

— McKenna Jordan à l'appareil.

— Madame Jordan. Mae Mauri, je suis médecin au New York Family Medical.

— C'est à propos de Patrick ?

Elle se mit à courir vers la sortie du tribunal, espérant qu'il s'était réveillé. Et qu'elle pourrait enfin lui parler.

— Non, je…

La femme semblait désorientée par sa question.

— J'espère que vous me pardonnerez cette ingérence. J'ai contacté votre ancien employeur pour obtenir votre numéro.

— Excusez-moi, docteur. J'attends des nouvelles très importantes concernant la santé d'un membre de ma famille.

— Je comprends. Mais je crois savoir que vous avez lancé un appel pour obtenir des informations sur Susan Hauptmann. J'étais son médecin traitant. J'ai peut-être des éléments qui vous intéresseraient.

55

La réceptionniste du New York Family Medical accueillit McKenna avec un sourire chaleureux et une voix douce et apaisante.

— Bonjour. Vous venez pour une visite santé ?

McKenna avait l'impression d'avoir réservé une séance de spa.

— Je suis venue voir le Dr Mauri. Elle m'attend.

— Parfait. Vous êtes une nouvelle patiente ? D'habitude, je reconnais tout le monde. J'aurai simplement besoin de votre numéro d'assurance.

— Non, je ne suis pas une patiente. Ce n'est pas pour un rendez-vous médical. S'il vous plaît, si vous pouviez juste dire au Dr Mauri que je suis là. Je m'appelle McKenna Jordan.

— Pas de souci. Je vais la prévenir.

« Pas de souci. » Quand cette phrase ridicule était-elle devenue une formule acceptable à balancer au visage de quelqu'un ? Pour autant que McKenna puisse en juger, elle était généralement prononcée quand il y avait, en vérité, une bonne raison de s'inquiéter – et presque toujours par la personne à l'origine de cette inquiétude.

Cette femme agaçante n'avait aucune idée des soucis que McKenna nourrissait au fond d'elle.

La réceptionniste revint.

— Le Dr Mauri va vous recevoir, lui apprit la voix apaisante et sans souci.

Elle la mena vers la salle de consultation.

Mae Mauri se leva de son bureau pour lui serrer la main.

— Je suis navrée de ne pas avoir pu vous en dire plus au téléphone, madame Jordan.

— C'est moi qui suis navrée de m'être montrée si pressante. L'un de mes proches est à l'hôpital à l'heure actuelle. Je suis… Disons que je jongle avec beaucoup de problèmes en ce moment.

— Je n'en doute pas, si j'en crois le peu que je sais de vous. Je suis allée boire un verre avec ma nièce hier soir après le théâtre. Elle est stagiaire à *Cosmo*. Elle m'a expliqué à quel point c'était difficile de faire carrière dans la presse écrite de nos jours et, à titre d'exemple, elle m'a parlé de votre récent départ et de la controverse qui s'est ensuivie sur… Twitter, c'est bien ça ?

McKenna acquiesça en silence. Apparemment, la réceptionniste n'était pas la seule à considérer qu'il fallait savoir garder son calme. À la façon dont le Dr Mauri l'avait formulé, l'explosion en plein vol de la carrière de McKenna avait tout d'une journée ordinaire.

— Quoi qu'il en soit, poursuivit la médecin, ma nièce était fascinée par votre histoire. Puis elle m'a demandé si je me souvenais de quelque chose concernant la disparition de Susan Hauptmann. Elle a 19 ans, alors à ses yeux, une affaire vieille de dix ans, c'est un peu la préhistoire. Elle m'a prise au dépourvu avec sa question. Je ne savais absolument pas que la femme disparue dont elle m'avait parlé toute la soirée était Susan.

— Susan était votre patiente ?

— Oui. Si seulement tous les gens qui viennent me voir prenaient autant soin de leur santé. Chaque année, un examen médical complet. Tous les six mois, un bilan sanguin. Elle ne fumait pas, faisait régulièrement de l'exercice. La plupart des gens répètent qu'ils mangent sainement et font du sport, mais je peux vous garantir que… Bref, voilà où je veux en venir : c'était un vrai bonheur de s'occuper de Susan. Une bonne patiente, sociable, avec un humour assez cru, et venant me voir suffisamment souvent pour que nos conversations dépassent le cadre étroit de la relation médecin-patient. Je crois pouvoir affirmer que je la connaissais bien.

— Vous m'avez dit que vous aviez peut-être une information intéressante concernant sa disparition ?

— J'essayais juste de vous expliquer le contexte. Trois mois avant que j'apprenne sa disparition dans le journal, elle devait passer à mon cabinet. Lorsque j'ai vu son nom dans mon carnet de rendez-vous, j'ai supposé qu'elle venait pour son bilan annuel, comme chaque année à la même période. Mais mon assistante m'a prévenue que la consultation était fixée 49 semaines après son dernier examen annuel, ce qui voulait dire qu'il était trop tôt pour que son assurance le prenne en charge. Ils sont très pointilleux à ce sujet. Je l'ai appelée pour lui proposer un nouveau rendez-vous quelques semaines plus tard, mais elle m'a annoncé que c'était important. Je me suis dit : « Eh bien, même ma patiente la plus saine est finalement tombée malade. » Mais quand elle est arrivée, elle n'était pas souffrante. Elle voulait faire un test de grossesse.

— Elle pensait être enceinte ?

— Elle en était presque sûre. Elle avait déjà fait deux tests chez elle. Elle espérait qu'il s'agissait de faux positifs.

— Je suppose donc qu'elle n'était pas ravie de cette nouvelle.

— C'était mon impression, en effet. Je veille toujours à ne rien laisser paraître quand je transmets les résultats, car beaucoup de femmes ne savent pas quoi penser d'une grossesse non désirée avant d'avoir digéré l'information. Il serait malvenu de féliciter une femme complètement effondrée, ou de manifester trop de compassion devant une autre qui pourrait finir par décider qu'un bébé est le plus beau cadeau du monde. Je lui ai donc simplement dit que le test était positif, et je lui ai demandé si elle avait des questions. C'est généralement le premier indice qui me permet de savoir de quel côté la femme balance.

— Et Susan avait des questions ?

— Oui. Elle se demandait dans combien de temps on pourrait savoir qui était le père.

McKenna fit le calcul dans sa tête. Elle avait présenté Susan à Will Getty quatre mois avant le meurtre de Marcus Jones, soit six semaines avant la disparition de Susan. Getty pouvait très bien être le père.

— À votre connaissance, est-ce que Susan était enceinte d'au moins trois mois quand elle a disparu ?

Ce ne fut qu'en prononçant ces mots que McKenna se souvint de Susan en train de boire de l'eau gazeuse lors d'un de ses apéros. « La trentaine me rattrape. Faut que j'arrête la gnôle avant de me transformer en gros tas. »

Si Susan savait que Getty avait participé au maquillage d'une scène de crime et qu'elle était enceinte de ses œuvres, cela pouvait expliquer pourquoi elle avait quitté New York. Qu'elle le veuille ou non, Getty aurait des droits sur son enfant. Elle serait contrainte toute sa vie de rester en contact avec lui.

— Presque quatre mois. Bien sûr, elle a pu mettre fin à sa grossesse sans que je le sache.

— Non, ça m'étonnerait.

Même si McKenna commençait à se demander si elle connaissait vraiment Susan, celle-ci avait toujours exprimé très clairement son opinion sur le sujet.

— Est-ce que Susan vous a dit qui était le père, selon elle ?

— J'ai déjà trop parlé, madame Jordan. Tout ce que je peux vous dire, c'est qu'elle m'a demandé un test de paternité et…

— Susan et moi étions colocataires à notre arrivée à New York, docteur. Selon vous, peut-on dire que Susan multipliait les partenaires sexuels ?

— Oui, effectivement. Mais je ne connais pas leurs noms.

— Quand Susan a disparu, vous n'avez pas pensé à révéler qu'elle était enceinte ?

— Bien sûr que si, répliqua la médecin. J'ai téléphoné à trois reprises à la police. Personne ne m'a jamais rappelée. J'ai fini par laisser tomber, supposant qu'ils l'avaient appris par quelqu'un d'autre.

Scanlin lui avait expliqué que la ligne d'appel à témoins avait croulé sous les appels de farfelus, de mythomanes et de cinglés. Il avait aussi plus ou moins reconnu qu'il avait merdé concernant cette affaire. Le Dr Mauri ne faisait que le confirmer.

Tout en traversant le hall d'entrée apaisant de la clinique pour regagner le monde réel, avec ses voitures qui klaxonnent et ses autobus qui polluent, McKenna tenta de repousser les images qui l'assaillaient depuis deux jours. Susan attirant le regard de Patrick par son sourire en coin sexy – un geste imparable pour croquer les hommes. Patrick répondant à son appel. Susan lui susurrant à l'oreille : *Je te fais plus d'effet que McKenna, on dirait ?*

Ça suffit ! Elle remplaça ces fantasmes par une vision bien réelle : celle de Patrick sur son lit d'hôpital.

Ce n'était pas parce que Susan ignorait si Will Getty était bien le père de son futur enfant que Patrick était l'un des possibles candidats à ce poste. Le Dr Mauri le lui avait confirmé : Susan avait eu de nombreuses conquêtes.

Parfois, les convictions ne sont pas motivées par des faits ou des preuves, mais par la foi. McKenna avait toujours eu foi en Patrick. Et elle décidait d'avoir foi en lui à l'avenir. Il allait survivre. Il allait se réveiller. Il allait s'en sortir, et tout lui expliquer.

En attendant, il fallait qu'elle retourne au palais de justice.

56

McKenna était assise sur un banc, tout au bout du troisième étage du tribunal. Elle se tenait à l'écart de la foule mais voyait distinctement l'entrée de la salle d'audience du juge John DeWitt Gregory, où Will Getty était en train d'attaquer une motion déposée par la défense visant à annuler le verdict de culpabilité prononcé par les jurés.

McKenna avait eu la chance, à son arrivée, de tomber sur Berta Ramos devant le bâtiment, en train de prendre l'une de ses huit pauses cigarette de la journée. Dix ans plus tard, elle n'avait toujours pas renoncé à cette habitude.

— Salut, poulette ! s'était-elle exclamée quand McKenna l'avait saluée depuis le trottoir.

Bien que leur amitié eut commencé par un improbable amour commun pour *Buffy contre les vampires*, Berta était devenue l'une des meilleures alliées de McKenna au sein du personnel administratif du bureau du procureur. Elle avait un accent à peine marqué mais aimait pimenter sa conversation avec de l'argot espagnol.

— Tu dois avoir les oreilles qui sifflent. On a beaucoup parlé de toi par ici ces derniers jours.

— Je m'en doute.

— Te fais pas de bile. Berta sait que tu n'écrirais pas un article mensonger. Et puis, tous ces gens, là-dedans…

Elle avait dessiné un rond dans l'air de son ongle rouge cerise manucuré.

— Ils savent que le juge Knight est exactement comme tu le décris. Un *cerdo sucio.*

— Il faut que je parle à Will Getty, mais je préférerais ne pas rester plantée dans la salle d'attente du procureur comme une bête de foire.

— T'inquiète pas pour ça. Donne-moi ton numéro, je te dirai où le trouver.

Getty sortait à présent de la salle d'audience, un unique dossier sous le bras. Il se tenait droit, les épaules en arrière, marchant d'un pas égal et fier. Manifestement, il n'avait fait qu'une bouchée de cette motion.

McKenna fit semblant d'écrire un SMS avant de lever les yeux vers lui et de simuler la surprise. Elle sourit, puis le héla de la main comme si elle venait de penser à quelque chose et le rejoignit.

— C'est courageux de ta part de venir ici, lança-t-il. Le personnel du tribunal te soutient en secret, mais Knight a toujours des amis.

— Je sais. Je me suis dit que si je venais discuter avec mes sources, je pourrais trouver qui m'a grillée.

Toi, par exemple ? Elle chercha dans ses yeux un quelconque signe de nervosité.

— Je n'ai rien trouvé pour l'instant, ajouta-t-elle.

— Tu éclairciras ce mystère, j'en suis sûr.

— Eh, je me suis dit en te voyant que j'aimerais bien avoir ton opinion sur certains points. Tu as une seconde ?

Il regarda sa montre.

— Bien sûr. Gregory a prévu une heure pour une motion qui a pris dix minutes.

— Un café ? Je t'invite.

Getty opta pour une boulangerie chinoise de Canal Street. Une fois qu'ils furent installés avec un plateau de brioches au porc grillé, de Coca Light et d'omelettes asiatiques, elle reprit leur conversation « juste pour avoir ton opinion ».

— Désolée si ce n'est pas très clair, mais mes pensées partent dans tous les sens en ce moment. Tu as entendu parler de Scott Macklin ?

— Oui, putain, c'est horrible.

— Je sais. La première chose qui m'a traversé l'esprit, c'est : « Oh mon Dieu, et si c'était parce que j'ai recommencé à fouiller dans le dossier Marcus Jones ? » Je veux dire…

Getty faisait déjà non de la tête.

— Il ne faut pas chercher à comprendre pourquoi quelqu'un commet une chose pareille. Sinon, tous ceux qui ont croisé ce type un jour pourraient se dire : et si j'avais agi autrement ? Je suis navré de devoir dire ça – j'aimais bien Macklin, qu'il repose en paix – mais il est le seul responsable de son geste.

— Je comprends ce que tu veux dire, et je t'en remercie. Mais ça m'a fait réfléchir. Peut-être que c'était parce que je voulais me libérer de ce poids, mais ma première réflexion ç'a été : Ce n'est pas possible, on ne se tire pas une balle dans la tête à cause d'un article dans la presse, ni même d'un livre. Je veux dire, il ne l'a pas fait à l'époque où les manifestants brandissaient des photos de sa tronche derrière des barreaux et que la ville était au bord de l'émeute. Alors, ça ne me fait pas plaisir de l'admettre, mais j'ai commencé à me demander… s'il n'avait pas agi ainsi parce qu'il pensait que je trouverais quelque chose de nouveau, en reprenant mon enquête. Quelque chose que j'avais laissé passer. Comme si le couperet allait enfin tomber, en quelque sorte.

Getty fit descendre une bouchée de sa brioche avec une grande gorgée de Coca Light.

— Ça fait beaucoup de questions, Wright.

— Voilà où je veux en venir. J'ai recommencé à étudier l'affaire de près. C'est une longue histoire, mais il se trouve qu'une prostituée qui avait l'habitude de retrouver ses clients sur les quais a disparu la nuit où Mac a tué Marcus Jones.

McKenna passa sous silence les zones encore floues de sa théorie.

— Selon la mère de la fille, elle devait voir un habitué ce soir-là – quelqu'un d'un peu ralenti et au physique particulier. Je pense qu'elle avait rendez-vous avec Marcus Jones.

— Pas impossible. C'est logique que le gamin ait raconté à sa mère qu'il allait voir sa petite amie, et non une tapineuse. Et puis, il y avait ces billets dans sa poche.

Elle avait toujours été impressionnée par la vitesse avec laquelle Getty réfléchissait.

— Et alors ? reprit-il.

— La fille n'a jamais réapparu. Et si elle avait vu quelque chose ce soir-là ?

— Les coups de feu ?

— Ou quelque chose avant les tirs. Tout comme Marcus Jones. Avant qu'ils soient tués. Il n'est pas difficile de se débarrasser d'une prostituée sans que cela soulève trop de questions, puis de déposer une arme près du corps d'un gamin ayant déjà un casier judiciaire.

Getty roula sa serviette en boule et la jeta sur le plateau en plastique.

— À ta place, je garderais ça pour moi. Une théorie pareille, en plus de l'article sur Knight ? Bon sang, on a déjà enduré ça il y a dix ans. Tu t'étais gourée. Je croyais que tu avais tourné la page.

— Je sais, je sais. Écoute la suite. C'est un gamin, James Low, qui a sauvé la peau de Macklin. C'est son témoignage qui a attribué l'arme à Marcus Jones. Que Mac ait pu avoir accès à cette arme via Quartiers Sans Danger n'était dès lors qu'un concours de circonstances.

— Mais encore ?

— Sans le témoignage de ce gosse, ce serait quand même une sacrée coïncidence. Ce que je veux savoir, c'est comment Low est entré en contact avec toi. Quelqu'un te l'a envoyé ? Ou a-t-il surgi dans ton bureau sans prévenir ?

Getty cligna des yeux. De toute évidence, il fouillait dans sa mémoire pour retrouver les détails.

— Quand tu m'as dit que l'arme venait de Quartiers Sans Danger, je t'ai promis de creuser la question. Et c'est bien ce que j'ai fait. J'ai cherché les autres flics du programme. J'ai vu que l'un d'eux bossait pour les Crips – comment il s'appelait, déjà ?

— Don Whitman.

— C'est ça, Don Whitman. Je me suis dit qu'un gars qui acceptait de l'argent d'un gang ne rechignerait pas à voler quelques armes. J'ai donc envoyé trois enquêteurs discuter avec nos habitués d'East Harlem. Pour trouver quelqu'un du quartier ayant des infos sur Jones et ce flingue. Je voulais attendre quelques jours que l'idée fasse son chemin. Mais c'est alors que tu as rendu ça public.

Elle résista à l'envie de lui rappeler qu'il l'avait déchargée de l'affaire quinze jours avant qu'elle apporte les preuves à Bob Vance. C'était une dispute qu'ils avaient déjà eue dix ans plus tôt. S'il avait toujours pris la défense de McKenna par la suite, c'était officiellement parce qu'il regrettait d'avoir mal communiqué avec elle à l'époque.

Il poursuivit.

— Low s'est pointé au tribunal quelques jours après que l'histoire a fait la une de la presse, pour demander qui s'occupait de l'affaire. Une fois dans mon bureau, il m'a confié qu'il ne voulait pas dire du mal de Marcus, qu'il…

Getty laissa échapper un rire à ce souvenir.

— … qu'il ne voulait « certainement pas » aider ce petit Blanc de flic qui l'avait tué, mais qu'il n'avait pas envie de voir Harlem à feu et à sang.

Il abrégea le reste de son récit, se contentant des faits.

— Il m'a demandé si j'allais l'arrêter s'il avouait posséder une arme de manière illégale. J'ai rapidement choisi de passer outre, si cela me permettait d'obtenir la vérité. Il m'a dit que l'arme était celle de son père, mais qu'il l'avait vendue à Marcus un mois avant la fusillade. J'ai fait des recherches sur son père. Un Crip de haut rang, ce qui reliait ce flingue à Quartiers Sans Danger par l'intermédiaire de Don Whitman.

— Tu ne t'es jamais dit qu'il était quand même étrange qu'un petit dur à cuire comme Low débarque au tribunal par pure bonté d'âme ?

— Je fais ce boulot depuis longtemps, Wright. Ces gamins n'en ont rien à foutre de leur vie, mais ils se soucient de leur quartier, de leur mère, de leurs amis. Ça tournait au vinaigre. Tu crois que je ne sais pas comment la police de New York réprime ce genre de manifestations ? Alors, oui, j'ai cru Low quand il m'a dit souhaiter que tout cela prenne fin.

— Je comprends. Mais faisons juste cette hypothèse – qui n'est rien d'autre qu'une hypothèse : et s'il t'avait dupé ? Et si quelqu'un avait compris que l'arrestation de Don Whitman fournissait une autre explication plausible au fait que l'arme soit sortie de Quartiers Sans Danger ? Ça ne devait pas être très difficile de trouver un gamin qui connaissait Marcus Jones et qui avait un lien quelconque avec les Crips.

— Et ce quelqu'un serait Scott Macklin ?

McKenna haussa les épaules. D'autres lui reprocheraient de parler ainsi d'un homme disparu depuis peu, mais elle savait qu'après vingt-cinq années passées au bureau du procureur, Getty ne s'appesantissait pas sur la mort comme le faisaient les gens normaux.

— Tu sais, ajouta Getty, quand tu es venue me voir il y a dix ans, tu m'as dit que Mac avait paniqué en voyant Jones mettre la main dans sa poche, et qu'il avait posé un flingue près du corps pour couvrir sa bourde. Ta nouvelle petite théorie est bien pire. Sans compter cette histoire de prostituée. Pourquoi Macklin l'aurait-il tuée ?

— Peut-être que la prostituée et Jones ont vu quelque chose qu'ils n'étaient pas censés voir.

— Donc Mac ne s'est pas planté en se défendant à tort, il aurait carrément tué de sang-froid ?

À nouveau, elle haussa les épaules.

— Ou dans l'affolement. Il essayait peut-être de les empêcher de s'enfuir. Je sais que ça semble dingue. Mais tu connais les faits mieux que personne. Je te demande juste d'y réfléchir sérieusement avec moi – comme un ami, pas comme une source. Je ne citerai pas ton nom. Mais c'est quand même une vraie question : dans cette hypothèse, qu'est-ce que Jones et la fille auraient pu voir pour que Mac panique comme ça ?

Jusqu'alors, les mots étaient sortis de sa bouche exactement comme elle l'avait prévu. Le bon débit. Le bon ton. Juste une amie qui réfléchissait à voix haute. Si Getty la plantait là parce qu'il avait trop de travail, elle ne saurait pas trop quoi penser. S'il se montrait sur la défensive ou en colère, cela signifierait qu'il cachait quelque chose.

Au lieu de réagir comme elle l'attendait – que ce soit l'une ou l'autre de ces possibilités –, il la prit par surprise. Il commença à réfléchir à son hypothèse. Et bon sang, il avait l'esprit vif.

— Laisse-moi d'abord te dire que si jamais tu fais comme si je croyais à tes conneries, je te botte le cul et je ne te connais plus. Mais si on joue vraiment à faire des hypothèses, alors je dirais que c'est à cause de la jetée.

— Parce que Mac pensait que Marcus préparait un mauvais coup ?

— Non, répondit-il, parce que les quais sont des lieux d'import-export. Je ne connais pas les détails, mais Macklin se trouvait sur les quais ce soir-là pour une sorte de mission d'inspection. S'il touchait des pots-de-vin, Marcus Jones et la prostituée ont pu voir arriver une cargaison illégale. De la drogue. Ou des gens.

— Mac se dirige vers eux pour être sûr qu'ils ne poseront pas de problème, mais on ne la leur fait pas. Il panique, sort son arme…

La théorie prenait forme à mesure qu'elle l'énonçait à voix haute.

— De la pure fiction, si tu veux mon avis, répliqua Getty. Mais admettons, ce n'est pas impossible.

Selon le rôle que Macklin avait joué dans cette mission d'inspection, il avait pu se retrouver seul à décider de saisir la cargaison ou de la laisser poursuivre sa route. Elle se remémora les questions que Macklin lui avait posées concernant la loi sur l'immigration. La situation était compliquée, lui avait-il avoué. Elle tenta de se souvenir des détails. Josefina était entrée légalement aux États-Unis mais n'était pas retournée au Mexique à l'expiration de son visa. Pis encore, elle avait demandé à sa sœur de faire entrer Thomas dans le pays de manière illicite quand il avait 5 ans. Macklin était convaincu que leur mariage résoudrait les problèmes de Josefina, mais il craignait que Thomas ne soit expulsé. Il lui avait dit avoir besoin d'argent pour payer un avocat spécialisé dans l'aide aux immigrés.

Thomas, qui commençait à présent ses études à Hofstra, était de toute évidence resté dans le pays. Peut-être Mac avait-il trouvé un moyen de se battre pour son beau-fils.

— Mais une fois que James Low est entré en scène, on a cessé d'envisager toutes les possibilités, répondit-elle. Tu sais ce qu'il est devenu ?

— Ça fait un bail, tout ça.

McKenna le savait, elle. Elle avait fait des recherches. Tué dans un échange de coups de feu entre gangs deux ans plus tôt à Atlanta.

— Il s'est retrouvé mêlé à une bagarre dans un bar, un an après avoir témoigné devant le grand jury de Marcus Jones.

— Oui, je suis au courant. C'est moi qui me suis occupé de l'affaire, d'ailleurs. Mais depuis ? Aucune idée.

Elle qui pensait surprendre Getty en plein mensonge – c'était raté.

— J'ai lu le rapport de police, dit-elle. C'était facile de classer cette bagarre en crime. En plus, il avait des antécédents. Pourquoi as-tu plaidé le délit ?

— Parce que j'ai un parti pris contre les affaires qui sont de vrais foutoirs. Il y avait des voyous des deux côtés. Un véritable merdier. Tous les témoins étaient ivres, et aucun ne voulait témoigner. La soi-disant victime avait un casier judiciaire long comme le bras, notamment pour des agressions à répétition. Et l'avocate de Low – Bernadette Connor, tu la connais ?

McKenna acquiesça. Télégénique et ne mâchant pas ses mots, Connor était, au sein de son cabinet juridique, LA personne à contacter pour les procès criminels médiatisés. Neuf ans plus tôt, elle n'était encore qu'une collaboratrice lambda, mais elle avait déjà la réputation d'être un vrai pitbull dans le prétoire.

— Bernadette est venue me voir avant l'audience et m'a clairement fait comprendre que le procès n'était pas gagnable. Je connaissais Low depuis l'affaire Marcus Jones. Il s'était tenu à carreau depuis lors, et je me suis dit qu'il n'était peut-être pas totalement irrécupérable. On a plaidé coupable pour un délit et on est passé à autre chose.

L'explication de Getty était plausible, mais soulevait des questions auxquelles McKenna n'avait jamais songé.

— Tu ne t'es jamais demandé comment un gosse comme James Low avait trouvé assez d'argent pour engager une avocate du secteur privé ? Et se faire servir à boire dans le salon VIP d'un club ?

— Pas vraiment. La soirée en boîte, ça pouvait être parce qu'il connaissait le portier, j'en sais rien. Et les cabinets d'avocats comme celui de Bernadette acceptent des tas d'affaires sous couvert de bénévolat.

Ou alors, on avait soudoyé James Low pour qu'il raconte avoir donné l'arme à Marcus Jones.

— En parlant de requêtes au tribunal, lança McKenna, j'ai vu Gretchen Hauptmann il y a quelques jours.

Getty lui adressa un regard vide avant de se remémorer ce nom.

— Ah oui, la sœur de Susan. Comment va-t-elle ?

— Elle m'a dit que tu l'avais aidée à échapper à une inculpation au niveau fédéral pour possession de drogue. Je ne savais pas que tu la connaissais.

— Je ne la connaissais pas. Je connaissais sa sœur. C'est toi qui nous avais présentés, tu te souviens ?

— Oui, ce fameux soir. Je ne savais pas que vous aviez continué à vous voir.

Pour la première fois depuis qu'ils étaient assis, il eut l'air froissé.

— Qu'est-ce qui te fait dire ça ?

— Je viens de découvrir que Susan était enceinte

quand elle s'est volatilisée. Et je suppose, étant donné que tu es venu en aide à Gretchen, que Susan et toi étiez… restés en contact, après cette soirée. Or elle a disparu peu de temps après. Je trouve ça bizarre que tu n'aies jamais rien dit à la police.

— Écoute, je ne te dois pas d'explication, mais je l'ai revue deux ou trois fois après notre rencontre dans le bar. De toute évidence, notre relation n'allait nulle part – elle avait pas mal de problèmes à gérer dans sa vie. Elle songeait à retourner dans l'armée pour être déployée sur le terrain. Au moment où elle a disparu, nous n'étions déjà plus ensemble. J'ai filé un coup de main à Gretchen parce que Susan m'a demandé de réexaminer son affaire, et que ça me semblait juste de l'aider.

Susan n'avait jamais parlé à McKenna de son désir de retourner dans l'armée. Et elle venait juste de consulter son dossier militaire. Scanlin avait vérifié : le service de Susan était terminé. Elle était libre et dégagée de toute obligation. Est-ce que Getty mentait ? Ou Susan avait-elle inventé cette histoire de mission à l'étranger pour rompre avec lui ? Ou alors, Scanlin s'était-il encore une fois fourvoyé ?

— Susan t'a dit qu'elle était enceinte ? demanda-t-elle.

— Non. Bien sûr que non. Je l'aurais dit à la police.

Si Getty en savait plus qu'il ne voulait bien l'avouer, elle n'avait pas réussi à le piéger.

— Bien, tu ne devrais pas retourner au tribunal ?

— Après cet interrogatoire en règle, c'est tout ce que tu as à me dire ?

— Je croyais que tu avais du boulot, c'est tout. Je suis vraiment ravie qu'on ait pu discuter, Will.

Elle voyait bien qu'il avait envie de répliquer ; mais il repoussa le plateau vers elle, secoua la tête et partit sans un mot, laissant la porte de la boulangerie claquer derrière lui. Elle venait de perdre le dernier ami qui lui restait au bureau du procureur.

Cette rencontre n'avait pas été totalement inutile. Elle s'était tellement concentrée sur l'arme retrouvée à côté du corps de Marcus Jones qu'elle avait complètement oublié la raison pour laquelle Scott Macklin se trouvait sur la jetée à ce moment-là. Elle se remémora les bribes de conversation houleuse que la voisine de Susan avait entendues. « Claque » et « important ». « Claque », c'était Mac. Et « important » ? Ça pouvait être « import ». Si Macklin s'était retrouvé mêlé à une opération de contrebande sur la jetée, cela expliquerait que Marcus Jones et Pamela Morris aient pu représenter une menace.

McKenna retrouva la carte de visite dont elle avait besoin dans son sac à main.

— Agent Mercado, c'est McKenna Jordan. J'ai un marché à vous proposer.

57

« J'ai un marché à vous proposer. » McKenna trouvait la formule assez accrocheuse. La promesse d'un troc. D'un échange de bons procédés. Elle s'était dit que cela ne pouvait qu'appâter l'agent du FBI.

Une fois de plus, Mercado ne s'était pas comportée comme les autres fédéraux. Elle avait raccroché au nez de McKenna.

Mais elle avait néanmoins décroché quand McKenna avait rappelé. Celle-ci avait renoncé à son ton détaché pour tenter une approche plus honnête. Elle était même allée jusqu'à s'exclamer :

— Juré craché, ce que j'ai à vous dire va vous intéresser.

Si on y ajoutait son ton désespéré, cela revenait à ramper devant le FBI. Cela avait marché. Elle était de retour au bâtiment fédéral, et Mercado l'écoutait attentivement.

— J'ai des infos à vous filer.

— Bien. Je vous écoute.

— Je suis avocate, commença McKenna, alors je sais très bien que je ne suis pas obligée de vous communiquer ce que je sais, si ce n'est par pure bonté d'âme.

— Je peux vous assigner à témoigner devant le grand jury.

— En effet. Mais alors je ferai tout pour annuler cette citation à comparaître, et vous serez incapable d'expliquer au juge ce que vous voulez me demander exactement. Et même si vous parvenez à me traîner devant le grand jury, vous ne saurez toujours pas quelles questions me poser.

— Si je comprends bien, comme n'importe quelle ordure de coaccusé invoquant le cinquième amendement, vous voulez parvenir à un accord.

— Traitez-moi de ce que vous voudrez, Mercado, mais je connais le regard d'une enquêtrice qui est sur la bonne voie, quand toutes les pièces s'emboîtent et que ce n'est qu'une question de temps avant que le puzzle soit complet. Je connais aussi le contraire, quand aucune piste ne mène à rien et que l'enquêtrice fait chou blanc sur toutes ses pistes prometteuses. On dirait bien que vous êtes dans une impasse, et que vous vous y cassez les dents.

Mercado soutint son regard pendant quelques secondes, puis lui lança un sourire agacé.

— Que voulez-vous ?

— Le lendemain de l'explosion de Brentwood, vous m'avez questionnée au sujet de quatre noms. Je sais que deux de ces gens sont déjà en détention provisoire. Je suppose que les deux autres étaient des complices ?

— Encore une fois, je ne vois pas pourquoi je vous raconterais quoi que ce soit. J'ai entendu parler de vos méthodes de journaliste. C'est pas mon truc.

— Bien. Ne me dites rien. Contentez-vous de m'écouter. Je sais que Greg Larson est de facto le chef des 3P. Ce qui ne laisse qu'un nom sur votre liste : Pamela Morris. On dirait bien que vous ne savez pas où se trouvaient Larson et Morris au moment de l'explosion, ni s'ils ont été tués. J'ai des infos sur Pamela Morris. Des infos en béton.

— Est-elle avec Larson ?

La question de Mercado montrait bien qu'elle n'avait pas encore reçu confirmation que Larson et Morris étaient morts dans l'explosion.

— Je ne sais pas, mais…

McKenna s'interrompit en voyant Mercado se lever pour quitter la salle de réunion.

— Attendez, écoutez-moi. Je sais qui c'est, et elle ne s'appelle pas Pamela Morris. Et, parce que je connais sa véritable identité, je sais pourquoi elle fréquente les 3P, ce qui n'est pas votre cas, avouez-le.

McKenna avait enfin gagné son attention. Jamie Mercado n'avait pas l'habitude qu'on la traite d'ignorante.

— Qu'attendez-vous de moi ?

— J'ai besoin que vous me promettiez de me rendre un service.

Un autre sourire, condescendant cette fois.

— Il faut que vous compreniez quelque chose. Ma parole, dans ma profession, elle a de la valeur, voyez-vous. Je ne peux rien vous promettre si vous n'êtes pas plus précise.

— Bien. Vous voulez des détails ? Premièrement : je vais vous montrer une photo de la femme que vous cherchez, celle que vous connaissez sous le nom de Pamela Morris. Vous apportez ça aux deux 3P que vous gardez derrière les barreaux. Elles confirmeront que c'est bien elle. Cela devrait me permettre d'obtenir suffisamment de bonne volonté de votre part pour mon second point : vous promettez de répondre à deux questions que je vous poserai. L'une concernant l'inspection d'une cargaison il y a dix ans, l'autre liée à une perquisition à mon bureau cette semaine. Comme je pense effectivement que vous êtes une femme de parole, une fois que vous m'aurez fait cette promesse, je vous indiquerai quels sont les liens entre tous ces éléments. Est-ce assez précis pour vous ?

— Bon sang, Jordan, vous êtes une vraie teigne. Contentez-vous de me donner la photo pour l'instant.

McKenna lui tendit une photo de Susan.

— Allez voir si elles la reconnaissent. Mais dites-leur bien que la photo date d'il y a dix ans.

Mercado jeta un rapide coup d'œil au cliché et le laissa tomber sur la table.

— Qu'est-ce que vous manigancez ? C'est la femme disparue dont vous avez parlé sur Twitter – Susan Hopman ou je ne sais qui.

— Hauptmann. On a passé un accord, agent Mercado. Montrez cette photo aux deux prisonnières. Vous verrez que ça colle. Ensuite, je vous expliquerai tout. Je vous le jure. Moi aussi, je suis une femme de parole.

— L'une des deux a pris un avocat, mais la plus jeune est sur le point de craquer. Pour tout vous dire, on allait recommencer à la cuisiner.

— Ça vaut la peine de lui demander. Je vous le garantis.

Dix minutes plus tard, Mercado le confirmait : la femme qui vivait sous le nom de Pamela Morris était bien Susan Hauptmann.

— Fini de jouer, lança Mercado. Qu'est-ce que vous avez derrière la tête ?

McKenna raconta tout à Mercado, avec la précision linéaire d'un compte rendu de magistrat. La disparition de Susan. Sa grossesse. La vieille voisine ayant entendu une dispute avec des mentions répétées de « claque » (Mac) et « important » (import). La réapparition de Susan sur le quai du métro, avec un sac à dos la reliant aux 3P, et tout ce qui s'était passé depuis lors : son renvoi du magazine ; le suicide supposé de Scott Macklin, le lendemain de la visite de Susan ; le Nettoyeur qui avait effacé la vidéo de Susan dans le métro ; les coups de feu à Grand Central Station ; ses soupçons concernant Will Getty.

— Écoutez, répliqua Mercado, je suis désolée pour votre mari, mais vous vous trompez si vous croyez que je me soucie de la disparition de votre amie ou de ce qui a bien pu se passer il y a dix ans entre un gamin mort et un ex-flic – désormais mort lui aussi.

— Très délicat de votre part, agent Mercado.

— C'est pas mon boulot d'être délicate. Vous êtes venue ici en me promettant des infos. Dites-moi en quoi toutes ces données décousues m'aident à faire la lumière sur une organisation écoterroriste qui sévit aux quatre coins du pays.

— Vous ne m'avez donc pas écoutée ?

— Si, et je dirais même avec beaucoup de patience.

McKenna résista à la tentation d'employer le même ton condescendant.

— Moi non plus, je n'ai pas compris au début. Mais il n'y a qu'une seule explication à la présence de Susan

Hauptmann dans cette maison de Brentwood. Elle était très portée sur l'ordre public. Du genre pur et dur, à cheval sur la hiérarchie, très respectueuse du système. Le contraire absolu d'un groupe comme les 3P.

— Alors qu'est-ce qu'elle foutait avec eux ?

— Depuis dix ans, elle se débrouille pour subvenir à ses besoins. Je connais Susan. C'est une bûcheuse. Elle serait capable de mettre à profit son expérience militaire et de persuader des sociétés de sécurité privées de l'employer pendant dix ans sans même leur révéler sa véritable identité – le genre de société qui ne pose pas trop de questions si une recrue prouve qu'elle est suffisamment douée pour le job. Le type de boîte chargée de la surveillance intérieure que vous n'êtes pas autorisée à effectuer, en tant qu'agent du gouvernement.

— On l'a embauchée pour infiltrer les 3P, murmura Mercado, une lueur nouvelle dans les yeux, un mélange d'enthousiasme et de frustration

— J'en mettrais ma main à couper. Personne n'est plus motivé pour faire tomber une bande d'activistes que les entreprises qui doivent régler la facture de leurs agissements. Et ces firmes ont les moyens d'engager les meilleurs. Une fois que vous connaîtrez le nom des clients de Susan, vous pourrez les assigner à comparaître pour leur soutirer des informations. Ce serait de la surveillance illégale si elle bossait pour le FBI, mais si une société privée a levé le lièvre…

Mercado compléta sa pensée :

— Tous les coups sont permis. Nous avons un cadre réglementaire à respecter, mais pas eux. Ils peuvent se faire passer pour des sympathisants. Fouiller dans les e-mails, mettre les portables sur écoute.

— Ils auront des noms, des lieux, des dates, des informations sur les cibles. Mais la priorité, c'est de retrouver Susan Hauptmann, et c'est à moi maintenant de vous poser des questions. Le 16 octobre 2003, l'agent Scott Macklin, de la police de New York, se livrait à une sorte d'inspection de conteneurs sur les quais de West Harlem. J'essaie de savoir comment ça s'est passé exactement. Si l'on parvient à relier Will Getty à cette histoire, on aura peut-être assez de preuves pour le mettre sur écoute et comprendre son lien avec Susan.

Sans un mot, Mercado quitta la salle de réunion. Elle revint vingt minutes plus tard.

— Vous vous en souvenez sans doute : après le 11-Septembre, on a compris que malgré le renforcement de la sécurité dans les aéroports, on avait toujours des trous béants à nos frontières parce qu'on n'inspectait pas assez les cargaisons. Le nouveau département de la sécurité intérieure a exigé qu'on accentue la surveillance, mais il n'avait pas les moyens techniques de suivre le rythme. Les conteneurs s'entassaient devant l'autorité portuaire, au point que les employés manquaient littéralement d'espace de stockage. Les aliments de luxe importés moisissaient sur place. Tout prenait énormément de retard.

— La police de New York a pris le relais ?

— Pour faciliter l'inspection des cargaisons, une unité opérationnelle de la Sécurité intérieure a mis en place un processus de préapprobation pour les expéditeurs et les destinataires.

Quand Mercado décrivit cette mission, cela rappela vaguement quelque chose à McKenna.

— Les importateurs et exportateurs réguliers étaient

présélectionnés pour récupérer leurs conteneurs après une inspection moins rigoureuse. Les bateaux pouvaient passer outre le mouillage habituel dans les jetées de la région pour vérification ; puis les destinataires homologués passaient eux-mêmes soigneusement la cargaison en revue, et certifiaient qu'ils n'avaient reçu aucun article illégal. Les participants à ce projet étaient des organismes recevant de gros volumes et parfaitement dignes de confiance.

Respectant sa part du marché, Mercado poursuivait sa description, quand un souvenir traversa l'esprit de McKenna : Patrick lui avait dit un jour que le musée était autorisé à faire préapprouver ses livraisons. Il travaillait alors de nuit pour vérifier les cargaisons d'œuvres d'art.

Elle tenta de réfréner ses pensées. De ne pas penser à Patrick seul en compagnie de Susan. Sans McKenna. Évoquant McKenna. Savourant leur frisson d'excitation à l'idée d'agir en toute impunité. Il fallait qu'elle reste concentrée.

— Y a-t-il moyen de savoir quels expéditeurs préapprouvés recevaient des cargaisons cette nuit-là ? On trouvera peut-être un lien avec Susan.

— Il va falloir que je contacte la Sécurité intérieure, mais je ne suis pas sûre qu'ils accepteront de me répondre.

— Une dernière chose, agent Mercado. Je ne voudrais pas pousser le bouchon trop loin, mais pourquoi vous êtes-vous donné la peine de perquisitionner mon bureau ? Que pensiez-vous y trouver ?

Mercado eut l'air amusée.

— Si seulement j'avais le temps de m'intéresser autant à vous, Jordan. Quelqu'un a peut-être fouillé votre bureau mais ce n'était pas le FBI, vous pouvez me croire.

McKenna trouva Bob Vance en route pour Vic's Bagels. Son ancien rédacteur en chef avait la régularité d'un métronome. Les bagels de Vic étaient connus pour l'incroyable variété de leur garniture. Parmi les plats les plus emblématiques figuraient le Tokyo-Tel-Aviv Express, fourré au wasabi et aux edamame, ou encore le Vermont-Washington, à base de bacon, de sirop d'érable et de cannelle. On pouvait composer son propre sandwich en y ajoutant des ingrédients aussi divers que du pesto, du maïs ou des chips.

Mais pour Bob Vance ? Un bagel nature et non grillé, avec du beurre, du saumon fumé et des tomates, tous les jours vers 14 h 30.

Par réflexe, il sourit en voyant McKenna, avant de faire non de la tête quand la réalité reprit ses droits.

— C'est trop tôt, ma chère. Demande à ton avocat de discuter avec ceux du magazine. Ils trouveront peut-être une solution.

— Je ne suis pas là pour te supplier de me reprendre, Bob. L'agent du FBI qui a perquisitionné mon bureau. C'était un homme ?

Elle lui montra une photo du Nettoyeur. L'image n'avait pas encore été communiquée à la presse après les coups de feu dans la gare.

— Ouais, c'est bien lui. Tu n'es pas en train de traquer un agent du FBI, rassure-moi ? À ta place, je ne plaisanterais pas avec ça.

La veille encore, elle aurait adoré lui dire qu'il s'était fait rouler dans la farine. Que les avocats de son magazine étaient des imbéciles qui ne connaissaient pas assez le droit pénal pour vérifier un mandat, si tant est qu'ils en eussent reçu un. Elle se serait servie de cette intrusion pour prouver que quelqu'un cherchait à la discréditer, et aurait insisté pour retrouver son poste.

Mais tout cela n'avait plus vraiment d'importance à ses yeux.

— Alors, c'est qui le gars de la photo ? demanda-t-il.

— Tu le sauras bien assez tôt.

— Tu devrais contacter Dana. Elle a démissionné en faisant la gueule parce que le magazine t'a laissée partir, mais je l'ai vue discuter avec cet agent – enfin, cet homme, quoi – juste devant l'immeuble.

58

McKenna avait toujours été singulièrement intimidée par Dana, plus jeune, plus petite et moins instruite qu'elle, mais suffisamment audacieuse pour arborer un piercing sur la langue et traverser d'un pas d'éléphant la salle de rédaction, vêtue d'un débardeur laissant voir les bretelles de son soutien-gorge. Elle lâchait des jurons sans s'inquiéter des conséquences. Et ne semblait pas se soucier de sentir l'ail la plupart du temps.

McKenna comprenait maintenant que cette effronterie n'était qu'un masque. Dana prétendait placer l'art au-dessus des préoccupations du monde réel tels qu'avoir un boulot, payer son loyer et épargner pour la retraite, mais c'était une façade. Elle était à vendre, tout autant que les employés modèles qu'elle aimait tourner en ridicule.

Elle ne valait même pas la peine que McKenna prenne le métro jusqu'à Brooklyn. Elle allait gérer ça par téléphone.

— Eh ! salut Mackie !

Une nuit passée sur son canapé-lit, et cette fille se servait déjà d'un surnom que seul Patrick lui donnait.

— T'as conscience que ce que tu as fait constitue une fraude électronique, selon le Code pénal fédéral ?

— De quoi tu parles ?

McKenna lui fit un petit cours de droit. En tant qu'employée, Dana se devait d'être loyale envers le magazine. En acceptant un pot-de-vin pour supprimer des informations en ligne confiées au magazine (la vidéo de Susan) et créer un faux avec les prétendus e-mails du juge Knight, elle avait commis une fraude électronique. La peine maximale était de vingt ans.

Dana s'obstina à nier.

— Je ne plaisante pas, Dana. Tu es mouillée jusqu'au cou dans cette histoire, voire davantage – bien au-delà de ton petit mètre cinquante. Tu ne comprends pas l'enfer que je vais te faire vivre. L'homme qui t'a embauchée ? Bob Vance t'a vue avec lui. Il est mort à présent. Peut-être que tu t'es levée suffisamment tôt aujourd'hui pour entendre parler des coups de feu à Grand Central ? On l'a descendu, et mon mari a failli y passer lui aussi.

Dana ne cessait de marmonner « oh mon Dieu » à l'autre bout du fil.

— Ta gueule, Dana. Et grandis un peu. Je te laisse UNE SEULE chance de faire ce que je te dis. Après ça, j'irai voir le procureur fédéral, et tu te débrouilleras devant un grand jury.

— Je ferai tout ce que tu veux, McKenna. Je ne savais pas… Je me disais que c'était qu'un article. Et puis t'as été virée. Et, oh mon Dieu, ce type est mort ? Et Patrick…

— Qu'est-ce que cet homme attendait de toi ?

— Au début, je ne savais pas trop. Il m'a proposé 200 dollars pour que je lui dise sur quoi tu bossais. Je lui ai parlé de l'histoire de Knight – ta recherche d'éléments tangibles. Il m'a filé 5 000 dollars pour faire croire que tu avais fabriqué des preuves.

— À cause de ça, je me suis fait virer, Dana.

Pire encore. À cause de Dana, McKenna avait soupçonné son propre mari d'être derrière ce coup monté.

— Je ne pensais pas que ça tournerait aussi mal. C'était beaucoup d'argent. Presque trois mois de salaire. J'étais censée le tenir au courant s'il y avait du nouveau. Quand tu as obtenu la vidéo de la femme du métro, il m'a donné 1 000 dollars de plus pour la supprimer.

— Alors ta crise de rage quand tu as découvert que ta sauvegarde avait été effacée, c'était du bidon.

— Je ne savais pas que tu serais renvoyée. Quand j'ai démissionné, c'était ma façon d'essayer de me faire pardonner.

— Que tu n'aies plus de boulot ne m'aide absolument pas, Dana. Je me fous de ta vie.

— T'as pas besoin d'être une garce…

— Je suis à peu près sûre que c'est exactement ce qu'il faut que je sois en ce moment. Parce que voilà ce que tu vas faire. Tu vas aller voir Bob Vance – en personne, dans les bureaux de *NYC* – et tu vas lui dire ce que tu as fait. Tu peux trouver toutes les excuses foireuses que tu veux : alcoolisme, trouble bipolaire. À ta place je choisirais sans doute le canular qui a dérapé. Comme tu as déjà démissionné, je doute qu'ils fassent quoi que ce soit pour te sanctionner davantage. Mais tu as intérêt à bien lui faire comprendre que c'est toi qui m'as piégée pour l'article sur Knight. Sinon, je veillerai à ce que le bureau du procureur fédéral sache que tu as accepté un pot-de-vin et falsifié des e-mails en les attribuant à un juge en exercice de la Cour suprême de New York. C'est bon, ou tu veux que je répète ?

Le pouls de McKenna revenait tout juste à la normale quand son portable sonna. Elle reconnut le standard du procureur de district.

— Allô ?

Getty ne prit pas la peine de se présenter.

— Tu sais, Wright, je suis le seul du cabinet à t'avoir défendue quand l'affaire Macklin a éclaté. Je culpabilisais que tu sois allée voir la presse parce que je ne t'avais pas tenue au courant. Mais tu sais quoi ? Tu as prouvé aujourd'hui que mon premier instinct était le bon. Toutes les insultes qui ont pu être prononcées à ton encontre sont fondées. Tu n'as aucun discernement.

Qui sème le vent récolte la tempête. Elle venait de s'énerver contre Dana, et voilà que Will Getty lui disait ses quatre vérités.

— Will, tu n'as aucune idée de ce que je dois gérer en ce moment. J'avais juste quelques questions…

— C'est de la foutaise et tu le sais. Tu m'as tout simplement accusé de détenir des infos sur la disparition de Susan et d'avoir recueilli le faux témoignage de James Low pour couvrir un flic corrompu. C'est ridicule. Mais si tu souhaites accuser tous les hommes qui ont fini dans le lit de Susan, il y a un autre nom que tu devrais connaître.

Tais-toi. Je t'en supplie, tais-toi.

— Je t'ai déjà dit que ça n'avait pas marché entre Susan et moi, poursuivit-il. Pour ne pas te blesser, j'ai ajouté que c'était parce qu'elle voulait retourner dans l'armée. Mais ce n'était pas la seule raison. Elle m'a dit qu'elle était amoureuse de l'un de ses meilleurs amis et qu'elle voulait avoir une vraie histoire avec lui.

Non, tais-toi. Tais-toi. Par pitié.

— Devine quoi, Wright ? L'ami en question, c'est ton mari, Patrick Jordan. Tu ferais peut-être mieux de découvrir ce qu'il sait avant de bâtir ta grande théorie conspirationniste.

La ligne fut coupée. Elle sentit de la bile remonter dans sa gorge.

Son téléphone recommença à sonner dans le creux de sa main. Si Getty l'appelait pour s'excuser, c'était trop tard. Certaines choses ne pouvaient être effacées.

Mais ce n'était pas lui.

— McKenna à l'appareil.

— J'appelle de la part du Dr Gifford, de Lenox Hill Hospital. Votre mari s'est réveillé. Il est conscient, et il parle. Il va s'en sortir.

59

Il régnait dans l'unité de soins intensifs la même pagaille que lorsque McKenna l'avait quittée le matin même. Les mêmes couloirs bondés. Les mêmes messages bruyants et éraillés dans l'interphone. La même odeur bizarre d'antiseptique.

Mais Patrick avait changé de chambre. Son lit était maintenant occupé par une femme d'une vingtaine d'années entourée de grappes de ballons et d'ours en peluche. Le personnel en blouse blanche avait changé lui aussi. McKenna ne reconnut aucun des employés dont elle s'était attiré les bonnes grâces la veille au soir. Elle se focalisa sur la seule femme de la salle des infirmières qui ne courait pas partout.

— Je cherche mon mari, Patrick Jordan. Il était dans la chambre 610, mais on a dû l'emmener ailleurs.

La femme lui lança un regard perplexe.

— M. Jordan a été transféré dans une chambre de réveil. Puis-je voir votre pièce d'identité s'il vous plaît ?

McKenna posa son permis de conduire sur le comptoir.

— Chambre 640. Après ces doubles portes, premier couloir à droite, la troisième chambre sur votre gauche.

Désolée de vous avoir demandé vos papiers. J'aurais juré qu'une autre femme s'est présentée il y a quelques heures en expliquant qu'elle était son épouse, mais j'ai dû mal comprendre. On est un peu débordés aujourd'hui. C'était sans doute quelqu'un de votre famille.

Sans doute que non.

Susan avait beau dire que Patrick et McKenna étaient des âmes sœurs et qu'ils étaient faits l'un pour l'autre, c'était bien elle qui avait un lien puissant avec Patrick. Elle le voyait probablement en douce à l'époque où McKenna tombait peu à peu amoureuse de lui. Leur relation, quelle qu'elle soit, avait très bien pu se poursuivre alors que Susan était censée avoir disparu, et avait entraîné Patrick dans une histoire qui avait failli lui coûter la vie.

Et voilà que Susan était venue à l'hôpital. Qu'elle s'était tenue près de lui, à son chevet. À la place de McKenna.

Elle les haïssait autant l'un que l'autre désormais.

Comment Patrick pourrait-il jamais réparer ses torts ?

Deux yeux ouverts et des lèvres gercées qui souriaient se révélèrent un bon début. Toutes les horribles images qu'elle avait à l'esprit se volatilisèrent. Elle ne tenait encore aucune réponse mais, soudain, il ne s'agissait plus du coup de fil de Patrick, ni de son départ précipité du travail, ni de la façon dont il l'avait dissuadée de chercher Susan. Elle sentait, au plus profond d'elle-même, que Patrick aurait une explication à lui fournir.

— Tu es là, murmura-t-il.

Sa voix était basse et rauque.

Elle se couvrit la bouche de la main et retint ses larmes. Se précipitant vers lui, elle se pencha pour le serrer contre elle, puis se figea à la vue des tuyaux et des canules. Elle se contenta de poser la main sur sa tempe et de déposer un baiser sur sa joue.

— Tu m'as fait peur, dit-elle.

— Toi aussi, tu m'as fait peur. Je crois qu'on est quittes.

Quand elle avait décidé d'aller dormir chez Dana ce soir-là, il ne lui avait pas du tout traversé l'esprit qu'il pourrait la croire en danger. Elle sentit la nausée l'envahir à l'idée d'avoir davantage fait confiance à Dana qu'à son propre mari. En le voyant à présent, elle savait qu'elle n'aurait jamais dû douter de lui.

— Il va sans doute falloir que tu m'offres de nouveaux bouquins de droit à Noël.

Le rire de Patrick se mua rapidement en toux.

— Chut, murmura-t-elle. Doucement. Je te promets de ne plus jamais être drôle.

— Le chirurgien m'a dit que ç'avait été vraiment malin de ma part. Je dois reconnaître que j'avais vu ça dans l'une de tes séries télé. Tu te souviens ?

Elle acquiesça en silence et essuya une larme sur sa joue.

— J'ai failli te perdre.

Tant de choses avaient changé depuis qu'ils s'étaient mariés. Ils avaient sauté le pas après une année de bonheur sans nuage qui les avait convaincus d'avoir réglé tous les problèmes de leur relation. Il pensait qu'elle avait surmonté la douleur de ce qui s'était passé au bureau du procureur. Que maintenant qu'elle était heureuse dans sa nouvelle vie d'écrivaine, elle pourrait être heureuse avec lui. Mais à ce moment-là son deuxième livre avait été refusé, et elle était redevenue la femme maussade et égocentrique d'avant. Son spleen avait affecté la façon dont elle se comportait avec Patrick. L'humour un peu scatologique de son mari, autrefois attachant, n'était plus qu'immature. Son goût pour une vie bien rangée, si fiable et admirable lorsqu'ils s'étaient rencontrés, lui avait paru ennuyeux.

C'était comme si elle s'était mariée en croyant qu'il allait changer, et qu'il l'avait épousée en supposant qu'elle serait toujours la même. S'il n'y avait eu l'acte de mariage et l'appartement acheté en commun, ils auraient très bien pu retrouver leur façon cyclique de fonctionner : ensemble, puis séparés, puis de nouveau ensemble. Mais elle ne laisserait pas cette situation se reproduire. Sa vie professionnelle était en miettes mais tout ce qui l'intéressait en cet instant, c'était Patrick.

Il détourna les yeux.

— Je suis vraiment désolé, McKenna. Je… je ne sais pas comment j'ai pu laisser tout ça se produire. J'ai tellement de choses à te dire.

— Elle était là, n'est-ce pas ? Susan. Elle est venue te voir.

Il éclata en sanglots. C'était la première fois de sa vie qu'elle le voyait pleurer.

— Comment tu sais que…

— Je sais beaucoup de choses, Patrick. Et maintenant, j'ai besoin que tu me racontes le reste.

— Elle m'a envoyé un e-mail au travail lundi dernier. Depuis un compte anonyme.

Deux jours après avoir tiré Nicky Cervantes loin des

rails – le jour même où McKenna avait montré à Patrick la vidéo du métro. Le jour même où il avait prétendu que cette femme ne ressemblait en rien à Susan. Le jour même où il s'était assis à côté d'elle sur le canapé et lui avait menti en la regardant droit dans les yeux.

— Juste comme ça, à l'improviste ? Au bout de dix ans ?

— Elle m'a dit qu'elle ne pouvait pas tout m'expliquer mais que je devais lui faire confiance : je devais m'assurer que tu n'écrirais pas de nouvel article sur la mort de Marcus Jones. Elle a ajouté que je ne devais dire à personne qu'elle était encore en vie. Qu'elle était en danger, et que tu pourrais l'être toi aussi si je ne te tenais pas à l'écart de cette histoire.

— C'est tout ?

— Oui. J'ai pensé que c'était une mauvaise blague, alors j'ai répondu que j'allais appeler la police et leur parler de son message, si elle n'acceptait pas de me voir en personne. Ç'a été un choc quand elle m'a envoyé des instructions sur le train à prendre, la voiture dans laquelle monter, et le siège à choisir. Elle craignait manifestement d'être surveillée.

— Alors tu l'as vue ?

— On ne peut pas vraiment dire ça. Je lui ai remis une clé USB contenant une lettre, pour tenter de la convaincre de revenir. De reprendre sa vie. Je n'ai plus eu de nouvelles jusqu'à ce qu'elle me téléphone deux jours plus tard, pour savoir pourquoi tu publiais des demandes d'infos la concernant sur Twitter. J'ai essayé de lui expliquer que j'avais fait tout mon possible…

— J'ai entendu votre conversation, avoua McKenna. Je venais de trouver une photo de vous deux dans le carton qu'Adam m'a envoyé. Et c'est là que je t'ai entendu lui parler. J'ai pensé… j'ai pensé que tu étais resté en contact avec elle pendant tout ce temps, et je suis partie. Si seulement j'avais…

— Arrête, McKenna. Si c'est la faute de quelqu'un, c'est bien de…

— Tu sais quoi ? Ne parlons pas de ça maintenant. Ne nous faisons ni excuses, ni reproches, ni rien de ce genre. Elle t'a téléphoné, et ensuite ?

— Je pensais qu'elle avait quelque chose à voir avec les e-mails qui ont causé ton licenciement. Elle a juré ses grands dieux qu'elle n'était au courant de rien, mais je ne savais pas si je devais la croire. Tout ce que je savais, c'est que tu étais censée être à la maison, que ce n'était pas le cas, et que tu avais manifestement fouillé dans ce carton. Je me suis dit que tu avais vu quelque chose qui t'avait contrariée. J'aurais dû me douter qu'elle avait des photos. Bon sang, j'aurais dû te le dire dès le début, quand on s'est rencontrés. J'ai toujours eu l'impression par la suite que c'était trop tard pour te l'avouer. Et puis, plus le temps passait…

— Ce n'est pas grave, Patrick. Pas pour l'instant, en tout cas.

Il s'efforça de poursuivre son récit.

— Tu as fini par m'appeler, pour me dire que tu étais sortie avec tes collègues de boulot et que tu dormais chez Dana. J'ai voulu croire que tout allait bien, mais tu n'es pas rentrée le lendemain soir non plus. Et puis j'ai reçu ce coup de fil. Un type qui disait qu'il te retenait et qu'il fallait que je le retrouve à Grand Central. Comme Susan m'avait dit que tu pouvais être en danger, j'ai…

— Tu t'es scotché mes livres de droit sur le torse.

Elle lui prit la main et lui embrassa le creux du poignet.

— Ce n'est pas l'homme que j'ai rencontré qui m'a tiré dessus. C'est un type qui est sorti de la foule des manifestants. Avec un masque et une cape. Il nous a visés tous les deux.

Elle lui parla du Nettoyeur. Elle lui annonça également qu'il n'avait pas eu autant de chance que lui.

— Qui est-ce ?

— Ils ne savent pas encore, répondit-elle. Je me demandais si c'était une connaissance de Susan et toi.

— Non. Mais en arrivant à Grand Central, je me suis dit qu'il m'avait peut-être repéré quand j'avais retrouvé Susan dans ce train de banlieue. Je ne l'avais jamais vu de ma vie.

— C'est tout ? demanda-t-elle. Tu ne sais vraiment rien d'autre ?

Il fit non de la tête, et ce fut suffisant. Elle connaissait Patrick. Elle le croyait.

— J'ai consulté le dossier de son affaire, reprit-elle. À l'époque, tu as dit à la police que tu la croyais partie de son plein gré. Pourquoi ne m'en as-tu jamais parlé ?

— Ce n'était qu'une impression. Je savais qu'elle s'était réengagée dans l'armée en 2001, juste avant le 11-Septembre. Elle avait déjà été affectée sur le terrain par le passé, et de toute évidence il ne tarderait pas à y avoir de nouveaux déploiements de troupes à l'étranger. Souviens-toi comme tu avais peur que je ne sois appelé, alors que je n'étais même plus dans la réserve active.

Elle n'avait pas oublié. Dans ses souvenirs, elle n'était pas la seule à s'être inquiétée. Elle voyait encore le visage de Patrick le jour où il avait ouvert le courrier de l'armée lui annonçant en termes officiels qu'il était «par la présente réintégré» en tant que capitaine et lui ordonnant d'accepter ce retour sous les drapeaux en signant les documents joints. Seule une lecture minutieuse du document avait permis à McKenna de déchiffrer les petits caractères au bas du formulaire : s'il n'avait pas accepté à la date indiquée, cette proposition prendrait fin, et il n'aurait aucune garantie de pouvoir retrouver son ancien grade.

Au moment où Patrick avait reçu cette lettre, les journaux télévisés expliquaient que l'armée faisait appel à des officiers quadragénaires ayant quitté l'armée depuis dix ans, dans le cadre d'un programme nommé «Réserve opérationnelle disponible». La position des militaires était la suivante : tout officier conservant ne serait-ce qu'un seul avantage lié à son passage dans l'armée – y compris une carte d'identité militaire – pouvait être réintégré dans l'active quand bon leur semblait, qu'on l'ait poussé ou non à signer une lettre de réengagement.

— Beaucoup de gens se demandaient comment y échapper. L'un de nos camarades de classe a engagé un avocat pour vérifier qu'il avait bien coupé tout lien avec l'armée. Ce geste a suffi pour que la bande le considère comme un bon à rien, comme si c'était un conscrit réfractaire en train de fuir au Canada. Mais Susan ? Avec un père comme le sien ? Et en supposant qu'elle ne veuille pas y retourner ? Une partie de moi l'imaginait très bien foutre le camp et repartir de zéro.

À en croire Will Getty, Susan avait été rappelée dans l'active.

— Elle t'a dit qu'elle se préparait à un nouveau déploiement ? demanda McKenna.

— Non. Nous avons juste évoqué la possibilité. Elle était bien décidée à ne pas y retourner si cela arrivait.

— En supposant qu'on ait voulu la renvoyer sur le terrain, une grossesse était-elle pour elle un moyen d'y échapper ?

— Non. Les femmes peuvent différer leur départ en fonction de la date de l'accouchement et du calendrier des opérations, mais ce n'est qu'un report. De toute façon, Susan n'était pas…

À l'expression de McKenna, il comprit qu'il avait eu tort de dire ça. Est-ce qu'elle se faisait des films, ou est-ce qu'il comptait les semaines dans sa tête ? Ils étaient encore ensemble, même à ce moment-là. Quand, Patrick, quand ? Es-tu resté avec elle pendant tout ce temps ? Mais ils n'allaient pas discuter de ça. Pas maintenant. Pas encore.

— Elle aurait quand même dû rejoindre l'armée, reprit-il.

— Renoncer à son identité pour échapper au service, c'est quand même un peu extrême, répliqua McKenna.

Puis elle s'aperçut qu'elle avait tout compris de travers. Elle avait cherché à savoir comment Susan avait pu se retrouver mêlée aux événements qui s'étaient déroulés sur les quais ce soir-là, sans voir que Susan était peut-être bien à l'origine de toute cette histoire.

— Tu te souviens du programme d'importation de marchandises dont tu m'avais parlé ? reprit-elle. De l'endroit où l'on contrôlait les conteneurs du musée, et où tu étais habilité à mener toutes les vérifications tout seul ? As-tu évoqué ce programme devant Susan ?

— Euh, oui, je crois. Un soir où j'ai dû tirer un trait sur l'une de ses petites sauteries parce que je travaillais tard.

McKenna se souvenait du soir où elle avait parlé à Susan de Macklin fondant en larmes dans son bureau. Il venait d'être intégré à l'équipe mi-fédérale, mi-étatique qui travaillait avec la Sécurité intérieure.

À eux deux, McKenna et Patrick avaient livré à Susan toutes les informations nécessaires pour exploiter une possible faille lors de l'inspection des marchandises arrivant sur le territoire. En retournant Macklin, elle avait pu faire entrer n'importe quoi en douce dans le pays.

— Est-il possible que Susan ait été impliquée dans une opération de contrebande ? Avec les dealers de Gretchen, peut-être ?

Patrick la regarda comme si elle lui avait proposé d'aller vivre au fond de l'océan avec les sirènes.

— Pour commencer, je ne pense pas que les dealers de Gretchen avaient la carrure de Pablo Escobar. Et puis Susan avait des problèmes, mais un truc de ce genre-là ? Impossible. Elle était plus la fille de son père qu'elle ne voulait bien l'admettre.

Il commençait à parler plus lentement. Elle voyait qu'il fatiguait.

— Ça ne me fait vraiment pas plaisir de te demander ça, dit-elle en lui caressant les cheveux du bout des doigts, mais la police voudrait parler des coups de feu avec toi. Tu es sûr que tu n'as rien d'autre à raconter ? Parce que c'est le moment de me le dire. On va prendre un avocat.

Il lui lança un sourire las.

— Je te le jure. Il n'y a rien d'autre. Je parlerai à la police.

— Et concernant aujourd'hui ? La venue de Susan à l'hôpital ?

— Je pensais avoir rêvé la scène. Quand j'ai repris conscience, c'était… Bon sang, McKenna, j'ai cru que j'étais mort. C'était comme si j'avais des visions, mais qu'ensuite je me rendormais. Et j'étais incapable de parler. J'avais l'impression de te voir, toi aussi. On était aux Cinque Terre, en train d'ouvrir cette bouteille de prosecco, et le bouchon retombait dans l'eau de la Riviera.

Elle se souvenait très bien de l'endroit et aurait aimé y être à nouveau avec lui.

— Tu as cru voir Susan ?

— À un moment, j'ai ouvert les yeux et elle était assise sur cette chaise. Elle avait l'air soulagée, et j'étais sûr qu'on était morts tous les deux, comme si elle m'accueillait. Mais ensuite, elle s'est mise à pleurer à chaudes larmes et à murmurer qu'elle allait mettre fin à tout ça. Quoi qu'il en coûte. Je me suis dit qu'elle allait peut-être se faire du mal, mais j'étais incapable de faire un geste. Quand je me suis réveillé, elle avait disparu.

Il s'assoupit en achevant sa phrase.

60

McKenna pourchassa une infirmière dans le couloir.

— Il s'est rendormi. Est-ce qu'il ne faudrait pas qu'un médecin passe le voir ?

— Non, c'est normal. Il est sous morphine. Votre mari est vraiment stoïque, pas du genre à se plaindre, mais il souffre beaucoup. Il vaut mieux qu'il se repose.

Stoïque. Marla Tompkins avait utilisé le même terme pour décrire le général Hauptmann, quand il avait accepté sans broncher sa mort prochaine.

McKenna annonça à l'infirmière qu'elle serait dans le hall si Patrick se réveillait. Elle y trouva Joe Scanlin, qui l'attendait et l'accueillit d'un sobre « salut ». Elle s'assit à ses côtés.

— Vous allez bien ? demanda-t-elle. Je n'aurais pas dû insister ce matin. Macklin était votre ami. Et je ne vous ai pas assez dit à quel point je suis navrée qu'il soit mort. Et que ce soit vous qui l'ayez trouvé.

Il leva la main.

— Votre mari était dans un état critique, et vous vouliez savoir pourquoi. Je me suis comporté comme un imbécile. Quant à Mac, j'avais des œillères. J'avais juré de ne pas me laisser abuser, et je me suis planté.

Elle hocha la tête.

— Vous pouvez dire à Compton qu'il pourra interroger Patrick dès que les médecins jugeront qu'il est en état de le faire.

— Compton n'aura pas besoin de parler à votre mari.

— Il faut que Patrick lui raconte le coup de fil qu'il a reçu. Le Nettoyeur lui a dit que j'étais en danger, et...

— Pour commencer, l'interrompit Scanlin, vous n'avez plus besoin de l'appeler le Nettoyeur. On connaît son nom. Je me suis dit que s'il était lié à Susan il fallait que je vérifie les empreintes digitales des soldats. Celles prises pour les ressources humaines avant l'an 2000 ne figurent pas dans les bases de données de l'AFIS. Mais en contactant directement les services militaires, j'ai obtenu un résultat. Notre gaillard s'appelait Carl Buckner. Entré directement dans l'armée en 1995, après une formation d'officier de réserve à l'université A&M du Texas. Il y a passé seize ans – dans le renseignement militaire –, puis il est parti. Un retour à la vie civile avec mention honorable.

Elle savait grâce aux amis de Patrick que vingt années de service signifiaient la retraite à vie.

— Était-il dans l'armée au même moment que Susan ?

Il secoua la tête.

— Non, mais j'ai parlé à son dernier superviseur. Apparemment, Buckner était brillant. Et motivé. Beaucoup de types sont devenus militaires à la fin des années 1990 en se disant qu'ils ne seraient jamais vraiment confrontés au danger. Une petite mission de maintien de la paix de l'ONU par-ci par-là, avec tous les avantages associés au service. Pas Buckner. Quand d'autres soldats s'étaient mis à approuver sans le dire la foule qui clamait « rapatriez nos troupes », Buckner avait voulu rester au Moyen-Orient et finir ce qu'on y avait commencé.

— À savoir ?

— Plus de 6 000 hommes ont perdu la vie pour défendre la liberté, Jordan. Aux yeux d'un type comme Buckner, ce n'est pas rien. Quand nos dirigeants ont décidé de rappeler tout le monde sans finir le boulot, il a démissionné. Il a expliqué à ses amis qu'il avait passé seize ans à voir les entreprises choisies par le gouvernement s'enrichir sans être contraintes aux mêmes sacrifices que les vrais soldats. Tout le monde s'est dit qu'il allait passer dans le secteur privé, mais on n'a trouvé aucune preuve que Buckner se soit servi de son numéro de sécurité sociale pour gagner un centime, ou louer une maison, ou encore acheter un billet d'avion, depuis son retour d'Afghanistan.

Pour quelqu'un qui avait brillamment réussi sa carrière au sein des services de renseignement militaire, vivre sans se faire repérer pendant deux ou trois ans devait être un jeu d'enfant.

— J'ai parlé à Patrick.

Elle livra à Scanlin une version abrégée des échanges entre son mari et Susan.

— Il pense avoir vu le Nettoyeur – enfin, Buckner – dans le train, mais ne sait rien d'autre à son sujet.

— Je lui demanderai de tout me raconter en détail, répondit Scanlin, qui expliqua devant son regard perplexe : J'ai obtenu du NYPD qu'ils me refilent l'affaire. Je leur ai dit qu'elle était liée à la disparition de Susan Hauptmann. Son avocate m'autorise-t-elle à aller le voir ?

Elle posa la main sur son épaule. C'était sans doute la plus grande marque d'affection que Scanlin était capable d'accepter.

Tandis que Scanlin se mettait en quête du médecin de Patrick, McKenna appela Marla Tompkins, l'ancienne infirmière de George Hauptmann. Quelque chose dans leur conversation la dérangeait, mais elle ne parvenait pas à mettre le doigt dessus.

— Madame Tompkins, c'est McKenna Jordan à l'appareil. Je suis venue vous voir il y a quelques jours.

— Oui, je me souviens de vous.

— Vous m'avez dit que Gretchen, la fille du général Hauptmann, lui avait rendu visite peu avant sa mort et que vous lui aviez donné son journal en guise de souvenir.

— C'est exact. Il était tellement heureux de la voir. Je ne l'avais jamais vu aussi joyeux.

— Aviez-vous déjà rencontré Gretchen ?

— Non, c'était la première fois. Elle était très émue. C'était... Comment dire ? Le général Hauptmann avait fini par dépendre de moi, et il était vraiment très gentil. Mais sa fille... c'était un membre de sa famille. Cela m'a étonnée qu'ils ne restent pas en contact après sa visite. J'espérais à l'époque qu'ils avaient fini par enterrer la hache de guerre.

— Aviez-vous déjà vu des photos des filles Hauptmann ?

— Non, madame. Comme je vous l'ai dit, le général avait emballé la plupart de ses affaires, et quand j'ai commencé à m'occuper de ses soins à domicile, il m'a expliqué que les photos de famille le contrariaient.

Même s'il gardait un cliché de sa femme le jour de leur mariage juste à côté de lui sur la table de chevet. Je l'ai souvent vu la regarder.

McKenna avait pu contempler cette photo, posée sur l'étagère de Susan. Elle avait même lancé un jour à sa colocataire qu'elle était le portrait craché de sa mère.

— Quand Gretchen est venue voir son père, avez-vous trouvé qu'elle ressemblait à feu Mme Hauptmann ?

— Oh mon Dieu, oui. C'est vraiment la copie de sa maman, vous ne trouvez pas ? Je ne pouvais m'empêcher de le lui répéter, mais j'ai fini par me rendre compte que mes remarques la mettaient mal à l'aise. C'est bien la fille de Mme Hauptmann, aucun doute là-dessus.

Certes, mais ce n'était pas Gretchen. Cette dernière n'avait pas menti en disant qu'elle n'avait pas renoué avec son père, même lorsqu'il était à l'article de la mort. C'était Susan qui était allée le voir une dernière fois, pour qu'il sache qu'elle était toujours en vie. Cette même Susan qui avait raconté à l'épouse de Scott Macklin qu'elle était journaliste – et à l'unité de soins intensifs de Lenox Hill qu'elle était Mme Patrick Jordan – avait aussi laissé croire à l'infirmière qui s'occupait de son père qu'elle était sa sœur aînée, Gretchen.

— Madame Tompkins, j'espère que vous le ne prendrez pas mal, mais j'ai une question importante à vous poser. Je suis sûre que vous avez pris soin de manière extrêmement professionnelle du général Hauptmann, mais j'imagine que vous aviez une bonne raison de donner son journal à sa fille.

— J'ai pensé qu'elle le voudrait. C'est tout.

Cette femme fière ne voulait pas admettre qu'elle ne disait pas tout. McKenna insista.

— Dans le cadre de son traitement, il fallait bien, quand il approchait de la fin, que vous en sachiez plus sur son état mental, non? Ou peut-être l'avez-vous vu écrire quelque chose au sujet de ses filles, et vous avez voulu que Gretchen le sache?

— Je ne fouille pas dans les affaires des gens, si c'est ce que vous sous-entendez.

— Non, bien sûr.

Quelle personne saine d'esprit partageant une maison avec un vieil homme solitaire et sur le déclin – un homme dont la vie avait été marquée par le pouvoir, la politique et les voyages à l'étranger – ne jetterait pas un coup d'œil à son journal intime?

— Mais c'est important, madame Tompkins. Y avait-il quelque chose dans le journal du général concernant son autre fille, Susan, et la fin de son service dans l'armée?

— Pas vraiment. Non.

« Pas vraiment », ça ne signifiait pas « non ».

— Susan lui a-t-elle demandé de l'aide pour quitter l'active?

Le silence qui suivit confirma ses propos. C'était seulement parce que McKenna connaissait déjà la vérité que l'infirmière envisageait à présent de mettre de côté sa loyauté envers son ancien patient et ami.

— Je tenais beaucoup au général Hauptmann, et c'était un homme courageux et bon, mais je n'ai jamais compris pourquoi il se montrait aussi dur envers ses filles. C'est pour ça que je lisais son journal intime. Pour voir s'il contenait quelque chose qui m'aiderait à faire revenir Gretchen dans sa vie – quelque chose qu'il aurait écrit parce qu'il ne pouvait pas le lui dire en face.

Mais il ne parlait que des défauts de ses enfants et de la déception qu'elles lui avaient causée.

— Le fait que Susan ait quitté l'armée, par exemple ?

— Oui. D'après son journal, Susan est venue le voir et l'a supplié de l'aider. Il a tiré pour elle quelques ficelles auxquelles les gens ordinaires n'ont pas accès. Il disait que ça lui rappelait les fils de sénateurs et les neveux de chefs d'entreprise qui avaient obtenu des reports d'incorporation au moment du Vietnam. Il ajoutait qu'il ne regrettait pas d'avoir coupé les ponts avec Gretchen, et qu'il était temps de faire de même avec Susan. Ils ne se sont plus jamais parlé. Il avait tellement honte de l'avoir aidée qu'il ne le lui a pas annoncé en personne. Il expliquait qu'il ne voyait aucun moyen de lui apprendre la nouvelle sans avoir l'air d'approuver sa décision. Il a demandé à son associé de le lui faire savoir. Et elle a disparu trois mois plus tard.

— Son associé ? Vous voulez dire Adam Bayne ?

— Lui-même. Ça remonte à loin, mais Adam était comme un fils pour le général Hauptmann. Madame Jordan, si vous voyez Gretchen, dites-lui s'il vous plaît à quel point je suis navrée de lui avoir donné ce journal. Je n'ai pas pensé à ce qu'elle pourrait éprouver. Tout ce que je voulais, c'était aider le général.

L'esprit de McKenna s'emballa. Elle ne comprenait pas la dernière remarque de l'infirmière.

— En quoi cela aidait-il le général Hauptmann ?

— C'était un homme important, le genre d'hommes sur lesquels on écrit quand ils meurent. Je ne voulais pas qu'on sache à quel point c'était un père odieux.

McKenna marmonna deux ou trois phrases pour expliquer à l'infirmière qu'elle avait bien fait, puis elle raccrocha. Sans réfléchir, elle chercha Adam Bayne dans ses contacts et appuya sur la touche d'appel.

— McKenna, j'ai vu les infos. Ils ont dit que Patrick était dans un état critique. Je ne savais pas si c'était une bonne idée de t'appeler. Tu as du nouveau ?

Va crever. Tu as tiré sur mon mari, espèce d'enfoiré.

— Ça va aller.

L'émotion dans sa voix n'était pas feinte.

— Il est tiré d'affaire, ajouta-t-elle.

— Dieu soit loué. Si je peux faire quoi que ce soit…

Va au diable.

— Pour l'instant, seuls ses proches sont autorisés à le voir, mais les visites commencent à 18 heures.

Ce qui voulait dire qu'elle avait deux heures devant elle.

— Patrick a envie de voir du monde. Je crois que ça lui ferait vraiment plaisir que tu viennes.

— Oh. Je passerai le voir, dans ce cas.

Il s'en sortait bien, même s'il avait du mal à masquer son scepticisme. Patrick et Adam avaient été proches autrefois, mais depuis quelque temps leur amitié n'allait guère au-delà de quelques cartes postales de vacances.

— En fait, ajouta-t-elle, tu es le seul qu'il m'a demandé expressément d'appeler. Peut-être qu'après avoir frôlé la mort, il a juste envie de discuter avec un vieil ami de l'armée.

— Bien sûr. Je ferai tout ce que je peux pour l'aider. J'irai le voir à 18 heures.

Scanlin était en train de conclure son entretien avec Patrick quand elle déboula dans la chambre.

— Combien de temps faut-il pour installer un micro dans cette pièce ?

61

McKenna tenait la main de Patrick serrée dans la sienne.

— Tu es sûr que tu veux bien le faire ?

Il lui décocha un regard qui lui fit comprendre le ridicule de sa question. Le plan de McKenna pour que Patrick embobine Adam et le pousse à se trahir était un traitement de luxe comparé à ce que Patrick aurait aimé faire à son ancien camarade de classe.

— Tu ne dois pas laisser paraître ta rage, le prévint-elle. Il comprendrait tout.

Cela faisait dix ans qu'elle n'avait pas préparé de témoin au port du micro, mais elle se souvenait de ce qu'elle leur expliquait quand elle travaillait pour le procureur. « Poussez-le à parler, plutôt que de le laisser simplement acquiescer à vos suggestions. Ne dirigez pas trop la conversation. Soyez passif. C'est vous qui avez peur. C'est vous qui êtes fragile. C'est vous l'électron libre. Une fois que la cible ressentira le besoin de prendre le contrôle, elle commencera à parler. »

Elle vérifia une fois de plus leurs téléphones, pour être sûre que la connexion fonctionnerait. Ils n'avaient appelé la police de New York que deux heures plus tôt

– un délai insuffisant pour obtenir un appareil enregistreur. McKenna avait donc pris la situation en main.

Il était 17 h 53. Elle prit le téléphone de Patrick, composa son propre numéro, puis répondit à l'appel en activant l'application « dictaphone », qu'elle avait installée pour ses entretiens avec ses sources.

— Inspecteur Scanlin, dit-elle, mon mari est fatigué, cela se voit.

Patrick protesta d'une voix faible en expliquant qu'il allait bien.

— Vous n'avez toujours pas identifié le tireur qui a failli le tuer. Je suppose que vous allez rester dans les parages, pour fouiller toute personne qui tenterait de venir le voir à l'hôpital.

— Évidemment, madame Jordan.

Scanlin leva les yeux au ciel, mais sa voix était obséquieuse à souhait.

— Je vais rester là pendant les heures de visite, ajouta-t-il. Le tireur a tout fait pour dissimuler son identité à Grand Central, alors ça m'étonnerait qu'il débarque dans cette chambre, mais j'ai deux agents qui se tiennent prêts, au cas où.

La véritable raison de la présence des flics était de confirmer les dires de Scanlin, si jamais Adam Bayne était arrêté. En supposant que celui-ci tente plus tard de faire valoir que c'était la police qui avait voulu enregistrer sa conversation avec Patrick, ce prologue prouverait que Patrick et McKenna avaient agi indépendamment des forces de l'ordre.

Une fois qu'ils furent seuls, elle lui prit de nouveau la main.

— Fais attention, chéri. Rien de ce que tu pousseras Adam à dire ne vaut la peine que tu te mettes en danger.

— Il m'a déjà tiré dessus, Mackie, et je m'en suis sorti. Il n'aura pas d'arme sur lui. Tout va bien se passer. Et maintenant, sors d'ici.

Elle s'immobilisa sur le seuil de la chambre. Ils avaient tellement d'autres choses à se dire. Mais le moindre mot était enregistré, et Adam serait là d'une seconde à l'autre. Patrick lisait ses pensées sur son visage. « Je sais », articula-t-il en silence.

Plus tard. Ils s'occuperaient de ça plus tard. Toute cette souffrance – la mort de Macklin, la blessure de Patrick, même la soi-disant disparition de Susan – aurait pu être évitée, si les gens ne remettaient pas systématiquement à plus tard des questions qui devaient être résolues sur-le-champ.

Il était maintenant 18 h 02. Adam n'allait pas tarder à arriver. Il était temps qu'elle parte.

Quand Adam surgit, un gigantesque bouquet d'iris à la main, elle joua son rôle.

— Merci d'être venu. Tu es un véritable ami.

Elle se sentait comme une veuve à un enterrement.

L'inspecteur Scanlin se comporta lui aussi comme convenu.

— Désolé, monsieur. C'est la routine pour les victimes d'homicide. Je dois vérifier que vous ne portez pas d'arme.

Elle jeta un long regard à Scanlin tandis qu'il s'écartait d'Adam, les mains vides. Cet homme avait échoué à plusieurs reprises au cours de sa carrière d'inspecteur. Mais il lui avait fait une promesse, et elle avait choisi de lui faire confiance. Il fallait qu'elle se convainque qu'il était capable de repérer une arme lors d'une fouille au corps. S'il mettait Patrick en danger, elle ne le lui pardonnerait jamais, pas plus qu'à Adam.

Assise à quatre chaises de Scanlin dans la salle d'attente des soins intensifs, elle avait l'oreille collée à son portable. Si jamais on lui posait un jour la question, Scanlin pourrait témoigner sous serment – sans qu'existe aucune preuve du contraire – qu'il n'avait pas du tout conscience qu'elle écoutait en cachette la conversation de son mari avec son ami. Mais si quelque chose clochait à l'autre bout du fil, il suffisait qu'elle lui adresse le signal convenu pour qu'il intervienne.

Elle eut une dernière idée. Ouvrant son compte Twitter sur son iPad, elle publia un message :

Susan tu as promis à P de mettre fin à tt ça. C'EST LE MOMENT. On sait pour AB, il est là. Viens à l'hosto. P a besoin de toi MAINTENANT.

À en croire Will Getty, Susan avait été amoureuse de Patrick autrefois. Bien que prenant toutes les précautions possibles pour qu'on ne la voie pas, elle était venue à l'hôpital vérifier qu'il allait bien. Et lui dire qu'elle mettrait fin à tout ça, quoi qu'il en coûte.

McKenna espérait que Susan était toujours la même, le sens moral inscrit dans les gènes.

Il n'y avait plus qu'à attendre.

62

— T'as pas l'air en forme, mon pote.

McKenna fit un signe de tête à Scanlin : elle entendait clairement la voix d'Adam, l'enregistrement fonctionnait.

— Pas la peine de te grouiller, mais si tu meurs, on a le droit de draguer McKenna ?

Le cercle d'amis de l'armée de Patrick appelait ça « la maladie », et selon eux, ils en étaient tous atteints. Un « malade » ne connaissait pas la censure. Obscénités, plaisanteries sur l'inceste, et même les blagues nécrophiles – tout était matière à rire.

— Tu ne sais pas ce que c'est que le grand amour, répliqua Patrick. C'est inscrit dans nos vœux de mariage. Elle a promis de m'aimer, de m'honorer, de m'obéir, dans la santé comme dans la maladie, dans la richesse comme dans la pauvreté, et de coucher avec moi que je sois vivant ou raide mort. Mais une fois que j'aurai commencé à mollir, c'est une autre affaire.

— Qu'est-ce qui s'est passé, putain ? s'exclama Adam. Aux infos, ils disent qu'un type a pété les plombs pendant une manif d'Occupy.

Les nouvelles locales avaient fait croire à des coups

de feu à l'aveugle pendant la manifestation. Si McKenna avait vu juste, Adam savait que c'était faux.

— T'emmerde pas à faire semblant, Adam. Susan m'a tout raconté. Je voulais juste te voir avant que tout ça se termine. Pour essayer de comprendre comment tu as pu me faire un truc pareil.

— Je sais bien qu'on rigole, mais là c'est pas drôle, mon pote.

— J'ai un trou au milieu du cou. Tu t'imagines que je rigole ? Il n'y a que toi et moi dans cette pièce. Pour l'instant, en tout cas. T'as pas reconnu le flic qui t'a fouillé à l'entrée ? C'est celui qui s'est occupé de la disparition de Susan. Mais elle est de retour. Et elle sait que tu lui as tendu un piège. Elle va parler au FBI.

— Quel piège ? Sérieux, mec, il va peut-être falloir réduire ta dose de morphine…

Scanlin se tourna vers McKenna pour avoir des nouvelles. Elle fit non de la tête. Rien pour l'instant.

— Il a fallu dix ans, Adam, mais on ne peut pas garder un secret éternellement. Susan sait que son père l'avait fait sortir de l'armée. Libre de tout engagement. Pas de service actif – elle pouvait s'en aller.

Pour la première fois, Adam n'eut aucun trait d'esprit à décocher. Ce qui n'était pas plus mal.

— Le général n'a pas pu se résoudre à le lui dire, alors c'est toi qui étais censé le faire. Sauf que tu n'as pas vraiment transmis le message.

Patrick et McKenna avaient reconstitué toute l'histoire après qu'elle avait parlé à l'infirmière du général Hauptmann. Si Susan pensait à tort être rappelée dans l'active, c'était parce qu'Adam ne lui avait pas dit que l'intervention de son père avait porté ses fruits.

McKenna s'était demandé pourquoi Susan avait accepté d'être mêlée à une opération de contrebande sur la jetée. Ils pensaient à présent en connaître la raison.

Patrick pressait toujours Adam de lui répondre.

— Qu'est-ce que tu lui as raconté ? Tu lui as dit qu'elle pouvait effectuer son service plus près de chez elle ? En s'occupant juste de quelques petites cargaisons dans le port ? Elle a toujours été une bonne exécutante. Et puis c'était normal qu'elle se sacrifie. Elle a refusé de sauver l'entreprise de son père – celle pour laquelle tu avais bossé comme un fou en Afghanistan. Juste quand tu étais sur le point d'en tirer profit, le paternel a eu un cancer et a lâché l'affaire. Tout ce que Susan avait à faire c'était de prêter son nom à l'entreprise – un nom que tu n'aurais jamais porté, malgré tous tes efforts –, et même ça elle n'en a pas été capable.

— Je ne sais pas pourquoi tu me parles comme ça, Patrick, mais c'est un ramassis de conneries. Susan est morte. Ou disparue dans la nature. On ne la reverra jamais.

— Tu ne me crois pas ? Va demander au service de sécurité de l'hôpital. Elle est venue me rendre visite pendant que McKenna s'était absentée. Ils ont la vidéo de son entrée dans la chambre.

C'était une erreur. Si Adam prenait Patrick au mot, il quitterait le bureau de la sécurité pour foncer droit vers la sortie de l'hôpital, et ils laisseraient passer l'occasion de le coincer. McKenna, qui retenait sa respiration, souffla longuement quand elle entendit la réponse d'Adam.

— Quelqu'un qui disparaît volontairement pendant dix ans a forcément disjoncté. Si elle se plaint de moi, c'est qu'elle a une idée derrière la tête.

Scanlin regarda McKenna d'un air plus insistant. Elle fit une fois de plus non de la tête.

— Écoute, je suis bien placé pour te comprendre, répondit Patrick. Après le 11-Septembre, plusieurs gars sont retournés dans l'active, se sont réengagés pour défendre la patrie, attraper les méchants. Et tu sais ce que j'ai fait ? J'ai quitté la réserve. Eh oui ! Parce que je savais qu'on allait envahir un autre pays, quoi qu'il arrive. Et qu'est-ce qui s'est passé quand on a occupé cette partie du monde ? Tu l'as vu de tes propres yeux. Les méchants n'étaient pas toujours si méchants. Les gentils pouvaient être les êtres les plus néfastes de cette planète. Une fois l'échelle des valeurs complètement renversée, il y a plein de façons de se faire du fric. Et quand le général a été diagnostiqué de son cancer, tu as compris que tu ne serais jamais payé, et tu as cherché un plan B. Mais tromper Susan pour qu'elle t'aide ? Faire exploser une bombe artisanale pour la tuer ? Tirer sur un flic ? Me pourchasser, moi ? Liquider le type que tu avais engagé pour faire ton sale boulot ?

Malgré ses blessures, malgré les analgésiques, Patrick hurlait. Dans sa colère, il en disait trop. Ils avaient supposé que Carl Buckner travaillait pour Adam, et qu'il avait fini par avoir peur et foutre le camp ; mais ils avaient aussi imaginé qu'il pouvait être lié à Susan. L'explosion de Brentwood était peut-être une tentative d'Adam pour tuer Susan – ou un simple accident provoqué par les activistes écolos que Susan avait infiltrés.

McKenna savait que l'inquiétude se lisait sur son visage. Devait-elle lancer le signal à Scanlin ? Adam n'avait pas d'arme, mais il y avait mille façons pour lui de faire du mal à Patrick. La perfusion. La perfusion de morphine. Ils auraient dû demander à l'infirmière si elle pouvait être trafiquée.

Patrick avait sans doute compris que s'il parlait trop fort le personnel de l'hôpital risquait d'intervenir. Sa voix se fit plus calme, presque suppliante.

— Adam, qui es-tu exactement ?

— Pat, mon vieux, il faut que tu me croies. OK, ça m'a rendu un peu fou, l'Afghanistan. Et j'ai commencé à vouloir du pognon. Et j'ai fait… Bon sang, j'ai commis de terribles erreurs. Mais une bombe artisanale ? Te tirer dessus ? Putain, je ne sais absolument pas de quoi tu parles. Si Susan raconte ce genre de trucs – à toi, aux fédéraux ou à n'importe qui d'autre –, elle ment. Crois ce que tu veux, mais moi je m'en vais.

McKenna fit un nouveau signe de tête négatif à Scanlin. Il pourrait écouter la conversation une fois qu'elle serait finie, mais elle savait qu'ils ne tenaient pas de raison suffisante pour obtenir un mandat d'arrêt.

— Je suis vraiment content que tu ailles bien, Patrick. Vraiment. Et j'espère qu'un jour tu me croiras.

C'était foutu. Elle allait de nouveau devoir jouer les gentilles pendant que l'homme qui avait tiré sur son mari était libre de partir.

Mais avant qu'Adam sorte de la chambre et apparaisse au bout du couloir, elle découvrit un autre visage familier. Celui de Susan.

Depuis plusieurs jours, McKenna était certaine qu'elle était en vie, mais elle ne s'attendait pas vraiment à la revoir. Et la voilà qui se tenait devant elle, à 5 ou 6 mètres de distance, exactement semblable à la femme du métro.

Susan reconnut Scanlin et courut se réfugier dans l'ascenseur. McKenna se précipita vers elle.

— Non, je t'en prie !

Les portes commencèrent à se fermer, puis se rouvrirent. Susan demeura sur le seuil. Au moins, elle était prête à écouter McKenna.

— Adam Bayne est ici, mais il est sur le point de partir, expliqua McKenna. Je peux tenter de gagner du temps. Scanlin sait tout, Susan. Parle-lui, juste pour que nous ayons assez d'éléments pour l'arrêter sur-le-champ.

Susan garda le silence.

— Il faut que tu le fasses, Susan. Ou Adam sera libre comme l'air. Il te pourchassera jusqu'à la fin de ta vie. Et maintenant que Patrick et moi sommes au courant, on est en danger nous aussi.

McKenna voyait que Susan pesait le pour et le contre – et pendant une seconde, ce fut comme si elles étaient colocataires à nouveau, quand Susan se tenait en équilibre sur une chaise de la salle à manger, l'air concentré, pour changer l'ampoule dans le dressing de McKenna. Elle était venue, non ? Elle se souciait encore d'eux. Elle continuait à les protéger.

— OK, fais-le patienter, murmura enfin Susan. Ne le laisse surtout pas partir. J'ai assez de preuves pour nous enfoncer tous les deux.

63

McKenna alpagua Adam juste avant qu'il ouvre les doubles portes pour quitter la zone de réveil.

Elle accrocha à son visage son plus beau sourire las. Celui de l'épouse aimante qui a passé la nuit au chevet de son mari. L'épouse inconsciente qui ne savait pas encore que sa quête pour retrouver son amie disparue touchait à sa fin.

— Oh, non. Tu t'en vas déjà ? Il avait tellement hâte que tu lui rendes visite.

— Ça m'a fait plaisir de le voir, mais il en a vraiment bavé. Je ne voulais pas trop insister. Je repasserai une autre fois.

Il s'éloignait déjà. McKenna posa doucement la main sur son bras.

— Tu sais, je voulais te dire quelque chose. Tu avais raison – quand je t'ai appelé, je veux dire. À propos de cette vieille photo de Patrick et Susan. C'était il y a si longtemps, j'ai été stupide de te téléphoner pour ça. Ce genre d'événement…

Elle fit un geste vers la chambre de Patrick.

— Ça remet les choses en perspective.

— Tant mieux. Je suis vraiment content qu'il s'en

soit sorti. Je n'en attendais pas moins d'un type aussi costaud que ton mari.

Elle le laissa la prendre dans ses bras. Ce salopard était en train de l'enlacer, putain. Elle ne savait pas combien de temps elle allait tenir.

Elle vit Scanlin passer les doubles portes, accompagné d'un agent en uniforme. Il hocha la tête. Quoi que Susan lui ait raconté, elle en avait dit assez.

Le désarroi puis la panique se succédèrent sur le visage d'Adam quand les forces de l'ordre vinrent l'encadrer. McKenna n'avait jamais été aussi soulagée d'entendre le fameux « Vous avez le droit de garder le silence ».

Tandis qu'un flic en uniforme entraînait Adam menotté dans le hall, elle vit Susan assise dans la salle d'attente à côté du second agent, qui attendait les ordres de Scanlin. Ses mains posées sur ses genoux étaient recouvertes d'une veste.

Elle aussi était menottée.

— Ça vous étonne ? lança Scanlin. Mais elle a bien lâché l'armée, vous aviez raison. Elle a été rappelée sous les drapeaux quand elle était enceinte, cette fois-ci en Irak, et l'armée ne voulait pas la laisser partir. Elle aurait pu reporter son départ, mais cela aurait quand même fait d'elle une mère célibataire laissant derrière elle un nouveau-né.

McKenna savait que Susan était revenue absolument écœurée de son premier déploiement en Afghanistan. Au moment de son rappel sous les drapeaux, tout le monde avait déjà compris que l'Irak était loin de la « mission accomplie ». McKenna se demanda si Susan s'était servie de sa grossesse comme de l'excuse qu'elle n'avait jamais eue pour échapper à une vie choisie uniquement pour faire plaisir à son père.

— Adam lui a expliqué que la situation avait empiré en Afghanistan. Les militaires passaient des accords avec les producteurs d'opium pour maintenir la paix. Et ces cultivateurs se permettaient désormais d'exporter directement aux États-Unis. Il lui a dit que c'était un moyen pour elle d'échapper pour de bon au service actif.

— Je n'arrive pas à l'imaginer approuvant ce genre de méthode.

— Nous n'avons pas eu de temps pour les détails. C'est Patrick qui lui a parlé du programme d'inspection des cargaisons. Elle savait grâce à vous que Mac était affecté à cette mission et avait un problème lié à l'immigration. Elle a fait le rapprochement. Adam lui a raconté qu'on lui avait promis que tout se passerait bien pour le fils de Mac si celui-ci leur filait un coup de main. Ce n'est que lorsqu'elle a eu le journal intime de son père entre les mains qu'elle a compris qu'Adam lui avait menti du début à la fin.

— C'est absurde ! s'exclama McKenna. L'armée pouvait acheminer des marchandises par ses propres avions sans qu'on lui pose de questions. Et comment Adam aurait-il pu obtenir la coopération des services de l'immigration, s'il agissait en électron libre ?

— Encore une fois, nous n'avons pas tous les détails. Même si elle est assez fragile, on tient une raison suffisante pour les arrêter, fondée sur les déclarations de Susan au sujet de la contrebande. Qui plus est, elle dit avoir des enregistrements de Bayne et de Macklin avant sa mort. Je vais demander à l'agent Mercado de remonter la piste de l'argent. À mon avis, elle trouvera des sommes inexpliquées versées à Bayne pendant qu'il était en Afghanistan, peu de temps après que le père de Susan a appris qu'il avait un cancer. À partir de là, on obtiendra un mandat de perquisition pour le domicile et le bureau de Bayne. Et avec un peu de chance, on trouvera quelque chose le reliant à Carl Buckner. Ou prouvant que c'est notre tireur de Grand Central. Comme je l'ai dit, notre dossier est maigre.

— Je sais. Mais tant que vous gardez Adam derrière les barreaux, on n'a pas à craindre qu'il recommence à s'en prendre à Patrick. C'est déjà pas mal pour l'instant.

C'était le marché que Scanlin et elle avaient conclu quand elle avait sommé Adam de venir à l'hôpital. Ils allaient trop vite. Ils n'avaient pas vraiment de preuve pour relier Adam aux tirs contre Patrick. Il fallait espérer que la police trouverait l'arme lors d'une perquisition, ou une goutte de sang contenant l'ADN de Patrick ou de Carl Buckner. C'était un risque que Patrick et elle avaient choisi de prendre. Si McKenna avait raison, Adam était tellement détraqué que son propre Nettoyeur avait foutu le camp, avant de se tourner vers Patrick pour lui demander de l'aide. Peut-être ne trouverait-on aucune autre preuve, mais au moins, Patrick et elle étaient en sécurité.

Scanlin emboîta le pas aux flics en uniforme qui se dirigeaient vers l'ascenseur, puis se retourna.

— Tout ça, c'est grâce à vous. Ça vous dit de venir au commissariat ? De savoir ce que votre copine a fait ces dix dernières années ? Elle s'est rendue pour qu'Adam Bayne soit puni comme il le mérite. Je suis sûr qu'elle ne serait pas contre un peu de soutien.

McKenna avait passé la semaine à courir d'une piste à une autre. Et voilà que Susan était en vie. Après toutes ces années, et tous ces cauchemars, elle était en vie, et en garde à vue. Il n'y avait pas eu de temps pour les retrouvailles, pas même une poignée de main.

McKenna faillit suivre Scanlin sans réfléchir. Puis un autre instinct l'anima.

— Non, dit-elle.

Scanlin s'immobilisa. Elle posa la main sur son bras.

— Je ne suis plus certaine que cela m'intéresse. Et croyez-moi, parce que je suis sincère : je vous fais confiance pour mener l'enquête à son terme. Tout ce que je veux, c'est rester ici avec Patrick.

Scanlin lui donna l'une de ces longues et puissantes accolades que certains types d'hommes ne donnent qu'à certains types de femmes. Parfaitement dénuées de sous-entendu.

— Oh, encore une chose, Jordan. Ça n'a pas grande importance, mais Susan m'a dit avoir perdu le bébé un mois après avoir quitté New York. Je me suis dit que vous aimeriez le savoir.

À peine avait-elle posé le pied dans la chambre de Patrick qu'elle se mit à tout déballer.

— Scanlin le tient. Mais Susan a dû se rendre. Ce que je n'arrive pas à comprendre, c'est…

— Chut, murmura-t-il. Viens près de moi.

Elle poursuivit sur sa lancée.

— Adam a dit à Susan qu'ils avaient besoin d'un contact sur le territoire national pour faire venir la drogue. Ne pouvaient-ils pas tout transporter dans les avions de l'armée ? Et puis on a promis à Mac d'aider son beau-fils. Je ne vois pas comment Adam aurait pu tenir parole.

Patrick souriait. Il était épuisé et les analgésiques lui donnaient la nausée, mais il souriait. Il brandit son téléphone.

Elle s'aperçut que le sien était dans sa poche et qu'elle n'avait jamais mis fin à l'appel.

— Le son était un peu étouffé, dit-il, mais j'ai compris l'essentiel. Tu as réussi, Mackie. Tu as réussi là où j'ai échoué, là où la police de New York a échoué, là où le FBI a échoué. Tout ça, c'est grâce à toi.

Il tapota le bord du lit, et elle s'allongea comme elle put à ses côtés.

— On va s'en sortir, chuchota-t-il.

Il l'embrassa sur le front et lui serra le bras.

— Merci, ajouta-t-il.

On va s'en sortir. Cela faisait des jours qu'elle se répétait cette phrase mais, pour la première fois, elle y croyait vraiment.

V

SUSAN

64

McKenna n'aurait jamais cru qu'elle parviendrait à se reposer sur ce petit bout de lit d'hôpital, à écouter son mari lui parler, entre deux phases de sommeil sous morphine.

Au début, elle eut du mal à supporter qu'il lui parle de Susan. Pendant toute la durée de leur relation, Patrick et McKenna avaient prétendu – à tort, bien sûr – que leurs vies amoureuses avaient commencé et pris fin quand ils s'étaient rencontrés. Mais une fois que McKenna eut surmonté le choc d'imaginer Patrick avec une autre femme, les souvenirs des nuits, des week-ends, parfois même des semaines – mais jamais plus – qu'il avait passés avec Susan, rendus confus par les médicaments, commencèrent à ressembler à des meubles d'époque. Des vignettes d'un autre temps, mettant en scène deux personnages familiers, mais sans aucun rapport avec sa propre réalité.

Tout avait commencé au début de leur troisième année à West Point.

Même si McKenna avait imaginé les scènes les plus torrides entre Susan et lui, elle voulait croire que leurs contacts physiques avaient été fugaces. Gauches. Sans importance.

La première fois, c'était deux jours après que Patrick avait appris que son père était mort d'un anévrisme. Le commandant l'avait fait sortir de la formation de midi, lui avait serré la main, et lui avait annoncé la nouvelle. Il lui avait aussi laissé le choix de prendre sa journée ou d'aller déjeuner avec ses camarades. Patrick étant Patrick, il avait opté pour la seconde option, et n'avait parlé de la mort de son père que deux jours plus tard, quand Susan l'avait acculé dans un coin après le dîner pour lui dire qu'elle voyait bien qu'il avait le cafard.

C'étaient les mots de Patrick. « Elle voyait bien que j'avais le cafard. » La Susan qui avait été là pour réconforter Patrick lorsque son père était mort n'avait que huit ans de moins que celle que McKenna connaissait il y a dix ans. Elle avait une méthode infaillible pour échapper aux douleurs de ce monde, et ce soir-là, elle y avait initié Patrick.

Du point de vue de ce dernier, tout du moins, cela n'avait jamais été une vraie relation. Il avait 20 ans et, à l'époque, Susan s'était mis dans la tête qu'avoir des relations sexuelles à la manière d'un homme – à savoir fréquentes et sans attaches – était une forme d'émancipation féminine. Ils n'avaient jamais été perçus comme un couple officiel.

Un an après la remise des diplômes, Susan, qui était alors à Fort Sill, avait pris un week-end de permission pour le rejoindre à Fort Bragg – soi-disant pour échapper à la chaleur de l'Oklahoma, même s'il soupçonnait que ce n'était pas la seule raison. Il lui avait alors dit qu'il l'aimait comme une amie, mais que… Et là, elle l'avait interrompu. « Ben voyons ! Ça ressemble à de l'inceste, mon vieux. » Sauf que pas tant que ça, puisqu'elle voulait toujours coucher avec lui. Juste pour le sexe. Parce que les autres mecs étaient nuls.

— On a tous préféré croire que c'était ce qu'elle voulait, murmura-t-il. On n'était qu'une bande de petits machos. On pensait qu'on pouvait avoir un pote exactement comme nous, sauf qu'en plus c'était une femme qui serait… avec nous.

Il lissa les cheveux de McKenna en arrière.

— J'étais si con à l'époque.

Elle en avait assez entendu pour l'instant.

— Je croyais que la seule femme que tu avais connue avant moi était Ally, la fille un peu robuste. Avec les cheveux roux frisés. Les taches de rousseur et les grains de beauté. Celle qui était cruche comme un balai.

— Une vraie poupée, dit-il, reprenant la blague qu'il prononçait à chaque fois qu'elle tentait d'en savoir plus sur ses anciennes petites amies. McKenna, je veux que tu saches que même si…

Elle fit non de la tête.

— C'était il y a longtemps. On est repartis tant de fois de zéro, même après la disparition de Susan. Et on a fini par y arriver.

Peut-être qu'un jour McKenna lui demanderait des détails sur la période qui s'était écoulée entre la fin de ses coups d'un soir avec Susan et le début de sa relation avec elle. Pour l'instant, elle ne voulait rien en savoir.

Elle consulta le réveil de chevet numérique. Susan devait subir un interrogatoire complet l'après-midi même, et celui-ci serait filmé. Mercado et Scanlin souhaitaient que McKenna soit présente, pour combler certaines lacunes éventuelles. Elle soupçonnait Mercado d'avoir peur qu'elle ne divulgue l'histoire dans la presse si on ne la tenait pas au courant.

— Je devrais y aller. Il faut d'abord que je passe par l'appartement. Je porte les mêmes fringues depuis deux jours.

— Dégoûtant.

Il lui embrassa le sommet du crâne.

— Tu es sûre de vouloir assister à ça ? Tu m'as toi-même dit qu'ils s'en sortiraient très bien sans toi.

— C'est vrai. Mais on ne comprendra jamais ce que Susan a fait si on ne l'entend pas directement de sa bouche. Je reviens dès que c'est fini.

65

McKenna était seule dans leur appartement. C'était la première fois qu'elle y revenait depuis que Patrick s'était fait tirer dessus. Les affaires de Susan étaient toujours éparpillées sur le sol du salon. Elle les remit dans le carton et poussa le tout dans un coin, derrière le vélo de Patrick. Elle n'avait pas envie de les voir.

Elle se déshabilla, entra dans la douche, et leva la tête vers le jet d'eau chaude. Elle sentit la semaine qui venait de passer s'écouler peu à peu. Tandis que la mousse du shampooing disparaissait en tourbillonnant dans le tuyau d'évacuation, elle imagina leurs problèmes filer dans la canalisation.

Adam Bayne était en garde à vue. McKenna n'avait pas tous les détails, mais Scanlin lui avait dit le matin même qu'ils étaient sûrs d'avoir assez d'éléments pour le garder un bon moment sous les verrous. Carl Buckner – qu'il eût tenté de les aider ou de leur nuire – était mort. Les services de police considéraient le décès de Macklin comme un meurtre, ce qui signifiait que sa famille pourrait au moins toucher son assurance-vie et sa pension.

McKenna irait voir Bob Vance le lendemain. Son ancien rédac chef savait à présent que c'était Dana qui l'avait piégée. Elle allait discuter avec les avocats du magazine pour vérifier que les aveux de la photographe suffisaient à blanchir son nom. Et elle leur ferait bien comprendre qu'avoir autorisé quelqu'un à perquisitionner le bureau d'une journaliste sans vérifier ses références ni la légitimité de son prétendu mandat pourrait leur causer des ennuis. Ce serait elle qui mènerait la danse.

Mais voulait-elle vraiment retrouver ce travail ?

En fermant le robinet de la douche, elle se demanda ce qu'elle ferait si le bureau du procureur lui proposait de revenir. Peut-être ne voudrait-elle pas de ce job non plus. Peut-être était-il temps pour elle d'écrire un livre. Pas selon les conditions d'un agent ni parce qu'un éditeur souhaitait acheter son histoire, mais parce qu'elle avait vraiment quelque chose à dire.

Pour l'instant, elle méritait bien de glander ferme pendant deux ou trois semaines. Juste après un dernier passage dans les locaux du FBI.

Tom, le facteur, siffla d'un air admiratif quand elle sortit de l'ascenseur.

— Regardez-moi cette classe. Les affaires vont bien, on dirait.

Habituée – au mieux – aux tenues de ville décontractées, elle avait sorti ce jour-là la belle robe Hugo Boss achetée quand son article sur les services de promeneurs canins lui avait valu une interview de cinq minutes sur CNN. « Vous êtes-vous déjà demandé comment être sûr que votre chien s'est effectivement promené ? En effet. Impossible de le savoir. »

— Merci, Tom. J'ai besoin d'avoir l'air d'une adulte aujourd'hui.

— Vous avez deux jours de courrier en attente. Je le laisse au concierge ?

— Non, je le prends.

Elle plia la pile en deux et la fourra dans sa mallette.

— Je plaisante pas, McKenna. Ne le répétez pas à votre grand costaud de mari, mais vous êtes splendide.

Elle partit heureuse de ce compliment. Puis elle prit conscience que c'était lamentable de se préoccuper ainsi de son apparence. Si elle s'en souciait, c'était parce qu'elle voulait avoir l'air plus belle que Susan.

Mercado retrouva McKenna à l'accueil et la guida vers son bureau, où Scanlin l'attendait.

— Susan a passé la nuit au Metropolitan Detention Center, expliqua Mercado. On l'a fait venir ce matin pour continuer l'entretien commencé hier soir.

Après quatre années d'insomnie à West Point et cinq autres dans l'armée, Susan avait toujours insisté pour bénéficier de parfaites conditions de sommeil : des rideaux opaques, des draps en coton égyptien, et le silence absolu. McKenna ne parvenait pas à l'imaginer au centre de rétention administrative.

Il ne fallut guère de temps à Mercado pour mettre McKenna au courant.

— En tenant compte de ce que nous a dit Susan, nous avons perquisitionné le domicile et le bureau de Bayne. Malheureusement, comme on le craignait, ce type est prudent. Pour l'instant, aucune preuve ne le relie à Carl Buckner, ni à la mort de Macklin ou aux coups de feu de Grand Central. La bonne nouvelle, c'est qu'un expert va examiner ses comptes. Il vient à peine de se lancer dans ce qui s'annonce comme un long travail, mais il m'a dit qu'il avait déjà trouvé des éléments discordants. À savoir, un retrait de 50 000 dollars la veille du jour où James Low Jr. s'est présenté au bureau du procureur en prétendant avoir vendu une arme à Marcus Jones. Et puis des dépôts bien plus importants que ses revenus déclarés, et ce juste avant que Susan disparaisse. Il s'est servi d'une bonne partie de l'argent pour créer sa société à New York, après avoir quitté l'entreprise Hauptmann.

L'argent permettrait de corroborer ce qu'avait raconté Susan sur l'importation de drogue. Les revenus non déclarés, à eux seuls, pouvaient suffire à envoyer Adam en prison pour une dizaine d'années. Cela avait marché pour Al Capone.

— Qu'est-ce que Susan vous a dit exactement ? demanda McKenna.

— Vous le découvrirez par vous-même.

Mercado lui expliqua le processus. Susan avait déjà parlé pendant des heures. Mais à présent, ils allaient enregistrer un récit clair et cohérent sur vidéo.

McKenna se souvenait des plaintes des avocats de la défense concernant les aveux filmés. Les flics n'enregistraient jamais ce qui s'était dit plus tôt.

— Évidemment, ce film pourra être utilisé contre elle, précisa Mercado. On le donnera aussi aux avocats de Bayne, pour leur mettre la pression. S'il sait qu'on l'a retournée et qu'elle est un témoin convaincant, il se pourrait bien qu'il crache le morceau. À mon avis, il connaît le nom d'autres entrepreneurs du secteur privé impliqués dans l'opération, cette fois-ci côté Afghanistan.

— Comment on fait ? Je regarde la scène à travers une vitre sans tain ?

Mercado acquiesça, avant de jeter un coup d'œil à Scanlin.

— Il y a un piège, avertit Scanlin.

McKenna savait qu'ils ne lui avaient pas proposé de venir pour rien.

— C'est Susan qui a demandé que vous soyez là. Elle a envie que vous entendiez sa déclaration – un peu comme pour tout vous expliquer, j'imagine. Mais elle veut être seule quelques minutes avec vous avant de commencer l'enregistrement.

66

La blouse pénitentiaire orange de Susan était au moins une taille trop grande et lui donnait l'allure d'une frêle jeune fille. Tout comme sa posture – affalée sur sa chaise, les mains sur les genoux. Une semaine plus tôt à peine, cette femme avait pourchassé un lycéen athlétique avant de l'éloigner des rails à la force des bras.

— On m'a dit que tu voulais me voir, lança McKenna.

C'était la première fois qu'elles se trouvaient dans la même pièce, depuis les quelques minutes passées à l'hôpital avant que Susan soit arrêtée.

Celle-ci releva la tête et sourit d'un air triste.

— Bien sûr que je voulais te voir. Mais pas pour te raconter ce qui s'est passé. Ils ne veulent pas que tu en saches plus que ce qui sera sur la vidéo. Ça diminue sa valeur probatoire ou je ne sais quoi.

— Alors pourquoi, Susan ? Pourquoi je suis ici ?

McKenna ne cherchait pas à cacher sa colère. Elle avait passé la journée de la veille à se demander si elle n'aurait pas préféré que Susan ait été assassinée, comme elle l'avait toujours cru. En vérité, elle ne souhaitait cela à personne. Mais à cause de Susan, des gens étaient morts. Et voilà qu'il fallait qu'elle entraîne une dernière fois McKenna dans les ravages de sa vie chaotique.

— Parce que je veux te dire à quel point je suis désolée. Pas seulement pour… bordel, pour tout ça, mais de manière personnelle. Je suis désolée pour le mal que je t'ai causé personnellement, McKenna. Tu sauras bien assez tôt pourquoi j'ai obéi à Adam, et pourquoi je me suis enfuie au lieu d'avouer. Tu décideras par toi-même ce que tu penses de cette histoire. Mais je te présente mes excuses. Et j'espère qu'un jour tu les accepteras.

McKenna regarda fixement Susan sans décrocher un mot. Elle songea à quitter la pièce, mais finit par s'asseoir de l'autre côté de la table.

— Ta venue hier à l'hôpital était un bon début, lâcha-t-elle enfin.

Il était difficile de ne pas avoir pitié de Susan. Elle encourait une lourde peine de prison, et tout cela parce qu'elle avait choisi de se rendre.

— C'était le seul moyen d'être sûre qu'Adam ne recommencerait pas à traquer Patrick, ajouta-t-elle.

Susan acquiesça.

— Ne me remercie pas, répondit-elle. C'est parce que j'ai contacté Patrick qu'il s'est retrouvé en danger. Il fallait que je mette fin à tout ça.

— Patrick se souvient de t'avoir vue dans sa chambre d'hôpital. En larmes. Tu l'aimes toujours, n'est-ce pas ?

Susan détourna les yeux.

— Je sais, pour vous deux. Et je sais que tu as avoué à Getty être toujours amoureuse de Patrick et vouloir être avec lui. Pourquoi tu ne me l'as jamais dit ?

— J'ai failli le faire. Tu te souviens de cette soirée au Telephone Bar, quand nous sommes parties toutes les deux, juste après votre rencontre ? J'étais sur le point de tout t'expliquer. Mais je savais que tu ne sortirais jamais avec lui si je t'en parlais. Ça faisait un moment que tu étais célibataire, et lui et moi n'avions jamais vraiment été ensemble. J'avais volé cette chope pour moi, en guise de souvenir du soir où je l'avais définitivement perdu. Et puis, j'ai préféré te la donner.

McKenna fit non de la tête.

— Tu ne me l'as pas dit parce que ça aurait été égoïste de ta part.

Du Susan tout craché. D'une seule phrase, elle aurait pu s'assurer qu'elle ne verrait jamais l'homme dont elle était éprise tomber amoureux de sa meilleure amie. Elle aurait pu saboter la relation de McKenna et de Patrick avant même que celle-ci commence. Mais elle n'était pas égoïste. Elle ne l'avait jamais été.

— Mes intentions n'ont pas toujours été pures, répondit Susan. Quand j'ai expliqué à Will que j'avais toujours des sentiments pour Patrick, j'étais vraiment prête à tenter le coup une dernière fois. J'avais imaginé toute la scène : je lui dévoilais mes sentiments, il s'apercevait qu'il ressentait la même chose pour moi – et peut-être même que tu comprendrais. Mais quand je suis allée le voir chez lui, il n'a parlé que de toi. Vous aviez loué un pédalo à Central Park ou quelque chose comme ça. Tellement pas le style de Patrick. Vraiment le genre de truc dont il se moquait d'habitude. Mais c'était avec toi. Alors j'ai compris qu'on ne serait jamais ensemble.

— Tu étais enceinte à ce moment-là ?

Elle acquiesça.

— On m'a dit que tu avais perdu le bébé. Je suis désolée, Susan.

Elle haussa les épaules.

— C'était Patrick ?

À peine avait-elle ouvert la bouche qu'elle regretta sa question. Elle avait veillé à ne pas demander trop de détails à son mari. La seule idée qu'il ait continué à voir Susan après leur rencontre avait suffi à la faire fuir de leur appartement, dès qu'elle était tombée sur la photo prise pendant leurs études. Mais à présent ? Franchement, elle s'en fichait complètement.

Ou peut-être pas tant que ça, car elle fut soulagée de voir Susan secouer la tête.

— Bien sûr que non. On n'en était déjà plus là bien avant qu'il te rencontre. Enfin, lui en tout cas. Disons simplement que la liste de candidats à la paternité aurait été longue.

McKenna avait idéalisé son amitié avec Susan, comme on le fait avec les morts. À présent que Susan était de retour, elle s'apercevait que les divergences entre leurs deux personnalités, qu'elle n'avait perçues qu'au bout d'une année de colocation, étaient en fait gigantesques.

Elle posa les mains sur la table, paumes tournées vers le ciel. Susan accepta l'invitation. Elles restèrent assises toutes les deux en silence, les doigts mêlés, à vivre les retrouvailles qu'elles n'avaient pas eu le temps de savourer à l'hôpital. Ce n'était pas grand-chose, mais McKenna était incapable de lui offrir davantage. Elle avait envie d'être près de son mari.

— Merci de t'être excusée, murmura-t-elle en lâchant les mains de Susan. Et de nous avoir aidés à démasquer Adam. Je suppose qu'ils vont bientôt vouloir commencer l'enregistrement.

— Ce n'est pas tout.

Susan baissa légèrement la voix.

— Jusqu'à présent, j'ai agi sans avocat parce que, comme tu le sais, ma meilleure chance d'obtenir leur clémence est de coopérer sans rechigner. Et j'ai besoin que les gens comprennent à quel point je suis navrée de ce qui s'est passé. Je ne savais pas que… Bref, encore une fois, ils ne veulent pas que j'en discute avec toi. Rien que l'enregistrement vidéo. Je suis plus ou moins à leur merci.

— Le fait de te rendre et d'aider le gouvernement est un bon début.

— J'ai peur, McKenna. Je n'ai pas envie de passer le reste de ma vie derrière les barreaux. J'ai songé à me suicider, mais Adam s'en tirerait à bon compte. Je sais que je n'ai pas le droit de te demander quoi que ce soit, mais s'il te plaît, peux-tu envisager d'écrire ma version de l'histoire ?

— Je ne sais pas, Susan. Je n'ai même plus de boulot en ce moment. Et Patrick a presque failli…

— Je comprends. Mais je fais ce que je peux pour qu'Adam ne puisse pas leur échapper. C'est pour ça que je suis ici, sans doute pour toujours. Contente-toi de… Reste pendant l'enregistrement, et écoute ce que j'ai à dire. Après tu pourras décider si tu as envie de m'aider. Écoute-moi, c'est tout, et réfléchis bien.

Susan considéra son absence de refus comme un assentiment. Elle pressa ses mains l'une contre l'autre en signe de gratitude.

— Merci, McKenna. Sincèrement.

— Quoi qu'il arrive, tu finiras par avoir besoin d'un avocat. Je suis sûre qu'un tas de gens feront la queue pour te représenter gratuitement, rien que pour la pub que ça leur fera.

— Pour tout dire, je compte engager Hester Crimstein.

Pas besoin d'en dire plus. Si Susan avait besoin que son procès se déroule sous les yeux de l'opinion publique, Crimstein, une vraie bête de scène, était la femme qu'il lui fallait. Le boulot de Susan dans le privé, pendant sa période de clandestinité, avait dû être très lucratif.

— Tu seras entre de bonnes mains, conclut McKenna. Je vais leur dire qu'on a fini.

— Encore une fois, je suis vraiment désolée, McKenna. Pour tout.

Susan l'avait prétendument fait venir dans cette pièce pour s'excuser, mais elle avait aussi réclamé son aide. McKenna se sentait mue par des sentiments contradictoires. De la colère, pour tout le mal que Susan avait fait, pour ses mensonges, pour ce qu'elle avait détruit. De la gratitude qu'elle soit allée voir les flics pour leur dire la vérité. Et de la compassion.

Elle resterait suffisamment longtemps pour entendre ce que Susan avait à dire pour sa défense.

67

Cela faisait un bon moment que McKenna n'avait pas assisté à des aveux derrière une vitre sans tain. Elle n'aurait jamais cru que la personne de l'autre côté de la paroi serait un jour une femme qu'elle considérait autrefois comme l'une de ses meilleures amies.

Susan avait l'air moins réelle qu'un quart d'heure plus tôt, lorsqu'elles étaient assises l'une en face de l'autre. Elle semblerait encore moins humaine une fois réduite à une image en deux dimensions sur un écran, avec un compteur numérique égrenant les secondes juste sous son menton.

— J'étais enceinte. J'avais prévu de garder le bébé. Même si j'allais devoir l'élever seule, j'étais tenue de réintégrer l'armée. Bien sûr, on ne m'obligerait pas à accoucher en plein service actif, mais je ne pouvais que repousser l'inévitable. Un camarade de classe m'avait dit que l'armée avait réquisitionné sa femme alors qu'ils avaient deux enfants de moins de 3 ans, et qu'il avait même proposé d'être enrôlé à sa place. J'étais désespérée.

McKenna savait comment ça fonctionnait. Les jurés qui regarderaient un jour cette vidéo auraient l'impression d'un récit ininterrompu, comme si Susan parlait de manière spontanée à un biographe anonyme, dépourvu de visage, de sexe et d'identité, assis de l'autre côté de la machine. C'était le format de discours face caméra auquel tout le monde s'était habitué depuis l'émergence de la téléréalité.

Mais ce monologue – apparemment débité sans script et sans notes – était le fruit de longues heures de préparation.

— J'ai appelé mon père.

Susan se lança dans ce qui semblait être une parenthèse impromptue sur l'éminent rang de son père au sein de l'armée.

— Trois jours plus tard, son associé – qui était aussi mon ancien camarade de classe à West Point –, Adam Bayne, m'a téléphoné pour me dire que je pouvais remplir mes obligations militaires d'une tout autre manière.

Susan prit le temps d'expliquer le contexte du marché qu'Adam lui avait proposé. À ce moment-là, des rapports rendus publics expliquaient que les États-Unis avaient perdu le contrôle des deux guerres. D'anciens talibans avaient infiltré le nouveau régime afghan et l'attaquaient de l'intérieur. Les femmes et les enfants servaient de boucliers. Les troupes qui distribuaient de l'eau et du riz étaient décimées par des mines terrestres. Le président avait annoncé que l'Irak était désormais le principal front de la guerre contre le terrorisme, tandis que des slogans antiaméricains et des appels à la résistance contre l'« occupation » avaient été lancés lors de l'enterrement des fils de Saddam Hussein. Au moment de la disparition de Susan, la zone verte de Bagdad avait déjà connu la première d'une longue série d'attaques, quand 28 roquettes avaient frappé l'hôtel Al-Rashid.

C'était le genre de contexte qui contraignait les gouvernements à choisir entre idéologie et réalité. Depuis l'arrestation d'Adam, McKenna avait fait des recherches sur cette réalité-là. Après l'invasion de l'Afghanistan, l'armée avait généralement choisi de fermer les yeux sur le commerce florissant de l'opium dans le pays. Les cultivateurs de pavot n'étaient pas des amis, mais ce n'était pas des ennemis non plus. Ils tempéraient les craintes locales. Ils négociaient des accords. Ils obtenaient la coopération de la population.

Ils exigeaient cependant davantage qu'une simple tolérance, du moins selon Adam. La guerre compromettant leurs voies d'exportation habituelles, ils voulaient que l'armée couvre l'expédition directe de leur production aux États-Unis.

— Je ne comprenais pas, poursuivit Susan. Je ne voulais pas croire que quiconque travaillant pour l'armée puisse conclure ce genre de marché, mais Adam m'a dit que c'était une question de vie ou de mort pour certains soldats sur le terrain. Il ne devait s'agir que de deux ou trois cargaisons. Ils récupéreraient ainsi un avantage considérable sur place et, en échange, l'afflux d'héroïne aux États-Unis n'augmenterait que de manière imperceptible. Tout cela se résumait à un calcul froid et précis des coûts et des bénéfices.

McKenna voyait bien que Susan s'efforçait de ne pas parler trop vite. Elle pouvait presque entendre Mercado lui livrer ses conseils pendant la séance d'entraînement. « Vous parlez à des gens qui ne connaissent pas le contexte. Expliquez tout en détail. »

— Je lui ai demandé pourquoi l'armée – ça paraît incroyable, quand on y pense – ne pouvait pas faire entrer cette cargaison dans le pays comme bon lui semblait, sans aucune inspection. Là, c'était presque une opération sous le manteau. Autorisée, et pourtant non. Ils avaient confiance en mon père, donc en moi. En faisant passer cette mission par sa société, ils pouvaient décliner toute responsabilité en cas de problème. Comme j'étais sa fille et que je connaissais du monde à New York, ils estimaient que j'étais le contact idéal sur le territoire national. C'était un moyen concret de sauver la vie de soldats américains. Je sais que ça paraît absurde aujourd'hui, mais c'était en 2003 – soutenez nos troupes, c'est nous contre eux, souvenez-vous des tours. Je ne voulais pas aller en Irak, je l'avoue. J'y voyais une porte de sortie, et je savais désormais comment le justifier : j'avais de la peine pour les soldats qui se trouvaient là-bas, notamment ceux déployés en Afghanistan, abandonnés à leur sort tandis que nous suivions un nouvel ordre du jour dans un autre pays. C'était une façon de renforcer leur sécurité.

Adam l'avait roulée dans la farine.

Susan exposa les grandes lignes du plan. L'allègement du programme d'inspection des cargaisons. Un flic qui avait besoin de l'aide des services de l'immigration pour sa nouvelle famille.

— C'était la partie la plus difficile à justifier à mes yeux – l'implication de l'agent Macklin. Mais j'étais sincèrement convaincue qu'on sauvait la vie de nos compatriotes. Et tout comme je retirais quelque chose de cet accord à titre personnel – la possibilité de quitter l'armée –, je croyais, parce qu'Adam me l'avait dit, que Macklin permettait ainsi à sa femme et son fils d'obtenir la citoyenneté américaine. Avec le recul, je me rends compte qu'Adam n'avait aucun moyen de venir en aide à Macklin. Il pariait simplement sur le fait que le service de l'immigration ne s'en prendrait jamais à la femme d'un flic ni à un petit garçon arrivé aux États-Unis à l'âge de 5 ans.

Le regard de Susan sembla se diriger vers la vitre sans tain.

— Au bout du compte, Macklin fut cependant mon meilleur atout pour accomplir cette mission.

Elle regardait la vitre parce qu'elle savait que McKenna comprendrait le message. Macklin avait été son « meilleur » atout, mais pas le seul. C'était Patrick, après tout, qui avait parlé de l'inspection des cargaisons à Susan. Si l'appel à sauver des vies de soldats en échange d'une ou deux cargaisons d'héroïne avait convaincu Susan, cela aurait très bien pu convaincre Patrick également. Susan, pourtant, l'avait laissé en dehors de tout ça. Du moins, jusqu'à la semaine précédente.

— Et puis, poursuivit Susan, lors de la soirée d'inspection des marchandises, il s'est passé quelque chose d'imprévu. J'étais au bout du quai, j'observais la scène avec des jumelles. Il y avait un conteneur bourré d'héroïne. Des hommes – je ne sais pas qui c'était – transvasaient son contenu dans un camion. L'agent Macklin a repéré deux individus non loin de là et s'est approché d'eux : c'étaient Marcus Jones et Pamela Morris. Il m'a dit plus tard qu'il avait cru que Jones cherchait son arme, mais qu'il tentait probablement de mettre la main sur une pièce d'identité. Macklin m'a avoué qu'il était nerveux. Fébrile. C'était ma faute. C'était moi qui l'avais entraîné dans une histoire qui n'avait rien à voir avec lui. Il a paniqué et abattu les deux. J'ai couru vers eux, mais c'était trop tard. Ils étaient morts.

Elle poussa un grand soupir et inspira lentement à deux reprises.

— C'est moi qui ai imaginé la suite du plan. Il était clair, vu la tenue de Pamela Morris, que c'était une prostituée. Les hommes qui ont récupéré la cargaison... ils ont aussi pris son cadavre. J'ignore où ils sont allés. J'ai dit à l'agent Macklin qu'il pouvait plaider une erreur de légitime défense : il faisait nuit, il pensait avoir vu une arme. C'est alors que l'agent Macklin m'a dit qu'il possédait une arme non identifiée dont on ne pourrait pas remonter la piste, ce que les flics appellent un « *drop gun* ». Nous l'avons placée dans la main de Marcus Jones.

Elle expliqua en détail la controverse qui avait suivi ces coups de feu. Les premiers murmures au sein de la communauté afro-américaine. La veillée organisée par l'église sur la jetée. Et puis, la jeune procureure adjointe qui avait remonté la piste du flingue jusqu'à Quartiers Sans Danger.

— J'étais sûre qu'une fois que les gens commenceraient à réfléchir à cette fusillade, quelqu'un poserait des questions sur la cargaison arrivée ce soir-là. Adam a quitté l'Afghanistan pour revenir à New York et m'a retrouvée dans mon appartement. J'ai enregistré notre conversation et j'en ai donné une copie au FBI.

Cet enregistrement était la preuve qu'elle avait évoquée, celle qui allait tous les deux les couler. La dispute dans son appartement. « Mac. » « Import. »

— Adam m'a assuré que ses contacts au sein de l'armée étaient en train de préparer un plan, mais je sais comment ça fonctionne. Quand les militaires font appel de manière officieuse à des sociétés privées pour une opération plus ou moins autorisée, c'est pour pouvoir nier en bloc. Nous étions seuls. Alors j'ai tout laissé tomber et je suis partie. À cause du secret que je gardais en moi, j'avais peur pour ma vie et pour celle de mon bébé. Et puis, je considérais comme un devoir envers mon pays de ne jamais me faire prendre.

Susan avait passé les dix années suivantes à travailler dans le privé, principalement à l'étranger. Elle constituait une belle prise pour le marché de la protection. Les gens s'imaginaient qu'une femme était incapable d'accomplir des missions difficiles, encore moins quand elle était suffisamment attirante pour passer pour la petite amie ou l'assistante personnelle d'un homme influent. Elle n'avait jamais eu de problème à trouver des gens prêts à exploiter ses talents sans poser trop de questions sur son passé.

— Il y a trois mois, j'ai découvert que tout cela n'était qu'un mensonge.

Le ton de sa voix se modifia. Une lueur de colère passa dans ses yeux.

— L'opération n'était pas autorisée du tout. Et il n'y avait pas d'équipe militaire.

Elle décrivit sa visite à son père mourant et cita les passages pertinents de son journal intime.

— J'étais libre de quitter l'armée, et on ne me l'avait jamais dit. Au lieu de cela, j'avais renoncé à la seule vie que j'avais jamais connue.

Elle avait accepté une mission consistant à partager l'existence de militants écolos dans la banlieue de New York. Ils achetaient de petites quantités d'ingrédients entrant dans la composition de bombes afin de repérer les fournisseurs, si jamais ils décidaient de passer à l'acte. Cela la rendait nerveuse, mais elle jugeait que l'opération n'avait pas atteint le stade permettant aux enquêteurs de la brigade criminelle d'intervenir.

Un jour, elle était rentrée et avait vu un détonateur – alors qu'elle était sûre qu'aucun habitant de la maison ne savait en fabriquer. Elle avait tenté d'empêcher Greg Larson d'agir mais il avait résisté, et le temps pressait. Elle s'était échappée par la fenêtre arrière du premier étage, convaincue qu'Adam cherchait à tuer tous ceux susceptibles de le dénoncer.

Elle avait alors voulu persuader Scott Macklin de se joindre à elle pour tout avouer aux flics. Adam paierait pour ce qu'il avait fait, et ils seraient enfin libérés des secrets qui pesaient sur leur conscience depuis une décennie. Elle avait envie de retrouver sa vie d'avant. Mais Macklin était parfaitement heureux de l'existence qu'il menait, et il avait dit avoir besoin d'y réfléchir. Le lendemain, il était mort.

— Je n'aurais jamais dû agir ainsi, même si mon pays me l'avait demandé. Nous sommes un État de droit. Il n'y a pas d'exception. Mais je voulais croire que nous savions distinguer le bien du mal d'une manière plus subtile que le reste de la population. Je pensais qu'il y avait des lois outrepassant le droit civil. Je ferais n'importe quoi pour revenir en arrière. Je paierai le prix qu'il faut, ne serait-ce que dans l'espoir qu'Adam Bayne soit puni comme il le mérite.

La chute de son discours sonnait de manière naturelle, alors même qu'elle avait été mûrement réfléchie.

Scanlin et Mercado quittèrent la pièce.

— Elle a fait du bon boulot, annonça Mercado. Je

ne sais pas pour vous, mais j'espère que le procureur fédéral lui proposera une bonne négociation de peine.

Scanlin tapota doucement le dos de McKenna.

— Votre copine s'en est bien sortie.

— Ce n'est plus vraiment ma copine, mais en effet, elle a réussi. Et vous l'avez bien préparée.

En dépit de ce qu'elle venait de dire, McKenna ne parvenait pas à considérer Susan comme une étrangère. C'était la femme qui avait éloigné Nicky Cervantes des rails, quand elle aurait pu se contenter de récupérer le téléphone qui risquait de compromettre sa fausse identité. C'était la femme qui était venue à l'hôpital quand Patrick avait été blessé, et était revenue quand il avait été temps pour elle de défier Adam Bayne. McKenna comprenait même pourquoi Susan ne lui avait jamais parlé de sa relation avec Patrick.

Dix ans avaient passé, mais McKenna connaissait encore extrêmement bien Susan.

Et parce qu'elle la connaissait à ce point, McKenna savait que – malgré la préparation, malgré la vidéo –, Susan n'avait pas tout dit. Elle en savait plus qu'elle ne voulait bien l'admettre.

68

À la façon dont son mari engloutissait le thon au Ketchup à même la boîte de conserve, McKenna aurait pu croire qu'il se régalait de la spécialité d'un restaurant cinq étoiles.

— Tu dois être le seul patient au monde à repousser la nourriture de l'hôpital pour quelque chose d'encore pire.

Quand ils s'étaient rencontrés, Patrick considérait une boîte de thon agrémentée d'une dosette de Ketchup piquée dans un restaurant comme un vrai repas. Au cours des années suivantes, il avait renoncé à la plupart de ses autres habitudes culinaires répugnantes – thé glacé en poudre, vin à trois dollars et sandwichs au fromage industriel –, mais il appréciait toujours le thon au Ketchup.

— Comme j'aimerais que tu puisses rentrer ce soir, soupira-t-elle. Je te préparerais un repas digne de ce nom.

— Tu veux dire que tu irais à l'Union Square Cafe leur demander de nous préparer un repas digne de ce nom.

Le chirurgien de Patrick avait failli le laisser sortir le jour même, mais il était toujours en observation, étant donné les risques d'hémorragie interne. Demain, avaient-ils dit. Ce n'était pas garanti, mais ils réévalueraient la situation le lendemain.

— Je commence à m'habituer à vivre ici, ajouta Patrick. Lit réglable. Toilette à l'éponge gratuite. Antiseptique à volonté. Mais toi, tu devrais rentrer et dormir un peu. Tu en as vu de toutes les couleurs cette semaine.

— Qui de nous deux a un putain de trou dans le cou ?

— Moi ça va, je vais m'en sortir. Mais Susan qui te manipule de cette façon ? En essayant de te faire culpabiliser pour que tu lui viennes en aide ? J'aurais espéré mieux de sa part. Elle a beaucoup changé, manifestement.

— Tu n'étais pas là, Patrick. Elle pensait bien agir. Pas seulement pour elle. Pour tout le monde. C'était presque… messianique.

McKenna éprouvait des sentiments contradictoires envers Susan, mais elle était certaine qu'Adam n'avait pu la tromper qu'en abusant de son patriotisme.

Patrick n'en croyait pas un mot. Vérifications en interne. Chaîne de commandement. Il n'y avait pas d'excuse pour sortir du système. En son for intérieur, McKenna comprenait que l'on puisse penser le contraire.

L'infirmière venue vérifier les capacités respiratoires de Patrick lui suggéra, de manière peu subtile, de profiter d'une bonne nuit de sommeil ininterrompue. Sans visiteur.

McKenna l'embrassa sur les lèvres. À la façon dont il lui rendit son baiser, elle comprit qu'il était prêt à rentrer à la maison.

Dans son rêve, McKenna était de retour au bureau du procureur. Elle était allée voir Will Getty pour lui montrer le lien entre Quartiers Sans Danger et l'arme retrouvée à côté de Marcus Jones. Elle s'occupait des affaires de stupéfiants et allait travailler chaque jour, en attendant des nouvelles de Getty.

Elle entrait dans le bureau de Getty. Susan était à quatre pattes sur la table, le dos arqué, la bouche ouverte. Adam Bayne se tenait derrière elle, agrippant sa chevelure entre ses poings.

McKenna ouvrit les yeux. La pièce était plongée dans le noir.

Elle attrapa son téléphone pour regarder l'heure.

4 h 14.

Elle n'avait pas l'habitude de dormir seule dans leur lit. À l'exception d'une réunion sur la sécurité de temps à autre, Patrick était toujours à la maison le soir.

Elle tenta de se rendormir, mais la voix de Susan continuait à la hanter. « J'allais avoir un bébé… J'étais désespérée… un moyen concret de sauver la vie de soldats américains… soutenez les troupes, c'est nous contre eux, souvenez-vous des tours… Je considérais comme un devoir envers mon pays de ne jamais me faire prendre… J'avais renoncé à la seule vie que j'avais jamais connue. »

McKenna avait quitté le bâtiment du FBI persuadée que Susan n'avait pas tout dit. C'était peut-être normal, vu le caractère artificiel de sa déclaration. Quand elles avaient été seules, sans Scanlin, ni Mercado, ni la caméra, McKenna avait pourtant eu l'impression de retrouver l'ancienne Susan. Celle qui avait merdé et tentait de réparer les dégâts.

McKenna posa son ordinateur sur le lit et se mit à taper.

Je m'appelle Susan Hauptmann et, le 29 novembre 2003, j'ai déserté ma propre identité.

Quand elle rabattit l'écran de sa machine, la lumière du jour filtrait entre les rideaux. Elle tenait les 6 000 premiers mots de la vie de Susan Hauptmann la fugitive, et son texte était bon. Le genre de récit qui permettrait à Susan de passer au *Today Show*, non pas en tant que trafiquante de drogue mais comme une femme dont la loyauté envers son pays avait été manipulée par Adam Bayne.

McKenna avait eu l'impression d'écrire au plus profond de la nuit mais la matinée était déjà bien avancée. Elle se dirigea vers la cuisine, espérant que la caféine dissiperait les brumes de son esprit.

Sa mallette, abandonnée sur l'îlot central, était encore gonflée par les deux jours de courrier que Tom le facteur lui avait remis la veille. Facture d'électricité. Relevé bancaire. Huit catalogues d'ameublement que Tom n'avait pas réussi à glisser dans leur boîte.

Et puis une lettre pour Patrick. Libellée à la main, sans adresse de retour. Cachet de la poste de New York.

Sept minutes plus tard, elle plaçait la lettre dans un sac de congélation à glissière et téléphonait à Marla Tompkins.

L'ex-infirmière du général Hauptmann décrocha finalement après six sonneries. Sa voix était lasse.

— Madame Tompkins, c'est McKenna Jordan. Je

suis navrée de vous déranger encore une fois, mais vous m'avez dit que le général Hauptmann s'était montré très généreux envers vous en vous citant dans son testament.

— Tout à fait. Au début, j'étais embarrassée à l'idée d'accepter, mais j'ai prié et demandé à Dieu. Le général était un homme à fort caractère, et c'était sa dernière volonté.

— Qu'en est-il du reste du legs ? Qu'a-t-il décidé concernant Susan, sa fille disparue ?

— Je m'en souviens très bien, car le notaire me l'a expliqué. C'était compliqué, parce que le général n'avait jamais accepté sa disparition. Il aurait pu la faire déclarer morte au bout de trois ans d'absence, mais il s'y était toujours refusé.

— Susan figurait toujours sur son testament ?

— Eh bien, oui. En quelque sorte. Si elle était morte, sa part devait revenir aux autres descendants ; mais comme le général avait expressément déshérité Gretchen, son héritage était destiné à diverses œuvres de bienfaisance qu'il avait choisies. Les anciens combattants. Les Jeux olympiques pour déficients intellectuels. La lutte contre le cancer…

— Et si Susan était vivante ? l'interrompit-elle.

McKenna avait conscience de son impolitesse, mais c'était la seconde possibilité qui l'intéressait.

— Si elle lui survivait, elle recevait son héritage, tout simplement.

— Cela représentait combien ? Une grosse somme ?

— Voyons voir, il m'a laissé un quart du total – un peu plus de 900 000 dollars. Pour l'essentiel sous la forme de cet appartement, même si je n'arrive toujours pas à y croire. Un autre quart allait aux associations caritatives. La moitié restante a été mise de côté pour Susan. Avec une date butoir : si l'on ne découvrait pas ce qui lui était arrivé dans un délai de… je crois que c'était sept ans après la mort du général, l'argent devait être réparti entre ses bonnes œuvres.

Le général estimait que Gretchen avait raté sa vie, et l'avait rayée de son existence ; mais il n'avait pu se résoudre à abandonner Susan.

McKenna appela Joe Scanlin, mais tomba sur sa messagerie vocale. Elle préféra lui envoyer un SMS :

Ne négociez aucun accord avec Susan.

Susan avait passé dix ans en cavale. Le décès de son père lui avait donné plus de 1,8 million de bonnes raisons de rentrer au bercail.

69

Scanlin disposa soigneusement deux œufs au plat sur des pancakes de la taille d'une assiette. Ils représentaient les yeux. Une fraise pour le nez. Un sourire au bacon.

— Et le sirop d'érable à part, annonça-t-il en posant l'assiette et un petit pichet de sirop tiède devant Jenna, assise à la table de la salle à manger.

— Tu sais que j'évite les glucides, papa.

Jenna piqua le pancake de sa fourchette, à la manière d'un analyste de la police scientifique examinant un matelas gorgé de sang.

— C'est de la poudre d'amande, pas de la farine, expliqua-t-il. J'ai trouvé la recette sur Internet. Ça a le goût d'un enjoliveur de bagnole si tu veux mon avis, mais je sais que tu n'as rien contre les œufs et le bacon, même si j'ai raté le reste.

— Tu as trouvé une recette sans glucides sur Internet ? s'exclama-t-elle. Mais on m'a volé mon père !

— Je sais que tu n'as plus 10 ans, et c'est ma façon de te remercier de t'être levée tôt pour venir ici avant le travail. C'est la dernière fois que je te demande de modifier ton emploi du temps pour moi.

Elle recueillit dans sa cuillère la moitié d'un jaune coulant et lui lança un regard perplexe.

— Ta mère ne se souvient pas de moi, reprit Scanlin. Elle me reconnaît parfois, mais seulement quand je suis avec toi. Tu as ta vie, tu dois la voir en fonction de ton emploi du temps. Ce sera donc le mien aussi à l'avenir.

Elle avala une bouchée en réfléchissant à ce qu'il venait de dire.

— D'accord.

— Je me suis accroché au passé, Jenna. Et sans en assumer la responsabilité, en plus. Je t'ai fait des reproches et je t'en ai voulu de m'en avoir fait baver, sans jamais admettre que tu avais de bonnes raisons de te comporter ainsi. Et sans te dire à quel point je le regrette.

— Papa, j'ai parfois été injuste quand…

Il leva la main pour la faire taire.

— Ça n'est pas la question. Je suis ton père. C'est moi qui te suis davantage redevable que toi à mon égard. Je l'étais davantage aussi vis-à-vis de ta mère. Je l'étais même davantage vis-à-vis de moi-même, mais c'est surtout envers vous deux que je n'ai pas assuré. Je m'en suis rendu compte il y a plusieurs années, quand ta mère est tombée malade. Mais ensuite, je ne sais pas pourquoi, c'est devenu conflictuel entre nous, et j'étais trop têtu pour faire ce que j'aurais dû faire en tant que père : te faire passer avant tout le reste.

Il ne se souvenait pas de la dernière fois qu'elle l'avait regardé de cette façon. Sans rancœur. Sans lassitude. Rien que de la confiance. L'espace d'une seconde, elle fut le portrait craché de sa mère.

— Ce pancake a carrément le goût d'un enjoliveur de bagnole, lança Jenna.

Ce qui ne l'empêcha pas de continuer à mâcher.

Le téléphone de Scanlin les interrompit. Jenna sourit d'un air triste.

— Vas-y, papa, décroche.

— Non, je ne répondrai pas.

— C'est sans doute le boulot.

— Hors de question.

Il se dirigea vers le congélateur et y fourra le téléphone.

— Tu vois ? Je n'entends plus rien.

Elle se mit à rire, de ce rire qu'elle réservait en général aux autres.

— Je vais culpabiliser si c'est un témoin super-secret et super-intelligent qui veut t'aider à attraper des super-méchants. Il en va de la justice, papa.

C'était ce qu'il lui disait toujours quand il partait au boulot, malgré les supplications de Jenna pour que son papa reste à la maison. « Il en va de la justice. »

Le bruit sourd de la sonnerie s'arrêta.

— Dommage. J'ai raté l'appel. La justice attendra.

— Sors-le au moins du congélateur.

Elle ouvrit la porte et s'empara du téléphone posé sur le bac à glaçons.

— Tu devrais probablement regarder ça.

Il jeta un coup d'œil à l'écran. Un appel manqué, suivi d'un SMS de McKenna Jordan.

Ne négociez aucun accord avec Susan. Carl Buckner nous a envoyé une lettre avant de mourir. Ça change tout.

70

McKenna retrouva Scanlin dans son bureau de la brigade. Elle lut la lettre par-dessus son épaule, même si elle en avait déjà mémorisé le moindre mot.

À qui de droit,

Je m'appelle Carl David Buckner. Il y a deux jours, j'ai posé une bombe à Brentwood, Long Island.

La cible était une femme qui vivait là sous le nom d'emprunt de Pamela Morris. Je ne connais pas sa véritable identité, mais j'ai été engagé pour l'abattre.

Pas au début. Au départ, ma mission consistait à la pister et à discréditer une journaliste nommée McKenna Jordan. J'ai soudoyé une collègue de Jordan pour parvenir à ce dernier point. Cela m'a permis d'apprendre que Jordan détenait une vidéo de Morris. La personne qui m'a engagé m'a demandé non seulement d'effacer cette vidéo, mais aussi d'éliminer Morris.

Quand la femme a échappé à l'explosion de Brentwood, j'ai alors reçu l'ordre de tuer Scott Macklin, un ancien officier de la police de New York. J'ai refusé d'obtempérer, mais je n'ai rien fait non plus pour le sauver.

Il était alors devenu évident que la personne qui m'avait

engagé était un sociopathe prêt à tuer n'importe qui. C'est ce que j'essaie d'empêcher.

Cette lettre sera envoyée (au FBI, au NYPD, à FOX News) si je ne l'ai pas récupérée dans une boîte postale avant midi le lendemain de sa rédaction, ce qui signifiera que je suis probablement mort.

Je ne sais pas si ce sera l'une de ces histoires qui font la une des journaux pendant une semaine ou si cela n'intéressera personne (sauf peut-être mon frère). Si quelqu'un s'en soucie, je fus un homme bien autrefois, et je tente de le redevenir.

Je connais des soldats qui sont rentrés chez eux et ont tué leur femme, se sont tués eux-mêmes, ou des inconnus assemblés dans une pièce lors d'une fusillade de masse. Je ne vais pas me chercher des excuses. J'ai franchi la ligne rouge en posant cette bombe. Et je n'en ai pas fait assez pour me faire pardonner.

C'est ce à quoi je m'efforce à présent. Est-il possible d'avoir été bon, puis mauvais, puis de redevenir quelqu'un de respectable ?

J'ai mis de côté près de 400 000 dollars. Je veux que les trois quarts de cette somme aillent à la famille de Scott Macklin. Si c'est possible, je souhaite que le quart restant couvre les frais d'université de mon neveu, Carl David Buckner, troisième du nom.

Quant à la personne qui m'a engagé : j'ai toujours été contacté via un téléphone et une adresse électronique intraçables. Tout ce que je sais, c'est que la voix au téléphone était celle d'une femme.

Carl Buckner

P-S : J'envoie également une copie de cette lettre à un homme nommé Patrick Jordan parce que je l'ai vu en compagnie de la femme que je connais sous le nom de Pamela Morris. Il est marié à McKenna Jordan, et je crois qu'il tentait d'aider Pamela Morris. J'espère le voir en personne avant de mourir. Je pars le retrouver à Grand Central Station.

Scanlin laissa tomber la lettre sur son bureau.

— Une femme, murmura McKenna, en posant le doigt sur le mot le plus important de la page. La personne qui l'a engagé était une femme.

— Cela ne veut rien dire, répondit-il. Adam a très bien pu se servir d'un intermédiaire – d'une intermédiaire – pour engager Buckner. Ou d'un modificateur de voix. J'en ai vu dans des magasins pour espions qui coûtent une centaine de dollars et font parfaitement illusion.

— Vous ne pouvez pas vous contenter d'ignorer ce courrier, répliqua McKenna. Celui qui a tiré sur Patrick et Buckner portait un masque et une cape. Cela pouvait très bien être Susan. C'est peut-être elle qui tirait les ficelles de toute cette histoire. Cette lettre constitue, pour le moins, une preuve à décharge concernant Adam Bayne. Vous allez devoir la transmettre à son avocat, qui plaidera que Susan était derrière tout ça depuis le début.

— Seulement parce que vous me l'avez montrée. Vous êtes sûre que vous ne voulez pas la jeter dans le bac de recyclage ?

Scanlin relut la lettre, se demandant comment éviter qu'elle ne gâche le joli petit faisceau de preuves qu'ils avaient réunies contre Adam.

— Il l'a envoyée à la police de New York, au FBI et à

FOX News. Je l'ai récupérée un peu plus tôt, c'est tout. Vous avez dit que Susan avait un enregistrement de sa dispute avec Adam, juste avant qu'elle prenne la fuite. Est-ce suffisant pour couler Adam ?

— Oui. Ils n'ont parlé que des producteurs afghans souhaitant éliminer leurs intermédiaires et importer directement aux États-Unis. Ils ont évoqué Macklin, qui avait paniqué et s'était mis à tirer. Susan culpabilisait d'avoir entraîné Mac dans cette histoire. Adam tentait de la calmer, en lui expliquant que Mac s'était révélé un flic indocile en possession d'un flingue intraçable.

— L'enregistrement montre-t-il clairement qu'Adam dirigeait l'opération ? Que Susan pensait agir au nom de l'armée ?

— Non. S'il le souhaite, il peut raconter qu'elle était tout autant impliquée que lui. Qu'elle savait à quoi s'en tenir.

— S'il peut le dire, c'est peut-être parce que c'est vrai. Selon les dernières volontés de son père, Susan reçoit la moitié de ses biens, maintenant qu'on sait qu'elle est en vie. Il faut l'interroger à ce sujet. Si c'est elle qui a engagé Carl Buckner…

— Je sais, Jordan. Pas besoin de me faire un topo. Bayne est peut-être un contrebandier, mais ce serait Susan qui serait accusée de tous les morts de la semaine dernière.

Il prit une profonde inspiration.

— Mieux vaut en finir tout de suite. J'appelle Mercado.

— Je crois que j'ai quelque chose qui pourrait vous aider.

Elle sortit un document de sa mallette et le lui tendit.

Une fois de plus, McKenna regardait Susan à travers la vitre sans tain. Mercado était assise à ses côtés ; elle avait décidé de profiter des problèmes que Susan avait avec son père pour laisser Scanlin conduire l'interrogatoire.

Celui-ci commença par lui remettre un document. Il s'agissait du manuscrit de 30 pages que McKenna avait fiévreusement tapé la veille sur son ordinateur. Les mots avaient jailli en cascade. Elle avait toujours pensé que les meilleurs textes nécessitaient de la compassion, et ces pages constituaient sa tentative la plus empathique pour raconter l'histoire de Susan.

« Histoire » étant le mot-clé.

Susan feuilleta les pages.

— Je ne sais pas quoi dire. S'il vous plaît, transmettez à McKenna toute ma reconnaissance…

Scanlin lui retira le document des mains et se mit à déchirer les pages en deux.

— Mais qu'est-ce que…

— Personne ne les lira jamais. Carl Buckner a laissé derrière lui quelques preuves en sa possession. Adam a été tenu pour responsable de l'explosion de Brentwood, du meurtre de Macklin et des coups de feu à Grand Central – tout cela parce qu'on croyait que c'était lui qui avait engagé Buckner. Or ce n'est pas Adam qui a engagé Buckner. C'était une femme.

— Mais…

— McKenna nous a dit que vous tentiez de nous orienter vers la piste de la fugitive repentante. Plutôt malin de votre part d'exploiter le sexisme à votre avantage. C'est toujours si facile de croire qu'une femme n'est qu'une subalterne au rôle passif. Mais il est évident que c'est vous qui avez engagé Buckner, auquel cas, si vous voulez mon avis, cette semaine s'est sacrément bien passée pour vous.

Susan avait miraculeusement échappé à l'explosion de Long Island, ce qui lui permettait de prétendre que quelqu'un voulait la tuer. Scott Macklin était mort le lendemain de sa visite, peut-être parce qu'il avait refusé de suivre son plan, à savoir rejeter toute l'opération sur le dos d'Adam Bayne. Et grâce aux coups de feu de Grand Central, elle avait fait taire Buckner et failli liquider l'homme qui lui avait brisé le cœur.

— Je vais vous dire, Susan. Je crois que vous n'aviez pas prévu que ça se passerait comme ça. Pourquoi avez-vous engagé Buckner ? Pour vous protéger ? Pour veiller sur vous quand vous vous êtes repointée à New York ? Pour vous assurer qu'Adam ne chercherait pas à vous nuire ? C'est alors que Nicky Cervantes vous a volé votre téléphone qui contenait des appels et des e-mails compromettants. Vous vouliez le récupérer, et puis vous avez fait quelque chose de parfaitement altruiste. Vous avez sauvé le gamin des rails. Buckner a réussi à effacer les vidéos dont il connaissait l'existence, mais comment pouviez-vous être sûre qu'il n'en existait pas des copies ? Vous avez donc été obligée de changer de plan.

À savoir en jouant la victime, ce qui lui permettait de réclamer son héritage et d'engager le meilleur avocat de la défense de New York pour lui obtenir une bonne négociation de peine.

Scanlin posa sur la table un exemplaire du testament de George Hauptmann.

— McKenna nous a dit que vous avez prévu d'engager

Hester Crimstein. Je suppose que vous envisagez de la payer avec l'argent de ce legs. Si vous étiez toujours considérée comme morte, vous n'auriez pas pu toucher cette somme. Mais à présent, vous possédez la moitié de tout ce que votre père a économisé au cours de son existence. C'était vraiment le bon moment pour sortir de votre cachette.

Susan lisait le testament avec beaucoup plus d'attention qu'elle n'en avait accordé au premier jet de l'article de McKenna. Ses lèvres s'entrouvrirent. McKenna et Mercado échangèrent un regard, se préparant à la prochaine salve de mensonges.

Mais Susan pinça les lèvres et se remit à feuilleter le testament. Puis des larmes jaillirent au coin de ses yeux. Elle posa la tête sur la table, cacha son visage dans ses bras, et sanglota longuement.

— Il n'est pas trop tard pour coopérer, Susan.

Elle ne parvint à prononcer qu'une phrase :

— Je veux retourner dans ma cellule.

Susan avait fini de raconter des histoires. Elle était sur le point d'entamer un nouveau chapitre de sa vie. Un chapitre qui risquait de durer jusqu'à la fin de ses jours.

L'hôpital laissa Patrick partir dans l'après-midi. Pour préparer son arrivée, McKenna avait posé quatre oreillers de son côté du lit et téléchargé sur son ordinateur plusieurs épisodes d'*Arrested Development* et de *Sur écoute*.

— J'ai essayé de faire rouler la télé dans la chambre, mais le cordon électrique n'était pas assez long.

— Ne t'inquiète pas. J'ai assez regardé la télé ces

deux derniers jours pour anesthésier mon cerveau pendant un mois entier.

Une fois qu'il fut confortablement installé dans le lit, elle lui parla de la lettre de Carl Buckner et des dernières volontés de George Hauptmann.

Ils ne prouveraient peut-être jamais que Susan était l'agresseur masqué qui avait tiré sur Buckner et Patrick à Grand Central mais, comme prévu, l'enregistrement d'Adam et elle se disputant suite à la mort de Marcus Jones avait suffi à les faire tomber tous les deux.

— Est-ce que tu as des questions à poser à Scanlin et Mercado ? demanda McKenna. Ils voulaient venir à l'hôpital pour discuter avec toi, mais je leur ai annoncé que tu rentrais à la maison. Ils m'ont dit que tu pouvais les appeler si…

— Tu sais quoi, Mackie ? On en a tous les deux ras-le-bol de penser à Susan Hauptmann. Tu ne crois pas ?

— Je crois que tu as un trou dans le cou, mais encore toute ta tête.

71

Pendant cinq jours, ils n'évoquèrent pas une seule fois Susan, et la vie reprit son cours normal.

Normal, si ce n'est que ni l'un ni l'autre ne travaillait. McKenna se vit proposer de revenir au magazine – avec un meilleur salaire, davantage de liberté, et le titre chic de « chroniqueuse spéciale ». Elle avait dit à Vance qu'elle avait besoin de quinze jours – avec solde au nouveau taux proposé – pour y réfléchir.

Patrick consommait quelques-uns des 8 000 000 de jours d'arrêt-maladie qu'il avait accumulés pendant ses quatorze années de travail au musée sans un seul rhume.

McKenna aurait volontiers continué ainsi éternellement.

Patrick avait les yeux rivés sur le carton qu'elle avait posé près de la porte d'entrée. Les affaires de Susan. La boîte était restée dans un coin pendant près d'une semaine, à côté du vélo de Patrick – dernier rappel visible de la menace que Susan avait fait peser sur leurs vies.

— C'est sa dernière chance, marmonna-t-il. Je suis en train de me dire qu'une benne à ordures serait la meilleure solution.

Scanlin et Mercado avaient déjà inspecté son contenu et décidé qu'il ne contenait rien de pertinent pour l'enquête.

— Je sais. Mais Gretchen aura peut-être envie de récupérer ces vieux machins un jour ou l'autre.

— Elle était pas mal en rogne la dernière fois qu'on l'a vue.

— Elle est peut-être de meilleure humeur maintenant qu'elle sait que sa sœur est vivante.

— Appelle-la et demande-lui. Oh, sauf que si tu fais ça, elle te dira qu'elle ne veut pas de ces merdes non plus. Et tu te retrouveras coincée avec ce carton.

Elle sourit. Il la connaissait trop bien.

— Eh oui ! C'est une vraie patate chaude, répondit-elle. Je me fiche de ce que Gretchen peut raconter. On balance ces machins devant chez elle et on se tire. Comme ça, les sœurs Hauptmann sortent à jamais de nos vies. Mais je peux y aller seule, si tu veux. C'était mon idée stupide, donc à moi de gérer.

Elle avait une voiture de location qui l'attendait en bas de l'immeuble.

— Ça fait une semaine que je n'ai pas mis le nez dehors, répondit Patrick. Je ne suis pas contre une petite balade.

Elle savait très bien qu'il ne faisait pas ça pour prendre l'air. Gretchen s'était montrée dure envers eux, et il ne voulait pas qu'elle affronte cette rancœur toute seule. Il se pencha vers le carton mais se redressa brusquement. C'était trop tôt.

McKenna avait beau faire son possible pour éliminer de leur vie toutes les marques que Susan y avait laissées, certaines ne s'effaceraient jamais.

La berline Volvo de Gretchen était garée dans l'allée.

— On dirait bien qu'elle est chez elle, chuchota McKenna.

— Tu pourrais te contenter de poser la boîte sur le porche et de partir en courant.

— Oui, ce serait une façon très mature de traiter une femme dont la sœur va sans doute passer le reste de sa vie derrière les barreaux.

Tandis qu'ils se dirigeaient vers l'entrée, McKenna nota que la pelouse semblait ne pas avoir été tondue depuis deux semaines. Elle appuya le carton contre la balustrade du porche tandis que Patrick frappait deux fois la porte du heurtoir en laiton.

Ils virent Gretchen jeter un coup d'œil à travers les stores du salon. Pendant deux ou trois secondes, McKenna se demanda si elle n'allait pas tout simplement les ignorer.

Dès que la porte s'entrouvrit, elle en franchit le seuil.

— Ça alors, McKenna, entre donc.

— Désolée, dit-elle en laissant tomber le carton sur le sol. Mais c'est lourd. Voici une partie des affaires de Susan que ton père avait conservées. Je me suis dit que tu les voudrais peut-être. Il y a quelques vieilles photos de ta mère. Ce genre de trucs.

Maintenant qu'elle s'était débarrassée de son fardeau, McKenna pouvait voir que le salon avait changé depuis leur dernière visite. Le fauteuil inclinable en cuir noir dans le coin de la pièce n'était plus là – des marques sur la moquette témoignaient encore de son emplacement. Le téléviseur à écran large au-dessus de la cheminée avait lui aussi disparu, remplacé par une version plus petite, posée sur une table à roulettes contre le mur. Le mari de Gretchen avait fini par quitter la maison.

McKenna s'attendait à se faire engueuler pour s'être pointée sans prévenir, mais le visage de Gretchen s'adoucit.

— C'est gentil de ta part. Merci.

Ils étaient sur le point de s'en aller quand Gretchen les retint.

— La police est venue. Je sais ce qui s'est passé. Je suis contente que tu ailles bien, Patrick.

Il hocha la tête.

McKenna était mal à l'aise à l'idée de partir sans en dire plus. Gretchen avait coupé les ponts avec son père bien avant qu'il meure. Son mari venait de la quitter. Et maintenant qu'elle venait de retrouver sa sœur, elle la perdait à nouveau.

— Ça doit être dur pour toi, lança McKenna. Il existe des groupes de soutien pour les proches de prisonniers, si tu veux que je te file des contacts.

Le fils de Gretchen, Porter, arriva en courant dans le salon et frappa de son épée en plastique le carton qui venait d'être livré.

— Je croyais qu'on déménagerait plus, maman.

— Mais oui, Porter, on reste ici. Laisse-nous juste une seconde, d'accord ?

Il lâcha son épée et se mit à pousser le carton le long du couloir, en imitant le ronronnement d'une voiture.

— Je mets ça dans l'ancien bureau à papa. C'est là qu'on range toutes les boîtes, hein, maman ?

Gretchen adressa un sourire gêné à McKenna et Patrick.

— Il y a pas mal de changement ici. Je me suis dit

que pendant que mon mari faisait ses valises, je pourrais aussi bien faire un gros rangement. Vous n'imaginez pas tout ce qu'un gamin de 9 ans a pu accumuler comme affaires.

Il y eut un gros bruit dans la pièce voisine, et elle leva les yeux au ciel.

— Porter, laisse ces vieux jouets. Je t'ai déjà dit qu'ils allaient à une boutique caritative.

— Tout va bien se passer pour vous, murmura McKenna.

Elle avait conscience que ses mots sonnaient parfaitement creux.

— Mamaaan ! cria Porter depuis l'autre pièce. Y a des photos de ta copine dans le carton.

— OK, Porter, laisse ça. Je viendrai voir plus tard.

Gretchen se dirigea vers la porte.

— Merci beaucoup d'être passés, vraiment.

McKenna avait trié toute la boîte. Il n'y avait que des photos de famille et des amis de l'armée de Susan. Sur aucune d'elles, Porter ne pouvait avoir reconnu une amie de sa mère.

McKenna se souvint de ce que Gretchen avait dit la dernière fois qu'ils étaient venus la voir. « Si tu connaissais vraiment ma sœur, tu aurais compris que si elle était en vie – si elle était là –, elle saurait très bien où je suis et comment je me porte. Elle saurait, pour son neveu. Bon sang, elle connaîtrait par cœur l'emploi du temps de Porter. »

Gretchen savait. Pendant tout ce temps, Gretchen avait su que Susan était vivante.

— Ton fils connaît ta sœur, souffla McKenna. Susan est restée en contact avec toi. C'est pour ça que tu ne voulais pas que je la cherche. Tu savais qu'elle était en vie. Tu savais qu'elle avait un plan pour revenir à New York.

— Mamaaaan. Regarde ce que j'ai trouvé aussi.

— Porter !

Gretchen criait maintenant.

— Sors de là, je suis sérieuse ! Tu vois bien que je suis occupée.

Sa voix revint à la normale.

— Merci beaucoup de m'avoir apporté ses affaires.

Ils avaient presque atteint la porte d'entrée. Ce n'était pas la peine d'insister. Que Gretchen ait su ou pas, que Susan ait rendu visite à son neveu ou pas, tout cela n'avait vraiment plus d'importance.

Ils étaient sur le point de franchir le seuil.

Puis tout s'enchaîna si vite que McKenna eut du mal à décrire la scène par la suite.

Alors que Gretchen les guidait vers la porte d'entrée, les petits pieds de Porter galopèrent vers eux dans le couloir. Les trois adultes se retournèrent d'un seul mouvement en l'entendant pousser des cris de joie.

— Je suis un fantôme ! hurla-t-il. Je suis un fantôme !

Il courut en rond dans le salon et revint dans le couloir.

— Booouuh ! gronda-t-il.

Il portait une cape noire et un masque de Guy Fawkes.

Gretchen se rua sur la console jouxtant la porte. Patrick se précipita vers elle. Trop tard. Elle avait une arme, et il se trouvait désormais à quelques centimètres d'elle.

Une seule chose comptait pour McKenna en cet instant : l'arme pointée vers le buste de Patrick, encore couvert des pansements de sa blessure la plus bénigne. Cette fois-ci, il n'avait pas de livres pour se protéger.

McKenna se jeta sur Gretchen de tout son poids. Ils tombèrent tous trois en mêlée sur le sol. Le flingue. Elle l'entendit chuter dans un bruit sourd sur le plancher.

Six mains le cherchèrent à tâtons. McKenna était sur le point de l'atteindre. Elle sentit l'acier contre son doigt, puis l'arme glissa hors de sa portée. Elle vit une autre main agripper sa crosse. Par réflexe, elle se roula en boule pour se protéger du coup de feu à venir.

Et puis Patrick se redressa, l'arme à la main.

Gretchen s'élança vers lui, mais il recula d'un pas, la visant à la tête.

— Je vais tirer, Gretchen. Crois-moi sur parole, je n'hésiterai pas.

À nouveau des pas dans leur direction.

— Je suis un fantôme, je suis un fantôme.

Porter se figea et les regarda d'un air terrorisé.

Gretchen s'efforça de lui sourire.

— N'aie pas peur, Porter.

Il repartit en courant au fond du couloir.

— J'y vais, lança McKenna. Je vais le rassurer.

Elle le trouva recroquevillé sur le sol, toujours enveloppé dans sa cape, le masque de sa mère relevé sur le sommet de son crâne. La chambre était vide, à l'exception de quelques boîtes et de sacs-poubelle pleins à craquer. McKenna reconnut le carton le plus proche : c'était celui qu'elle avait apporté. Il était ouvert, et diverses photos de Susan étaient éparpillées sur le sol.

McKenna s'agenouilla sur le tapis berbère près du petit garçon.

— Désolée si on t'a fait peur. Tu t'amusais tellement

à faire le fantôme qu'on a décidé de jouer à faire semblant nous aussi. C'est marrant, non ? Maintenant, je vais faire semblant d'appeler la police pour dénoncer le méchant qui se trouve dans votre salon.

Elle composa le 911 sur son portable et regarda Porter en roulant les yeux d'un air comique, tout en donnant l'adresse de Gretchen au répartiteur.

Le petit garçon la regarda et éclata de rire. Il avait de grandes fossettes et un visage en forme de cœur. Des yeux en amande. Cela ne l'avait pas frappée jusqu'alors, mais il ressemblait beaucoup plus à Susan qu'à Gretchen. On aurait davantage dit une version plus jeune et plus masculine de la mère des deux filles que du général Hauptmann. Et son âge correspondait – 9 ans et quelques.

Contrairement à Gretchen, Susan n'avait pas été déshéritée. Ayant survécu à son père, elle était sur le point de toucher la moitié de sa fortune, et McKenna avait cru qu'elle était sortie de son exil pour toucher sa part du pactole.

Mais les dernières volontés de George Hauptmann prévoyaient autre chose. Ainsi que Marla Tompkins le lui avait expliqué, le général avait ajouté une clause, ne sachant pas si Susan était morte ou vivante. Si elle n'était plus de ce monde au moment de la répartition des biens paternels, sa part revenait à tous les descendants restants, à l'exception de Gretchen.

En regardant Porter, McKenna comprit qu'elle avait devant elle le petit être qui aurait hérité de 1,8 million de dollars une fois que Gretchen aurait fait ce à quoi son père n'avait jamais pu se résoudre : déclarer Susan morte.

McKenna tenait son portable dans le creux de son épaule, s'efforçant de paraître calme tandis qu'elle exhortait le répartiteur à envoyer une voiture le plus vite possible. Gretchen pleurait dans le salon.

— C'est injuste. Après tout ce temps, elle revenait et me prenait tout.

McKenna tendit la main vers le petit garçon, le prit dans ses bras et commença à lui retirer sa cape.

Le labo de la police scientifique allait devoir l'examiner.

72

McKenna n'avait pas remis les pieds dans la salle du centre de rétention administrative réservée aux avocats depuis son passage à l'unité de lutte contre les stupéfiants. Elle n'aurait jamais cru qu'elle se trouverait là un jour à poireauter en attendant l'arrivée de Susan Hauptmann.

Elle sursauta en entendant le long gémissement de la porte métallique tandis que le gardien faisait entrer Susan.

Celle-ci n'avait pas l'air très heureuse de la voir.

— J'ai compris que quelque chose clochait quand personne n'a gueulé sur le maton à la seconde où la porte s'est ouverte. Tu n'es pas mon avocate, ça, c'est sûr.

McKenna sourit.

— Je ne suis même plus membre du barreau. J'ai arrêté de payer mes cotisations il y a deux ans. Il est temps de dire la vérité, Susan.

C'était Scanlin qui avait eu l'idée de laisser McKenna parler la première à Susan.

— J'ai lu le texte que tu as écrit, répliqua Susan. C'est la stricte vérité. J'ai fait l'erreur de croire Adam. Je n'avais aucune idée des dégâts que nous allions causer.

Quand Scanlin m'a montré ces pages, je me suis dit que tu m'avais crue.

— En effet. Tout du moins, je crois que tu dis la vérité concernant Adam et ce qui s'est passé sur les quais. Mais j'ai vu ta réaction quand Scanlin t'a annoncé que c'était une femme qui avait engagé Carl Buckner. J'ai vu ton expression quand il t'a montré une copie du testament de ton père. Tu ne savais pas ce qu'il contenait, n'est-ce pas ? Gretchen en avait reçu un exemplaire, mais elle ne te l'avait jamais dit.

— Tout ce cirque, c'est à cause de ma réaction aux propos de Scanlin ? Comment tu réagirais, toi, si la police t'accusait d'avoir tué deux hommes ?

— Presque trois, rétorqua McKenna. Elle a aussi tiré sur Patrick. Tu étais chez Scott Macklin la veille de sa mort. Tu es allée le voir – tu voulais qu'il avoue tout à la police – parce que tu étais certaine qu'au fond c'était un brave type et qu'il accepterait de faire ce qu'il y avait de mieux. Comment peux-tu protéger celle qui l'a tué ?

Susan ouvrit la bouche, mais aucun mot n'en sortit.

— Je sais ce que tu allais dire, reprit McKenna. Parce que c'est ta sœur. Vous êtes du même sang. Cela compte plus que tout à tes yeux. Tu as passé ta vie à essayer de croire que ton père t'aimait et, qu'au fond de lui, il était fier de toi, même s'il était incapable de l'exprimer. Tu as tout risqué pour revenir à New York et le voir une dernière fois avant sa mort. Et parce que Gretchen est ta sœur, tu es restée en lien avec elle aussi. C'était la seule à savoir que tu étais en vie.

Susan avait beau faire non de la tête, McKenna savait qu'elle avait raison.

— Quand tu as vu ton père et découvert qu'Adam

t'avait menti concernant le rôle de l'armée dans le trafic de drogue, tu as décidé de reprendre ton ancienne vie. Tu voulais obtenir le soutien de Macklin. La politique d'immigration du pays avait changé. Son beau-fils ne risquait plus d'être expulsé. Mac pouvait enfin dire la vérité sans avoir peur que sa famille soit renvoyée au Mexique. Et puis tu as fait l'erreur d'en parler à Gretchen. Elle a engagé Buckner pour te suivre. Quand elle a découvert que tu t'obstinais dans ton idée – en allant voir Mac, en téléphonant à Patrick –, elle a tenté de te liquider. Et quand ses projets ont échoué, elle s'en est prise à tous ceux qui savaient que tu étais en vie. Tu dois cesser de la protéger.

La mâchoire de Susan remuait comme si elle mâchait du chewing-gum.

— Elle a braqué une arme sur nous hier, ajouta McKenna.

Susan cessa de mastiquer.

— La police dit que c'est la même arme qui a servi contre Buckner et Patrick. Ils ont aussi trouvé une cape et un masque correspondants à ceux portés par le tireur.

— Alors pourquoi tu as besoin de moi ?

— Parce qu'elle peut encore dire que c'est toi qui l'as fait. Que c'est ton masque, ta cape, ton arme. Que tu as tout déposé chez elle sans lui fournir d'explication. Elle prétendra que lorsqu'elle a entendu parler des coups de feu dans la gare, elle a compris que c'était toi, mais qu'elle était trop désemparée pour savoir quoi faire. Elle dira que, quand on est arrivés chez elle et qu'on a vu le déguisement, elle a paniqué et brandi ton arme. Elle pourrait s'en sortir avec une simple condamnation pour tentative de coups et blessures.

Pendant le bref passage de McKenna au bureau du procureur, combien de négociations de peine avait-elle conclues dans cette salle ? En théorie, elle récompensait ceux qui étaient les moins blâmables et les plus contrits en échange de leur coopération contre les délinquants les plus coupables. Mais dans les faits, la plupart du temps, cela dépendait du méchant qui se mettait à table en premier.

— Susan, tu as parlé de la spirale de destruction qu'Adam et toi avez déclenchée. Regarde les dégâts que Gretchen a causés la semaine dernière. Que tu te sois trompée ou non, tu l'as fait parce que tu pensais agir pour le bien commun. Tu croyais sauver des vies à l'autre bout du monde. Et te voilà en prison, prête à payer pour tes actes, alors même qu'ils t'ont déjà coûté cher. Tu as perdu dix ans de ta vie. Et ton enfant.

Susan détourna les yeux.

— Quelle importance. Ce n'était qu'un petit tas de cellules.

— C'est faux. Porter est plus que ça. Tu n'as pas perdu ton bébé. Porter est ton fils. Tu ne pouvais pas être la personne – les personnes – que tu as été contrainte d'être pendant dix ans, avec un enfant à charge. Mais Gretchen, si. Elle ne se droguait plus. Elle s'était mariée. Ce n'est pas elle que tu protèges, n'est-ce pas ? C'est Porter. Tu crois vraiment que c'est bon pour lui d'être élevé par une meurtrière ? Par une femme qui a tenté de te tuer pour de l'argent ? Réfléchis, Susan : comment a-t-elle pu engager un type comme Carl Buckner ? Elle ne connaissait ce boulot dans la sécurité privée que parce que tu le faisais depuis dix ans. Laisse-moi deviner : elle t'a probablement tapé pas mal de fric ces derniers mois. Tu croyais l'aider à gérer son divorce, mais tu étais en train de financer le tueur à gages chargé de te descendre.

Susan serrait les poings si fort que ses articulations étaient devenues blanches.

— Même si tu cherches à porter le chapeau, la police ne te croira pas. Gretchen sera inculpée, et jugée. Porter sera interrogé comme témoin. Il devra expliquer qu'il a trouvé le super déguisement de maman juste avant qu'elle braque une arme sur le gentil couple venu lui rendre visite. Il parlera de la copine de maman qui lui apportait toujours des jouets et se faisait appeler Carol – ton deuxième prénom, celui de ta mère. Il subira le contre-interrogatoire de l'avocat de Gretchen. Oh, sans parler des preuves ADN. Scanlin obtiendra un mandat autorisant l'État à prélever le sang de Porter. Il ne comprendra pas pourquoi un homme en blouse blanche lui enfonce une aiguille dans le bras. Le fait qu'il soit ton fils, Susan, et pas ton neveu, renforcera le mobile de Gretchen. Elle voulait l'argent, mais elle le voulait lui aussi. Un avocat devra lui expliquer que sa mère est en fait sa tante. Que le père qui vient de quitter sa mère n'est pas vraiment son père. Et qu'en fait personne ne sait qui est son père.

Susan se redressa brusquement.

— Arrête ! Arrête, d'accord ?

Sa respiration haletante résonnait dans le silence de la pièce.

— Qui va s'occuper de Porter ? ajouta-t-elle.

McKenna s'était préparée à l'idée d'utiliser Porter comme monnaie d'échange lors de cette négociation. Mais elle n'avait pas cessé de se demander ce qui arriverait au petit garçon quand Gretchen prendrait perpète et que Susan purgerait sa peine, quelle qu'en soit la durée, pour le rôle qu'elle avait joué dans les magouilles d'Adam pour importer de la drogue.

— Est-ce que le mari de Gretchen sait que Porter n'est pas son fils ? demanda-t-elle. Il le considère visiblement comme tel…

— Paul ?

Susan fit non de la tête.

— Gretchen l'a rencontré à une réunion des Narcotiques anonymes alors qu'elle était censée être enceinte de six mois, grâce à un faux ventre en caoutchouc. Quand elle m'a dit qu'elle avait rencontré un mec, j'ai eu envie de la secouer comme un prunier. Ça devenait plus compliqué de simuler une grossesse. Il fallait inventer des rendez-vous chez le médecin. De fausses échographies. Je l'ai aidée à gérer tout ça. Elle devait surtout l'empêcher de la voir nue pendant quelques mois. Apparemment, ce n'est pas si difficile que ça, une fois que ton ventre ressemble à un ballon de plage et que tes seuls gémissements sont dus aux nausées matinales.

Son sourire fugace rappela à McKenna des images d'une Susan plus jeune.

— Aux yeux de Paul, Porter est né trois semaines avant le terme, à domicile dans leur baignoire, grâce à une sage-femme à qui j'ai graissé la patte pendant qu'il était en voyage d'affaires. C'est un type bien – suffisamment bien pour tomber amoureux d'une femme déjà en cloque. Mais quand ils se sont fiancés, j'ai paniqué. Je me suis dit qu'il allait vouloir adopter Porter – et qu'est-ce qui se passerait dans ce cas ? Mais en plus de neuf ans, il n'a jamais abordé le sujet. Qu'un gamin vous appelle papa, c'est une chose, mais avoir des obligations légales envers lui c'en est une autre. J'ai besoin de savoir que l'on prendra soin de Porter. Et qu'on reprendra contact, d'une façon ou d'une autre, quand je sortirai d'ici.

— J'y veillerai.

McKenna avait répondu sans réfléchir, mais ses mots lui parurent sensés. Susan avait été proche de Patrick. C'était elle qui le lui avait présenté. Et elle tenait suffisamment à eux pour les avoir regardés tomber amoureux sans rien faire.

Et voilà que cette même amie voulait que l'on prenne soin d'un petit garçon de 9 ans qui n'avait personne d'autre pour s'occuper de lui.

McKenna vit le doute envahir le visage de Susan.

— Je te promets que je parlerai à Paul. Un homme qui a épousé une femme enceinte et passé neuf ans à élever un enfant comme s'il était le sien ne peut être qu'un type bien. Il aura envie de faire partie de la vie de Porter. Et Patrick et moi, on lui donnera un coup de main, pour le soulager un peu. On prendra tous bien soin de lui. Il sera entouré d'amour. Quand tu sortiras – et tu sortiras un jour, Susan –, tu retrouveras ta vie. Avec ton fils. Toute cette histoire sera derrière toi.

Le silence retomba, et McKenna imagina Scanlin en train d'écouter la retransmission de leur conversation. N'ayant que le son, il devait se dire qu'ils perdaient Susan, qu'elle était en train de se refermer sur elle-même. Il ne pouvait pas voir ce qui se passait dans la pièce : Susan agrippant les mains de McKenna à travers la table. Quelque chose avait changé. Grâce à Porter.

— C'est ma faute, murmura Susan. C'est moi qui ai déclenché tout ça. Gretchen avait fini par reprendre sa vie en main, et je l'ai entraînée dans ce merdier. Elle a élevé mon fils comme si c'était le sien. Quand j'ai décidé de revenir, je n'ai pas arrêté de me dire que cette idée avait dû la terrifier. Et qu'elle devait m'en vouloir terriblement. C'était moi qui avais laissé mon père croire que j'étais morte, et pourtant, il continuait à garder espoir. Il me cherchait. Dans son esprit, j'étais redevenue la gentille fille, alors même qu'il continuait à fuir la seule enfant qui lui restait. Pendant toutes ces années, il n'a jamais pu se résoudre à contacter Gretchen et à s'excuser pour les horribles choses qu'il lui avait dites quand elle s'était fait arrêter.

— Elle aurait pu passer un coup de fil, elle aussi.

— Mais elle ne l'a pas fait. Parce qu'elle ne s'est jamais sentie aimée. Et de ça, je suis tout aussi coupable que notre père. Quand j'ai persuadé Getty d'offrir à Gretchen une négociation de peine, je me suis dit qu'elle me devait une faveur. Elle a gardé le secret et n'a révélé à personne que j'étais partie. Les mois ont passé, et je n'avais toujours aucun moyen de revenir ; alors c'est elle qui a pris soin du bébé, jusqu'à ce que je trouve une solution. Je ne pensais pas que cela durerait dix ans. Je l'ai toujours traitée comme une baby-sitter, une mère de substitution. Pour moi, le temps était suspendu. J'étais dans les limbes. Mais elle est devenue la mère de Porter. Elle l'aime, McKenna. Et elle s'en est bien occupée. Elle a besoin de lui. Et moi, je suis revenue sans jamais prendre le temps de faire comprendre à ma sœur qu'on l'aimait assez pour qu'elle puisse être sûre qu'on ne l'abandonnerait jamais – ni Paul, ni Porter, ni moi.

Contrairement à ce que tu crois, ce n'était pas qu'une affaire d'argent pour elle. C'est moi qui suis responsable de tout ça. Si je pouvais purger sa peine à sa place, je le ferais.

— Sauf que c'est impossible. Tu sais, la lettre que Carl Buckner a envoyée avant d'être tué ? Il disait vouloir faire ce qui lui semblait juste, même si c'était un peu tard. Il a même écrit : « Est-il possible d'avoir été bon, puis mauvais, puis de redevenir quelqu'un de respectable ? » Tu assumes la responsabilité du mal que tu as fait, mais il n'est pas trop tard pour faire les bons choix. Quelqu'un doit être là pour l'enfant que Gretchen et toi aimez toutes deux. Dans ces circonstances, et, quelle que soit la façon dont nous en sommes arrivés là, ça doit être toi, Susan. Il est temps de commencer à prendre soin de toi. Pour pouvoir prendre soin de lui.

— Laisse-moi cinq minutes. Et puis fais entrer Scanlin.

Scanlin attendait dans la pièce voisine. Il était en train de remballer l'équipement audio.

— Bon boulot.

Elle acquiesça sans un mot. Le témoignage de Susan allait leur permettre de boucler l'affaire contre Gretchen, mais McKenna ne voyait pas vraiment de raison de se réjouir.

— S'il vous plaît, dites-moi que c'était du pipeau quand vous lui avez dit que vous alliez filer un coup de main pour élever le gamin.

— Absolument pas. J'étais très sérieuse.

Elle le laissa la sermonner quelques secondes en lui expliquant que s'occuper d'un môme, ce n'était pas de la tarte. Responsabilité. Sacrifices. Et puis la façon dont les enfants pouvaient vous briser le cœur. Elle coupa court.

— Il y a certaines choses que vous ignorez.

McKenna imagina une réalité parallèle, dans laquelle Susan n'avait jamais été rappelée par l'armée. Dans laquelle elle n'avait pas besoin de téléphoner à son père pour obtenir un traitement de faveur, et où Adam Bayne ne l'aurait jamais entraînée dans son plan pour soutirer de l'argent à l'Afghanistan tant que c'était encore possible. Susan aurait quand même été enceinte et célibataire, mais elle serait restée à New York, à élever seule son fils. Elle aurait eu l'aide d'oncle Patrick et de tata McKenna.

Si Susan avait été là, ce petit garçon ferait déjà partie de leur vie. Il n'était pas trop tard pour rattraper le temps perdu.

Mars

— Au début de ce procès, en prêtant serment devant le juge, vous vous êtes engagés à écouter les preuves et à respecter la loi. À mon tour, je vous ai fait le serment, en tant que juriste de l'État de New York, que les preuves de cette affaire viendraient corroborer tout ce que j'ai expliqué devant vous lors de la déclaration liminaire de l'État.

Tout en parlant, McKenna mettait un point d'honneur à regarder dans les yeux chaque juré l'un après l'autre. Ils ne pouvaient que soutenir le regard de l'être humain en face d'eux. Pas de tête baissée vers les genoux. Pas de corps qui se tortille sur sa chaise.

Sa tactique fonctionnait.

— Vous avez entendu les preuves. Et je sais que vous allez respecter la loi. Je suis convaincue que vous estimerez que moi aussi, j'ai tenu ma promesse. Nous avons joué notre rôle au sein du système, et il est désormais temps pour l'accusé de constater que ce système fonctionne. Que la vérité prévaut. Et la vérité est que l'accusé est coupable d'agression au premier degré. Je suis convaincue que votre verdict reflétera cette vérité.

Elle regagna d'un pas solennel la table du Ministère

public et s'assit. À une autre époque, elle avait plaidé toute une affaire en n'ayant sous les yeux qu'un simple Post-it. Mais c'était son premier procès devant jury depuis plus de dix ans. Elle avait mémorisé mot pour mot son plaidoyer final.

Pour ce qu'elle en savait, ces jurés plongeraient leurs yeux dans les siens, iraient s'enfermer dans leur petite pièce, puis décideraient que c'étaient des Martiens, et non l'accusé, qui avaient battu la victime – un sans-abri de 27 ans dont le seul tort avait été de s'endormir dans le métro.

Mais elle avait confiance dans les jurés. Elle avait toujours eu confiance en eux.

Will Getty l'attendait, le manteau posé sur son bras, quand elle sortit de la salle d'audience.

— J'ai passé la tête à l'intérieur. Bonne conclusion. Désolé, ce n'était sans doute pas le genre d'affaire dont tu espérais t'occuper.

Quand le procureur du district en personne lui avait téléphoné le mois précédent pour lui proposer un poste, il lui avait expliqué que ses missions tiendraient compte de son expérience antérieure, mais aussi du fait qu'elle n'avait pas exercé depuis longtemps. Elle avait compris, à sa manière prudente de s'exprimer, qu'il craignait qu'elle ne se sente insultée. Un an plus tôt, cela aurait été le cas. Mais maintenant ? Les événements de l'automne précédent lui avaient montré que le bonheur n'était pas une question de titres, d'éloges ou de reconnaissance.

Elle avait passé toutes ces années à se considérer comme une victime, punie pour le simple fait d'aspirer à la justice. Même si ses soupçons concernant la mort de Marcus Jones s'étaient avérés fondés, ses propres motivations n'étaient pas entièrement dénuées d'arrière-pensées. À l'époque, elle aurait pu faire pression sur Getty pour qu'il lui en dise plus ; mais elle s'était servie de son silence comme prétexte pour jouer la lanceuse d'alerte. Après tant de tâches subalternes et fastidieuses, elle voyait enfin une occasion de briller. Plus tard, quand son roman était sorti, elle aurait pu se dire qu'elle tournait la page ; mais elle avait tenu à prendre la pose pour la photo de promotion de son livre sur les marches du palais de justice. Les communiqués de presse vantaient son expérience au bureau du procureur, la présentant comme plus expérimentée qu'elle ne l'était en vérité. Ce qui lui avait valu le scepticisme de ses anciens collègues.

À présent, elle était simplement heureuse de retrouver le seul travail qu'elle avait toujours voulu faire.

— Tu m'accompagnes au tribunal ?

Elle parlait du palais de justice fédéral, où le verdict concernant Susan était attendu le jour même.

Elle s'aperçut alors que Will portait non seulement son propre manteau, mais aussi le sien.

— Je me suis permis. Il faut qu'on se dépêche, si on veut être à l'heure.

Patrick était déjà dans la salle d'audience quand ils arrivèrent. McKenna s'assit à ses côtés. Will Getty choisit une place derrière eux, près de l'ex-mari de Gretchen, Paul Henesy. Susan avait sous-estimé sa détermination à demeurer un père pour le petit garçon qu'il avait toujours considéré comme son fils. Il était retourné vivre dans la maison familiale et était devenu le tuteur légal de Porter. Son père biologique, Will Getty, entrait peu à peu dans la vie du garçon. Trois semaines plus tôt, Porter avait même commencé à l'appeler « papa Will ».

Susan portait le tailleur que McKenna avait confié la veille à son avocate, Hester Crimstein. Il était un peu trop grand, mais c'était mieux que sa tenue de prisonnier.

Crimstein énonça les conditions de la négociation de peine. McKenna en connaissait déjà les termes. Au cours des cinq mois que Susan avait passés en prison, son avocate était parvenue à un accord conjoint avec le procureur fédéral et celui de l'État. Adam et Gretchen faisaient face à des accusations d'homicide : Adam pour avoir déclenché les événements ayant entraîné la mort de Pamela Morris et Marcus Jones ; Gretchen pour avoir tiré sur Scott Macklin et Carl Buckner. Susan témoignerait contre les deux. En échange, l'État lui accorderait l'immunité, elle purgerait une peine d'un an dans une prison fédérale, puis elle passerait cinq ans sous une stricte liberté conditionnelle.

C'était une bonne négociation – à tel point que l'avocate de Susan craignait que la juge la refuse. Tous les observateurs présents dans la salle étaient prêts à intervenir pour soutenir le verdict si nécessaire.

La porte s'ouvrit, et Joe Scanlin entra dans la salle, accompagné de Josefina Macklin et d'un adolescent que McKenna reconnut comme son fils, Tommy. À la grande surprise de McKenna, ils avaient pris leur parti des méfaits de Mac. Ils souhaitaient désormais que justice soit faite – pour lui comme pour eux. Apprendre à pardonner à Susan faisait partie du processus.

— L'accusée souhaite-t-elle s'exprimer ?

Susan se leva pour prendre la parole. Tandis qu'elle exposait toutes les erreurs qu'elle avait commises, ainsi que toutes les occasions qu'elle avait manquées d'en atténuer les conséquences, McKenna songea à ses propres regrets. Elle avait passé dix ans à attendre que sa vie change. Que quelque chose de grand lui arrive, comme si elle méritait mieux. À attendre d'être heureuse – un jour, quand la situation serait différente, quand toutes les pièces du puzzle s'emboîteraient.

Susan avait décrit sa vie de fugitive comme une période dans les limbes. McKenna avait créé ses propres limbes.

La juge annonça qu'elle acceptait la négociation de peine puis frappa de son marteau sur la table, mettant ainsi rapidement fin au procès. Susan rejeta la tête en arrière et poussa un léger soupir. Certes elle irait en prison, mais elle était enfin libre.

Tout comme McKenna. Elle tendit le bras et saisit la main de Patrick. C'en était fini d'attendre un avenir meilleur, il avait toujours été là.

REMERCIEMENTS

Il y a déjà dix ans, j'ai publié mon premier roman avec le soutien enthousiaste d'une jeune éditrice aussi brillante que perspicace, Jennifer Barth. Le partenariat que nous avons débuté ce jour-là est, à l'exception de mon mariage, la meilleure décision que j'ai prise de ma vie. Elle sublime tous mes livres. Et grâce à elle, j'ai désormais également le soutien incroyable de la formidable équipe de HarperCollins. Amy Baker, Erica Barmash, Jonathan Burnham, Heather Drucker, Mark Ferguson, Michael Morrison, Katie O'Callaghan, Kathy Schneider, Leah Wasielewski, David Watson et Lydia Weaver.

Je ne trouve pas les mots pour remercier mon infatigable agent, Philip Spitzer. Il est le défenseur le plus ardent qu'un auteur puisse rêver avoir. Ses collègues Lukas Ortiz et Lucas Hunt complètent son équipe de choc. Et avec sa femme, Mary, il a transformé son agence en un véritable foyer.

Cette année, nous avons aussi eu une troisième maison pendant quelque temps, grâce à un ouragan du nom de Sandy. Merci, Linda et Mike, de bien avoir voulu nous accueillir.

Un grand merci aussi au sergent Edward Devlin, retraité de la police de New York, au sergent Lucas Miller, encore en service, au professeur de droit Rose Cuison-Villazor, et à Gary Moore pour avoir répondu à mes questions tout au long de la rédaction de ce livre. Merci aussi à Anne-Lise Spitzer, Richard Rhorer et Ruth Liebmann d'être d'aussi bons amis, et d'en savoir autant sur l'édition. Et merci à mes amis auteurs dont le travail m'inspire, et qui font aussi parfois de brèves apparitions dans mes romans, comme certains lecteurs particulièrement attentifs le savent. (Je pense bien sûr à H. C., L. C. et K. S. Les avez-vous repérés ?)

Si vous êtes le genre de lecteur qui n'aime pas trop savoir ce qui se trame dans les coulisses, alors vous devriez peut-être vous arrêter là. Mon mari et moi nous sommes rencontrés malgré deux itinéraires on ne peut plus différents. J'ai étudié dans une minuscule fac hippie du Nord-Ouest, sur la côte Pacifique, avant de devenir procureur puis de me tourner vers l'enseignement et l'écriture. Quant à mon mari, il est allé à West Point et a servi dans l'armée avant de devenir responsable de la sécurité au Metropolitan Museum of Art. Sans Internet, nos chemins ne se seraient probablement jamais croisés. Nous n'avions pas le même travail, pas les mêmes amis, pas le même passé.

Dans le monde réel, cette absence totale de points communs entre nos passés respectifs a rendu notre découverte mutuelle encore plus excitante. Mais mon moi d'écrivain a toujours rêvé de faire quelque chose de cette mine de secrets enfouis que peut receler une relation dans laquelle chacun des deux partenaires est en mesure de mentir sur son passé. Dans quelle mesure pouvons-nous vraiment dire que nous connaissons la vie de l'autre avant notre rencontre ? Quels événements, quelles personnes avons-nous décidé de laisser derrière nous ?

En écrivant ce livre, je me suis aussi dit que c'était le bon moment pour me pencher sur la vie après West Point et le milieu de la sécurité privée, deux univers que j'ai appris à connaître avec mon mari. Le produit fini que vous avez sous les yeux relève bien sûr de la fiction, ce qui veut dire que vous ne trouverez rien là-dessus sur Internet. Mais j'espère quand même avoir rendu justice au monde de la culture, aux institutions et aux époques que j'ai décrites.

Vous comprendrez aisément, après avoir lu ça, que j'ai été un peu nerveuse en soumettant mon manuscrit à mon mari. C'est probablement mon livre le plus personnel. Et c'est aussi celui qui doit le plus à Sean. Merci à toi.

De la même autrice
aux Presses de la Cité :

Un couple irréprochable, 2019
La Fille du quai, 2020
Sans passé, 2023

PAPIER CERTIFIÉ

Le Livre de Poche s'engage pour l'environnement en réduisant l'empreinte carbone de ses livres. Celle de cet exemplaire est de :
550 g éq. CO_2
Rendez-vous sur
www.livredepoche-durable.fr

Composition réalisée par Soft Office

Achevé d'imprimer en mai 2023 en Espagne par
Liberdúplex - 08791 Sant Llorenç d'Hortons
Dépôt légal 1re publication : juin 2023
LIBRAIRIE GÉNÉRALE FRANÇAISE
21, rue du Montparnasse – 75298 Paris Cedex 06

51/7828/3